KB022537

백성

# 백성

## 19

### 제5부 | 돌아오는 꽃

김동민 대하소설

문이당

# 차례

제5부 | 돌아오는 꽃

# 그네들이 사는 모습

그런 어수선하고 불안정한 와중에서였다.

점입가경이라 하던가? 관찰사가 도정 업무를 보는 집무실인 선화당을 일제가 새로 짓기 시작했다. 남의 집에 무단으로 들어온 자가 주인의 뜻을 무시하고 자기 입맛대로 그 집에 손대겠다는 것이다.

"허, 밉다 밉다 쿠모, 고깔을 모로 쓰고 이래도 밉소, 쿤다더이."

"와 아이라? 넘 땅에 들와갖고 천년만년 살랑가베?"

"저거 나라가 물에 팍 잠길 때가 와삔 모냥 아이가."

"일본은 화산 폭발도 마이 일난다 싼께네 우짜든지, 꽝!"

고을 백성들은 온갖 저주와 비난과 조소를 섞어가며 퍼부어 댔다. 그렇게라도 하지 않으면 하도 억울해서 단 하루라도 살 수가 없었다. 개들도 아무것도 보이지 않는 곳을 보고 컹컹 짖어 댔다. 소와 말들이 달구지와 수레를 잘 끌고 가다가 어느 순간 앞다리가 팍 꺾이거나 뒷걸음질치며 울었다. 짐승들 눈에는 사람들 눈에 띄지 않는 유령이라도 어른거리는 걸까.

성내 영남포정사 안에서 행해지고 있는 공사 현장을 직접 보고 온 사람들이, 나루터집에 와서 콩나물국밥을 시켜 먹으면서 하는 소리 또한 여간 귀에 거슬리는 게 아니었다. 남강 위를 날고 있는 물새들 날갯짓도 신경질적으로 비쳤다.

"그거는 전통적인 우리 관아 건물이 아인 기라요."

"아, 그기 무신 이바구요? 우리 건물이 아이라이?"

"시상에, 텍도 아이거로 맨들고 있는 기라요, 텍도 아이거로."

"머를 우찌 맹글고 있는데 글쌌소?"

"버부리가 서방질을 해도 지 속이 있다 쿠더라마는, 참말로 딱 보기 싫거로 안 하요."

"보기 싫거로요? 대체 우짜길래?"

"내 참, 입에 올리기도 더러버서."

"입에 올리기 더러버모 귀에 넣기도 더럽것지만도, 우리가 이 나라 백성으로……."

벌게진 얼굴로 욕설을 뒤섞어 가며 늘어놓는 소리가, 명색 건물 벽이란 게 그냥 길쭉하기만 하여 너무나 밋밋하고, 또 거기에다 똑같은 유리 창문만 '뽄다리(볼품) 없이' 달아놓았다는 것이다.

"한 분도 집 겉은 집을 안 지이본 모냥이거마."

"그거만 그러모 괘안커로요?"

"또 머시?"

"허, 지붕이라꼬 해쌌는 것도, 에이."

단층 기와지붕도 아무런 변화가 없어 누구든 금방 싫증이 날 거라고 했다. 한마디로 멋들어진 조선 고유의 한식 관아 건물과는 너무나 거리가 멀다는 얘기였다. 나온 음식을 앞에 놓고서도 수저를 드는 대신, 말로 밥을 지었다. 진짜 밥이라면 시커멓게 탈 것이다.

"관청이 아이고 사가를 지이도 그리는 안 할 끼다."

"그리 짓는 거 보이, 저것들 집이 본래 그렇는가베?"

"아, 지늠들 땅에서 그라모, 누가 머라 캐? 똥작대기로 밥을 퍼묵든가 말든가."

"그 말 한분 잘했다. 촉석루 기둥 갖고 이빨을 쑤시든가 말든가 말이제?"

급기야 당연하면서도 위험한 소리들이 나오기 시작했다.

"그라모 우리가 그냥 가마이 있으모 되것나?"

"안 되제, 안 돼. 병자년丙子年 까마구 빈 뒷간 들이다보듯기 하모……."

"맞는 소린 기라. 우리가 가마떼기도 아이지 않나."

손님들이 저마다 일제가 시행하는 이번 선화당 공사에 대해 더할 나위 없이 무섭게 성토하는 분위기로 바뀌어 갔다. 그동안 일본인들에게 쌓여 있던 원망과 분노가 그 일을 계기로 하여 한꺼번에 분출되는 양상이었다.

한데 그런 속에서 굉장히 엉뚱한 소리가 나왔다. 계산대에 앉아 손님들 대화를 듣고 있던 재영은, 도대체 저따위 말을 하는 인간이 누군가하여 고개를 빼고 거기 물가에 붙여 놓은 평상 쪽을 바라보았다.

그는 꽤 단아한 중치막을 입은 머리칼이 희끗희끗한 남자였다. 중치막을 입었으니 벼슬이 없는 선비인 것 같은데, 길이가 길고 소매가 넓은 그 옷옷이 그에게는 제법 잘 어울렸다. 상을 가운데 놓고 그와 마주 앉아 있는, 푸른빛이 감도는 옷차림의 구레나룻 사내가 도전적인 어투로 물었다.

"아, 송 행(형)! 그기 무신 말씀인 기요?"

"내 이약 잘 모리것소?"

그는 두 자락인 중치막 앞부분을 여미면서 되물었다. 그러자 천성적으로 말이 빠른 듯한 구레나룻이 붉은 음성으로 단숨에 내뱉었다.

"그라모 송 행께서는 시방 왜놈들이 하고 있는 저 행핀없는 짓이 잘하는 짓이라꼬 본다, 그런 뜻인가베요?"

중치막이 달팽이가 짚북데기 위를 기어가듯 느릿느릿 대답했다.

"이 행께서 내 말씀을 곡해하시는 거 겉소이다."

"머요? 곡해요?"

말끝이 송곳처럼 날카로웠다. 강 쪽에서 들려오는 물새 소리가 무엇에 쫓기기라도 하는지 다급하고 위태롭게 전해졌다.

"예."

아무래도 좀 능글맞은 상대였다. 그만큼 내공內攻을 쌓았는지는 모르겠다.

"허어, 곡해라이?"

열을 받은 구레나룻은 자칫 머리로 중치막의 턱이라도 치받을 기세였다.

"이 사람 이약은……."

"질질 끌지 말고 퍼뜩 이약해 보소."

마당 가장자리 대추나무에 비둘기 서너 마리가 날아와 앉더니 평상에 앉아 있는 사람들을 내려다보는 품이 그들도 이야기를 듣고 싶은 모양이었다.

"인자 선화당 건물을 새로 지을 때가 됐다, 그런 뜻이오."

중치막은 얼핏 타이르는 어조였다. 그의 시선은 지금 자기 말 상대가 아니라 쉴 사이 없이 가게를 나가고 들어오는 손님들 쪽에 가 있었다. 어쩌면 그는 동시에 여러 가지 일들을 꾀하기 좋아하고 또 익숙한 사람인지도 모르겠다.

"아, 잠깐 있어들 보소. 내도 한소리 해야 쓰것소."

이번에는 그 자리에 동석한 또 다른 사람이 방관만 하고 있을 수 없었는지 끼어들었다. 길쭉하고 붉은 얼굴이 대추를 연상시키는 사람이었다.

"와 새로 지어요, 선화당을?"

그는 옆에 있는 밤골집에서 마시고 온 술이 아직도 덜 깬 모양인지 취기가 좀 묻어나는 음성이었다. 그래선지 다른 사람들 보기에는 어쩐지 시비를 걸고 있는 인상마저 주었다. 아니, 솔직히 말하자면 지금 그곳에 있는 사람들은 모두가 그러고 싶은 모습들이었다.

"그라모 안 짓고요?"

중치막은 그게 그의 말버릇임을 입증이라도 해주듯 이번에도 천천히 입을 열었다.

"김 행도 무작정 성부팀 낼 끼 아이고, 가마이 함 생각해 보소."

대추 얼굴이 퍽 못마땅한지 한층 낯빛이 벌겋게 달아오르면서 캐물었다.

"머를요? 머를 가마이 함 생각해 봐라꼬요?"

중치막은 자기 바로 옆에 벗어 놓은 갓을 한 번 보고 나서 짧게 물었다. 말총으로 만든 그 물건은 얼핏 버섯의 관을 연상시켰다.

"모립니꺼?"

"……."

김이라는 사람은 대답하는 대신에 이라는 사람을 바라보았고, 이라는 사람은 송이라는 사람을 바라보았다. 잠깐 엇박자를 내는 양상의 시간이 흘렀다.

"잘 모리는가베요?"

중치막은 한 자락인 웃옷 뒤를 바로 하면서 똑바로 자세를 고쳐 앉았다. 그러자 앉은키가 좀 더 커 보이는 인상을 풍겼다. 그는 대추나무 가지에 앉아 있는 비둘기들을 한동안 올려다보고 있다가 사뭇 탄식조로 입을 열었다.

"인자 와서 뒤돌아보모, 그 선화당 건물이 시방꺼지 참 올매나 치욕과 수난을 짜다라 겪어왔는고 모리겠소이다."

"치욕요?"

"수난예?"

이와 김이란 사람이 거의 동시에 반문했다. 방금 나루터집 살림채 쪽에서 밤골집 쪽으로 순식간에 휙 날아간 것은 물총새가 틀림없었다. 그 이름과 어울리게 총알처럼 재빠르고 또한 모가지 측면에 밤색과 흰색의 얼룩무늬가 있었던 것 같았다.

"하모, 그렇다 아입니꺼?"

잔잔한 물결을 연상시키던 중치막 목소리가 거기 마당에서 똑바로 올려 보이는 하늘의 구름장에 닿을 듯 높아지기 시작했다. 이제는 그 역시 갈수록 흥분하고 있다는 증거였다. 그는 자기 마음에 새겨보는 모습으로 말했다.

"그기 운제요."

"예?"

구레나룻과 대추 얼굴이 그게 무슨 소리냐는 듯 서로 바라보았다. 느리기만 했던 중치막의 말이 조금 전 보았던 물총새의 날갯짓만큼이나 빨라졌다.

"우리 함 생각해보입시더."

"머를요."

"철종 임금 시절에는 우땠심니꺼?"

그의 음성은 쇳소리가 묻어나는 음색으로 바뀌었다.

"철종 임금 시절요?"

"예, 그렇지예."

중치막 입에서는 지난 시절 일들이 줄줄이 나오기 시작했다. 그는 평소에는 어조가 느리고 말수가 드문 사람이지만 일단 한 번 말문이 트이면 달변으로 바뀌는 게 아닌가 여겨졌다.

"농민들이 우 들고 일나서 건드렸지요, 저 갑오년에는 최제우 동학당이 설치댔지요, 오데 그거뿐입니꺼?"

기억을 되살려보기만 해도 목이 말라오는지 꿀꺽 침을 한번 삼켰다.

"또, 을미년에는 노규응이 이끄는 으뱅들이 점령해삐릿지요, 그런 과정에서 그 선화당 건물이 온전할 수가 있었것어요?"

"……."

"내가 그래서 하는 말 아입니꺼, 그래서?"

중치막은 주먹으로 상이라도 내려치려는 기세였다. 그는 이제 벙어리처럼 가만히 있는 두 사람을 훈육하는 투로 끊어가며 말했다.

"문제는, 곤치기는 곤치야 되는데, 왜눔들이 지들 멋대로, 그런께네 일본식 건물로 짓고 있으이, 에나 통탄할 노릇이다, 이기지예."

김과 이가 동시에 고개를 끄덕였다.

"예에, 듣고 보이 그렇거마예."

"우리 조선식 건물이 올매나 원통하고 섧것소."

그 소리를 끝으로 그쪽 좌석에서는 무슨 탐색전을 벌이기라도 하는지 긴 침묵이 이어지고 있었다. 그것은 폭발 직전의 화산을 떠올리게 할 만큼 아슬아슬한 공기를 자아내었다.

그 평상 가까이 자라고 있는 석류나무도 왠지 모르게 잔뜩 위축돼 보였다. 마당을 많이 점령해 들어오는 관계로 얼마 전에 가지를 쳐버린 나무였다. 해마다 예쁜 아이 잇속을 닮은 알이 꽉 찬 석류가 주렁주렁 달릴 뿐만 아니라, 새콤달콤한 맛도 유난히 좋아 아깝긴 했지만 어쩔 수 없었다. 그만큼 장사가 잘되어 공간이 더 필요하다는 얘기였다.

'똑 일본식이 아이라 캐도 내사 징글징글하다.'

재영 뇌리에 정말이지 두 번 다시 떠올리기 싫은 과거가 자리 잡았다. 선화당이란 말만 들어도 소름이 끼치면서 속이 울컥거렸다.

'목민관이라쿠는 자가 핸 고 행오지를 생각하모 아즉도 치가 떨린다.'

조 관찰사 시절, 아무 지은 죄도 없이 그에게 붙들려가 갖은 고초를 당해야만 했던 일이었다. 아내 비화가 엄청난 돈을 갖다 바치고 뇌옥에서 가까스로 풀려났지만, 그 후유증은 아직까지 이어지고 있었다.

'그 일만 아이었다모 시방쯤은 따라잡았을지도 모리는데.'

결국, 동업직물과의 격차를 한층 더 크게 벌어지도록 만든 사건이었다. 따라서 그만큼 임배봉과 그 식솔들에 대한 복수도 지연돼 버렸다. 그리하여 그대로 헛되이 흘려보낸 금쪽같은 시간들이 얼마인가. 참으로 안타깝고 억울하기 이를 데 없었다. 이러다간 우리 세대에는 불가능한 게 아닐까, 머리털이 몽땅 빠질 지경이었다. 준서와 얼이 세대에까지 그 힘든 과업을 넘긴다는 건 너무나 무책임하고 불안했다.

'아내 성질에 그리할 사람도 아이제.'

여하튼 북장대 남쪽 아래 있는 터에 새로 짓는 그 선화당은, 일제가 본격적으로 조선 침략의 발톱을 드러낸 한 단면이라는 것을, 재영은 물론 그 고을 사람들도 나중에 가서야 알게 되었다. 또한, 그 고을에서 팔작지붕의 선화당은 두 번 다시는 볼 수 없게 영영 사라지게 되었다.

팔작지붕. 얼마나 날아갈 듯이 멋들어진 이 나라 고유의 건축 양식인가 말이다. 위쪽 절반은 지붕면이 양쪽 방향으로 경사진 박공지붕처럼 세모꼴이고, 아래쪽 절반은 네 개의 추녀마루가 동마루에 몰려 붙은 우진각지붕같이 네모꼴로 된 지붕이었다.

'왜눔들 겉으모 열 분 아이라 백 분을 죽었다 깨나 봐라, 그런 지붕을 맨들 수가 있는지. 하기사 세계적으로도 그런 훌륭한 지붕은 안 드물까

이?'

그런데 선화당 신축에 관해서 이러니저러니 하다가 대화가 뚝 끊어진 바로 그 좌석에서, 이번에는 별안간 매우 이상한 노랫소리가 들려오기 시작했다. 재영이 부리나케 그쪽으로 고개를 돌려보니, 그것은 구레나룻 사내 입에서 흘러나오는 소리였다.

뿌리 빼인다 뿌리 빼인다 진주 일군 뿌리 빼인다
도관찰 사도님은 진주 백성 살리시오
잔민이 도탄하고 관리는 부귀로다
좋을시고 좋을시고 촉석 노름 좋을시고
잔민의 푼전 빼앗고 부민의 양전 뺏어
촉석루에 높이 앉아 기생 검무만 잠심 한다더라

그러자 다른 두 사람 안색이 파래지면서 소리쳤다.
"이, 이 행!"
재영은 문득 콧잔등이 바늘 끝에 찔린 양 찡해오면서 실로 감개가 무량했다. 그 가락도 그렇거니와 노랫말이 가슴팍을 세차게 후려치는 것이었다. 부패한 관리를 겨냥한 노래 가운데 그만한 게 어디 흔하겠는가. 듣기만 해도 십 년 체증이 쑥 내려갔다.
그때 저쪽 평상에 국밥을 나르기 위해 막 주방에서 나온 비화가, 그 노랫말을 듣고 잠시 우두커니 그대로 서 있는 게 재영 눈에 띄었다. 이만큼 떨어진 곳에서 봐도 아내 표정이 여간 심각하고 딱딱해 보이는 게 아니었다. 돌로 빚어 놓은 형용이었다. 그 아내 심정을 거울처럼 비춰볼 수 있는 재영은 혼자 속으로 이런 생각을 하였다.
'사람이 머를 한 분 잘못해 놓으모, 시간이 가도 도로 주우 담을 수가

없는 기라. 그러이 벌로 행동하모 안 된다 아이가.'

그 노래는 몇 해 전에 대한제국 최초의 일간신문인 〈매일신문〉에 실렸던 소위 '관찰사 송덕가'였다. 그렇다면 백성들이 송덕가를 지어 그 공덕을 기릴 정도로 깨끗하고 훌륭한 관찰사가 이 나라에 있었던가?

재영은 고개를 세게 내저었다. 서당에서 글깨나 읽은 아버지 술천이 어머니 이 씨 앞에서 곧잘 하던 이런 소리가 떠올랐다.

'기암절벽 천충석이 눈비 맞아 썩어지거든? 용가마에 삶은 개가 멍멍 짖고, 까마귀 대가리 희거든?'

도저히 불가능해 기약할 수 없단 의미였다.

맞았다. 그런 게 아니었다. 따로 깊이 따져볼 필요도 없이, 그 내용은 실제로는 송덕가가 아니었다. 그건 도리어 '원망가'였다. 관찰사를 꾸짖고 원망하는 노래였다. 그러니까 그 당시 관찰사 학정에 대한, 이 고을 백성들의 크나큰 원성과 분노를 역설적으로 나타낸 노래였다. 오죽했으면 하루하루 먹고살기 바쁜 백성들이 그런 노래까지 지어 불렀을까. 어쨌거나 바로 그 노래가 지금 와서 새롭게 흘러나오는 것이다.

'시방은 오데 가서 또 고 몬된 짓을 하고 있을랑고?'

비화도 재영과 마찬가지로 조 관찰사가 생각났다. 일이 크게 잘못되느라고 공교롭게도 비어사에 가서 염 부인 재齋를 올리기로 한 날과 그자가 소환한 날이 겹쳐, 긴 고민 끝에 비어사를 택한 대가로 치러야 했던 고통과 굴욕의 사건이었다.

'그 선택을 후회하는 거는 아이지만도…….'

그랬다. 만약 다시 한번 더 그런 어렵고 힘든 선택의 기로에 서야 할 경우가 생긴다고 하더라도 역시 비어사일 것이다. 저 선화당이 천당보다 더 좋더라도 거부할 것이다.

그렇지만 그 후유증은 너무나도 크고 깊었다. 그로 말미암아 가까스로 다가가고 있었던 동업직물은, 나루터집이 따라잡기 불가능할 정도로 저만큼 아주 멀리멀리 달아나버렸다. 무심한 세월만 저 혼자 덧없이 흘러가 버렸다. 상촌나루터 남강 물이 벌써 몇 번을 얼고 녹기를 반복했는가. 철 따라 오가는 물새들 날갯짓은 무연한 눈빛으로 또 얼마나 많이 바라보았는가.

"어? 이기 누고?"

그때 문득 들려온 재영의 목소리에 비화는 정신이 났다.

"혁노 아이가?"

"예."

재영은 한동안 보지 못했던 친아들을 맞이하는 모습이었다.

"에나 오랜만에 왔네? 얼골 잊아삐것다. 그동안 우찌 지냈노?"

"쌔이 오이라."

비화도 반가운 마음에 얼른 계산대 쪽으로 걸어갔다.

"안녕들 하싯어예?"

꾸벅 고개 숙여 인사하는 혁노도 여간 반가워하는 빛이 아니었다. 꼭 자기 집에 들어온 느낌을 받는 모양새였다. 그러자 저 병인년 천주학 대박해가 되살아나면서 그가 더욱더 안쓰러워 보이는 비화였다. 사람이 신적인 어떤 대상을 신봉한다는 게 무엇인지.

"우리사 노상 그렇제, 머."

그렇게 말하는 재영에게 물었다.

"준서도 잘 있고예?"

못 보던 새 혁노는 부쩍 장골 티가 배어 있었다. 아니, 장가든 사람에 더 가까워 보였다. 충청도 땅 어딘가에 있다는 그의 어머니 우 씨가 떠올라 비화 심정이 먹먹해졌다.

'내가 쪼꼼 전에도 그리 생각했지만도, 세월이 한거석 흐르기는 흘렀

는갑다.'

비화 가슴 한복판을 뜨거운 뭔가가 깊게 훑고 지나갔다. 지난 시간들이 역류하는 강물이 되어 밀려오는 게 보이는 성싶었다.

'그 쪼꼬만 핏덩이가 인자는 완전히 어른이 다 됐거마는.'

그런데 비화가 가만히 보니 웬일인지 혁노의 말은 그저 예의로 하는 인사치레인 것 같고, 예전보다도 광대뼈가 좀 더 튀어나온 그의 야윈 얼굴은 무어라 형언할 수 없는 빛으로 가득 차 있었다. 격한 감정을 어쩌지 못해 바로 서 있기조차 어려운 사람으로 보였다.

'계속 심든 긴가? 그라모 안 되는데.'

당장 비화 눈앞이 뿌예졌다. 무두묘에 묻혀 있는 그의 선친 전창무였다. 그리고 어느 날인가 천으로 얼굴을 가리고 남몰래 나루터집을 찾아들었던 그의 어머니 우 씨였다. 그런 부모를 가진 혁노는 늘 비화를 가슴 아프게 했다.

'집안 내력을 살피보모, 그런 집안도 벨로 없을 기다.'

그 지난한 시기에 '안토니오'라는 영세명을 받고 천주학 전도 활동을 하다가 결국 그곳 포교에 의해 체포되어, 그토록 모진 고문을 당하면서도 마지막까지 배교하지 않고 '혈화血花'로 사라져 갔던 이 고을 천주학 역사의 산증인 전창무였다. 게다가 이제 그의 아들 혁노 역시 독실한 천주학 신자로서 아버지의 길을 그대로 따라가고 있다. 그 길이 어떤 길인지 누구보다 잘 알고 있으면서도 그랬다.

'남편을 비맹(비명)에 보낸 우 씨 부인도, 그 낯선 먼 고장에꺼정 가갖고 천주학을 더 퍼뜨리보것다꼬 노력하고 있다 안 쿠나.'

그런데 그때까지만 해도 비화나 재영은 상상조차 하지 못했다. 혁노 입에서 그런 무서운 소리가 흘러나올 줄은 몰랐다. 아주 짧은 순간이나마 밝은 웃음을 보이던 혁노는 얼굴이 샛노래지며 이렇게 말했다.

"왜눔들이 우리 고종 황제 폐하를 독살할라쿤다는 소문이 나 있답니더!"

그런 소식을 전해 주는 혁노는 다른 별에서 날아온 외계인 같았다. 아니다. 지금 그들이 있는 곳이 다른 별 같았다.

"……."

모두가 바보 같았다. 귀머거리고 벙어리였다.

"혀, 혁노야!"

비화는 머릿속이 깡그리 하얗게 비면서 자신의 목소리가 머나먼 바닷가 방죽을 때리는 파도 소리처럼 아스라이 느껴졌다.

"그, 그기 무, 무신 말고?"

재영은 어느새 몸을 내려놓고 있던 의자에서 벌떡 일어나 있었다. 계산대 이쪽으로 가까이 놓인 평상들 위에 앉았던 손님들도 저마다 넋이 빠진 모습들이었다.

"혁노야."

비화가 그저 혁노만 불렀다. 때마침 강가 쪽에서 불어오는 바람에 유독 숱 많은 혁노 머리칼이 한 방향으로 쏠리고 있었다. 그러자 혁노는 꼭 여자 같아 보였고, 그가 자기 어머니 우 씨 부인을 닮았다는 생각을 비화는 했다.

"고종……."

더 말을 잇지 못하고 혁노가 급기야 울음을 터뜨렸다. 너무나 섬뜩하고 두려운 이야기를 전해 주기는 하면서도 자신을 주체하지 못하는 모습이었다.

"흐흑."

사람들 뭇 시선이 일제히 혁노에게로 쏠렸다. 어쩌면 그들 가운데에는 사람 얼굴을 들여다보는 이상한 미치광이였던 혁노를 아직 기억하고 있는 이도 있을지 몰랐다. 또한, 성으로 진군하는 농민군들 속에서 성경 책을 들고 있던 그를 보았던 사람도 없으란 법은 없었다.

그렇지만 지금 그 순간에 그따위 것은 옷에 묻은 작은 검불 하나보다도 더 하찮은 것이었다. 그랬다. 미치광이 혁노가 중요한 게 아니라, 일제가 대한제국 황제였던 고종 임금을 독살하려고 한다는 소문을 전하는 혁노가 우선이었다.

"이 보시게, 젊은이!"

퍽 점잖은, 그러나 사뭇 떨리는 어떤 목소리가 혁노를 향해 날아왔다. 그 목소리가 묻고 있었다.

"젊은이가 시방 한 그 이약, 오데서 누한테 들은 긴고?"

이번에는 모두의 눈이 하나같이 소리 나는 곳을 바라보았다. 계산대 제일 근처에 놓인 평상이었다. 거기 청색 도포를 차려입은 노인 하나가 눈을 반짝이며 혁노를 바라보고 있었다. 나이가 믿어지지 않게 매우 형형한 눈빛의 그에게선 어쩐지 저 청학동 선비풍의 분위기가 강하게 풍기고 있었다. 호한이 좋아하는 지리산의 한 동네였다.

"자네, 그 말이 사실인감? 사실인가 묻고 있네."

하지만 혁노는 어깨를 들썩이며 울기만 할 뿐, 도포 노인이 계속해서 묻는 말에 답변하지 못하고 있었다.

"혁노야."

그것을 본 비화가 한 발 더 혁노에게로 다가서며 타이르는 목소리로 말했다.

"어르신이 묻고 계신다 아이가. 고만 울고 퍼뜩 말씀드리라이."

"예. 흑흑."

혁노가 간신히 울음을 그치고 입을 열었다.

"바라실에 계시는 타케 신부님께서……."

비화가 놀라 물었다.

"아, 타케 신부님이라모, 예전에 배나모골에서 선교를 하시던?"

혁노가 고개를 끄덕였다.

"예, 그분 맞심니더."

나이가 들어감에도 여전히 총기를 잃지 않는 비화 눈이 빛났다.

"그분이 우찌 그런 사실을 아시서?"

조선인도 잘 모르는 일을 외국인 선교사가 먼저 안다는 게 아무래도 얼른 납득이 되지 않았다. 일본인이라면 또 모르겠지만, 그럴 경우에도 그자가 그런 기밀을 누설할 리가 없었다. 혁노가 그 경위를 들려주었다.

"마츰 갱성서 내리오신 우떤 신부님한테서 들으셨다꼬 하시데예."

경성이라는 곳이 옛날처럼 그렇게 멀게만 느껴지지는 않는 비화였다.

"아, 그래서!"

경성에서 내려온 신부라면 어떻게 알았을 수도 있겠다 싶었다. 그런 신분의 사람이라면 여러 곳에 선이 닿아 있을 수도 있었다. 무엇보다도 성직자라는 특이한 직분을 수행하다 보면, 남들은 잘 모를 뜻밖의 중요한 사실을 접할 가능성이 있을 거라는 판단도 섰다.

그런 한편으로, 비화는 말문이 막히면서 가슴이 찡해왔다. 국적과는 상관없이, 또 누구의 잘잘못을 떠나, 무척이나 가슴 아팠던 기억이 되살아나서였다.

타케 신부. 그는 여러 해 전 배나무골에서 정말 열성적으로 선교 활동을 펼쳤지만, 고을 아전과 망나니들의 등쌀과 훼방을 견뎌내지 못하고 끝내 마산으로 떠나고 말았었다. 그 고을에 부임해온 지 불과 1년 만의 일이었다.

'그리 훌륭하신 분을 우째서 그랬으꼬.'

그런데 비화는 물론이고 거기 누구도 모르는 사실이 또 하나 있었다.

제주도에서도 생활한 타케 신부가 그곳에서 직접 채집한 수만 점의 식물표본을 유럽 대학과 박물관에 전하여 세계에 알려지게 했다는 것이다. 그리하여 그 시기가 한국의 식물학계에도 가장 큰 발전을 가져왔던 때로 기억될 만큼 타케 신부가 끼친 영향이 지대했다.

만약 준서가 그런 사실을 알았다면 여간 흥분하지 않았을 것이다. 요즘은 얼이 등 주변 사람들 덕분에 아주 많이 달라지긴 했지만, 한때 준서는 제 얼굴에 난 빡보 자국 때문에 남들과 어울리지 못하고 언제나 혼자 자연과 더불어 지내곤 했었다. 그 당시 미치광이 행세하던 혁노가 옆에 같이 있어 주긴 하였다. 남달리 동식물에 관심이 높았던 준서였기에, 타케 신부의 그런 특별한 활동상에 관하여 미리 전해 들었다면 지금과는 또 다른 모습으로 변해 있을지 몰랐다.

그건 그렇고, 타케 신부에 대한 비화 기억의 실타래는 더 이상 풀려 나가지 못했다. 고종 황제 독살이라는, 보다 충격적이고 큰 현실이 그 앞을 가로막고 있는 것이다. 한 나라의 국왕이 자리에서 물러났다는 그 사실도 아직까지 믿어지지 않는 이 나라 백성들이었다. 그런 일은 절대로 있을 수 없다고 보았다. 그리고 그건 지극히 당연한 이치였다. 임금은 곧 하늘인데, 하늘을 어디로 내려놓는다는 말인가? 그 하늘 아래 살아가는 백성은?

"우째 이런 일이?"

"이날 이때꺼정 살아옴시로……."

나루터집에서는 엄청난 소요가 일기 시작했다. 주방에서 일하던 우정댁과 원아, 그 밖의 아주머니들도 모조리 밖으로 나와서 정신을 잃은 채 서 있었으며, 손님들도 밥숟갈을 내려놓고 그 경악할 소문에 아연실색한 얼굴들로 앉아 있었다.

"신부가 핸 말이라이, 까대기를 치는(거짓말을 하는) 거는 아일 끼고."

"신부가 아이라 캐도, 머 무울 끼 나온다꼬 그런 까대기를 치까예?"

"그거는 그렇것제?"

"하모예."

부부로 보이는 중년의 남녀 손님이 주고받는 말소리가 충격으로 크게 출렁이는 마당을 울렸다. 오랜만에 두 사람만 오붓하게 외식을 나온 부부로 보였다.

강가에서 민물가마우지 여러 마리가 한꺼번에 내지르는 울음소리가 나루터집 가게채를 흔들었다. 그것은 점점 확대되어 필시 조선팔도를 요동치게 할지도 모른다. 아니, 그런 조짐은 이미 전국 곳곳에서 나타나고 있었다.

"그 소문이 사실이라모 우리나라는 우찌 되는 긴고?"

누군가가 누구에게랄 것도 없이 묻고 있었다.

"고마 없어지는 기지, 우찌 되기는 머가 우찌 돼? 선왕先王 한 분도 제대로 지킬 심도 없는 나라가 시상에 오데 있을 수 있것노."

누군가가 누구에게랄 것도 없이 답하고 있었다.

"그리 되모?"

"더 묻고 답할 것도 없는 기다."

"와 없어? 있어야제."

"우찌 있을 낀데? 함 이약해 봐라꼬."

"우쨌든 간에 말이다."

아무 대책도 없으면서 억지만 부리는 양상이었다. 하지만 그 소리를 시작으로 나루터집 안은 한층 성토하는 분위기로 변해갔다. 쌓일 대로 쌓였던 것이 급기야 폭발하고야 말려는가 싶었다.

"대체 누가 선왕을 독살할 수 있다 말이고?"

"하모, 이 시상에 왕보담 더 높은 사람이 또 오데 있노?"

"그란데 왕을 하던 지존을 누가 머 우짠다꼬?"

어느새 방에 있던 손님들도 알고 마당으로 나오면서 저마다 한마디씩 해대기 시작했다. 그곳이 장삿집이란 사실을 전부 망각해버린 모습들이 었다. 하긴 거기가 어딘가 하는 게 중요하지 않았다. 조선 땅 안이니까.

"허, 오래 안 살아도 벨 희한한 일도 다 보요. 아, 희한한 기 아이고 망극한……."

"오래 살아도 볼 수 없는 일 아인가베?"

"안 때린 장구 북소리 나까? 무담시 이런 소문이 나것소."

그렇게 한참 웅성거리고 있던 사람들이 입이 마른지 잠시 조용해졌다. 그 틈을 타서 맨 처음 혁노에게 물었던 청색 도포 노인이 모두를 둘러보며 말했다.

"우리 관아에 가 봅시더. 거 가모 쪼꼼 더 상세하거로 안 알 수 있것소."

그러자 손님들은 너나없이 크게 고개를 끄덕이며 일어날 채비를 했다.

"그기 좋것심니더. 여서 우리끼리 이래봤자 머합니꺼."

장사치 차림새의 웬 건장한 젊은이가 평상 밑에 놓여 있는 자기 신발에 눈길을 보내면서 말했다. 보통 사람 한 배 반은 돼 보이는 큰 미투리였다. 삼으로 삼은 그 신은 흔하게 보아온 것처럼 날이 여섯이었다. 하지만 그 순간에는 어쩐지 좀 달라 보였다.

"우선에 밥값 계산부텀 하고요."

아까 거기 들어올 때부터 온몸에서 술 냄새를 폴폴 풍기던 장년의 사내가 그렇게 말하며 자리를 털고 일어섰다. 그에게서는 매운탕 냄새도 나는 듯했다. 그러자 그들 일행 중에 여자같이 허리가 낭창낭창해 보이는 남자 하나가 밥값은 자기가 내겠다며 서둘러 일어나 계산대 쪽으로 오더니 물었다.

"우리 올매요?"

그것을 신호로 하여 사람들은 앞서거니 뒤서거니 해가면서 밥값을 치르고 가게를 빠져나갔다. 마당 평상만 아니고 방에 앉았던 손님들도 마찬가지였다.

"대체 이 무신 날벼락인고?"

"우쨌든 나갑시더."

"맞심니더. 관아로 가든지 오데로 가든지 간에."

"시방쯤 질바닥에 그 소문이 쫙 안 퍼지 있으까이?"

"안 퍼지 있으모, 우리라도 퍼뜩 퍼지거로 해야지예."

항상 손님들로 읍내장터만큼이나 크게 붐비던 나루터집이 한순간 거짓말로 의심될 만큼 텅텅 비었다. 사업이 번창하자 인근 땅을 계속 사들여 가게 규모를 확장한 이유도 있겠지만 이날 따라 마당이 그렇게 휑뎅그렁하니 넓어 보일 수 없었다. 바로 옆에 있는 밤골집도 갈수록 규모가 커져 그곳 상촌나루터 최고의 주막으로 위치를 굳혀가고 있었다.

어쨌거나 누구든 그 자리에 그대로 눌러앉아만 있을 수는 없었을 것이다. 어디로 가든지 가서 더 세세한 내막을 알고자 하는 심경들일 것이다. 그도 저도 아니면 강가로 가서 목이 터지게 고함이라도 쳐야 했다.

잠시 후 나루터집 식구들만 남게 되자 모두 혁노 가까이 모였다. 그러고는 그것에 관해 좀 더 듣고자 했으나 사실 혁노도 더는 아는 게 없었다.

"타케 신부님도 그거밖에는……."

그게 자기 잘못이기라도 하듯 낯을 붉히는 혁노 등을 손바닥으로 가만가만 토닥거려주고 나서, 비화가 약간 지친 모습으로 가까운 평상 위에 몸을 내려놓으며 모두에게 말했다.

"곧 알기 안 되까이예. 만약 그기 헛소문이라모 에나 다행이것지만도 말입니더."

재영은 자기 자리인 계산대 의자로 갔다. 그에게는 그 자리야말로 세상에서 가장 행복하고도 편한 곳, 왕좌보다도 더 좋은, 아니 어쩌면 영원한 은신처였다.

"후, 되다. 좀 쉬자."

그런 말과 함께 우정 댁과 원아가 비화 옆에 앉자, 다른 주방 아주머니들도 저마다 평상 끝에 걸터앉더니 살아가는 것에 대해 한마디씩 늘어놓기 시작했다.

"인생살이가 우째서 이리키나 에렵노?"

"그거를 인자사 알았는가베?"

"인자 알았다쿠는 거는, 그만치 시상을 안 에렵거로 살았다쿠는 이약인 기라."

"치! 지가 시상을 올매나 살아봤다꼬."

저마다 입은 놀려도 하나같이 탈기한 모습들이었다. 그렇지만 나루터집 가족들이 한꺼번에 그렇게 잡담을 나누면서 쉴 기회도 쉽지는 않았다.

'괏, 괏.'

'구루, 구루.'

민물가마우지 울음소리만 상촌나루터를 가득 메우고 있었다. 등과 죽지에 광택이 나는 푸른 자줏빛이 인상적인 물새였다. 긴 부리와 발가락에 있는 물갈퀴가 물고기 사냥하기에 좋은 그놈은, 날개를 쫙 펴면 그 검은 몸이 어쩐지 사람마저도 약간 질리게 하는 데가 있었다.

오래전부터 경성에서 벌어지고 있었던 사건들은 상촌나루터에 있는 사람들로서는 꿈에도 생각할 수 없는 것이었다. 기실 그 당시에 고종 양

위 사건의 전말에 관해 소상히 안 사람은 몇 되지 않았다.

고종이 이상설과 이준 등을 은밀히 헤이그 회의에 보내어, 이태 전에 일본과 맺은 소위 그 보호조약은 대한제국 황제의 뜻이 아니고 무효라는 밀서를 러시아의 니콜라이 2세에게 전달하려 한 일이라든지, 그런 사실을 알게 된 일본 외무성이 그해 7월 1일 조선통감 이등박문 앞으로 보낸 한 장의 전문이 한국의 황실과 정부를 엄청난 초긴장 상태로 몰아넣은 일 등은, 천지신명마저도 내다보지 못했을 것이다.

그런 격동의 소용돌이 속에는, 순종의 황제 대리청정 논의와 고종 양위 주장을 처음 꺼낸 총리대신 이완용이 있었다. 처음에는 친러파로 아관파천을 주도하다가 후에 일본 세력이 커지자 그쪽으로 돌아선 민족반역자가 그였다. 만고에 두고두고 지워지지 않을 매국노의 대명사로서 영원히 지탄과 비난의 화살을 맞게 되는 장본인이었다.

그리고 또, 그 파란의 현장에는 김호한의 오랜 지기인 조언직이 있었다. 그도 이제는 초로기도 한참 넘겨 늙은이 소리를 들을 만하였다. 하지만 바로 그날 여느 젊은이들 못지않게 무척 빠른 걸음으로 반일단체인 동우회 회원들의 뒤를 따라가는 중이었다. 이윽고 성난 파도 더미와도 같은 숱한 군중 행렬이 도착한 곳은, 덕수궁에서 2킬로미터도 채 떨어져 있지 않은 남대문 밖 중림동에 있는 이완용의 집이었다.

"모조리 태워라!"

"죽여라!"

"본때를 보여주자!"

"나라와 동포를 배신한 대가가 어떤 것인지 알게 하라!"

사람들은 화가 나면 왜 불부터 지르는 것일까? 그 시뻘건 불을 통해서 무엇을 보려는지. 하늘로 끝없이 치솟는 대한제국 백성들 진노만큼이나 활활 높이 타오르는 벌건 불길은 순식간에 그 대저택을 삼키기 시작했다. 대궐 같은 집도 화신 앞에서는 개미집만도 못해 보였다.

'사람이 몸만 눕힐 수 있으모 될 집을, 꼭 저리카나 거창하거로 지을 필요가 있는 기가? 욕심이 근심이라 안 캤나.'

집에 대한 기존의 관념이 달라지는 순간이었다. 그가 아직 어린 시절에 동무들과 남강 백사장에 가서 함께 둥근 모래집을 지으면서 부르던, '두껍아, 두껍아. 헌집 줄게, 새집 다오' 하던 노래도 다 헛되고 부질없는 것이 아닐까 싶었다.

언직은 멀찍이 떨어져서, 그 집 최고급 가구는 말할 것도 없고 구하기 힘든 아까운 고서적까지 깡그리 재가 되는 광경을 물끄러미 지켜보며, 이런 생각을 떠올리고 있었다.

'이완용이 덕에 박제순이 살았거마는.'

이른바 을사조약 전까지만 해도 대한제국 민중들에게서 가장 많은 손가락질을 받았던 자가 행정사무를 주관하는 주무대신 박제순이었다. 그전에 호조참판 자리에 있던 중 동학교도들이 보은집회를 열었을 때는 위안스카이(원세개袁世凱)를 만나서 청국 군사를 파병하는 문제를 논했고, 갑오농민항쟁 당시에는 충청도 관찰사로서 일본군, 경군京軍과 더불어 농민군을 토벌하는 데 앞장서기도 했던 자였다. 하지만 지금 와서는 저주와 비난의 대상이 그에게서 이완용으로 바뀐 것이다.

'요담에는 또 눌로 변할랑고?'

그때 온몸에 뜨거운 열기가 훅훅 느껴지는 언직의 귀에 이런 소리들이 들렸다.

"저것 좀 보게나. 위패位牌까지 불타고 있어!"

"돈이 되면 제 아비 어미 위패도 팔아먹을 놈이니 그게 무슨 대수야?"

죽은 사람 이름을 적어 그의 혼을 대신한다는 상징성을 갖는 나무 조각인 위패였다. 그리고 그것을 모신 곳이 곧 무덤 역할을 하는 곳도 있다는 사실을 예전부터 알고 있는 언직이었다.

"우봉 이 씨 조상들이 안됐군 그래."

"맞는다고. 양자 하나를 잘못 받아들인 대가치곤 너무 심한걸."

"우봉 이 씨는 경주 이 씨에서 갈라져 나왔다며?"

"흥! 갈라져 나왔든, 찢어져 나왔든!"

얼핏 무심해 보이는 사람들이 그렇게 많은 것을 알고 있다는 사실에 언직은 가슴이 서늘해질 정도로 놀랐다. 뜨거운 불꽃이 차가운 얼음꽃으로 변하는 환영까지 보였다.

'이래서 손으로 하늘을 가리는 짓은 하지 말라 캤는갑다.'

언직은 익히 알고 있었다. 이완용이 열 살 되던 해에 그를 양자로 받아들인 사람이, 같은 집안의 먼 친척으로서 고종을 측근에서 모시던 예방승지 이호준이었다. 당시 이호준에게는 평양 기생에게서 낳은 열네 살 먹은 아들 이윤용이 있었는데, 서자는 가문의 대를 잇지 못하는 관례에 따라서 어쩔 도리 없이 양자를 들인 것이다. 예로부터 계속 전해온 그 관습이 아니었다면, 어쩌면 이완용이란 이름자도 우리 역사에서 찾을 수 없었을지도 모른다. 만일 그랬다면 이완용 개인적으로나 국가적으로 참으로 다행스러웠을 것이다.

"하여튼 피해액이 십만 원도 넘겠구먼."

"돈도 돈이지만 조상 신주神主가 불타버린 게 이완용이로서는 최고로 가슴 쓰린 일이 아니겠어요?"

"그렇지요. 신주 모시듯 한다는 말도 있는데……."

"흥! 신주 개 물려 보내겠구먼."

하늘은 붉었고 사람들 마음은 그보다 더 붉어지고 있었다. 무쇠라도 잘라버릴 눈빛들이 언직을 두렵게 몰아세웠다. 어디선가 쇠를 능히 먹는다는 괴이한 모양의 불가사리가 곧 나타날 분위기였다.

"그러려는 개라도 있으면 다행이게요?"

"아, 딱 맞는 소리를 하시는군요."

그런 대화는 갑자기 들려오는 함성에 파묻혀버렸다.

─매국노의 일족들을 잡아 죽여라!

그게 신호탄이었다. 그 일을 주도한 동우회 회원들뿐만 아니라 다른 사람들도 모두 불 속에서 이완용의 가족들을 찾아내기 위해 뛰어다녔다. 두 눈에는 지금 그곳에 타오르고 있는 불길보다도 더 시뻘건 불을 켜고서였다. 일찍이 보기 드물었던 섬뜩한 현장이었다.

'그 잘나가던 이완용이 집구석, 맬문(멸문滅門) 당하거로 생깃다.'

언직은 덩실덩실 춤이라도 추고 싶을 정도로 가슴이 후련해졌다. 그때만 해도 언직은 이완용의 일가가 모두 붙잡혀 맞아 죽었지 않나 했었다.

하지만 한참 시일이 지난 후에야 안 사실이지만, 그들은 남산 밑에 있는 왜성구락부倭城倶樂部로 피신하여 화를 모면했다고 한다. 분하게도 일본 순사들에 의해 구출되었다.

그리고 더 나중에 들은 소리지만, 이완용은 그곳에서 눈치를 보면서 두 달가량 머물고 있다가, 9월에 가족들을 데리고 그의 서형庶兄 이윤용의 집으로 들어가 함께 살았다는 것이다. 하늘도 빈틈이 있는 모양이었다.

언직은 뒤에 그 일족들의 무사함을 알고는 땅을 치고 싶도록 아쉽고 억울했다. 언직뿐만 아니라 모두가 똑같은 심정이었을 것이다. 그리고 그 훗날 그가 고향으로 내려와서 김호한과의 술자리에서 나눈 이야기지만, 그것보다도 훨씬 어처구니없고 분통 터질 일도 있었다.

"머라?"

"잘 몬 들었으모 더 좋고."

"이 친구, 함 더 말해 보라꼬."

입으로는 친구지, 무슨 원수에게 하는 말투였다.

"내사 더 말 안 할란다. 하고 싶지도 안 한데 머 땜에."

"그라모 여직꺼지 자네는 하고 싶은 말만 하고 살았디가? 내가 자네 한테 핸 소리도 다 그런 줄 알고 있는가베?"

그러면서 완강하게 고개를 휘휘 내젓는 언직의 멱살이라도 거칠게 틀어잡을 듯이 하는 호한이었다. 평소 벗들에게 그런 모습을 보이는 그가 아니었다.

"이완용이 처가 무신 소리를 했다꼬?"

"몸 생각해서 참아라꼬, 참아."

"몸 생각해서 더 몬 참것다."

억지춘향을 부리고 있었다. 하지만 그렇게 우겨서 이루려는 일이 무엇일까. 딱히 건질 것도 없는 언쟁만 이어졌다.

"몬 참것으모 몬 참든지."

"허, 그래도야? 에나 함 해볼 끼가?"

"머를 함 해봐? 장 청춘인 줄 아는가베?"

짐짓 핀잔주는 체하면서도 언직은 참 서글펐다. 세월 앞에서는 어쩔 도리가 없는지 그 장대하던 기골도 지금은 주름살에 밀려버린 호한이었다. 그 이름에 걸맞게 정말 호랑이 못지않은 거한이었다.

그러고 보니, 천한 상놈 출신 임배봉이 보통 놈이 아니라는 것은 의심할 여지가 없었다. 그 음흉하고 간악한 인간 때문에 호한은 지금까지 얼마나 힘겨운 삶을 살아왔는가. 세상 사람들이 '김 장군'으로 불렀던 그는 무남독녀 비화가 아니었다면 살아 있지 못할지도 모른다.

그렇지만 아직도 그 호기만은 여전하여 당장 큰 주먹으로 술상을 내려치지나 않을까 우려되는 호한이었다. 이완용 아내 조 씨가 가까운 지인에게 이런 이야기를 했다는 것이다.

'우리가 왜성구락부에 자리를 잡고 머물기 시작한 첫 한 주일 동안에는 말이죠, 모든 생활비를 이등박문이 대주었어요.'

호한은 언직이 덕수궁 쪽에서 겪었던 일에 대해서도 마구 치미는 울분을 억누르지 못했다. 입에서 왈칵 피를 토하듯 했다.

"능지처참혈!"

"음."

그 또한 나중에 가서야 어찌어찌해서 알게 된 사실이지만, 그날 순종의 즉위식이 끝난 후에 조선 민중들이 덕수궁으로 무리를 지어 몰려와서, '이완용을 죽여라!' 하고 외치는 소리를 듣고 당황해 어쩔 줄 몰라 하는 이완용을, 자기 마차에 태우고 함께 통감 관저로 향한 것도 이등박문이었다는 것이다.

"이완용이하고 이등박문이가 올매나 둘이 짝짜꿍했으모……."

"아, 그야 개도 알고 소도 아는 일 아인가베?"

"개도 모리고 소도 모리기를 원한다는 이약이가?"

"자네가 에나 내 친구 맞나?"

그뿐만이 아니었다. 만일 그 이등박문이 고종에게 행했던 무례함을 호한이나 언직이 알았다면, 이제 그 주모는 뒷방으로 물러나 앉고 대신 눈빛이 맑은 그녀의 조카딸이 물려받은 주막집 물건들은, 그야말로 단 하나도 성해 나지 못했을지도 모른다.

"머, 머라꼬? 으으."

"그런께 더 이약하지 마자 캐도?"

"안 하모?"

"모리것다, 모리것다."

"자네 그 심정……."

정말이지 입술에 묻히기도 싫은 이야기였다. 이등박문 그자는 일본

해군 연습 함대 장교들을 대동하고 입궐하여, 실로 무엄하게도 문제의 친서라는 것을 고종에게 들이밀며 이렇게 위협했다는 것이다.

'이와 같은 음흉한 방법으로 일본의 보호권을 거부하려는 것은, 차라리 일본에 대해 당당하게 선전포고를 하는 것만 못하다. 모든 책임은 전적으로 황제가 져야 하며, 이런 행동은 일본에 대해 적대적 의도가 있다는 것을 공공연히 드러낸 것으로 협약 위반임을 결코, 면할 수 없다. 따라서 일본은 조선에 대해 전쟁을 선포할 권리를 보유하고 있다는 사실을 총리대신으로 하여금 통고케 하겠다.'

그 고을 주산主山인 비봉산 근처에서 농사를 지으며 살아가는 사람들 사이에도 소위 '개화'라고 하는 이름의 바람이 차츰 불어오기 시작했다. 그게 반가운 꽃바람인지 위험한 불 바람인지는 세월이 흐른 후에야 밝혀졌다.

예로부터 '농자천하지대본야農者天下之大本也'라고 하여 농업을 무척 중요시해 온 나라였기에, 그 고을 사람들 또한 그 새로운 소식에 관심이 높았다. 이제 농사꾼도 잘살 날이 오는가 보다며, 늘 담장을 넘겨다보는 키 큰 해바라기처럼 기대가 컸다.

그것은 비봉산 서편 자락이 치마 주름지듯 흘러내린 가매못 저 안쪽 마을에 사는 꺽돌과 설단 부부도 마찬가지였다. 비화가 무상대부 해주다시피 한 그 전답을 땀으로 일구면서 살아가는 그들이었다. 그 두 사람뿐만 그런 게 아니었다. 심지어 공범共犯을 실토하지 않는다고 배봉에게 당했던 악독한 고문의 후유증으로 인해 앉은뱅이가 된 채로, 온종일 좁은 집 안에서만 맴돌아야 하는 언네조차도 눈을 번쩍 떠 보았다.

그날 많은 주민들이 거대한 새가 날개를 활짝 펼치고 있는 산세를 보이는 비봉산 아래로 모여들었다. 그곳에는 바로 경남도청 소재지인 그 고을에 새로 생긴 종묘장種苗場이 있었다. 그리하여 저마다 길게 목을 빼고 식물의 묘목을 기르게 될 거기를 구경하기에 바빴다. 아주 시끌벅적한 게 무슨 사당패라도 들어온 것으로 착각될 지경이었다.

고을 사람들이 더한층 희망을 가지고 감격스러워한 데는 그럴 만한 연유가 있었다. 그 종묘장은 함흥종묘장과 더불어 이 나라에서 가장 먼저 설치되었다는 바로 그것이었다. 농상공부 직속의 종묘장이 전국 각지에 9개소의 문을 연 것은 그 후였다. 그러니 그건 자존심을 가질 만한 대단한 일이었다. 지금 그 종묘장 앞은 인파로 흘러넘쳤다.

"종묘장이 우떤 곳이라 캤어예?"

꺽돌의 어깨까지밖에 키가 닿지 않는 설단이, 혹시라도 옆에 모여 있는 다른 사람들이 들을세라 작은 소리로 물었다.

"바로 엊저녁에 이약해 줬는데 하매 잊아삔 기가? 까마구 괴기를 내한테는 기경도 안 시키주고 혼자만 뭇나."

처음에 말투는 약간 퉁명스럽게 나왔지만 꺽돌은 곧 자상하게 일러주었다.

"식물의 씨나 싹 겉은 거를 심어갖고, 모종나모를 가꾸는 데라 안 쿠더나."

그러자 설단이 남편을 올려다보면서 처녀 시절 모습으로 수줍게 웃어 보였다. 꺽돌 눈에 그런 아내가 세상 어떤 여자보다 예쁘고 사랑스럽기만 했다. 아니, 고마웠다.

그건 의붓어미로 삼은 언네 때문이었다. 설단은 어떤 면에서 꺽돌 자신보다도 더 극진히 언네를 모셨다. 꺽돌도 감격했지만 언네는 눈물까지 보였다.

"내가 칠성판에 누울 늘그막에 무신 복을 타고 났으까."

언네가 쓰지 못하는 하반신을 손으로 문지르며 그렇게 말하면 설단은 도리어 절레절레 고개를 흔들며 말했다.

"우리 집 복디이는 어머님이라예, 어머님."

빙그레 웃으며 두 사람 대화를 듣고 있는 꺽돌이었다. 그들 집안에 고부간 갈등이란 소리는 아예 발을 붙이지 못할 것이다.

"복디이는 무신 복디이?"

언네는 설단이 깨끗하게 해 입힌 저고리 소매 끝으로 콧물을 훔쳐냈다.

"액운 등거리(덩어리)제, 액운 등거리."

지난날 그들 모두가 임배봉 집안 종으로 있을 당시, 언네와 설단 사이가 그다지 좋지 못했다는 사실을 잘 알고 있는 꺽돌이었다. 그래서 언네를 집으로 모셔오면서도 설단이 어떻게 나올까 여간 걱정스럽고 신경 쓰였던 게 아니었다. 더군다나 지금 언네는 자기 혼자서는 아무것도 할 수 없는 불구의 몸이었다. 누군가가 주변에서 돌봐주지 않으면 단 한 순간도 살아가기 어려웠다. 오히려 하루 종일 방바닥에 누워서만 생활하는 어린아이가 더 나을 것이었다.

"선녀가 우리 집에 있다 아인가베."

설단이 물을 덥혀 언네 몸을 깨끗이 씻기고 새로 갈아입혀 준 입성을 보면서 꺽돌이 꺼낸 말이었다. 그러자 설단은 믿지 않게 눈을 흘겼다.

"선녀는 무신 선녀예? 며누리가 시어머님 뫼시는 거는 당연타 아입니 꺼."

되레 섭섭한 소릴랑 하지 말라고 했다.

"그래도……."

듬직한 체구에 어울리지 않게 몸 둘 곳을 몰라 할 정도로 감격스러워 하는 꺽돌에게 설단은 이렇게 주문했다.

"당신은 어머님 밥상에 하얀 쌀밥하고 쇠고기 올리 드릴 수 있거로 농사나 부지런히 지으시소. 남어치 다린 것은 모도 지가 알아서 할 거니까예. 알것지예?"

꺽돌이 방바닥에 손바닥을 짚고 자리에서 일어서며 말했다.

"내, 일하로(일하러) 가요."

결국, 이번에도 설단이 졌다. 늘 그런 식이었다. 그리고 그게 가정의 평화를 가져와 준다는 걸 모르지 않았다.

"고, 고만 앉으시소. 누가 코 베가도 모릴 이 캄캄한 밤중에 혼자서 오데로 가신다쿠는 깁니꺼?"

꺽돌은 못이 박힌 손가락으로 선량해 보이는 제 눈을 가리켰다.

"요게 불이 키져 있다쿠는 거 모리는가베?"

더할 나위 없이 느꺼워하는 빛으로 고개를 수그린 채 두 사람 정담을 듣고 있던 언네가 끼어들었다.

"내는 쌀밥하고 쇠고기 안 묵어도 괘안타. 물 한 가지만 마시도 살 거매이다. 그라고 그 말만 들어도 하매 배부리다."

꺽돌과 설단 눈이 허공에서 마주쳤다.

마루 밑에서 삽사리가 낑낑거렸다. 외양간에서 천룡이 부스럭거리는 소리가 났다. 밤은 고요하고 평화롭게 깊어가고 있었다.

"고맙다, 고맙다, 에나 고맙다."

꺽돌과 설단 부부의 각별한 보살핌 덕분에 언네는 건강이 많이 호전되었다. 그리고 몸에 힘이 좀 생기자 배봉에 대한 원한은 더욱 깊어지는 듯했다. 기갈이 대단했던 예전의 그녀를 보는 것 같아 꺽돌도 용기가 솟아났다.

'지내간 것들은 싹 다 없었던 거로 돌리삐고, 모든 거를 첨부텀 새로 시작해 보는 기라, 새로.'

그런 다짐 끝에 꺽돌은 참을 수 없을 만큼 초조해지고 궁금해졌다.

아직 배봉 집안에서는 아무런 움직임도 느껴지지 않는 것이다. 믿어지지 않을 정도로 조용했다. 상식적으로 맞지 않은 얘기였다. 그런 일을 당하고서도 그대로 있을 인간들이 아니었다. 그래서 더욱 수상쩍었다. 너무 불안했다. 무슨 함정이라도 파놓고 걸려들길 기다리고 있는 것 같기도 했다.

'해나 우리 식구만 모리고 있는 거는 아이까?'

사람들이 많이 모여드는 읍내장터에 나갈 때나 동업직물 본사와 점포 근처를 지날 때면, 꺽돌은 온 신경에 바늘을 꽂은 것처럼 예민해졌다. 그 날카로워지기가 낫이나 작두보다 더했다. 어디 웬 사람들이 둘만 모여 있어도 혹시나 동업직물 이야기가 나오지 않을까, 그들이 이상하다는 눈초리로 쳐다볼 정도로 얼른 걸음을 옮기지 않고, 꼭 병든 까마귀 어물전 돌듯 그냥 그 근처를 서성거리기도 하였다.

'벱 밑에 벱 모리고, 등잔 밑이 어둡다 캤제.'

지금쯤은 당연히 무슨 변화가 있어야 마땅했다. 그리하여 근동 최고가는 대갓집에서 일어난 사건이니만큼 온 고을이 당장 떠나가게 왕왕 들끓고 떠들썩할 것이었다. 그게 사실이냐고, 어떻게 그런 일이 있을 수 있느냐고, 대체 누가 그랬을 거냐고, 숟가락이고 밥그릇이고 죄다 집어던지고 그 화제에 달라붙을 것이었다. 그것이 정상이었다. 하지만 아니었다.

'내 짐작대로 함정을 파놓은 기라모……'

그런가 하면, 또 이번에는 상촌나루터에 자리 잡고 있는 나루터집 방향으로도 잔뜩 귀를 곤두세우는 꺽돌이었다. 그날 설단이 들려준 말 그대로라면, 동업은 비화 남편 재영의 소생이었다. 따라서 동업은 업둥이로 거두어준 현재의 부모보다도, 친부인 재영을 먼저 만나 자기 출생 성분을 알고자 할 공산도 컸다. 그를 낳아준 친모가 누구인지 그것이 더 알고 싶은 게 사람의 보편적 심리일 수도 있었다. 어떻게 해서 자기가 남의 집에서 살게 되었으며, 또 앞으로 자신이 어떻게 처신을 할 것인가는, 그다음 문제로 넘길 수 있었다. 어쨌거나 헤아려볼수록 그것은 참으로 복잡다단한 계산법이 아닐 수 없었다.

'내 머리 갖고는 불가능하다.'

하지만 그 어떤 쪽이든 간에, 벌써 폭발은 시작됐어야 하는 게 정해진 이치였다. 그것도 조그만 진동이 아니라 온 고을을 송두리째 뒤흔들어 놓을 굉음일 것이었다. 남강 물이 역류하고 촉석루 나무 기둥이 뽑혀버릴 만큼 말이다.

바다 건너 일본에까지 비단을 수출하는 근동 최고 갑부 동업직물의 차차기 후계자가 될 맏손자가, 사실은 자기 집안 핏줄이 아니라 그들과는 수십 년 전부터 불구대천의 원수 집안인 나루터집 주인 남자의 소생이라는 이야기인 것이다. 이건 옛날 이야기책에서도 쉽게 찾아볼 수 있는 사연이 아니었다. 한데도 인내심이 바닥을 드러내게 할 정도로 고요하고 잔잔하다. 이럴 수가 있을까?

'아이다. 아모래도 이거는 아인 기라.'

그런데 침착하달까, 오히려 여유를 보이는 사람은 언네였다. 어느 누가 뭐래도 임배봉을 겨냥한 복수심은 그녀가 몇 배나 더할 텐데도 그러했다. 언네는 갈수록 안달 나 하고 조바심 내는 그들 부부를 앞에 앉혀 놓고 이렇게 힘주어 말했다.

"내가 안다. 잘 안다. 동업이 그눔이 보통 눔이 아이라쿠는 거를. 절대 벌로 행동할 눔이 아이제. 돌다리도 머한다꼬, 동업이가 바로 그짝 아인가베."

"……."

"그냥 겉으로 보기는 곱상해 비이도, 속에는 엉큼한 영감이 들앉아 있는 늪인 기라.”

눈을 떴다 감았다 하며 듣던 꺽돌이 수긍하기 힘들다는 목소리로 말했다.

“그래도 너모 오래갑니더.”

언네는 주름진 얼굴에 웃음기까지 띠어 보였다.

“시간이 짜다라 갔다, 그런 이약이제? 괘안타. 하나도 걱정할 거 없다고마.”

간혹 그 고을 길가에서 볼 수 있는 지체불구자인 그 예언자가 되기라도 한 듯했다. 몸은 그래도 마음은 더없이 자유로워 앞날을 훤히 내다보는 놀라운 능력을 지닌 것 같은 초로의 사내였다.

“운젠가는 반다시 터지고야 말 일이니께.”

기대 섞인 목소리로 설단이 물었다.

“에나 그리 되까예?”

“하모, 되제. 받아 논 밥상인 기라.”

언네는 좀 더 천천히 일이 벌어지기를 바라기라도 하는 눈치였다.

“그라고 시간이 한거석 지내간 그만치 그 여파도 상구 클 끼거마는. 그기 무신 뜻인고 알것제?”

“알기는 알것는데예…….”

“알모 됐다.”

까무룩 잠이 들었는지 삽사리도 천룡도 조용했다. 토담 가까이 서 있는 감나무에서 감잎 하나가 소리 없이 떨어졌다.

# 종묘장 사람들

꺽돌이 지금 자신이 어디에 와 있는 건지도 잊고 꿈꾸듯 언네의 그 마지막 말을 되살리고 있을 때였다.

"여보!"

설단이 그의 팔을 잡아 흔들며 물었다.

"시방 머하고 있어예?"

"와?"

정신이 든 꺽돌이 흠칫하며 설단을 내려다보았다.

"무신 생각을 혼자 그리 짜다라 해예."

설단은 잠시 꺽돌의 낯빛을 읽는 눈치였다.

"사람이 앉아갖고 멤만 천리만리 간다 안 쿱니꺼."

꺽돌은 딴전 피우는 아이 모양으로 했다.

"내 한 개도 생각 안 했다. 아이다, 반 개도 안 했다."

설단이 이슬 내린 풀밭을 연상시키는 눅진한 목소리로 말했다.

"다 알아예. 다린 일은 난주 걱정하시소."

그러면서 설단은 희고 작은 턱을 들어 비봉산을 배경으로 서 있는 종묘장 건물 안에서 밖으로 나오고 있는 사람들을 가리켰다.

"어? 누가 나오는갑네?"

꺽돌 눈길이 그쪽을 향했다. 거기 운집해 있는 다른 이들도 모두 그랬다. 너나없이 너무 어렵고 힘든 시대를 살아가면서 간절하게 어떤 기대를 하는 사람들 모습이 더없이 안쓰럽게 비쳤다. 과연 이곳에서 건질 게 얼마나 될까. 혹시 금이나 은, 동이 주렁주렁 매달릴 나무라도 있을까.

'내가 또 무신 증신 나간 생각을 하노?'

종묘장 건물에서 막 나온 이들은 한눈에 봐도 거기서 근무할 직원들이 아닐까 싶었다. 사람들이 조금 술렁거렸다. 아무리 마음 편히 좋게 보려고 해도 권위적이고 위압적으로 보이는 정복 차림이었다. 꺽돌은 그들에게서 순검을 연상하고 심경이 씁쓸했다. 그는 사복 입은 형사도 그렇지만 정복 경찰관이 더욱 싫고 무서웠다.

'천둥 벼락이 치모, 죄 지은 사람이나 안 지은 사람이나 다 겁난다쿠디이.'

키가 훌쩍 크고 젊은 남자가, 약간 나이 더 들어 보이는 땅땅한 남자를 수행하고 사람들 앞에 섰다. 비봉산 기슭을 타고 내려온 바람이 그들 옷자락을 나부끼게 했다. 햇볕은 손끝에 잡힐 듯이 투명한 날이었고, 아까부터 가매못 저쪽 짙푸른 하늘 위로 솔개 한 마리가 빙빙 맴을 돌고 있는 게 보였다. 날개를 활짝 펼치고 있는 그놈은 멀리서 봐도 여간 큰 덩치가 아니었다.

'저눔이 또 우떤 먹이를 노리고 있는 기고?'

꺽돌은 지금 그의 집 좁은 마당에서 날갯짓하며 한창 놀고 있을 닭과 병아리가 걱정되었다. 저눔이 삽사리와 천룡까지는 어쩌지 못하겠지만 그것들은 너무나 큰 위험에 노출돼 있었다. 심지어 어린아이를 채가거나 돼지 새끼를 노리기도 하는 놈이 솔개였다.

'집에 돌아가모 닭장부텀 쪼꿈 더 넓고 튼튼하거로 맨들어야것다. 그래갖고 사람이 집에 있을 때는 몰라도, 안 그라고 시방매이로 바깥에 나올 때는 그 안에다가 딱 갇아놔야 더 안전하것거마는. 아모리 말 몬 하는 짐승이라도 지 맹대로는 살거로 해조야 안 하나.'

그 생각 끝을 물고 얼마 전 동네 어느 집에서 하던 '마대굿(소 마구간) 풀이마당'이 머릿속에 떠올랐다. 어쩌다 그곳까지 흘러와 살게 되었는지는 알 수가 없지만, 그 집 사람들은 한때 저 낙동강 하류에 넓게 펼쳐져 있는 김해평야에서 농사를 지었다 했다.

바로 그들이 자기 집 외양간에서 올리던 굿이었는데, 그들이 키우는 소를 비롯한 가축들의 무병과 번성을 비는 거라고 했다. 꺽돌로서는 다 알아들을 수 없는 소리였지만 어렴풋 기억에 남아 있는 굿풀이 노랫말은 이러했다.

─ 여여루 마대야 이 마대가 뉘 마댄가 이 집 가문에 따란 마대 이 마대를 이룰려고 이장 저장 다 다니며 애탄개탄 마련마대 소마대가 대마대여 나갈 때는 반질메요…….

그 걸궁(걸립)치기 놀이를 새삼 떠올리며 꺽돌은 종묘장 직원들을 다시 바라보았다. 그가 보기에, 땅땅한 남자는 아마도 종묘장을 총책임지고 있는 최고 관리자 같았다. 여러 사람이 지켜보는 앞에서 의도적으로 그러는지, 그게 아니라면 원래 그런 버릇인지는 모르겠지만, 그의 두 어깨에는 잔뜩 힘이 들어가 있었다. 다리도 무척 뻣뻣해 보였다.

꺽돌의 상이 크게 찡그러졌다. 미워하면서도 닮아간다더니, 그것은 배봉과 점박이 형제가 곧잘 지어 보이곤 하는 같잖은 모습이었다. 동업이나 재업은 그러지 않았지만, 나중에는 어떨는지 모르겠다. 결국, 따라갈 것이다. 그 나물에 그 비빔밥이 어디로 치워질까.

어쨌든 그런 생각을 하니 언네를 평생 불구자로 만든 그들을 향한 분

42

노와 적개심이 또다시 불같이 활활 타오르기 시작했다. 조리 장수 매끼 돈을 내어서라도 기어코 되갚아 줄 것이다.

'기다리라. 니들도 똑겉이 그리 맹글어뻘 끼다.'

땅땅한 남자는 매스꺼울 만큼 공손한 태도로 자기를 보필하고 있는 젊은 남자에게 약간 얼굴만 돌린 채 작은 소리로 무슨 말인가를 했다. 그러자 젊은 남자가 종묘장 앞에 모여 있는 농투성이 차림새의 사람들을 한 바퀴 쭉 둘러보고 나서 아주 큰 동작으로 고개를 끄덕여 보였다. 아마 지금 여기 와 있는 사람들은 모두가 앞으로 종묘장과 관련이 있을 농군들이라고 고하는 모양이었다.

그런데 무슨 모의를 하는 것 같은 그 비밀스러운 행태들이 꺽돌 눈에는 어쩐지 썩 유쾌해 보이지 않았다. 온몸에 벌레가 스멀스멀 기어 다니는 듯하고 예감이 좋지 못했다. 공연히 여기에 왔나 후회스럽고 즉시 돌아가고 싶은 심정이었다. 밭뙈기에 고랑이라도 한 줄 더 내는 게 낫지.

"흠, 흐음. 에, 에……."

땅땅한 남자가 목청을 가다듬기 시작했다. 그의 '에, 에' 소리가 귀에 거슬리는지 설단이 꺽돌을 향해 조금 전 꺽돌이 그랬듯 얼굴을 찡그려 보였다. 꺽돌 또한 듣기 싫기는 마찬가지였다. 누구보다도 싫었다. 지금까지 많이 만나보지는 않았지만, 어쩌다 그들이 만난 일본인들은 무슨 말을 하기 전에 먼저 '에, 에' 하는 그 소리를 입에 달고 있었다. 어찌 들으면 뒷간에 쪼그리고 앉아 뒤를 보면서 내는 것 같은 소리였다.

'왜눔도 아인데, 우째서 똑 왜눔매이로 해쌌는고? 겉잖애서 몬 보것다.'

'그렇게 말입니더. 왜눔이 그리 좋으모 일본에 가갖고 살모 되지 와 요 있어예.'

그들 부부가 서로 눈짓으로 주고받은 이야기였다.

비봉산에서 막 날아온 성싶은, 발이 빨갛고 눈이 충혈돼 보이는 산비둘기 한 마리가, 그 종묘장 사람들 머리 위에 쏟아내고 가는 것은 배설물이 틀림없었다. 그러고 보니 뭐 주워 먹은 곰 상판대기 같기도 했다.

어쨌거나 그때부터 종묘장 총책임자의 일장 연설이 시작되었다. 이제 막 농주 한 사발 들이켠 사람처럼 컬컬하면서도 어딘가 한구석에 날카로운 금속성이 감춰진 듯 묻어나는 음색이었다. 그래서 얼핏 이중적인 면모를 지니고 있는 인상을 풍겼다.

"모두 지금부터 내가 하는 말 잘들 들으시오."

그자는 처음부터 사뭇 훈계하는 말투였다.

"앞으로 이곳 종묘장이야말로 경남 지역에 대한 주요 농산물의 종자 배포와 개량 증식에 앞장설 기관이오."

잠시 조용했던 사람들이 웅성거리기 시작했다.

"아, 주요 농산물 종자 배포?"

"개량 정식?"

"무신 이약이고? 개량? 그라모 개하고 연관된다쿠는 이약이가? 에라, 모리것다. 농사일인께 소라모 우찌 알랑가."

"그런께 말이다, 왜눔들 말도 아이고."

첫머리부터 너무 어렵고 거창한 소리였다. 그냥 호미나 곡괭이, 삽, 쇠스랑 등의 농기구로 대충대충 땅을 파고 밭을 일구는 농사일에 익숙한 조선 백성들로서는 머리가 지끈거릴 판이었다. 만만한 데 말뚝 박는다고, 업신여기는 빛이 서린 어조부터 싫었다.

'말뚱이 밤알 겉으냐? 와 몬 무울 거를 억지로 무우라꼬……'

사실 세상 살아가면서 이런저런 괴롭고 힘든 일들이 있어도, 그저 흙을 갈아엎고 잡초를 뽑아내고 돌멩이를 주워내며 채소와 곡식을 가꾸는 그 순간에만은 기적인 양 아무러한 잡념들도 생기지 않았다. 한데 만사 잊어버리도록 하는, 씨앗을 뿌리고 결실을 거두는 노동을 하면서도 무슨 골치 아픈 짓을 하라는 것이냐? 그게 거기 모인 사람들에게 자꾸만 수군수군 소란을 피우게 하는 원인이었다.

"이 사람들이?"

그런데 저들 나름대로는 무슨 획기적인 계획과 포부를 품고 있는 종묘장 종사자들로서는, 아무것도 모르는 사람들의 그런 반응이 퍽 못마땅하게 받아들여질 수밖에 없었을 것이다. 아니, 못마땅한 것에 앞서 모멸하는 기색을 먼저 드러냈다.

"아, 아, 조용, 조용들 하시오!"

당장 나무라는 고함소리가 터져 나왔다.

"모두 왜들 이리 시끄러운 거요, 엉?"

말단 관리임이 분명한 젊은 남자가 필요 이상으로 화를 내기 시작했다. 틀림없이 상관을 의식해서 그러는 것이다. 허우대는 멀쩡한 그의 태도가 정녕 가증스럽기 그지없었다. 그리고 저런 자일수록 자기보다 더 약하다 싶은 사람에게는 제왕처럼 군림하려는 몹시 못돼먹은 근성이 있기 마련이었다.

여하튼 사람들은 다 입을 다물었다. 그러자 책임자 얼굴에 언뜻 미소가 떠올랐지만 아무래도 그건 억지웃음에 더 가까워 보였다. 어쩌면 그는 이번에도 마음속으로 그 고을 사람들을 비웃는 것인지도 모른다.

'쪼매 그렇다 아이가. 와 이런 기분이제? 이거는 영…….'

꺽돌은 시간이 흐를수록 느낌이 좋지 못했다. 불안하기까지 했다. 그의 이야기대로라면, 이곳 농사꾼들은 쌍수를 치켜들고 환영할 기관이 종묘장이었다.

'씨~잉.'

비봉산 기슭을 타고 내려온 바람이 종묘장 건물에 부딪혔다가 사람들 사이를 뚫고 남쪽 저 멀리 남강 쪽을 향하고 있었다.

"이제 두고들 보시오."

잠시 끊겼던 책임자의 일장 연설이 다시 이어졌다.

"에, 여기 이 종묘장은 우리나라 농업근대화의 전진기지일 뿐만 아니라, 에, 특히 경남 농업발전의 시발점으로서 그 자리매김을 톡톡히 할 것이며, 에, 따라서……."

"……."

그의 말에 의하자면, 오늘날까지 자급자족하던 전통적인 농업방식이, 대한제국 정부의 개화 정책에 힘입어 완전 탈바꿈함으로써, 농군들이 지금보다 훨씬 더 잘사는 그런 날이 올 거라는 것이었다. 참으로 그보다도 더 귀가 솔깃해질 말이 세상 또 어디에 있겠는가. 노다지는 금광에서만 나오는 게 아니고 논밭에서도 나올 수 있다.

"에, 그래서 우리는 농사짓는 여러분들을 위해, 에, 에, 농업의 과학적인 연구 및 체계적인 농사 지도를 시작할 것이고, 에, 또……."

부리가 샛노란 산새 한 마리가 건물에서 조금 떨어진 곳에 자라고 있는 팽나무 가지 위로 날아들고 있는 게 사람들 눈에 들어왔다. 촉석루 아래 의암 근처 벼랑에 뿌리를 내리고 서 있는 팽나무와 수형이 엇비슷해 보이는 나무였다.

"특히 여기서 잘 성장시킨 종묘가 있어야, 에, 척박한 땅에 심어도 죽지 않고 잘 성장할 수 있으며, 에, 에, 씨앗을 심어 발아시켜……."

거기 다른 사람들은 어떨지 몰라도, 솔직히 꺽돌과 설단은 그의 말을 잘 알아들을 수가 없었다. 가끔 밖에 나와 보면, 세상은 어제오늘 다르게 급속도로 변해가고 있다는 것을 피부로 느낄 수 있었다. 이러다간 농사 하나만 달랑 지어서는 못 살아갈 게 아닌가 싶어졌으며, 그럴 때면 또다시 못 배우고 못 가진 자의 깊은 설움과 불안에서 빠져나오지를 못하는 그들 부부였다. 그런 그네들이 믿고 의지할 수 있는 것은 오직 한 가지, 부부애였다.

"에, 또 한 가지 주의할 점은, 에, 에, 다람쥐라든지 꿩 등, 여러 잡새들이 귀한 종자를 훔쳐갈 수도 있는 바, 에, 그에 대해서는…….."

아니 할 말로, 남의 집에 얹혀 종살이할 때는, 그저 웃전에서 시키는 그대로만 하면, 입에 거친 밥이라도 들어오고 몸에 허름한 옷가지라도 걸칠 수가 있었다. 하지만 막상 독립해서 살다 보니 그것도 영 쉽지가 않았다. 항상 하는 생각이지만, 만약 비화 마님이 농사지을 땅을 거저 주지 않았다면 벌써 입에 흰 거미줄을 쳤어야 할 그들이었다. 그래서 언네를 자기들 집에 모신다는 건 언감생심, 꿈에서도 불가능한 일이었다.

'우리가 안 죽고 살아라꼬 하늘이 그런 분을 보내주신 기라.'

그런데 꺽돌의 그런 생각이 불러낸 걸까, 마침 그때 종묘장 저쪽 뒤편에 자리하고 있는 누각 '비봉루'로 통하는 길 위에 비화 모습이 나타났다.

'아, 마님이 오시네!'

무색옷이 잘 어울리는 비화 옆에는 그녀의 외아들 준서가 그림자처럼 붙어 있었다. 아니, 지금은 어머니보다도 아들 키가 훨씬 커서 비화가 준서 옆에 붙어 있는 것 같다는 게 더 적절한 표현이었다. 비화도 여자치고는 큰 키였지만, 아버지 재영보다 외할아버지 호한을 닮은 준서가 그만큼 장신이라는 얘기였다. 준서가 눈에 들어오는 그 순간이었다.

'동업!'

꺽돌은 동업을 떠올렸다. 결코, 거스를 수 없는 운명의 길 위에 그들이 서 있었다. 장차 나루터집과 동업직물의 후계자가 될 두 사람, 준서와 동업이었다.

'앞으로 무신 일이 일어날랑가는 하늘도 모리실 끼다.'

꺽돌은 자신도 모르게 기도하는 마음이 되었다. 영원한 무신론자는 없는 모양이었다.

"아!"

설단도 그들 모자를 발견하였다. 얼른 꺽돌에게 반가운 목소리로 일러주었다.

"여보, 저게 좀 보이소!"

그러자 멀리서도 그 소리를 듣기라도 한 듯, 비화도 사람들 무리 속에 섞여 있는 이쪽을 알아보고 밝게 웃어 보이며 다가왔다. 그녀가 미소를 지을 때 붉은 입술 사이로 약간 드러나 보이는 희고 가지런한 이가 인상적이었다.

"우리가 온다꼬 왔는데, 고마 쪼매 늦었거마는."

숨을 몰아쉬며 그렇게 말하는 비화는 약간 아쉽다는 빛이었다.

"저짝 비봉루에 볼일이 있어갖고, 거 갔다 오다 보이 이리 됐거마."

지난 한때 남열 아버지가 젊은이들에게 서예를 가르치던 장소가 그 비봉루였다. 하지만 아들이 부산에서 출동한 일본군 헌병분견대에 죽임을 당한 후, 그 일을 그만두고 지금은 집에서 거의 칩거하다시피 하고 있다고 들었다. 그날 기습을 당해 죽었거나 사로잡힌 다른 낙육고등학교 학생들의 부모도 거의 비슷한 고통과 슬픔에 젖어 산다고 했다.

비화는 준서에게 정신 수양 겸해서 붓글씨를 배우게 해주고 싶었다. 그래서 얼마 전에 그곳에 새로 들어온 붓글씨 선생을 찾아갔던 것인데, 꺽돌이나 설단은 그런 사실을 알 리가 없었다.

"마님께서 상구 바쁘실 낀데 우찌 여꺼정 오싯심니꺼?"

꺽돌이 비화에게 조심스레 묻자, 설단이 그것도 모르겠느냐는 듯 말했다.

"아, 마님 토지가 에나 천지삐까리다 아입니꺼?"

비화가 준서를 보고 씩 웃었다. 심해도 아주 심한 그들 사투리가 종

48

묘장 사람들이 하는 한양말보다도 훨씬 더 정겨웠다. 종살이할 때보다는 둘 다 얼굴이 덜 상해 있는 모습들이어서 그 또한 마음에 좋았다.

"그러이 저 종묘장이 우리 겉은 사람들보담도 몇 배나 더 필요하실 기고예. 그런 거도 모림시로……."

그러면서 남편에게 눈까지 살짝 흘기는 설단이었다.

"아, 그렇거마는!"

꺽돌은 그런 말과 함께 '이 돌대가리!' 하는 모양새로 커다란 주먹을 들어 자기 머리통을 꽝 쥐어박는 시늉을 했다. 그 행동이 대단히 우스웠던지 이번에는 준서가 하얀 이를 살짝 드러내 보이며 웃었다.

'하매 저리 장성했네? 인자 빡보 자국도 잘 안 비이고 말이다.'

설단은 무척 잘생기고 미루나무같이 훤칠한 키의 준서를 보니 여러 가지 감정들이 크게 엇갈렸다. 단 하나밖에 없는 자식이 저 못된 마마를 앓아 곰보가 되자, 비화가 그렇게도 고통스러워했다는 소문을 들은 게 엊그제 같은데, 어느새 세월이 남강 물 흘러가듯이 이렇게 지나갔다.

'그란데 내는, 내는.'

설단은 그만 콧잔등이 시큰하고 가슴이 꽉 막혀오면서 두 눈에 눈물이 핑 돌았다. 온 세상이 가마솥에서 솟아오른 김에 가려진 것만큼이나 뿌옇게 흐려 보였다. 쇠죽을 끓일 때 섞는 짚에 찔려버린 것처럼 눈알이 쓰라렸다.

'우짜다가, 우짜다가, 흐흑.'

당연히 억호에게 빼앗긴 아들 재업이 생각난 것이다. 사람들에게는 배봉의 둘째 손자이자 억호와 해랑의 둘째 아들, 그리고 동업의 동생으로 더 알려진 그녀의 유일한 피붙이였다. 그렇게 되는 게 좋아 그 아이는 칠삭둥이로 태어났던가?

'아, 내 아들아이.'

지지리도 못나고 가난하고 미천한 친모 밑에서 평생 고생하고 사느니, 그래도 근동 최고 대갓집 도령으로 누릴 것 모두 누려가면서 살아가는 게 훨씬 낫다고 자위하며 살아왔다. 그렇지만 막상 동업이나 준서를 대하면 지금처럼 재업 생각이 새록새록 솟아나서 곧장 미쳐버릴 것만 같은 그녀였다. 결국, 머리카락 뒤에서 숨바꼭질하는 짓이었다.

'내가 지 친에미라쿠는 거를 알모, 갸도 고마 안 미치삐리까이.'

그런 상상을 하니 이래서는 안 되겠다 싶어졌다. 한 번 더 그 아이에게 죄를 지을 수는 없었다. 설단은 고개를 외로 꺾은 채 남들 몰래 이를 야무지게 악물었다.

'우짜든지 내가 독한 년이 돼갖고 견디야 되는 기라. 죽을 때꺼정 내 혼자 모돌띠리 안고 가야 안 하나. 그기 진짜 에미 된 도리 아이것나. 흑.'

그때 종묘장 사람 목소리가 다시 들려왔다.

"에, 그래서 우리 종묘장에서는, 에, 에, 앞으로 각 지역에 적합한 품종과 재배법을 시험 보급하고, 에, 거기서 그치지 않고 더 나아가, 에, 에, 농작물에 비료를 뿌리는데 필요한 표준량을 결정해주는 한편으로……."

그러니까 농사시험 연구와 농촌 지도사업을 목표로 기반을 다져가겠다는 그런 취지의 발언이었다. 계획 하나는, 그 고을에서 지리산 쪽으로 산청, 함양 더 지나서 있는 거창, 그 이름처럼 거창했다. 많이 못 배운 농투성이들로서는 한자 뜻까지는 모르겠지만 그랬다.

'역시 마님은 다리시거마.'

꺽돌이나 설단이 옆에서 잠깐 지켜보기에도, 그 종묘장에 관한 비화의 흥미는 더할 나위 없이 크게 비쳐들었다. 사실이 그러했다. 돈이 모이면 만사 제쳐두고 땅부터 사 온 비화는, 지난 3월 대한제국 정부가 종묘장

관제를 공포했을 그때부터 벌써 그것에 대해 지대한 관심과 기대를 품어 왔다. 더 나아가 그것을 발판으로 삼아서 동업직물을 따라잡을 작정까지도 해보았다. 멍석도 없이 당그래질(고무래질) 할 순 없는 것이다.

'인자 땅이 비단을 앞설 때가 왔다 아인가베.'

비화는 그래서 사전에 그곳 종묘장에 관해서 세세히 알아보기도 했었다. 그러고는 크게 감탄하지 않을 수 없었다. 그 종묘장 규모는 건물과 부지를 합쳐서 5백 평이 넘었고, 종묘장에 딸린 시험전試驗田이 6반보半步, 화전火田이 1정보町步였다.

그곳에 종자와 종묘를 시험 재배할 것이라는 정보도 들었다. 그리하여 그 종묘장을 잘만 활용하면, 서부 경남 각처에 널려 있는 그녀 집안 땅이 황금을 캐내는 땅이 될 수도 있지 않을까 싶었다. 기회가 왔을 때 꼭 잡아야 한다. 그러지 못하면 그것은 또 다른 위기를 낳을지도 모른다. 멧부엉이처럼 아무것도 모르는 시골 사람도 그건 알 것이다.

'내가 내다본 대로 역시 땅인 기라, 땅. 땅땅거림시로 산다 안 쿠더나? 진무 스님도 그런 말씀을 하싯제.'

그렇게 되면 배봉에 대한 복수도 그만큼 더 빨리 앞당겨질 수 있을 것이다. 정말이지 어서 원수를 갚아야지, 하고 뼛속 깊이 다져온 세월이 너무나도 많이 흘러가 버린 것이다. 그뿐만이 아니다. 배봉도 배봉이거니와 해랑에 대해서는 더욱 그렇다.

'몬된 년! 사람 탈바가치만 둘러쓰고 시상에 나온 년! 고년은 사람도 아인 기라. 사람이 머꼬? 짐승보담도 몬한 년이제.'

언제부터인가 비화는 어떤 부분에서는 배봉이나 운산녀, 점박이 형제보다 오히려 해랑을 겨냥한 분노와 적개심이 더 커져 있었다. 정을 주었던 그만큼 비례하였다. 그뿐만 아니라, 앞으로 배봉가에서 가장 대적하기 버거운 상대가 바로 해랑이 될 것이라는 판단도 벌써 내리고 있었다.

참으로 어이없고 분한 노릇이었다. 다른 것을 모두 떠나서 저 대사지의 핏빛 비밀 하나만을 놓고 생각해 보더라도, 어떻게 해랑, 아니 옥진이가 이 비화에게 이럴 수가 있단 말인가? 네년이 이 절로 갔다가 저 절로 갔다가 하는 개같이 굴다가 결국은 아무 데서도 얻어먹지 못하고 굶어 뒈질 줄은 모르느냐?

아직도 결코 이해할 수도, 용납할 수도 없는 게 해랑을 겨냥한 배신감이었다. 친자매보다도 더 가깝게 지내던 사이였다. 백번 천번 넘도록 헤아려 봐도 비화 자신이 해랑에게 잘못한 일은 없었다. 행여 내가 나도 모르게 그런 짓을 하지는 않았을까 하고 얼굴에 찬물을 끼얹어가면서까지 되새겨 보았지만, 아니었다.

그게 언제던가. 해랑도 그렇게 털어놓았다. 제 마음 자기도 전혀 모르겠다고 했다. 그럼에도, 그냥 '비화 언가' 너만 보면 그녀 자신이 더 비참해지고 싫어진다고 했다. 그것까지는 또 그렇다 치자. 심지어 무슨 소리까지 나불거렸던가. 언가 니하고 같이 있는 것보다 억호하고 같이 있는 게 더 마음 편하다는 말도 분명히 들었다. 그건 도대체가 어불성설이었다. 제아무리 인간 심리가 복잡다단하고 기묘하고 불가해한 것이라 할지라도, 그래도 이건 아니다. 아닌 것은 아닌 것이다.

"응?"

비화가 문득 정신을 차린 것은, 그때 들려온 준서의 말 때문이었다.

"무신 생각을 그리 짜다라 하고 계시예?"

"아, 아이다. 생각은 무신?"

내 배로 낳은 자식도 장성하니 이것저것 가려야 하는 게 많은가 싶어 비화 심정이 몹시 착잡했다. 그러면서 아무래도 방금 해랑과의 과거에 대한 그 어두운 기억을 떠올린 탓일 것이라고 치부했다. 이래서 검은 머리 가진 짐승은 구제하지 말라고 했던가.

준서는 계속 어머니 눈치를 살폈다. 팽나무에 앉았던 샛노란 부리 산새는 어디론가 날아간 지 오래였다. 비화는 열심히 앞쪽에 귀를 기울이는 시늉을 하며 얼버무렸다.

"종묘장 사람 이약 듣는다꼬 그라는 기다. 니도 잘 함 들어봐라."

그러는데 머리가 지끈지끈 아프고 어지럼증까지 덮치면서 눈에 든 비봉산 능선이 바다의 큰 물결 모양으로 너울거렸다.

'내가 아들 앞에서 이기 무신 짓고?'

하지만 그건 단지 지금 그 순간만의 현상이 아니었다. 해랑과 지난 일들이 무슨 망령인 양 되살아날 때면 언제나 그래왔다. 영원히 풀 수 없는 숙제와 유사한 비화 자신과 해랑의 관계였다. 하늘조차 해답을 줄 수는 없을 거라는 회의마저 일었다. 흘러간 과거사는 그렇다 하더라도 장차 어떻게 펼쳐지게 될지 밑그림도 그려지지 않는 불투명한 앞날이었다.

'아아, 무섭다. 에나 무서버라. 이리도 깜깜해갖고 아모것도 안 비일 일이 시상천지 또 오데 있것노? 눈뜬 당달봉사가 따로 없다.'

머리를 흔들며 비화는 자신을 꾸짖고 다독거려야 했다.

'오늘 여게꺼정 온 목적이 있는데, 우째서 상구 엉뚱한 기억만 자꾸 떠올리쌌고 있노 말이다! 몬나도 참말로 몬났다, 비화야.'

비화가 잡념을 애써 떨쳐내며 귀를 기울이고 있는 동안 종묘장 사람 이야기는 거의 끝난 모양이었다. 싹을 틔우지 못할 썩은 씨앗 같은 말들만 한참이나 늘어놓았던 게 아닌가 여겨질 정도였다. 오죽했으면 그 산새도 날아가 버렸을까.

"가자, 가자, 얼릉 가자 고마."

"진즉 가삣어야제. 뭔 소리를 들었던고 내사 한 개도 모리것다."

"니만 그렇나, 내도 가리방상하다야. 쌩머리가 다 아풀라쿤다."

"아까븐 시간만 날릿다 아이가. 에이, 도로 물릴 수도 없고."

"가서 풀이나 하나 더 뽑는 기 낫것다."

관심을 가지고 왔던 사람들이 갖가지 불평불만 섞인 소리를 내뱉으면서 하나둘씩 흩어지기 시작했다. 그것을 가만히 지켜보고 있던 꺽돌이 비화에게 말했다.

"오랜만에 여꺼정 오싯은께, 지들 집에도 한분 들릿다 가시이소, 마님."

설단도 부창부수로 나왔다.

"그래예, 마님. 마님께서 아모것도 없는 지들한테 붙이 무라꼬 주신 논밭도 이참에 한분 삐잉 둘러보시고예. 논밭도 주인을 안 보고 싶어 하까예."

그 말끝에 이런 소리도 잊지 않았다.

"자랑 겉지만도 우리 저 사람이 에나 멋지거로 개간도 해났거든예. 마님도 보시모 고마 깜짝 놀래실 기라예."

웃음기가 엷게 내비치는 얼굴로 듣고 있던 비화가 준서를 보고 물었다.

"우짜꼬?"

준서가 바로 대답했다.

"한분 가 보이시더. 저분들 사시는 거도 함 보고 싶네예."

꺽돌과 설단이 몹시 송구스럽다는 빛으로 동시에 입을 열었다.

"되련님! 말씀 그리하시지 마이소."

"하모예. 지들한테 그리 말씀을 높이시모 안 되지예."

그러자 준서보다 비화가 먼저 고개를 저으며 말했다.

"그거는 우리 아들이 맞심니더."

"아, 아이라예."

"요새 시상이 우떤 시상인데 그런 말을 합니꺼?"

"그, 그래도예."

"인자는 여자도 핵조에 가서 공부를 하는 그런 시상입니더."

"아모리 시상이 배뀟다 캐도예."

"머보담도 시방 거 부부는……."

거기까지 얘기하다 말고 비화는 퍼뜩 입을 다물었다.

"……."

꺽돌과 설단이 멀뚱한 표정을 지었다. 비화가 갑자기 하던 말을 멈추는 까닭을 알 수 없었다. 비화는 내심 스스로를 나무랐다.

'니가 시방 지 증신이 있는 기가, 없는 기가?'

사실 비화는, 지금은 당신들 두 사람이 임배봉 집안 종들이 아니지 않으냐고 할 참이었지만, 그런 이야기를 꺼내는 자체부터가 너무나도 시대착오적인 일이란 판단이 섰던 것이다. 무엇보다도 그들과 함께 있는 자리에서 배봉이나 점박이 형제 이야기는 끄집어내고 싶지 않았다. 모두가 독사 같은 그자들 때문에, 엄청난 상처와 피해를 보는 처지였다. 가난이란 건 질기다고, 어떻게든 살아는 왔지만.

"자꾸 이런 식으로 하시모, 저희는 우짭니꺼."

"그거는 아이라 캐도요?"

더없이 순박해 빠진 꺽돌 부부는 여전히 죄스럽고 황감해 하는 빛을 감추지 못했다. 현실을 액면 그대로 놓고 비추어 보면, 준서는 자기들에게 소작을 준 지주 집안 도령이고, 그러니 당연히 그들에게 하대下待를 해야 한다고 생각하는 부부였다. 그러자 듣고 있던 준서도 말했다.

"모든 거를 떠나서, 우선에 나이만 본다 쿠더라도……."

"아, 우짜모 저리 도량도 넓으시까예?"

그렇게 말하는 설단 얼굴에 엷은 미소가 감돌았다. 하지만 어쩐지 슬프고 어두운 기운이 전해지는 웃음기였다.

'시방 자기 자슥을 생각하고 있거마는.'

비화는 찡해지는 가슴과 함께 곧바로 그걸 깨달았다. 그와 동시에 억호와 해랑이 동업과 재업을 데리고 함부로 거들먹거리며 외출하는 광경이 눈앞에 그려졌다. 어른이나 아이나 비단으로 전신만신 친친 휘감은 모습이었다.

'삼신할미도 에나 야속타. 저 두 사람 사이에 다린 자슥이라도 하나 더 생깃으모 고통은 상구 덜할 낀데.'

비화는 겨울날 문풍지 사이로 솔솔 새 들어오는 찬바람에 노출된 것처럼 콧잔등이 자꾸 시렸다. 짐승도 제 새끼는 그리워하는 법이다.

"오데 도량만 넓으신 것가, 생기신 거는 또 우떻고?"

꺽돌도 설단에게 비화와 같은 감정을 느꼈는지 듣는 사람이 의아스러울 정도로 목청을 높이고 있었다. 하긴 마음의 안정을 찾기가 쉽지 않을 것이다.

"고을 사람들은 누가 머 우떻다꼬 떠들어쌌지만도, 그거는 아이거마."

동업을 떠올리며 흥분하고 있다는 증거였다.

"마님! 지들이 뫼시것심니더."

그 말을 통해 비화는, 이번에는 꺽돌의 숨은 한과 아픔을 만났다. 설단이 자기 씨를 배자 당황한 억호가 서둘러 설단과 꺽돌을 강제 혼례 시켰다는 풍문은 근동에서 모르는 이가 없었다. 설단 못지않게 꺽돌도 힘들 것이다.

"자, 마님, 가입시더. 그라고 우리 되련님도예."

이번에도 설단이 얼른 남편 말을 이었다.

"저희가 오늘은 에나 운이 좋은 날이라예."

꺽돌 부부가 앞장서고 비화 모자가 뒤따랐다. 조금 전에 비화를 알아보고 부러움과 존경의 눈빛으로 인사를 건넸던 젊은 아낙네들이, 집으로 돌아가지도 않고 거기에 서 있다가 그 모습들을 물끄러미 바라보고 있었다.

"인자 다 와 가예."

설단이 뒤를 돌아보면서 살짝 미소 띤 얼굴로 말했다.

'뒤에서 보이, 자태도 아즉 처녀 겉다 아이가.'

그 생각을 물고 또 비화 가슴이 먹먹해졌다. 억지로 의식 밑바닥에 억눌러 놓았던 얼굴, 해랑이 다시 눈앞에 어른거리기 시작했던 것이다.

'한 분도 애기를 안 논 몸이라 놔서 그렇것지만도, 우찌 그리키나 몸매 관리를 잘할 수 있으꼬? 돈만 짜다라 있다꼬 해서 되는 거는 아일 낀데.'

사람에게는 인정하고 싶지 않아도 인정할 수밖에 없는 기억도 있다.

'하기사 눈만 딱 붙은 에릴 적부텀 매구니 새끼 기생이니 해쌌는 소리를 들을 만치 아조 이뻤으니께.'

그러자 비화 머릿속에 두 가지 옛날 그림이 겹쳐졌다.

촉석루 경내에 있는 논개사당에 제사 모시러 가던 기생 어미가, 가마를 멈춰 서도록 하고서 바라보며 감탄을 금치 못하던 어린 날의 해랑, 아니 옥진.

대사지에서 점박이 형제에게 당한 후, 비화 자신에게 그 일을 전부 고백하면서 작은 새같이 몸을 떨던 어린 날의 옥진.

"어머이?"

아무래도 심상찮은 기분이 들었는지 준서가 또 걱정스러운 얼굴로 비화를 불렀다.

"응? 아, 아이다."

애써 아무렇지도 않아 보이는 낯빛을 지으며 비화가 말했다.

"하매 다 왔네?"

아까 설단이 했던 말대로 종묘장에서 그들 부부 집까지는 가까운 거리였다. 북서쪽으로 나 있는 길을 따라 얼마 가지 않아 눈앞에 커다란 가매못이 나타났다. 언제 봐도 가마솥 닮은 못이었다. 그러자 달구로 집터를 단단하게 다지듯이 그렇게 마음을 다졌음에도 불구하고 비화는 숨이 막힐 정도로 답답해졌다. 깊은 못물에 빠져 익사 직전에까지 가버린 사람 같았다. 내가 덜돼도 정말 덜됐지 싶었다. 더군다나 이번에는 그 감정을 물리칠 용기마저 나지 않았다.

'내가 목심이 붙어 있을 때꺼지는 안 될랑갑다.'

다시 한번 어린 시절 옥진과 함께 그 못에 와서 마름을 따던 기억이 되살아났다. 물 위에 뜨는 잎을 세게 잡아당기면 흙 속에 박혔던 뿌리가 따라 올라오기도 했다. 그리고 지금도 생각난다. 물속에서 나오는 잎이 가느다란 실같이 갈라져 있어, 마치 줄기에서 가는 뿌리들이 나와 있는 것처럼 보였다. 옥진이 얼굴만큼이나 새하얀, 여름철에 곱게 피어나는 그 흰 꽃도 참 보기 좋았다. 아, 못은 옛날 그대로인데 사람은 왜…….

그런 회억에 시달리며 이번에는 약간 굽은 잿빛 둥치가 왠지 모르게 굴곡 많은 인생사를 연상시키는 서어나무 옆을 지나갔다. 모든 것들이 그저 신기하기만 했던 어린 시절에는, 붉은색인 잎이 자라면서 녹색이 되는 것을 지켜보는 일도 무척이나 재미있는 나무였다. 그런가 하면, 같은 한 나무에 암꽃과 수꽃이 따로따로 핀다는 소리를 듣고 공연히 낯을 붉히기도 했던 자신이었다. 나무도 '남녀칠세부동석'인가 해서였다.

키 훌쩍 큰 그 서어나무 삭정이 끝에 약한 바람이 버둥거리며 매달려 있는 것이 보였다. 그것은 마지막까지 살아남을 거라고 안간힘을 다하는 사람을 방불케 했다. 나무는 힘든 겨울을 살아남기 위해 자기 몸에 달린 잎을 매정하게 스스로 떨어뜨려 버린다는 얘기가 떠올라 비화는 소름이 돋았다.

'이기적이기는, 사람이나 나모나 가리방상한 기라. 하늘 우에서 내리다보모 에나 한심할 끼거마.'

생명을 가진 것들은 왜 그런지 모르겠다. 좀 더 이타적이지 못하고 말이다. 그러거나 말거나 이만큼 바깥에서 들여다보는 가매못 안쪽 마을은 고즈넉하면서도 안온한 분위기를 풍겨주고 있었다. 거기 몇 차례와 본 비화와는 다르게 그들 부부 집이 초행인 준서는 무척 호기심 어린 표정이었다. 하긴 평상시에도 새로운 것에는 전부 다 관심이 높고, 또 그것이 발전의 바탕이 되는 그였다.

"다리 아푸시지예? 진짜 다 왔심니더, 되련님."

준서는 꺽돌이 크고 투박한 둘째손가락으로 가리켜 보이는 지점을 바라보았다. 그 동네를 지키는 수문장이라고 자처하는 양 맨 앞쪽에 터를 잡고 있는 집이었다.

"집이 상구 누추해예."

설단이 부끄러운지 낯을 붉히며 말했다. 준서가 얼른 되받았다.

"아입니더. 에나 팽화롭기 비입니더."

그것은 그저 하는 인사치레만은 아니었다. 앞만 훤히 틔고 나머지 삼면은 야트막한 푸른 산들에 빙 에워싸인 그 마을은, 실상은 어떨지 몰라도 겉보기로는 무척이나 평화로워 보였다. 저 뒤편에서 동네를 포근히 감싸 안아주고 있는 형상인 남향한 산등성이에는 묏등이 드문드문 보였다. 준서 눈에는 그것이 자기 얼굴에 희미하게 남아 있는 빡보 자국처럼 느껴져 그만 외면하면서 생각했다.

'내가 운제 내 얼골한테서 자유로블 수 있으까?'

이윽고 손님맞이를 먼저 한 것은 사람이 아니라 개였다. 아이가 없는 그들 부부가 자식같이 키우는 삽사리가 주인 발소리를 듣고서 쪼르르 사립문 밖으로 달려 나온 것이다. 놈은 처음에는 짧은 앞다리를 치켜들고 깡충깡충 뛰면서 좋아라고 주인들에게 달려들더니만, 이내 준서를 향해 제 딴에는 다리를 엉버틴 채 '컹컹' 소리 내어 짖어 대기 시작했다. 그전에 몇 번 본 비화에게는 낯이 익은지 그렇게 하지 않는데, 제 눈에 낯선 준서에게는 그랬다. 그러자 준서 뇌리에 서당에 다니던 시절 스승 권학이 들려주던 이런 이야기가 떠올랐다.

"삽사리는 우리나라 토종개니라. 삽살개라고도 부르는데, '삽'은 '쫓다'라는 뜻을 가지고, '살'은 '액운'을 의미하느니."

액운을 쫓는 개라는 말씀이었다. 우리 토종인 데다가 스승에게 배웠던 개여서 그런지 준서는 그놈이 자기를 보고 계속 짖어 대도 밉기는커녕 도리어 친근하게 느껴졌다. 그렇지만 그런 준서 마음을 알 리 없는 설단은 몹시 당황한 나머지 치맛자락이 뒤엉킬 만큼 허둥지둥 삽사리 앞을 막아섰다.

"아, 이눔잇?"

꺽돌도 죄송스러워 어쩔 줄 몰라 하며 급히 삽사리를 큰소리로 나무랐다.

"가마이 몬 있것나? 주디를 확 찢어삘라."

그 호통에 삽사리란 놈은 금방 기가 꺾여 땅바닥에 대가리를 처박고 꼬리를 잔뜩 사리며 '낑낑' 하고 청승맞은 소리를 내기 시작했다. 그 하는 꼴이 죽을죄를 짓고 주인님 선처만 바란다는 불쌍한 종 모습 같아 보였다.

"츳츳."

준서는 그런 개가 측은했는지 개의 코앞에 대고 손바닥을 내밀면서 그런 소리를 냈다. 그러자 역시 개는 개인가 보았다. 그놈은 좀처럼 믿을 수 없을 만큼 맑은 눈으로 준서 눈치를 살살 살피는가 싶더니만, 금방 꼬리를 홰홰 치기 시작하면서 좋아라고 야단이 났다. 준서도 좋은지 삽사리 머리를 쓰다듬어주며 밝게 웃었다.

"……."

그 광경을 지켜보고 있는 비화 마음이 더없이 짠했다. 유난히 개를 좋아하는 아이였다. 아니, 동물은 모두 좋아했다. 그게 어쩐 셈인지는 몰라도 제 밑으로 동생이 생기지 않아 그런지 준서는 어린애들도 퍽 좋아했다. 특히 원아가 낳은 록주는 그렇게 예뻐할 수가 없었다. 밥 먹고 잠자는 시간을 빼고는 언제나 화폭 앞에 앉아 있는 무덤덤한 안 화공도, 준서가 록주에게 정을 주는 것을 지켜볼 때면 그림 붓을 잠시 내려놓고 늙은이 소리로 '허허' 웃었다. 여전히 그는 그림이 없어서 못 팔 정도였다.

'불쌍한 눔. 이 에미가 죄가 많다.'

비화는 혁노에게서 들었다. 준서가 어린 나이에 얼굴에 난 빡보 자국을 지나치게 의식한 나머지 사람들 앞에 나서길 그렇게 꺼려할 적에도, 남강 물고기라든지 물새들, 그 고을 야산에 살고 있는 산짐승들과 가까이하려 한다는 이야기였다. 그게 무엇을 의미하는지는 굳이 캐물을 필요도 없었다.

'만약시 얼이하고 혁노가 없었다모, 우리 준서는 사람이 안 됐을랑가도 모린다.'

그런 생각도 오래전부터 품어오고 있는 비화였다. 사람 구실을 제대로 하지 못할 준서가 돼버렸을 수도 있었다. 방구석에만 처박혀 벽에 슨 곰팡이 모양으로 살고 있을지도 몰랐다. 그런 생각을 해보는 것만으로도 소름이 끼치는 정도를 넘어 심장이 멎을 일이었다.

그런데 준서가 그 집에 들어가기 전에 잠시 삽사리와 함께 어울리고 있는 모습을 가만히 지켜보고 있던 비화 머릿속에, 문득 비어사에서 키우는 진돗개 '보리'가 그려졌다. 진무 스님 말씀에 의하면, 절대 소리를 내지 않는다던 보리였다. 그렇지만 비화가 거기 갔던 날, 처음으로 소리를 내었다며 무척이나 신기해하고 큰 기대를 걸기도 하던 진무 스님이었다. 게다가 준서를 아주 잘 따르던 개였다.

그러나 뒤를 이어 곧바로 기습처럼 달려드는 게, 고통과 치욕을 이기지 못한 염 부인이 그곳 대웅전 뒤편 큰 고목 가지에 명주 끈으로 목을 매달아 자살한 무서운 기억이었다. 세상 모든 절집과 나무가 없어질 때까지는 결코, 잊히지 않을 것만 같은 날, 보리가 마구 짖어 대는 소리를 듣고 따라가 본 현장에 염 부인이 죽어 있었다. 배봉에 대한 복수 대신 죽음을 택한 가엾은 여인이었다. 정말 그렇게밖에 할 수 없도록 불가항력이었을까? 그랬을 것이다.

"이전부텀 사람의 오복五福은 고종명考終命이라쿠는 말이 있다."

아버지 호한이 들려주던 '밥상머리 교육'이 있었다. 그에 따르면 죽음이 다섯 가지 복에 속한다는 거였다.

"우째 그런 말이 나왔는고 하모, 사람이 죽으모 이 시상에서 못다 한 행복을 혼령이나마 저 극락세계로 인도해 줄 수 있는 생이(상여)소리가 있으이……."

그러나 스스로 목숨을 끊은 자는 저승으로 가지 못하고 영원히 이승을 맴도는 원귀가 될 수밖에 없다는 얘기도 들었다.

'그 아아는 시방 우짜고 있는고?'

그 고통스러운 기억의 자락을 물고 이번에는 염 부인 손녀 다미가 떠올랐다. 비화 자신의 처녀 적 모습을 다시 보듯, 쉽사리 굴하지 아니하고 당찬 데가 있는 다미였다. 비화는 머리를 흔들어 염 부인과 다미 생각을 떨치려 애썼다.

'내가 갈수록 와 이리 직접 행동은 몬 함시로 생각들만 짜다라 늘어나 쌌노? 하매 늙은 할마이도 아인데 말이다.'

사람이 나이가 들면 이런저런 쓸데없는 잡념들만 는다고 하지만, 그녀는 이제 고작 불혹의 나이였다. 하지만 아무리 머리에서 지우려고 해도 지워지지 않는 게, 얼마 전 준서가 왼팔을 다쳤을 때 다미가 집에까지 따라와 간호를 해주던 그 일이었다. 특히 그날 두 사람 표정이 범상치 않았다.

'암만캐도 이거는 그냥 벌로 지내칠 일이 아이다.'

그날 이후로 비화는 짐짓 심상한 척 서너 차례나 넌지시 물어보았다. 어찌 된 영문이냐? 그렇지만 다른 일은 부모에게 숨기지 않는 준서가 웬일인지 그 일만은 털어놓으려 하지 않았다. 나중에는 어머니를 피하려고까지 하였다. 결국, 비화는 더 이상 알기를 포기했다. 워낙 웅숭깊은 아이였으므로 그렇게 할 때는 그럴 만한 연유가 반드시 있을 것이라고 보았다. '모르는 게 약'이라는 말도 있다. 진무 스님도 모든 걸 너무 빨리 알려고 하지 말라고 단속했었다.

그럼에도 비화가 가장 마음에서 떨쳐버릴 수 없는 것은, 어쩐지 준서와 다미 사이에는 어떤 보이지 않는 끈이 꼭꼭 맺어져 있는 것 같다는 끈끈한 느낌이었다. 비록 사람이 볼 수는 없지만, 분명히 존재하는 그 무엇……. 틀림없이 둘이서 남들에게는 절대 비밀로 하자고 굳은 약속을 했을 것이다. 지난날 비화 자신과 옥진의 그것처럼 그 둘만의 비밀 약속. 그럴 정도라면 둘 사이는?

그런데 더 황당하고 의아한 것은, 그 뒤 각별한 관심을 가지고 준서가 하는 행동을 몰래 지켜보았지만, 다미와 어떤 연락을 취하고 있는 것 같지는 않다는 사실이었다. 꼭 그들 사이에는 아무런 일도 없었던 성싶었다. 참으로 수수께끼가 아닐 수 없었다. 게다가 그 후로는 다미가 나루터집을 단 한 번도 찾아오지 않았으며, 또 준서 상처도 시나브로 아물어 가고 있어, 그날 있었던 그 일은 조금씩 현실로부터 멀어지고 있었다. 되새겨볼수록 야릇하고 수상쩍은 사건이었다.

'해나 내가 꿈을 꿨던 기까?'

그러자 꿈속에서 꾸는 꿈인 양 모든 게 흐릿해졌다.

'아이모, 우떤 암시?'

비화는 머리를 크게 뒤흔들어 앞서의 모든 상념들을 깡그리 떨쳐버렸다. 그 모두가 정말 꿈이거나 암시였다고 맹신하는 사람처럼 하였다. 뙤약볕이 쨍쨍 내리쬐는 뜨거운 여름날의 동네 공터만큼이나 하얗게 비어버리는 머릿속이었다. 그녀는 거의 의식이 없는 흐리멍덩한 정신 상태로 꺽돌 부부 뒤를 따라 작은 사립문 안으로 발을 들여놓았다.

'움~매.'

이번에는 소 울음소리였다. 외양간에 앉아 있던 천룡이 주인을 보고 느릿느릿 큰 몸을 일으키며 반갑다는 듯 소리를 냈다.

'아, 그때 그 소 아이가?'

준서는 내심 적잖게 놀라면서도 퍽 반가웠다.

'아즉도 이집에 있었는 기가.'

오래전 일이다. 남강 백사장 투우장에서 벌어졌던, 대단히 오랜 전통을 가진 이 고을 소싸움. 가장 체중이 많이 나가는 최고 인기의 갑종 결승전에서 맞붙었던 천룡과 해귀. 둘이 너무나 호적수인지라 결국 무승부로 끝나고 말았지만, 그날의 명승부는 아직도 유서 깊은 남방 고을에서 하나의 소싸움 전설로 전해지고 있었다. 바로 나루터집과 동업직물 대표로 출전했던 투우들 이야기였다.

한데 다음 순간이었다. 작은 툇마루 저편에 붙은 방문이 열렸다. 그리고 그것이 열리는 소리는 너무나 미약하여 보지 않으면 알지 못했을 것이다. 지금 집 안에는 동물뿐만 아니라 사람도 있었다. 부부 둘만 사는 집으로 알고 있었다.

'아, 또 사람이 있었다 아이가?'

그러나 그때까지도 비화는 그야말로 까마득히 몰랐다. 그리하여 닫혀 있던 방문이 열리고 거기 안에서 밖을 내다보는 한 늙은 여자의 모습이 눈에 들어왔을 때, 비화는 한순간 너무나도 엄청난 충격을 이겨내지 못하고 자신도 모르게 크게 비틀거렸다.

　'우, 우찌 이, 이런 일이!'

　현실이 아니었다. 꿈이었다. 아니, 설혹 꿈이라고 해도 이건 아니었다. 눈앞에서 유령을 보고 있는 걸까. 약간 어둠침침해 보이는 좁은 방 안에서 그 늙은 여자가 말하고 있었다.

　"인자사 오나? 내가 너거를 올매나 기다리……."

　그러던 늙은 여자가 홀연 입을 다물었다. 흡사 어떤 보이지 않는 억센 손이 갑자기 입을 틀어막아 버린 것 같았다. 그러고는 그녀 역시 차마 믿어지지 않는다는 듯 그저 두 눈만 끔벅끔벅했다. 그쪽 또한 귀신을 본 사람 형용이었다.

　"어머이!"

　꺽돌이 얼른 거기 방문 앞으로 다가가며 말했다.

　"집에 혼자 계실라쿤께 심심하시지예? 손님이 오싯다 아입니꺼?"

　"……."

　"에나 귀한 손님들입니더."

　그래도 늙은 여자는 바보같이 입만 헤벌린 채 멍하니 바깥을 내다볼 뿐 아무 말도 하지 못했다. 내다본다기보다도 그저 넋이 빠져나간 채 얼굴만 이쪽을 향하고 있었다.

　'이, 이기 대, 대체 우, 우찌 된 일고?'

　비화는 그 얼굴을 보고서도, 그 목소리를 듣고서도, 믿지 않았다. 아니, 믿을 수 없었다. 자신의 속에서 단말마처럼 터져 나오는 소리를 들었다.

'저, 저 여자가 여, 여 있다이?'

그런데 그 작고 초라한 초가집이 폭삭 무너져 내려앉는 것 같은 충격과 황당함 속에서도 비화가 얼핏 되살린 말이 방금 꺽돌이 한 말이었다.

— 어머이.

그랬다. 분명히 어머이라고 불렀다. 꺽돌이 저 여자더러 어머이?

그다음 순간이었다. 혼란스러워하는 비화에게 그 사실을 좀 더 확실히 각인시켜 주기라도 하려는지 설단이 입을 열었다.

"어머님도 같이 가싯으모 좋았을 낀데."

어머님. 설단도 저 여자에게 어머님…….

"마님, 되련님."

그때 꺽돌 음성이 환상의 먼 언덕 너머에서처럼 아스라이 들렸다.

"저짝 방으로 들가이시더."

그러면서 언네가 앉아 있는 방 바로 옆에 붙어 있는 방문을 가리키는 꺽돌의 그 손짓도, 비화 눈에는 아득한 꿈결인 양 흐릿하게 비칠 뿐이었다.

비화는 금세 픽 허물어질 사람을 방불케 했다. 샛노래진 낯빛. 핏기 잃은 입술. 머리카락 한 올 한 올이 하늘로 곤두서다가 급기야 전부 뭉텅뭉텅 빠져나가는 느낌이었다.

'아!'

그녀는 우선 방보다도 아무 곳에나 철버덕 주저앉고 싶었다. 거기 툇마루가 아니라 마당 흙바닥이라도 상관없었다. 정신이 아뜩하여 두 다리로 버티고 서 있기가 너무나도 힘들었다.

"어머이?"

어머니가 굉장히 이상하다는 것을 단박에 알아챈 준서가 놀라 물었다.

"와예? 어머이, 와예?"

설단도 비화 안색에서 심상치 않은 느낌을 접했다.

"마님! 어지러버신 기라예?"

손을 내밀어 비화를 붙들려고 했다.

"어머이, 퍼뜩 저, 저게로……."

준서가 설단보다 먼저, 그대로 넘어지려는 비화 몸을 얼른 부축하여 급히 툇마루 쪽으로 데리고 갔다. 비화는 아들이 이끄는 대로 딸려갔다.

'움~매.'

'컹!'

천룡과 삽사리가 내는 소리에 집이 불안하게 흔들리는 것 같았다. 동물은 인간보다 감각이 뛰어나다더니, 그것들이 먼저 무엇인가를 감지한 것인지도 모른다. 낮은 토담에 붙어 자라는 감나무도 이쪽을 바라보는 듯했다.

"아, 마님께서?"

꺽돌도 가슴이 '쿵' 하는 얼굴이었다. 그는 매우 허둥거리는 목소리로 말했다.

"어, 얼릉 앉으시거로……."

"예."

준서가 비화를 마루 끝에 앉힌 그 순간이었다. 거기 모두가 한층 더 경악할 사태가 벌어졌다.

"이, 이!"

누구도 알아들을 수 없는 이상한 소리를 내면서, 언네가 그 몸으로 문지방을 넘어 마루로 나오려고 하는 것이다.

"이, 이!"

그러나 그것은 단지 마음뿐이지 실제로는 거의 불가능에 가까운 일이었다. 방 안에서도 여기서 저기로 몸을 옮기는 게 수월치 않은 불구의 몸이었다. 그러니 언네가 방문을 넘는다는 것은, 말 그대로 개미가 태산 준령을 넘으려는 것과 진배없었다. 하지만 그녀는 끝까지 포기하지 않고, 무모하다고 여겨질 만큼 '이, 이!' 하는 소리만을 계속하며 밖으로 나오려고 무진 애를 써대는 것이었다.

"……."

비화와 준서 눈이 마주쳤다. 참으로 황당했다. 만일 태어나면서부터 앉은뱅이였다면 언네는 그래도 운신하는데, 어느 정도 숙달이 되어 있을지도 모른다. 하지만 혹독한 고문 끝에 얻은 후천성 불구인 데다 나이도 먹을 만큼 먹은 노파였다. 그리하여 언네는 별로 높지도 않은 방문 턱에 걸려 꼼짝달싹도 하지 못하는 꼭두각시 인형에 지나지 않았다.

"어머이! 와 그랍니꺼, 와?"

꺽돌이 기겁을 하며 외쳤다. 설단도 경악한 얼굴로 물었다.

"머하실라꼬예?"

그러자 언네는 크게 앙다문 이빨 사이로 겨우 두어 마디를 했다.

"내, 내가……."

그러면서 무작정 밖으로 빠져나오려는 언네는 자칫하면 마룻바닥에 얼굴을 처박고 말 것 같았다. 그대로 두면 마루 밑으로 굴러 내릴 것이었다.

"어머이!"

너무 다급해진 꺽돌이 신발을 신은 채 마루 위로 뛰어올랐다. 거구임에도 비호처럼 날렵했다. 천룡과 삽사리가 내는 소리가 홀연 달라지고 있었다.

말없이 그 장면을 지켜보는 준서 눈에, 꺽돌의 몸 위로 택견 사부인 원채 모습이 겹쳐 보였다. 왜놈 칼잡이 무라니시를 맨손으로 제압한 무예의 고수였다. 무관 출신인 외할아버지 호한도 한창 기운을 쓸 당시에는 만천하에 당할 자가 없었다는 얘기도 떠올랐다.

"이라모 안 됩니더!"

꺽돌은 흡사 앙상한 나뭇가지에 걸린 연鳶처럼 문지방에 걸려 있다시피 한 언네 몸을 잡아서 방바닥에 바로 앉히며 말했다.

"지발 증신, 증신 채리이소, 어머이!"

"……."

언네는 이제 아무 말이 없었으며 다른 소리를 내던 천룡과 삽사리도 조용해졌다. 가매못 쪽에서 불어온 바람이 사립문과 감나무 가지를 흔들었다.

"지 말 들리예? 예에?"

천룡과 삽사리가 한 번 소리를 내더니 다시 잠잠했다.

"안 들리예? 안 들리예?"

급기야 꺽돌은 투박한 두 손으로 언네의 야윈 어깨를 잡아 흔들었다.

"머라꼬 말씀 좀 해보이소, 예?"

언네가 왈칵 울음을 터뜨린 것은 꺽돌의 그 말이 채 떨어지기도 전이었다.

"으흐흐, 으흐흐흐."

일순, 그 울음소리를 제외하고는 집 안 가득 침묵만이 거미줄같이 쳐졌다. 그 집은 마치 먼지가 켜켜이 쌓이고 곰팡이가 잔뜩 핀 폐가처럼 느껴졌다. 그리고 지금 그곳에 있는 사람들은 얼핏 유령을 연상시켰다.

언네 울음소리는 듣는 사람 심장을 무너지게 했다. 머리카락이 쭈뼛 곤두서게 했다. 폐부 저 깊숙한 곳으로부터 올라오는 것 같은 그 처절한 울음은 그냥 흔히 들을 수 있는 그런 울음이 아니었다. 피 울음, 그것이었다. 원귀의 통곡, 그것이었다.

하나같이 입을 꾹 다문 채 경악과 혼란이 서린 눈빛으로, 하반신을 쓰지 못하는 한 늙은 여자를 바라보았다. 꺽돌과 설단뿐만 아니라 비화와 준서도 똑같았다.

'저거는 언네가 아이다!'

적어도 그때 그 순간만은, 언네는 언네가 아니었다. 비화는 일찍이 그런 언네를 본 적이 없었다. 그건 언네라고 할 수가 없었다. 거기 언네는 없었다.

'진짜 언네는……'

비화는 아직도 바로 어제인 양 똑똑하게 기억한다. 도저히 기억의 테두리 밖으로 내몰 수가 없다. 오래전 자신이 어린 처녀였던 시절의 혹독하게 추웠던 어느 겨울날, 어머니 윤 씨를 따라간 촉석루 아래 남강 빨래터에서 언네에게 당했던 그 치욕과 분노를.

'남강 물이 모돌띠리 말라서 없어져삐린다 캐도 몬 잊는다.'

빨래하는 일에 한참이나 서툴렀던 비화가, 실수로 그만 잘못 날린 돌멩이를 머리에 맞고, 양반이모 천한 년 대갈빼이를 깨묵어도 되냐고, 눈알 벌게서 달려들던 천하디 천한 종년 모습이었다. 속곳 열둘 입어도 밑구멍은 밑구멍대로 다 나온 것처럼, 암만 애써 숨기려 해도 그 본색이 가려지지 않는 밑바닥 인생이었다.

'그기 언네다.'

어디 그것뿐인가. 종년 주제에 상전인 제 남편 배봉과 놀아났다고, 질투심에 불타는 운산녀가 칼로 그 부위를 싹 도려내 버렸다는 저 섬뜩한 괴담의 주인공인 언네. 그 언네가 아니었던 것이다.

# 동물들이 난리다

그랬다. 언네가 아니었다.

언네가 아니었기에, 그다음에 그런 일이 벌어졌을 것이다. 모두가 귀를 의심했다. 비화는 더 의심했다. 다른 사람도 아닌 언네 입에서 그런 소리가 나올 줄이야.

"비, 비화야. 내, 내를 용서해라이."

"……."

비화는 순간적으로 지금 자신이 걸터앉아 있는 툇마루가 그대로 내려 앉는 느낌을 받았다. 아니, 툇마루뿐만 아니라 그 집 문설주며 서까래, 심지어 마당 한쪽에 있는 외양간마저 와르르 무너지는 것 같았다.

용서하라. 비화에게 그 말을 하려고, 언네는 그런 불구의 몸으로 그토록 용을 써 문지방을 넘으려고 했던 것인가?

"비화야……."

앉은뱅이 노파가 노망기 있는 것처럼 또 말했다. 어떻게 들으면 그야말로 서른세 해 만에 꿈 이야기를 하는 듯했다.

"내가, 내가 천벌을 받은 기라."

비화 머릿속은 온통 천둥 벼락이 내려치는 들판으로 변했다. 그런 가운데 찌르르 골수를 찌르는 것은 번갯불이었다. 그리고 그 들판에 한 여자가 서 있었다. 아니다. 쓰러져 있었다.

"흐, 천벌을……."

언네의 나중 소리는 자신의 울음에 섞여서 그대로 묻혀버렸다. 그녀의 몸이 하나의 커다란 눈물방울로 화하는 듯했다. 조만간 말라버리면 흔적도 없이 스러지고 말 것이었다.

"어머이!"

꺽돌이 와락 달려들어 아까보다도 더 세게 언네 어깨를 흔들어대기 시작했다. 그가 오히려 더 정신 나간 사람으로 보였다.

"증신 채리이소, 증신!"

언네는 꺽돌이 흔드는 대로 흔들렸다. 그것은 가벼운 종이가 바람이 부는 대로 따라서 나부끼는 것과 진배없어 보였다.

"어머이, 증신……."

꺽돌은 언네가 돌아버렸다고 생각하는 사람 같았다. 꺽돌 자신을 보호해주기 위해 그 악독한 배봉의 고문에도 굴하지 않고 끝까지 공범을 불지 않았다가, 결국 이제 그 고문의 후유증이 도져 정신병을 몰아온 것으로 보는 모양이었다. 그리하여 그 또한 미치광이로 변해가는 모습을 보이기 시작했다.

"증신! 즈응시인!"

설단도 치맛자락에 발끝이 걸려 하마터면 앞으로 픽 꼬꾸라질 뻔하면서도 허둥지둥 방 안으로 들어가며 목이 메는 소리를 내었다.

"흐흑. 어머님, 어머님이……."

그 모든 장면을 처음부터 끝까지 똑똑히 지켜보고 있는 준서 두 눈에서 뿜어져 나오는 강렬한 기운이 언네 몸을 그대로 꿰뚫어버릴 성싶었다. 비록 경악과 당혹감에 흔들리는 눈빛이지만 이지적인 기운이 깊이 서려 있는 서늘한 눈빛이었다. 언네에게서 무언가를 알아내려는 그 눈빛은 무쇠라도 녹여버릴 것 같았다.

비화 눈은 언네를 보고 있지 않았다. 그렇다고 다른 누군가를 보고 있는 것도 아니었다. 고개를 치켜든 것도 아니었고, 숙인 것은 더더욱 아니었다. 굳이 그때 비화의 반응을 보면, 마루 끄트머리에 앉은 그녀 무릎이나 그 무릎에 얹혀 있는 손이었다. 부들부들 떨리는 무릎과, 경련이 이는 손이었다.

"흐흐, 흐흐."

언네는 끝없이 오열을 터뜨렸다. 수세미 같은 머리칼이 되어 수세미 같은 손으로 문지방이며 방바닥까지 마구 내려쳐 가면서 울었다. 서럽게, 서럽게 울었다. 세상이 다할 때까지 통곡을 멈추지 않을 여자로 비쳤다. 그러고는 그 울음 사이사이에 남들이 통 알아들을 수 없는 무슨 말인가를 계속 중얼거렸다.

"에나 이리하실 끼라예?"

얼굴이 대장간 철판처럼 벌겋게 달아오른 꺽돌이 후들거리는 다리로 선 채 외쳤다.

"지발, 어머님, 지발……."

설단은 언네 옆에 붙어 앉아 애원했다. 그녀 두 눈도 부어올랐다. 그렇지만 언네는 어떤 소리도 전혀 들리지 않는 여자 같았다.

그녀 울음소리는 어떻게 들으면 웃는 소리 같았다. 아니, 울음과 웃음이 제멋대로 뒤섞인 실로 해괴한 소리였다. 그러자 슬프다기보다 무섭게 느껴졌다.

"온 동네 사람들 다 몰리와예, 다 몰리와!"

마침내 꺽돌의 인내심도 바닥을 드러내기 시작했다. 입에서는 그렇게 고통스럽게 들리는 소리가 흘러나왔다.

"으으, 으으."

그는 좁은 공간 속에 감금되어 고문을 당하는 사람처럼 보였다.

"그래도 우실라모, 밖에 나가서 우이소!"

집 안 가득 위험하기 그지없는 기운이 사금파리같이 번득였다.

"여, 여보! 우찌 어머님한테 그런 소리를 해예?"

설단이 울먹이는 소리로 남편을 나무랐다. 그 정신없는 와중에도 '어머님'이라는 그 말이 비화 귀에 불화살이 되어 날아와 박혔다.

'카르릉! 카릉, 카르릉!'

별안간 마당에서 삽사리가 난장판이 벌어지고 있는 방안을 들여다보며 여태 한 번도 내지 않던 사나운 소리를 냈다. 게다가 입에 거품을 깨물고 허연 이빨을 드러낸 모습이 완전히 다른 개로 변해 있었다. 순간적이지만 비화는 비어사에서 키우고 있던 털빛 새하얀 진돗개 '보리'를 떠올렸다. 여간해선 짖지 않는다는 기이하고 신비로운 생명이었다.

'음매~애! 음매~애!'

외양간 쪽에서는 또 천룡이 야단법석이었다. 외양간을 둘러친 나무 울을 그대로 부수고 뛰쳐나오려는 것 같아 보였다. 그 좁아터진 공간 속에서 커다란 몸뚱이로 아까보다 더욱 정신없이 빙빙 도는 게 광우병에 걸린 소를 방불케 했다.

삽사리와 천룡의 서슬에 어미 닭과 병아리들이 집 뒤꼍으로 막 달아나고 있었다. 그것들 몸에서 저절로 떨어진 깃털이 좁은 마당 위에 어지럽게 날리고 있었다. 그리고 그보다 더 혼란스러운 게 사람들 마음이었다.

급기야 꺽돌이 비명보다도 더한 소리를 내지르면서 두 손으로 머리를 감싼 채 방바닥에 그대로 주저앉아버렸다. 짚단 묶음이 쓰러지는 형상이었다. 그래도 언네는 하던 짓을 멈추지 않았다. 벼의 낟알을 끝없이 떨어내듯, 그렇게 쏟아내는 울음이었다.

"어머님, 어머님예. 그만치 하싯으이 인자 지발 고만하이소."

안타까움을 이기지 못하는 설단이 함부로 몸부림치면서 두 팔로 언네 상체를 끌어안고 애끊는 목소리로 달랬다.

"지도 몬 삽니더! 몬 살아예!"

설단도 설단이 아니었다. 저 정도라면 자기가 낳은 자식을 억호에게 빼앗기고 쫓겨나올 여자가 아닐 성싶었다. 그만큼 배봉가의 힘이 크다는 방증이 될 수도 있었다.

"어머님은 지가 죽어도 괘안심니꺼, 예? 그러이⋯⋯."

"⋯⋯."

그러자 비로소 발작과도 같았던 언네 행동이 조금은 잠잠해지기 시작했다. 어쩌면 너무 날뛴 탓에 그만 제풀에 지쳐버렸는지도 모르겠다.

'후우. 인자 고만둘라는갑다.'

준서는 내심 긴 한숨을 내쉬었다. 그녀가 해 보이는 수수께끼 같은 언동의 원인은 몰라도 좋으니, 제발 저 광기 어린 모습이라도 좀 얼른 멈춰 주었으면 하는 바람이 더 컸다. 그만큼 처절하고 애달팠다. 무섭다거나 두려운 건 아니었다.

'내가 에릴 적에 빡보라쿠는 그거 땜새 혼자 방에 앉아갖고 해쌌던 거하고 가리방상한 기라.'

동병상련의 감정이 그의 가슴을 적셨다.

'시방 와서 생각해 보이, 그래봤자 아모 소용도 없었는데 말이다.'

그러나 준서 눈에 비친 언네의 다음 모습도 결코 좋아 보이지는 않았다. 아니었다. 되레 처음보다 한층 못했다. 미친 여자같이 울고, 비 맞은 중같이 혼자 중얼중얼하고, 그물에 걸려든 물고기같이 온몸을 파들거리고 할 때는 그래도 나았다.

'저거는 더 아이다.'

그런데 이제는 허옇게 센 머리가 방바닥에 닿으라고 있는 대로 푹 숙이고는 꿈쩍도 하지 않는 것이다. 갑자기 돌사람이 돼버린 듯싶었다. 그 집을 철저히 점령해버린 침묵이 아가리를 벌린 짐승처럼 달려들고 있었다. 침묵이 소란보다 더 참기 어렵다는 것을 새삼 깨닫게 해주는 순간이었다.

언네 모습은 세견머리 없는 죄를 짓고 큰 벌을 받는 어린아이와도 같았다. 그렇게 처량하고 궁상맞고 못나 보일 수가 없는 참담한 몰골이었다. 옆에서 보는 사람이 숨이 다 막혀버릴 지경이었다.

'여 계속 있다가는 내도 더 몬 살것다.'

하여튼 무슨 소리라도 고래고래 지르고 펄쩍펄쩍 뛰어오르지 않으면 살지 못할 성싶은 무언가가 언네 몸에서 끝도 없이 새 나오는 것이다.

'죽음의 내미가 저런 기까?'

그러자 전신이 오싹해지는 준서였다. 지난날 비명에 갔다는 농민군과 천주교도와는 또 다른 죽음의 냄새였다. 삶의 냄새가 흰색이라면, 그것의 냄새는 검은색 같았다.

'그란데 우리 어머이는 또 와 저라실꼬?'

그랬다. 준서 눈에 들어온 비화 모습 또한 여간 예사롭지 않았다. 이제 아까보다 몸의 떨림은 조금 사라져 보였지만, 초점을 잃은 눈은 여전히 허공 어딘가를 향하고 있었다. 완전히 넋이 달아나버린 모습이었다.

'엔간한 일 갖고는 저리하시는 어머이가 아인데…….'

그런 자각이 준서를 더 허둥거리게 했다.

'여게는 틀림없이 넘들이 모리는 에나 큰 비밀이 있는 기라. 대체 무신 비밀이까?'

구름마냥 피어오르는 이런저런 상념들로 준서는 잇따라 숨을 크게 몰아쉬지 않으면 안 되었다. 얼마나 그런 질식할 듯한 시간이 지나갔는지 알 수 없었다.

"끄응."

꺽돌이 크게 용쓰는 소리를 내며 거구를 일으켜 세웠다. 그 서슬에 방문이 덜컹거리고 방구들이 폭삭 내려앉는 느낌이 왔다.

그의 눈은 한동안 죄지은 모습으로 옹크리고 있는 언네를 내려다보고 있다가 이윽고 방문 밖으로 돌려졌다. 그러더니 툇마루 끝에 그림자같이 앉아 있는 비화를 향해 그의 입이 무겁게 열렸다.

"마님, 죄송하지만도 이리로 함 들와보실랍니꺼?"

"……."

비화가 말없이 꺽돌을 쳐다보았다. 준서가 보기에 조금은 의아해하는 눈빛이었지만 무척 웅숭깊은 눈길이었다.

'어머이가 쪼끔 증신이 돌아오시는갑다.'

평소의 반짝이는 눈빛을 어느 정도 회복하고 있는 어머니를 보고, 준서는 조금 안도하는 심정이 되어 생각했다.

'사람들이 울 어머이 보고 여장부라 안 쿠나. 여장부라쿠는 그 이름이 아모한테나 벌로 붙는 거는 아이제.'

꺽돌이 힘겹게 도로 방바닥에 주저앉더니 소만큼 굵고 튼튼한 고개를 아주 깊숙이 숙여 보이며 다시 입을 열었다.

"증말 애이(예의)도 모리는 부탁입니더마는……."

그는 호흡이 가쁜지 연거푸 숨을 들이쉬고 나서 말을 이었다.

"울 어머이하고 지하고 같이 말씀 좀 나눠주싯으모 해서예."

비화는 여전히 무어라 입을 열지는 않았지만, 이제는 완전히 되찾은 그윽한 눈길이었다. 조금도 흔들림이 전해지지 않는 그 눈길을 피하며 꺽돌이 말했다.

"암만캐도 이약을 좀 해야 될 꺼 겉십니더."

그러자 비화는 시종 자기 바로 옆에 호위병이나 파수꾼처럼 서 있는 준서 얼굴을 가만히 올려다보았다. 그것을 본 준서가 잠자코 고개를 끄덕여 보였다.

"알것다."

비화가 툇마루에서 천천히 일어서면서 짧게 말했다. 그 소리는 준서나 다른 사람에게 한다기보다 그녀에게 다짐해 보이는 소리로 들렸다.

"그라모 쪼꼼 실래(실례)하것소."

그러면서 비화는 왼손으로 치맛자락을 여미고 사뿐히 방 안으로 들어섰다. 그것은 누구 눈에도 대갓집 안방마님의 의젓한 자태였다. '김 장군'의 여식다웠다.

'역시 어머이는 대단하신 분인 기라.'

준서는 어머니가 자랑스러웠다. 그 경황 중에도 조금도 흐트러지지 아니하고, 또 예의를 잃지 않는 것이다. 더군다나 지금 그곳은 어머니가 거의 무상으로 소작을 주고 있는 집이었다. 다른 사람 같으면 건방지게 굴 수도 있는 상황이었다.

'내도 저런 증신을 배와야것다.'

혼자 속으로 그런 다짐을 하면서 준서도 어머니를 따라 방으로 들어갔다. 밖에서 보았던 그대로 그렇게 넓지 않은 탓에 방은 대번에 꽉 차 버렸다.

'우리 가게 방들보담도 상구 더 몬하다 아이가.'

그렇기는 해도 비화와 준서 모자는 될 수 있는 한 언네와 최대한 거리를 두고서 떨어져 앉았다. 언네 양쪽으로 꺽돌과 설단이 언네를 부축하듯 각각 붙어 앉고, 그들 맞은편에 비화와 준서가 나란히 자리 잡은 모습들이 되었다.

"……."

누구도 선뜻 입을 열지 않았다. 짐승들도 느끼는 게 있는지 삽사리와 천룡의 소리도 더 이상 들려오지 않았다. 하다못해 지붕 위에서 까치나 까마귀가 울 법도 하건만 지금은 그마저도 없었다. 대사지나 가매못, 남강 물속이 이렇게 고요할까. 인간 마음은 왜 그렇게 잔잔하고 고요하지 못하는지. 얼핏 비화 뇌리를 스치는 생각이었다.

그런 가운데 몹시 수척한 언네 몸이 눈에 띄게 움찔움찔하고 있었다. 마치 바늘 끝이나 벌침에 찔리는 사람 같았다. 비록 고개는 이제 막 돋아나고 있는 고사리처럼 숙이고 있었지만, 비화 모자가 그 방에 들어와 앉았다는 사실을 알고 있는 것이다. 신체적 결함을 메우기 위해 정신이 스스로 안간힘을 다하고 있는지도 모른다.

'시상을 살다 보모 벨벨 일이 째삣다쿠지만도…….'

비화도 겉모습으로는 심상한 척하면서도 사실은 심장이 팔짝팔짝 뛰노는 것을 간신히 억누르고 있긴 마찬가지였다. 어찌 그러지 않을 수 있겠는가.

'내가 언네하고 한 방에 같이 앉아 있다이?'

도저히 있을 수 없는 일이 벌어지고 있었다. 같은 하늘 아래 머리를 나란히 두고 지내는 것도 용납될 수 없는 사이였다. 이래서 예로부터 지금까지 전해지기로, 세상은 그것을 만든 조물주라도 잘 알 수 없다 했는가. 여전히 아무도 말을 하지 않았다. 같이 이야기를 하자던 꺽돌도 이제는 꿀 먹은 벙어리였다. 움직임도 없었다.

'그렇구마!'

그런 와중에 비화는 새삼스레 깨달았다. 마주 앉아 있는 그들 셋 모두가 배봉가의 종들이었다는 사실이었다. 행랑채 지붕보다 더 높이 세운 솟을대문과, 그 고을 성벽 못지않게 기다란 담장 안쪽에 항상 갇힌

채, 상전 수족이 되어 자기 인생은 없이 살아왔던 그들이었다. 아이들이 가지고 노는 수수깡 인형과 다를 바가 없었다.

그렇지만 지금에 와서 엄밀히 되짚어보면, 여기 이 사람들과는 아무런 이해관계도 없는 사이였다. 무엇보다 언네는 일평생 핍박받을 수밖에 없는 천한 종년으로서 양반에 대해 맹목적인 증오심과 반감을 품고 있었던 탓에, 늘 비화를 그렇게 못 잡아먹어 안달 나 했을 것이다. 개인으로서의 비화가 아닌 양반 가문 태생으로서의 비화, 바로 그 비화가 싫었을 것이다.

'그거도 비극이라모 비극인 기라.'

얼마나 그런 순간이 흘러갔을까. 이윽고 부러질까 두려울 만큼 가늘고 주름이 간 언네 고개가 힘겹게 들려졌다. 다른 누가 시켜서가 아니라 그녀 자신의 의지에서 비롯된 행위였지만 금방이라도 다시 팍 꺾이지 않을까 위태로운 느낌을 주었다.

'아!'

고개를 든 언네 얼굴. 조금만 더 다가앉으면 서로의 무릎이 맞닿을 만큼 가까운 거리에서 그 얼굴을 본 비화는, 가슴 한복판이 크게 뻥 뚫리면서 찬바람이 씽 지나가는 기분을 맛보았다.

'저거는?'

주름 간 언네의 눈언저리에 눈물 자국이 반질거리고 있었다. 평생 종년 신분으로 짐승보다 못한 취급을 받으며 연명해온 여자이기에, 대바늘로 수천 번 찔러도 피 한 방울 나오지 않을 거라고 보았었다.

'해나 내가 다린 사람을 보고 있는 기까?'

그랬다. 종년 신분에 도무지 걸맞지 않게 그 의기양양하고 표독스럽던 예전 모습은 이제 어디에서도 찾아볼 길이 없었고, 다만 늙고 병든 당나귀처럼 한없이 지쳐 빠진 늙은이가 거기 있을 뿐이었다. 그저 물건

같이 '놓여' 있을 따름이었다.

"시방 와서 뒤돌아보모……."

노파의 이빨이 듬성듬성 빠진 입이 어렵사리 열렸다. 꼭 시커먼 동굴 같았다. 얼굴 전체가 광대들이 둘러쓰는 탈바가지를 연상케 했다.

"내가 무담시 김비화라쿠는 여자를 미버했던 기라."

"……."

언네 입을 통해서 듣는 김비화라는 이름 석 자였다. 비화는 그게 자기 이름이 아니라 다른 누군가의 이름으로 다가왔다.

"따지고 보모, 후우."

언네는 몇 마디 하지 않았는데도 벌써 굉장히 숨이 가빠오는 모양이었다. 그 정도로 심신이 피폐해져 있다는 증거가 아닐까 싶었다.

"내한테 잘몬한 기 하나도 없는데……."

그런 속에서도 언네는 용케 말을 이어나갔다. 사레 걸린 사람 모양으로 캑캑거리고 나서 말했다.

"그란데, 그란데……."

비봉산 자락을 훑고 내려온 바람이 그 집 사립문을 흔들어대는 소리가 났다. 얼마 전에 꺽돌 부부가 잡목의 가지로 엮어 새로 만든 그 사립짝은 어지간한 충격에는 너끈히 견딜 것이었다.

"와 그랬으까, 내가?"

언네는 누군가를 향해, 아니 어쩌면 그녀 자신을 향해 저주하고 질책하는 기색이 완연해 보였다.

"와? 우째서?"

비화는 뒷골이 뻐근해지는 느낌을 받았다. 그것은 추운 겨울날 이른 새벽에 불쑥 방문을 열고 밖으로 나갔다가 찬바람에 갑자기 머리가 띵해지는 그 아찔한 경험과도 유사한 것이었다.

그때 언네가 하는 말, 그것은 마치 할미 역을 맡은 광대가 공연을 하면서 대사를 읊조리고 있는 것 같은 착각마저 자아내는 소리였다. 비화는 충격을 떨쳐버리지 못하는 중에도 씁쓰레한 심정으로 생각했다.

'우리 인생살이가 머 뜻이 상구 깊고 또 대단한 거매이로 해싸도, 한마당 광대놀이하고 가리방상하다더이. 우서버라.'

옳았다. 지금 그곳은 민가의 방이 아니고 광대들이 놀이판을 펼치는 마당으로 보였다. 그건 단순한 착각만은 아니었다.

'그리 보모…….'

그렇다면 비화 자신은 무엇인가?

'풋.'

속에서 실소가 터져 나왔다. 관객, 구경만 하는 관객이 된다. 참 엉뚱한 소리로 들릴지 모르지만, 그저 편안하게 구경만 해도 되는 것이다. 그러자 자신도 믿어지지 않을 만치 비화 마음은 냉정을 되찾기 시작했다.

'우리 사람은, 사람은.'

뒷골뿐만 아니라 가슴까지 점점 뻐근해 오면서 비화는 망연히, 그렇지만 어둡지 않은 심경으로 생각했다. 제아무리 악한 사람도 나이가 들고 병이 들면 선해진다는 옛말이 맞았다. 그렇다면 늙고 병든다는 것이 꼭 나쁜 것만은 아니었다.

'언네도 사람이라 쿨 적에 안 있나.'

사실은 언네가 입을 열기 전부터 비화 마음은 상당 부분 달라져 있었다. 그 낮은 문지방 하나도 제대로 넘지 못할 정도로 심한 불구의 몸이 돼버린 초라한 늙은 여자를 처음 보는 그 순간, 비화 가슴 속에서 지금까지 품어왔던 적개심이나 분노는 이미 사라지고 없었는지도 모른다.

'암만 미븐 사람이라 캐도 상대할 만한 가치가 없으모 말이다.'

그런 게 아니라면, 꺽돌과 설단이 친모나 시어머니처럼 모시고 있다는 그 뜻밖의 사실을 알자, 언네에 대한 수십 년의 감정이 바뀌었을 수도 있었다.

그러나 비화는 여전히 언네에게 단 한마디도 하지 않고 있었다. 아니다. 하지 않는 것이 아니라 못 하고 있었다. 그녀 또한 평소의 여장부다운 비화와는 거리가 멀 수밖에 없었다.

"저……."

어쨌거나 비화의 그 침묵이 큰 부담으로 다가섰을까.

"마님."

설단이 떨리는 입술을 열어 애원조로 말했다.

"마님, 우리 어머님이 마님께 저렇게꺼지 말씀하시는데, 지발 마님도 무신 말씀이든지 좀 해주시이소."

아무 말도 꺼내지 않고 있는 비화 귀에, 준서가 자리를 고쳐 앉는 기척이 들렸다. 아마 준서도 마음이 흔들리고 있는 성싶었다.

"흐, 낮이고 밤이고 장 저리 앉으시갖고예, 꼼짝도 몬 하신다 아입니꺼?"

목이 멘 소리로 말을 이어가는 설단이었다.

"그러이 과거에 두 분 사이에 무신 일이 있었는지는 몰라도예……."

손을 뻗어 비화 무릎이라도 잡아 흔들 것같이 하였다.

"울 어머님 멤이 쪼꼼이라도 풀리시거로 해주이소."

가매못 쪽에서 아이들이 내지르는 소리가 아스라이 들려왔다. 그것은 아주 오래전 시간과 공간을 되돌리는 역할을 해주는 듯했다.

"예? 마님."

그러잖아도 좁은 방은 천장마저 낮은 탓에 공기는 더 탁하게 느껴졌다. 가슴은 더 답답하였다.

"마님예."

준서는 콧등이 몹시 시큰거렸다. 그만큼 설단은 더할 수 없이 지성스럽고 절실해 보였다. 어릴 적부터 올바른 여성으로서의 품행을 배워온 대갓집 규수라도 저런 여자가 되기는 결코, 쉽지 않을 것이다.

"흑."

언네가 또다시 눈물을 내비치기 시작했다. 상대방에 대해서라기보다도 스스로의 한과 설움에 겨워 감정을 억누르지 못하는 성싶었다. 설단이 비화에게 달라붙듯 하였다.

"지발 그리해 주이소, 예?"

그래도 비화가 변함없이 묵묵부답이자 이번에는 꺽돌이 입을 열었다. 한데 그의 말이 여간 예사롭지 않았다. 그때까지의 분위기를 또 한 번 확 바꾸는 계기가 되었다.

"마님께서 울 어머이를 용서만 해주시모, 저희가 마님께 상구 중요한 비밀 하나를 알리드리것심니더."

바로 그 찰나였다. 눈에서 눈물방울을 뚝뚝 떨어뜨리던 언네가 믿어지지 않을 만큼 빠른 동작으로 번쩍 고개를 들었다.

"꺼, 꺽돌아! 니 시방?"

안색이 낮달만큼이나 창백했다.

"……."

준서가 강한 의문이 담긴 얼굴로 또 한 번 자리를 고쳐 앉았다. 비화는 뒤통수가 띵하고 손발이 저릿해졌다. 지금 그곳에서 겪고 있는 일들을 도무지 종잡을 수가 없었다.

'이기 뭔 소리고?'

저들이 내게 알려줄 중요한 비밀이라니? 멸시하는 뜻에서가 아니라 곤 할지라도, 기실 그네들의 신분…….

그 비밀이란 것에 대한 궁금증도 궁금증이거니와, 저들이 어떻게 그런 비밀을 가질 수 있겠는가 하는 의구심부터 앞섰다. 적어도 그녀가 지금까지 살아온 경험으로 미뤄볼 때 그건 아니었다. 이 세상이 그렇게 만만한 곳이라면 누가 어렵고 힘들어할까.

'해나 이들이 무신 술수를 부리는지도 모린다.'

홀연 그런 의혹이 위험한 짐승 뿔처럼 번쩍 고개를 치켜들었다. 비화는 급하게 자신을 다독거렸다. 자칫 혼미해지려는 정신을 가다듬었다.

'더 들을 필요도 없는 기라. 아이다. 필요가 없는 기 아이고 그리하모 안 된다 아인가베. 그냥 듣다가 보모, 내도 모리거로 넘어갈 수도 안 있것나.'

그러나 언네 반응도 그렇지만 꺽돌 표정도 너무나 진지하여 도저히 그대로 넘길 수가 없었다. 준서도 마찬가지 생각인지 바짝 긴장하는 빛이었다.

"그기 무신 이약이오?"

이윽고 비화가 느리게 물었다. 조급해지려는 마음을 가라앉히려는 기색이 엿보였다.

"예, 그거는…….”

꺽돌이 빠르게 말을 이었다.

"마님 웬수인 동업직물을 단번에 파맬시킬 수도 있는 비밀입니더.”

"아.”

언네가 탄식하는 소리를 내었다. 꺽돌 입을 막기를 포기한 듯했다. 아니, 그러기도 전에 이미 나와 버린 말이었다. 그릇은 깨지고 물은 엎질러졌다, 그런 분위기였다.

"준서야.”

비화가 준서를 바라보았다. 천만 가지 빛이 엇갈리는 얼굴이었다.

"어머이.”

준서도 비화를 바라보았다. 준서 또한 여간 큰 충격을 받은 표정이 아니었다.

모자 눈빛이 허공에서 마주쳤다. 우리가 방금 무슨 소리를 들었는가 하는 무언의 물음들이었다. 그건 남의 구역 안에 들어와 있는 사람들이 통상 가지기 쉬운 어떤 긴장 내지는 조바심과는 또 다른 성질의 반응들이었다.

동업직물을 단번에 파멸시킬 수도 있는 비밀.

그때쯤 언네는 꺽돌 입을 막는 일을 완전히 포기한 사람으로 보였다. 언네는 두 눈을 꼭 감고 가만히 있었다. 앉은뱅이 장님 같아 보이는 그녀 몸에서는 어떤 미세한 움직임도 전해지지 않았다. 암자에서 수행하는 여신도를 떠올리게 했다.

"마님."

설단은 그 소리를 주문같이 외며 더없이 긴장된 얼굴로 비화 눈치만 살폈다.

"지가……."

꺽돌은 단단히 작심한 듯싶었다. 자기를 쏘아보는 비화의 예리한 눈길을 피하지 않았다. 종놈 출신치고는 대단했다. 아주 어릴 적에 지리산 쪽 어디에선가 황 할아범 손을 잡고 그 고을에 왔다는 그는, 어쩌면 몰락한 양반 가문의 마지막 후손인지도 알 수 없었다. 멸문지화를 피해 늙은 하인이 주인집 어린 아들을 피신시킨 사연이 감춰져 있을지도 모른다.

"막 바로 말씀드리것심니더."

꺽돌 말이 이어지고 또다시 비화는 침묵했다.

"본래 지 성질이 몬돼서, 뺑뺑 둘러서 이약을 몬 합니더. 암만 곤칠라 캐도 그기 잘 안 되데예. 그래 그냥 그리 살아갈라꼬 했심니더."

"……."

"그라고 지 모가지에 칼이 들와도 마님께는 거짓말 안 합니더. 저희 집 개하고 소한테 맹서하라모 맹서할 수도 있심니더."

"……."

"배봉이 집에서 쫓기난 우리 부부, 장 비화 마님이 목심의 은인이라 꼬 생각함시로 살고 있은께예."

그러고 나서 한참이나 숨을 고른 꺽돌은 비화 눈을 똑바로 응시하면서 그 비밀에 관해 단도직입적으로 입을 열기 시작했다.

"배봉이 큰손자 동업이 말입니더."

"예? 도, 동업이?"

그야말로 느닷없이 터져 나오는 동업이란 이름에는 비화도 그만 몹시 허둥거리지 않을 수 없었다. 소경 머루 먹듯, 뭐가 뭔지 도대체 분간이 되지 않았다.

그들이 앉아 있는 자리에서 나올 법한 성질의 이름이 아닌 것이다. 그냥 예사로이 지나가는 얘기로는 어쩌다가 입에 올릴 수도 없지는 않겠지만, 바로 지금 그런 상황은 결코 그럴 계제가 못 되는 것이다.

"아, 그기 무신?"

역시 적잖은 충격을 받은 준서가 막 입을 열려고 하자, 비화가 손을 들어 급하게 아들을 제지하며 꺽돌에게 물었다.

"방금 동업이라꼬 말한 깁니꺼? 배봉이 큰손자요."

꺽돌은 재차 확인시켜주듯 또렷한 어조로 이렇게 대답했다.

"예, 억호 큰아들예."

"……."

그만 입을 다무는 비화 안색이 더한층 핼쑥해졌고, 한순간 방 안 가득 숨통을 죄는 공기가 쏴아 밀려들었다. 천장이며 방바닥, 사방 벽이 흔들려 보였다. 사람 얼굴도 흔들려 보였다.

배봉, 억호, 동업.

지금 거기 있는 누구도 그 이름들을 듣고 아무렇지도 않을 이가 없었다. 각각 동업직물 집안과 얽힌 사연들은 달랐지만 하나의 말로 엮여 있었다.

"각중애 동업이는 와예?"

이윽고 막힌 숨통 틔우듯 비화 입에서 나온 두 번째 물음이었다. 그러자 꺽돌도 가쁜 숨을 몰아쉬고 나서 마지막 무기나 최후의 처방을 꺼내듯 말을 멈추었다.

"동업이가, 사실은……."

비화는 이번에도 준서를 한 번 본 후 다시 꺽돌에게 고개를 돌렸다. 그로서도 막상 실상을 털어놓자니 여간 흥분되고 떨리지 않는 모양이었다. 그런 그에게서는 어떤 허위나 가식도 발견할 수 없었다. 오직 진실 하나만이 느껴졌다. 그래서 더 힘들어 보였다.

'몬된 술수를 부릴라쿠는 거는 아이다.'

비화는 한층 간담이 강하게 조여드는 것을 어쩌지 못했다.

'그라고 머신가 아조 대단한 비밀이 틀림없는 기라. 그렇다꼬 첨부텀 내한테 해줄라 캤던 거는 아인 거 겉고.'

마음을 세게 다잡으며 비화는 눈썹 하나 깜짝하지 않고 꺽돌을 똑바로 바라보였다. 무슨 이야기를 들어도 항심恒心을 잃지는 않을 것이다. 변하지 않는 떳떳한 마음을 늘 지녀라, 그것은 할아버지 생강이 아버지 호한에게 내린 가르침이었고, 아버지는 그것을 딸 비화에게 그대로 전수해주었다. 그리하여 살아가는데 필요한 재산이나 생업인 항산恒産은 잃는 한이 있더라도 항심만은 놓지 않으리라는 게 평소 그녀의 생활신조였으며, 준서에게도 항상 그것을 강조해왔다. 그건 준서 다음 세대에서도 마찬가지일 것이다.

그런데 그다음에 꺽돌 입에서 나오는 소리를 듣는 찰나, 비화는 그녀 귀가 제대로 붙어 있는가 싶었다. 그 엄청난 충격은 사람을 철저히 바꿔버렸다. 항심은 빠져버린 수레바퀴 모양으로 어디론가 달아나버렸다.

"동업이는 그 집 친자슥이 아닙니더."

"……."

어떤 말도 나오지 않는, 아니 어떤 말도 필요하지 않은 경우가 있다면, 그것은 바로 지금 같은 순간일 것이다. 온 세상에서 꺽돌의 그 말을 덮을 말은 어디에도 없었다. 오직 그 말만이 제 혼자 살아 천지를 헤집고 다녔다.

그런 황망한 가운데 비화의 두 손은 무엇인가를 강하게 쥐어박을 듯이 꽉 쥐어져 있었다. 어깨는 돌덩이같이 딱딱해 보였다. 사람들이 영리해 보인다고 이야기하는 까만 눈에서는 빛살이 뿜어져 나왔다. 그녀 머릿속에서는 마치 거꾸로 되감기는 테이프처럼 꺽돌이 한 말이 딱딱 끊어져 재생되고 있었다.

─동업이는, 그 집, 친자슥이, 아입니더.

배봉가의 친 핏줄이 아닌 동업.

비화는 제대로 말이 되지 않을 만큼 떨리는 목소리로 간신히 물었다. 그녀 아들인 준서 눈에조차 다른 사람으로 비칠 지경이었다.

"도, 동업이 어, 억호 치, 친자슥이 아, 아이라모?"

꺽돌이 피가 배어 나올 정도로 입술을 꽉 깨물면서 대답했다.

"업둥이였지예, 업둥이."

"예에?"

끝내 비화의 외마디가 거기 천장으로 솟구쳤다. 그것은 냉정하고 침착한 평상시의 그녀 음성과는 너무나도 거리가 동떨어진 것이었다.

"도, 동업이가 어, 업둥이예?"

준서 또한 차마 제 귀를 믿지 못하겠는지 그저 두 눈만 멀뚱멀뚱 떠 보였다. 꺽돌이 좀 더 또록또록한 목소리로 나왔다.

"그렇심니더. 다린 사람이 논 아(이)를 지들 아로 삼은 기지예."

그 순간, 심장이 뚝 멎는 듯한 비화의 놀람은, 꺽돌이나 언네, 실단이 생각하는 것과는 정반대 성질의 것이었다.

그렇다. 업둥이 동업. 그것은 비화가 이미 알고 있는 사실이었다. 따라서 적어도 그녀에게는 더 이상 비밀이 아닌 비밀이었다. 오래전에 남편 입을 통해서 들었다. 그날 재영은 마지막 유언을 남기듯 하나 남김없이 모든 것을 실토했다.

그뿐만이 아니었다. 동업이 업둥이라는 사실 한 가지만이 아니었다. 더욱더 중요한 사실, 곧 동업은 남편의 피붙이이며, 더 나아가 동업의 친모는 남편과 애정 행각을 벌였던 허나연이라는 것까지도 비화는 소상히 알고 있었다. 준서 피부병을 고치기 위해 찾아갔던 치라골 약수터에서, 나연이 운산녀, 치목과 함께 장난을 치고 있던 광경이 아직도 눈에 선하였다.

그리하여 지금 비화가 경악하는 보다 더 큰 이유는, 도대체 언네와 꺽돌 부부가 어떻게 어떤 경로를 통해서 그런 사실을 알고 있느냐 하는 데 있었다. 그들이 신이 아닌 이상 도저히 있을 수도, 믿을 수도 없는 일이었다.

그것은 상식에 기인한 것이라기보다도, 제발 누구도 몰랐으면 하는 염원에 기대는 바가 더 컸다. 그래 이 세상이 아무리 넓고 크다고 하더라도, 그 비밀을 알 수 있는 사람은 정해져 있다고 철석같이 믿어왔다. 아니, 믿고 안 믿고가 문제가 아니라, 그건 아침에 해가 뜨고 저녁에 달이 뜨는 것과 같았다.

그 비밀을 아는 사람은 억호와 재영 그리고 허나연과 비화 자신, 그렇게 넷이었다. 물론 죽은 분녀도 알 테지만 이제 그녀는 없다.

'옥지이, 아니 해랑이는?'

가장 먼저 생기는 궁금증이었다. 그러나 그 답은 자명하였다. 해랑도 동업이 억호 본처 분녀 소생이라고 알고 있을 것이다. 해랑이 억호 재취로 들어가기 전부터 동업은 동업직물 맏손자로 알려져 있었기 때문이었다. 억호가 해랑에게 사실대로 들려주었다면 또 모르지만 말이다. 그렇지만 어느 누구에게도 결코 진실을 들려줄 억호가 아니었다. 만일 자신에게 불이익이 되거나 손가락질받을 일이면 그 자신마저도 속이려 들 인간이 억호였다.

'그라모 배봉은 우떨까?'

길게 생각해 볼 필요도 없이 배봉도 마찬가지일 것이다. 비화는 증오하는 그만큼 배봉을 잘 알았다. 그자 성질에 동업이 친손자가 아니라는 것을 알면 그날로 당장 집 밖으로 내칠 위인이었다.

한데, 그런 게 아니라니? 지금 내 앞에 앉아 있는 이 사람들도 그 사실을 알고 있다니? 도대체 이게 무슨 날벼락이란 말인가?

"여보."

그때 꺽돌이 언네를 사이에 두고 반대편에 앉은 설단을 불렀다. 그러고는 너무 감당하기 어려운 무거운 짐을 떠넘기려는 사람처럼 힘겹게 입을 열었다.

"인자 당신이 마님께 말씀 올리소."

설단은 당장 안색이 확 달라졌다.

"예? 지가예?"

꺽돌이 사정 조로 말했다.

"아모래도 내는 더 몬 하것소. 그러이 당신이 하소."

두 눈을 깜짝이지 않고 잠깐 남편 얼굴을 살피던 설단이 말했다.

"예, 알것어예."

작은 입술을 질끈 깨물더니 비화를 보았다.

"너모 놀래시지 말고 들어보시소."

그렇게 꼭꼭 다짐받듯 한 후에, 설단은 꺽돌보다 더 떨리는 목소리로 자초지종 들려주기 시작했다. 동업이 배봉가에 업둥이로 들어온 사연에 대해서였다.

그날 새벽, 여느 날과 마찬가지로 부처님께 자식 하나 점지해 달라고 기도드리기 위해서 절집에 가려는 분녀와 함께 집 밖을 나섰을 때, 허름한 포대기에 싸인 채 솟을대문 앞에 버려져 있던 핏덩이를 먼저 발견한 사람은 설단 자신이라는 것, 억호와 분녀는 집안에서 부리는 비복들은 말할 것도 없고, 배봉이나 운산녀, 만호와 상녀 등 누구에게도 그 사실을 감쪽같이 감추었다는 것, 그래서 세상은 동업이 업둥이라는 사실을 전혀 모르고 있다는 것, 그 모든 것에 관하여 얘기했다.

'아, 그렇구마!'

설단에게서 전후 이야기를 다 들은 비화는 마음속으로 무릎을 쳤다. 이런 소리가 저절로 우러나오려 했다.

'인자사 이해가 된다 아이가.'

그랬다. 그들이 대체 어떻게 해서 천기와도 같은 그 비밀을 알게 되었는가는 이제 명백해졌다. 설단이 그 중심에 있었다.

'시상에 비밀은 없다더이.'

하지만 종으로 있던 여자 하나가 이런 굉장한 파문을 일으킬 줄은 몰랐다. 비화 눈에, 참새같이 조그만 설단이 곰 같은 거구의 꺽돌보다 오히려 더 큰 모습으로 다가왔다. 아니, 커 보인다기보다도 위험한 존재로 부각되어 있었다. 억호가 설단을 그들 집에서 내친 까닭을 알 것 같기도 했다.

'그란데 마님 표정이?'

이야기를 전부 끝낸 설단은 내심 고개를 갸우뚱했다. 꺽돌과 언네도 매한가지였다.

'이상타. 우찌 반응이 저렇노?'

그들이 바로 보고 있었다. 그때 비화가 나타내는 반응은 그들의 예상과는 달라도 너무나 달랐다. 지금 비화의 마음속은 도대체 어떻게 되어 있는 건지 고함이라도 지르고 싶을 지경이었다.

'너모 충객이 커서? 그거는 아인 거 겉은데? 그라모 머꼬?'

그 엄청난 비밀을 처음부터 끝까지 모두 알게 되면, 비화는 완전히 다른 사람으로 돌변할 것으로 내다보고 있었다. 나루터집과 동업직물 사이의 관계를 놓고 볼 때 지극히 당연한 짐작이었다.

'아, 이기 우찌 된 기고?'

그들이 오히려 비화보다 더 당혹스러웠다. 비화가 제아무리 남정네들보다 당찬 여장부라고 할지라도 이건 아니었다. 설혹 하느님이나 부처님이라도 저럴 순 없는 노릇이었다.

'내가 그리 모돌띠리 이약했는데도…….'

그러나 그렇게 자신이 알고 있는 것을 모조리 털어놓았던 설단이 끝까지 비밀로 한 게 딱 하나가 있었다. 바로 어쩌면 비화 남편 재영이 동업의 친부 같다는 얘기였다. 그것만은 내비치지 않았다.

'암만 하고 싶어도, 그거만은 말 몬 하것다 아이가.'

그건 설단 자신이 아닌 다른 누구라도 마찬가지일 것으로 보았다. 저 불구대천지원수 집안 장손이, 자기 남편 아들이라는 사실을 알게 되었을 때 세상 여자들이 어떻게 할 것인가.

'그 이약꺼정 해준다는 거는, 비화 마님을 죽거로 맨드는 짓 아이것나. 내라도 고마 자살 안 하고 싶것나 말이제.'

다른 이런저런 사유도 있었지만, 그게 설단이 비화에게 그 이야기를 꺼내지 못하게 한 근본 원인이었다.

'그보담 더한 고문은 없는 기라.'

그들 부부가 생명의 은인이라고 여기는 마님에게 어떻게 그런 큰 고통을 줄 수 있겠는가 말이다. 그것은 배봉이 언네에게 가한 고문보다도 더 심하면 심했지 결코, 더 못한 것은 아니라고 보았다.

'확실히 내가 잘한 기까?'

설단 마음은 두 갈래였다.

'그거꺼지 싹 다 말해줬어야 안 했으까?'

비화를 몰래 훔쳐보며 갈팡질팡하였다.

'내가 잘못한 기 아이까? 이전에 행랑할배가 안 그리쌌나. 다 가도 문턱 몬 넘기라꼬. 마즈막 끝맺음을 몬 해갖고 애쓴 보람이 없을 수도 있제. 시방이라도 털어놓는 기 더 낫으까?'

그런데 비화 입장에서는 그와는 정반대였으니 세상 이치라는 것은 실로 묘하지 않을 수 없었다.

'후우.'

비화로서는 얼마나 다행스러웠는지 아무도 알지 못하게 가슴을 쓸어내리고 또 쓸어내렸다. 준서와 함께 있는 그 자리에서 동업이 준서 아버지 핏줄이라는 그 소리가 나왔다면, 그 일을 어떻게 감당할 것인가. 그것은 생각해 보는 자체만으로도 죽어 넘어질 노릇이었다.

'에나 큰일 날 뻔했다 아이가.'

설단이 대강 짐작은 하면서도 차마 비화 앞에서는 입 밖으로 내지 못한 게, 그래도 아슬아슬하게 비화 집안을 지켜준 셈이었다.

'해나 그런 이약꺼정 나왔다모…….'

그리하여 비화는, 설단을 비롯한 그들이 그런 사실까지는 잘 모르고 있다고 보고, 정녕 다행한 일이 아닐 수 없다고 자위하고 안도했다.

'아, 우리 저 사람이!'

꺽돌은 아내 설단의 심지 깊음에 안도감을 넘어서 존경심마저 일었다. 만약 그 자신이라면, 당신 남편 재영이 동업의 생부 같다는 소리도 분명히 발설해버리고 말았을 것이다. 그들은 비화가 온 세상이 인정하는 대단한 여장부라는 것은 잘 알고 있었지만, 그래도 한갓 여자의 그릇이 그런 치명적인 사실을 알고도 자제할 수 있을 그 정도로 클 것이라고까지는 내다보지 못한 상태였다.

'공公은 공이고 사私는 사라 글 캤다 아인가베. 우리가 도움을 받고 있는 거는 받고 있는 기고.'

행여 비화가 그 이야기를 들었다면 가만히 있지 않을 거라고 보았다. 칼이라도 들이댈 정도로 어서 그 증거를 대보라고 사납게 다그친다든지, 당장 자기 집으로 달려가 남편과 사생결단을 벌이려 할 것이다. 또한, 이것이 무슨 날벼락이냐며 준서를 부둥켜안고 대성통곡을 한다든지, 아무튼 일이 나도 큰일이 날 것이라 여겼다.

그러나 그것은 어디까지나 비화가 그 비밀까지를 모조리 알고 난 연후에 벌어질 일종의 상상에 속했고, 그들이 들려주지 않아 아직 그것까지는 모르는 상황이라고 보고 있는데, 그럼에도 불구하고 비화의 반응을 본 그들은 매우 놀라고 의아해하지 않을 수 없었다. 너무나 예상 밖이었다.

기실 자기들이 들려준 비밀만 하더라도 얼마나 엄청난 내용인가 말이다. 비화가 그 말을 들으면 뛸 듯이 기뻐할 줄 알았다. 동업직물은 끝장이라고 만세라도 부를 것이라 믿었다. 그런 사실을 말해주어 이 은혜는 영원히 잊지 않겠다고 손목을 잡고 눈물이라도 흘릴 거로 보았다.

'하모, 누라도 그랄 끼다.'

동업은 그 집 피와 살이 조금도 섞이지 않은 완전한 남남인 셈이니, 그 집구석은 부모·자식 간에 갈라설 날도 오고 말 것이다. 친부모 친자식이라도 의가 맞지 않거나 이해관계가 얽히면 원수로 돌아서는 것이 세상인심인데, 아직은 동업이 나이가 얼마 안 되어 유지되고 있지만, 나중에 억호 뒤를 이을 동업직물 후계자를 뽑을 시기가 되면 서로가 삐걱거리게 마련일 것이다. 사람들은 그냥 말이 좋아서, 낳은 정보다도 기른 정이 더 깊다느니 어쩌느니 떠들어도, 어떻게 모은 재산인데 그것을 업둥이에게 선뜻 넘겨주랴.

그런가 하면, 비화 또한 엉뚱한 측면에서 무척 난감해지고 말았다. 그녀 표정이, 자신들이 예기한 것보다 훨씬 담담한 것을 보고, 좀처럼 이해할 수 없다는 듯 연방 이쪽을 살피는 눈빛들이 마음에 걸렸다. 필시 이대로 있다가는 무슨 의혹을 사지 않을까 싶었다. 그렇다면 비록 내키지는 않아도 가식적으로라도 더할 수 없이 경악하고 좋아하는 것처럼 해보여야 마땅했다.

'내가 이래갖고는 무신 큰일을 해내것노?'

하지만 천성적으로 그렇게 하지 못하는 성격이었다. 어떤 처지나 형편에서도 아닌 것은 아니라고 하는 대쪽 성미였다. 그리하여 무엇인가를 잔뜩 기대하고 있었던 성싶은 그곳 분위기가 찬물을 끼얹힌 듯 너무나 밑으로 깊숙하게 가라앉아버렸다. 정황이 이상한 방향으로 흘러가고 있었다.

'이기 도대체 무신 일이고?'

준서는 비화 못지않은 크나큰 충격에 휩싸인 모습이면서도, 그들 부부 이야기를 좀 더 자세히 파악해볼 양으로 총명해 보이는 눈을 반짝이고 있었다. 침착하고 대범한 몸가짐이 어머니 면모를 고스란히 빼 박았다. 하긴 낙육고등학교 학생들 중에서 일제에 항거하자는 연판장에 맨 처음 혈서를 쓰기까지 한 그였다.

'아즉 나이도 올매 안 뭇는데.'

꺽돌은 그런 준서가 두렵기까지 하여 이런 생각도 하였다.

'피는 몬 기신다꼬 동업이하고 가리방상할 거 겉거마는. 우리 천룡이하고 양득이가 키우는 해귀매이로.'

# 알고 있는 비밀

얼마나 온갖 빛깔이 엇갈리는 묘한 순간들이 흘러갔는지 모르겠다.

어떻게 생각하면 더없이 길었고 또 다르게 보면 무척이나 짧은 동안이었다. 비화가 심연과도 같은 침묵을 깨뜨리면서 물어온 첫말이었다.

"동업이는 그 사실을 알고 있어예?"

"예?"

설단이 눈을 크게 떴다.

"지가 업둥이라쿠는 거 말입니더."

비화 음성이 방바닥에 깔릴 정도로 낮았다.

"……."

부부 눈이 마주쳤다. 설단이 먼저 입을 열었다.

"아, 중요한 그 말씀을 안 드릿네예."

꺽돌이 설단의 말을 이었다.

"지들이 동업이한테 그거를 알 수 있거로 한거석 언질을 줬지예."

이번에는 비화와 준서 눈이 마주쳤다. 비화가 조심스레 물었다.

"동업이가 그거를 믿던가예?"

베고 누우면 입이 비뚤어진다고, 그렇게 하지 말라는 다듬잇돌이 거기 윗목에 놓여 있는 게 비화 눈에 처음 들어왔다. 꺽돌 답변이 애매했다.

"그거꺼지는 잘 모리것심니더."

그 말에 덧붙였다.

"우쨌든 믿거나 말거나 우리가 그리했심니더."

설단이 남편 말이 너무 두루뭉술하다고 받아들였는지 이렇게 말했다.

"첨에는 안 믿을라 쿠것지예. 하지만도 내중에는 믿거로 될 기라예."

그러자 울음을 그친 뒤로는 한 번도 입을 열지 않아서 그 방에 없었던 것 같았던 언네가 말했다.

"믿을 끼거마는."

모든 시선이 일제히 언네를 향했다.

"동업이가 한참 에릴 적부텀⋯⋯."

앉은뱅이 노파 눈에 증오와 살기의 노란 기운이 출렁거렸다.

"내가 그 가리방상한 이약들을 짜다라 해줬디라."

비화와 준서 눈에 비친 꺽돌과 설단의 표정이 야릇했다. 잠시 다듬잇돌보다 무겁게 내리누르는 무언가가 느껴졌다.

"되련님은 부모님을 하나도 안 닮았다꼬 하는 소리도 수차 했디라."

지난 기억을 더듬는 빛으로 그런 말을 하는 언네는, 조금도 비정상적인 몸을 가진 여자가 아닌 것 같았다.

"딱 믿거로 꾸밋제."

음성도 노파의 그것답지 않게 카랑카랑했다.

"동업이 맴속에는 고마 지도 모리거로, 내가 진짜로 이집 자슥이 맞으까? 안 맞으까? 그리 싶은 으심이 상구 마이 들어 있을 끼다."

모두 긴가민가하고 있는 의문에 대해 언네는 이런 결론까지 내렸다.

"그런 판국에, 꺽돌이한테서 그런 소리꺼정 다 들어놨으이, 인자는 그짝으로 생각이 팍 기울어져 안 있으까이."

그러면서 입이 말라오는지 혀로 까칠한 입술을 축이고 있는 언네를, 비화는 복잡한 심정으로 가만히 바라보며 생각했다.

'넘의 집 종을 살았다꼬 벌로 보모 안 되는 기다. 여러 십 년 종년으로 지냄시로 겪었던 사연은 열 수레에 실어도 남을 거 아이것나.'

역시 무서운 여자였다. 어지간한 남자도 당할 여자였다. 비록 몸뚱어리는 형편없이 망가져 있어도 마음에 깊이 품고 있는 독기만은 그대로인 듯했다. 아니, 불구가 되기 전보다도 몇 배 더 앙심이 강해 보였다.

언네를 슬쩍 보고 있는 준서 얼굴도 약간 질려 있었다. 평생 한과 설움을 품고 잡초 인생을 살아온 종년의 전형적인 모습이 그곳에 있었다. 지난날 사람을 피해가며 한창 숲속을 혼자 헤매고 다닐 때부터, 누가 가꿔주지 않아도 저절로 나서 저절로 자라는 그 무서운 풀의 가공할 힘을 준서는 익히 알고 있었다.

"자꾸 물어싸서 미안한데 말이오."

비화는 궁금한 게 또 있었다.

"동업직물 다린 사람들은 그거를 올매나 알고 있는지?"

막연히 억호만 알고 있고 배봉이나 만호나 해랑 등 다른 사람들은 모를 것이라고 생각은 했지만, 그래도 이번 기회에 확실히 알아두었으면 했다. 누구보다도 해랑이 그런 사실을 아는지 모르는지 그게 가장 궁금하기도 했다.

'해랑이가 아는 거하고 모리는 거하고는, 에나 천양지차 아이것나.'

한데 돌아오는 답변은 이번에도 시원찮았다.

"그거는 잘 모리지예."

꺽돌은 비화 안색을 살피고 나서 저주 퍼붓듯 했다.

"고 인간들, 올매나 엉큼하고 능글맞은 종자들입니꺼?"

100

가까운 이웃집에선가 닭 울음소리가 게으르게 들려오고 있었다. 삽사리와 천룡에게 놀라 뒤꼍 채마밭 쪽으로 달아난 그 집 어미 닭과 병아리들은 흙 속에서 지렁이라도 찾고 있는지 아까부터 조용했다.

"진짜로 몰라갖고 가마이 있을 수도 있고요."

준서가 두어 번 고개를 끄덕였다.

"그기 아이모, 암시롱 시치미를 똑 떼고 있을 수도 있심더."

꺽돌은 한숨 끝에 기대 담은 목소리로 말을 계속했다.

"여하튼 알든 모리든 간에, 동업이가 불을 안 지리까예?"

그러면서 불타오르는 그의 눈빛이 천한 종놈과는 한참 거리가 멀어 보였다. 얼핏 모반을 꿈꾸는 무인을 떠올리게도 하였다.

"하모, 그 말이 영판 맞다."

언네가 움직이지 못해 나무토막과 별 다를 바 없는 아랫도리는 그대로 두고, 빈 껍질만 남은 것으로 보이는 상체를 흔들며 말했다.

"앞으로 쪼꼼 더 지키볼라 캅니더. 그래갖고도 아모 일이 안 일나모, 그라모 그때 가서……."

그러나 꺽돌은 거기서 말끄트머리를 흐렸다. 그것은 평소 그가 해 보이는 언동과는 한참 달랐다.

'하기사 이거는 간단한 기 아이제.'

비화는 꺽돌이 그렇게 하는 연유를 십분 알았다. 솔직히 그때 가서 누가 뭘 어떻게 해야 할지는 현재로서는 그저 막막할 따름이었다.

'안다꼬 해서 일이 모도 풀리는 거는 아인 기라.'

누가 뭐래도, 설령 동업이 업둥이라는 사실보다 훨씬 더 대단하고 치명적인 무엇이 덤벼들지라도, 절대 쉬 무너질 동업직물이 아니었다. 배봉과 그의 식솔들은 그야말로 미꾸라지처럼 살아가는 족속들이란 걸 모르지 않았다. 아니다. 미꾸라지는 소금을 치면 버둥거리기라도 한다. 그러니 미꾸라지보다 더 번드러운 인간들이다.

목사나 군수나 관찰사가 바뀌어도, 심지어 일본인들이 들어와서 제멋대로 설쳐대고 있어도, 도무지 까딱도 하지 않고 근동 최고의 대갓집으로 건재해오고 있다. 단지 그 정도가 아니었다. 일제가 세력을 펴자 도리어 그 후광을 등에 업고서 일본 상인들과의 교역에 더한층 박차를 가하고 있었다.

사람들은 너나없이 기대했었다. 일본인 사업가 무라마치와 무라니시 형제가 고을 중심지에 삼정중 오복점 백화점을 차리는 것을 보고, 이제 동업직물은 한물가지 않을까 하였다. 시장에서 한창때가 지나 시세가 없는 생선을 떨이로 싸게 팔듯, 동업직물 비단 역시 그렇게 할 수밖에 없으리라고 보았다. 물론 왜놈들의 사업 번창을 바란다는 뜻은 아니었고, 다만 동업직물이 아닌 의식 똑바르고 양심 있는 다른 조선인 사업가가 대신 일어나 주기를 기원했던 것이다.

그 둘이 취급하는 핵심 품목도 비슷했다. 포목이 주된 물품이었다. 그러한데도 불구하고 신기하고 묘하게, 아니 신경질이 나도록, 그 둘 사이에는 아무런 충돌도 일어나지 않고, 오히려 모두 사업이 번창해 가고 있었다. 물론 삼정중 오복점 물건은 너무나 비싼 탓에 가난한 조선 백성들은 아예 그곳 출입을 하지 못하는 실정이고, 그래도 비단 등이 필요하면 좋든지 싫든지 동업직물을 찾는다는 데도 그 한 원인이 있었다.

그런데 비화가 잠시 그런 상념에 젖어 있을 때였다. 그녀가 언네와 꺽돌 부부 앞에서 크게 당황할 이야기가 준서 입에서 나왔다.

"방금 떠오린 긴데예, 운젠가 어머이하고 지하고 대사지에 갔다가예, 거서 동업이를 본 적이 있지예?"

비화는 뜬금없는 아들 물음에 내심 허둥거리지 않을 수 없었다.

"아, 하모, 있었제."

그 집 사람들을 곁눈질하는 시늉과 함께 그만두라는 눈빛을 지어 보이며 말했다.

"그란데 각중애 그 이약은 와 하노?"

그러나 두뇌가 누구보다 명석한 준서도 지금 상황이 상황인지라 미처 그 눈빛의 의미를 짚어내지 못했다.

"그날, 동업이하고 같이 있던 여자, 그 여자 말……."

그 순간, 비화는 또 황급하게 눈짓으로 준서 말을 막으려 하였다. 그렇지만 벌써 입 밖으로 나와 버린 말이었다. 그 여자.

"……."

비로소 준서는 어머니가 왜 그러는지 까닭은 몰랐지만, 지금 그 자리에서 꺼내서는 안 될 소리라는 것만은 퍼뜩 깨달았다. 내가 경솔한 짓을 했구나! 하고 후회했다. 나중에 둘이 있을 때 해도 될 말이었다. 하지만 이미 꺽돌이 어떤 기대와 긴장감이 실린 목소리로 그에게 묻고 있었다.

"동업이하고 같이 있던 여자라 캤심니꺼?"

"여자……."

언네도 눈이 번쩍 뜨이는 모양이었다. 눈곱 낀 듯 흐리던 눈에 생기마저 감돌았다.

"아, 그런 여자라모 해나?"

그렇게 말하면서 설단 또한 준서를 빤히 쳐다보았다. 준서는 그들을 외면한 채 억지로 심상한 표정을 지으며 생각했다.

'조심해야제. 입 꼭 다물어야 되것다.'

비화는 그나마 준서 입에서 구체적으로 허나연에 대한 이야기는 나오지 않았다는 것에 조금은 안도하며 서둘러 꾸며대기 시작했다.

"아, 두 사람이 서로 아는 사이는 아이고, 그 여자가 동업이한테 길을 묻고 있는 거 안 겉더라. 동업이는 상구 불친절한 말투로 모린다꼬 하는 거 겉고…….”

순발력이 뛰어난 준서가 얼른 맞장구를 쳤다.

“아, 맞아예, 맞아예!”

그것만으로는 잘 넘기기에 부족하다고 판단했는지 또 말했다.

“그란데 지가 와 어머이께 여쭤봤는고 하모, 안 있심니꺼.”

“와 그랬는데?”

언제나 그렇지만 이번에도 모자의 손발이 딱딱 들어맞았다.

“방금 막 어머이가 말씀하신 거매이로, 동업이가 길도 잘 안 갈카주
고 에나 몬됐더라 그 말이라예.”

준서는 유독 ‘몬됐다’는 말에 크게 힘을 주었다. 그 속에는 다른 사람
들을 의식하여 일부러 그러는 탓도 물론 있겠지만, 실제로 그는 동업에
게 강한 경쟁의식을 품고 있다는 증거로도 볼 수 있음을 비화는 알았다.

‘서로 피할 수 없는 처지들이라모…….’

남편이 다른 곳에서 얻은 핏줄과 그녀 자신이 낳은 자식과 엇갈린 운
명, 그것을 있는 그대로 받아들이기로 마음먹은 지 오랜 비화였다. 물론
그렇게 하기까지에는 무척 많은 시간과 노력이 들기는 하였다.

“동업이한테 길을 묻는 그 여자가 진짜 늙었더라 아입니꺼?”

나연을 갑자기 늙은 여자로 둔갑시켰다.

“요새라서 그렇제 고려시대 겉으모 하매 고려장을 했을 나인데, 우찌
그런 연세 높으신 분한테 그라지예?”

“하모, 사람이 그래서는 안 되는 기라. 준서 니는 안 있나, 절대로 그
런 식으로 살아가모 안 된다이, 알것제?”

비화는 한때 나연을 어떻게 해버리고 싶을 정도로 앙심을 품었던 기
억을 떠올리며 치를 떨었다. 전생에 우리와 무슨 원수가 졌기에 남편에
다가 자식에게까지 말이다. 아버지 오랜 지기인 조언직이 나루터집을

찾았던 날, 방에 혼자 눕혀놓은 어린 준서를 납치해 가려다 밤골 댁에게 들키는 바람에 실패로 돌아갔던 나연이었다.

'내사 상상도 하기 싫다 고마.'

만약 그때 일이 잘못되었다면 준서는 지금쯤 어떻게 되어 있을지 모른다는 생각만 해도 살이 덜덜 떨리고 피가 거꾸로 솟구쳤다.

"그날 동업이가 하는 거 본께예."

그런데 이제는 그쯤만 해도 될 법한데, 좀 더 확실히 감추고자 작심했는지 계속 이어져 나오는 준서 이야기는, 되레 또 다른 각도에서 비화를 무척 난감하게 하였다.

"동업이 진짜 부모도 에나 몬된 사람들일 끼다, 그리 싶고예."

"……."

비화는 더는 장단을 맞추지 못한 채 듣고만 있었다. 망망대해 외딴 섬에 그녀 혼자 버려진 것만큼이나 막막한 심정이었다. 그 순간에는 언네와 꺽돌 부부도 눈에 보이지 않았다. 담뱃대로 가슴을 찌르고 솜뭉치로 가슴을 칠 노릇이었다. 그녀는 속으로 탄식해 마지않았다.

'하기사 우짜겠노. 그이가 뿌릿으이 그이 스스로 거둘 수밖에.'

졸지에 남편 재영이 아주 못된 사람이 돼버렸다. 그것도 남이 아닌 바로 자기 자식 입을 통해서였다. 그렇다면 억호가 남들 모르게 동업을 업둥이로 받아들인 거나 뭐 크게 다를 게 있겠는가 싶어, 비화 마음 한 귀퉁이가 가을바람 부는 공터만큼이나 스산했다.

'더 큰 문제는……'

그러나 무엇보다도 비화 마음을 더 착잡하게 몰아간 것은, 준서는 아직 아무것도 모르고 있다는 사실이었다. 동업이 자기와 배다른 형제라는 것을 알면 준서는 곧장 그 자리에서 까무러치거나 미쳐버릴지도 모른다.

게다가 더 나아가 비난과 지탄받을 그 일을 저지른 부모를 준서는 어떻게 볼는지 모른다. 저 아이가 누구보다 웅숭깊은 효자라고 하더라도 말이다. 그러자 착잡한 심경이 걷잡을 수 없는 불안감으로 바뀌기 시작했다.

'내가 생각이 짧아도 한참 짧았던 기라.'

맞았다. 그 일은 단순히 배봉가 만의 일은 아니었다. 바로 그녀 집안의 일이기도 했다. 장차 거기서 파생될 엄청난 파문은 상상조차 되지 않았다. 왜 그것에 대해서는 좀 더 심각하게 받아들이지 못했을까. 의도적인 회피였을까.

어디 그뿐이겠는가? 이건 진작부터 우려해왔던 바이지만, 앞으로 준서와 동업이 각각 두 가문의 명예를 걸고 싸우게 될 경우는 상상만 해도 끔찍했다. 이 넓은 세상천지를 통틀어 단둘밖에 없는 핏줄끼리 벌이게 될 핏빛 투쟁이었다.

'아이다. 시방부텀 미리 앞댕기갖고 불안해쌌고 근심할 끼 아이제. 머할라꼬 그랄 끼고? 그거는 에나 몬난 짓인 기라.'

비화는 따끔하게 자신을 나무라고 다독거렸다.

'그래도 영리한 우리 준서 덕분에 잘 넘깃다.'

어쨌거나 지금 당장 눈앞에 붙은 불은 껐다. 인생 쓴맛 단맛 다 겪어본 언네는 물론이고 꺽돌과 설단도 일단은 넘어간 것으로 보였다. 사실 그들은 동업의 친모에까지는 미처 생각이 닿고 있지 않을지도 몰랐다. 그보다 더 그들을 사로잡는 게 한둘이 아닐 것이다. 비화 마음속에서 일어나는 상념의 불길은 계속 피어올랐다.

'이런 거 저런 거 모도 놔놓고, 내가 하매 다 알고 있었다 치더라도, 저들이 그 비밀을 이약해 준 것만 해도 상구 대단한 일 아인가베.'

이런 데까지 생각이 미쳤다.

'그라고 이리하기꺼지는 저네들 나름대로는 고민과 갈등을 짜다라 했을 끼거마는. 그런 거도 감안해야제.'

일컫자면, 그들은 천기누설을 한 셈이었다. 그것은 한마디로 요약하여 동류의식이 크게 작용한 결과일 것이다. 우리 '공공의 적'은 동업직물이라는 끈끈한 유대감 같은 것이다. 오늘날까지 비화가 그들을 음으로 양으로 도와준 점도 한몫했을 것이다. 어쨌든 간에 대추나무에 연 걸리듯, 내가 여러 곳에 빚을 많이 걸머지고 있구나 싶었다.

'내 짐이 한 개 더 늘어나삔 기라.'

비화는 내심 한숨을 내쉬었다. 그렇다. 저들은 분명히 커다란 기대의 끈을 가지고 있을 것이다. 동업의 출생 비밀을 알게 된 비화가 반드시 동업직물에 어떤 방식으로든 타격을 입히게 되리라는 것이다. 그런 계산을 하지 않았다면 자기들끼리만 일을 행하지 그녀를 끌어들이지 않았을지도 모른다. 그네들만으로는 역부족이라는 인식에서 비롯된 것일 게다.

"마님, 잠깐만예."

설단이 공손한 말만큼이나 조심스러운 동작으로 방문을 열고 밖으로 나갔다. 잠시 후 부엌 쪽에서 무슨 달그락거리는 소리가 들리다가 발소리와 함께 다시 방문이 열리더니, 대오리로 만든 채반을 손에 든 그녀가 들어왔다. 울이 없이 넓적하게 엮어 만든 그릇에는 삶은 감자 몇 알이 담겨 있었다.

"해필 손님 대접할 끼 다 떨어져서……."

약간 부끄럼을 타는 말이 나왔다.

"자, 이거나 좀 드시보이소."

꺽돌을 한번 보고 나서 혼잣말처럼 했다.

"맛이 괜안을랑가 모리것지만도."

설단은 껍질을 아주 깨끗하게 벗겨낸 감자 하나를 우선 준서에게 건

넀다. 그런 다음, 이번에는 비화에게 줄 양으로 또 다른 감자 한 알을 집어 들었다. 얼핏 비화 눈에 들어온 그녀 손이 꽤 곱고 희었다. 아직도 젊은 나이여서인가.

"맛이 참 좋네예."

준서가 약간 수줍게 웃으며 받아든 그것을 입안에 넣고 먹기 시작했다. 그 모습을 바라보는 설단의 눈이 뿌옇게 흐려 보였다.

'또 재업이 그 아를 생각하는갑다.'

동업에게 비하면 여러 가지로 뒤처져 보이는 재업이 비화 눈앞에 떠올랐다. 아직 세상을 그다지 오래 살지 못한 젊은이였다. 그렇지만 무척이나 가련한 그의 굴곡진 삶을 비화 자신이 익히 알고 있어서인지는 모르겠지만 어쩐지 좀 짠해 보이는 그런 인상이었다. 억호를 겨냥한 적개심과 설단을 향한 동정심이 엇갈렸다.

'하기사 싹 놓자마자 고마 뺏기야 했던 그 핏덩이를 우찌 잊것노? 저 개짐승도 에미하고 새끼를 서로 떼놓으모 눈물이 나서 몬 보것는데.'

자기 눈에 괸 눈물을 들키지 않으려고 가느다란 고개를 한쪽으로 꺾은 자세로 비화에게 감자를 내미는 설단이었다.

'한팽생 가슴에 시꺼먼 멍이 돼서 남아 있을 기라.'

비화 콧잔등이 시려왔다. 곱씹어볼수록 정말 인정머리 없고 잔학무도한 인간들이 배봉과 억호였다. 아무리 부자지간이라지만 어쩌면 그렇게 똑같을 수 있을까. 그만하면 악인들 편에 서 있는 악마의 능력과 재주도 높이 사줄 만하다.

아무 죄 없는 염 부인을 원혼이 되게 몰아간 배봉의 악랄함. 아내 분녀가 죽기만을 손꼽아 기다리고 있기라도 했는지 상처하자마자 해랑을 재취로 들여앉힌 억호의 뻔뻔함. 그리고 아직도, 아니 영원히 이해할 수 없을 것 같은 해랑의 반복되는 변신……

'해랑이 고것을 우찌 감당해야 되꼬?'

그때 마당 한쪽에 있는 외양간에서 천룡의 울음소리가 들렸다. 그러자 억호 심복 양득이 키우는 해귀가 생각났다. 천룡과 해귀, 정말이지 대단한 호적수였다. 하지만 우주牛主인 꺽돌과 양득이 비봉산 정상에 있는 고목 밑에서 벌인 혈투와, 그 혈투 끝에 맺어진 두 사내의 깊은 우정에 대해서는 여전히 알지 못하고 있는 비화였다. 하지만 언젠가 양득이 안 화공 그림 전시장에 와서 부렸던 횡포는 지금까지도 생생한 기억으로 남아 있었다. 그리고 배봉의 간계로 이어진 특별세무조사도 있었다.

"헉, 허~억."

그때다. 문득 언네가 고통스럽게 내는 소리에 비화는 퍼뜩 눈을 들어 그녀를 바라보았다. 아마 설단이 껍질을 벗기고 준 감자를 먹다가 그만 목에 걸려버린 모양이었다. 사람은 몸 한 부위가 안 좋아지면 나머지 부위들도 덩달아 나빠진다. 언네 또한 육신 전체가 정상은 아닐 것이다.

"캑, 캐~액."

언네는 두 눈에서 눈물이 번져 나올 정도로 심하게 걸려버린 사레를 얼른 멈추지 못했다. 그 재채기처럼 연방 터져 나오는 기운에 속절없이 당하는 모습이 그렇게 나약해 보일 수 없었다. 저런 몸으로 어떻게 배봉가를 상대하겠다고 나섰다는 것인지.

"어, 어머님."

크게 당황한 설단이 급하게 자기 손수건을 꺼내 언네 입에 가져다 대주었다. 행여 무슨 곤때라도 묻을까 조심이 될 만큼 연분홍빛 고운 손수건이었다. 아직 한 번도 사용하지 않은 게 아닐까 여겨질 정도였다.

그것은 비화에게 적잖은 충격으로 다가왔다. 설단의 언네를 향한 마음결을 충분히 읽을 수 있게 해주는 광경이었다. 저들이 언제부터 저런 모습들이 되었을까. 아마도 그것은 꺽돌에 대한 설단의 깊은 애정에서 비롯되었을 것이다. 그러자 비록 천한 종 출신이지만 그 세 사람의 응집된 힘은 결코 얕잡아보아서는 안 될 성싶었다.

"물을 쪼끔 마시는 기 좋을 낀데."

비화가 말했다. 그건 은연중에 나온 소리였다. 하지만 언네는 그만 감격하여 어쩔 줄 몰라 하는 모습을 보였다. 특히 쓰지 못하는 하반신이 움직일 것 같았다. 비화 입에서 자기를 위해주는 말이 나온 것이다.

'언네가?'

비화 마음도 야릇해졌다. 사람은 아이가 두 번 된다더니, 언네가 그런가 싶었다. 어쩌면 언네는 본성이 나쁜 여자가 아니었는지도 모른다. 악마의 하수인 같은 배봉이란 인간이 그녀를 그렇게 만들었을 수도 있다. 그 배후에 있는 인물로 운산녀도 빠뜨릴 수 없다.

"어머님, 여 물예."

설단이 부리나케 부엌에 가서 대접에 담아온 물을 마신 언네는 정말 거짓말같이 사레가 멎었다. 그러자 언네 두 눈에는 한결 생기가 돋아나 보였다. 다른 사람으로 변한 언네를 보는 비화 머릿속으로 지난날의 언네가 걸어 나오고 있었다. 젊은 시절에는 배봉이 자기 집안 그 많은 여종 가운데 각별히 넘겨볼 만큼 몸매가 곱고 예쁜 얼굴이었다. 그게 운산녀 질투심을 더 부추긴 원인이 되기도 했다.

'사주는 나빠도 팔자만 좋았다모…….'

비화 생각이었다. 어쨌거나 넓적한 그릇에 담긴 물 한 모금이, 좀 과장 섞어 말하면 비화와 언네 사이의 숙원宿怨을 깔끔하게 씻어준 듯도 싶었다. 언네가 비화에게 이런 말을 한 것이다.

"우리가 심을 합치모, 배봉이하고 점벡이 자슥들 물리치는 거는 시간문제제."

우리, 우리……. 언네 입에서 나온 그 말은 비화 가슴 밑바닥에서 빙

빙 맴돌았다. 언네는 제 진심을 전하기 위해선지 이런 말도 하였다.

"모도 듣기 좋아라꼬 하는 소리는 아이거마."

비화는 아무 말도 하지 않고 잠자코 듣고만 있었지만, 겨울 논바닥처럼 갈라 터지고 텅 빈 가슴이 조금은 채워지는 느낌을 받았다. 요즘 들어 부쩍, 이러다가는 배봉이 그놈이 죽을 때까지 복수를 하지 못하는 게 아닐까, 별의별 생각이 솟아나서 걷잡을 수 없는 초조와 불안에 쫓기는 심정이었다. 정황이 나아질 조짐이 어디에도 보이지 않았다. 예전에도 그러기는 했지만 지금도 거의 속수무책으로 당하는 형편이었다. 그놈이 수명대로 살다가 가게 할 수는 절대 없었다.

부모도 그렇지만 큰 한을 품고 죽은 염 부인을 떠올리면 자신이 그렇게 못나고 비겁한 여자로 받아들여질 수가 없었다. 우물물이나 거울에 비친 제 얼굴도 너무나 보기 싫었다. 실제로 어느 때는 거울을 마당에 내던져 깨뜨려버린 적도 있었다. 염 부인 손녀 다미는 아직 그렇게 어린 나이인데도 흔들리지 않는 모습을 보이는데 말이다.

'일이 이렇기꺼지 늦어져삐고 있는 거는……'

그 탄식 끝을 물고서 한층 더 괘씸하고 미워지는 게 바로 해랑이었다. 그런 순간이 되면 비화는 체통이고 뭣이고 가릴 수 없었다. 입에서는 온갖 상소리들이 저절로 튀어나오고, 눈에는 보기에도 섬쩍지근한 핏발이 곤두섰다.

'백야시가 둔갑을 해도 골백분은 한 거 겉은 고년이다.'

해랑이 없다면 동업직물은 지금처럼 저렇게 번창하고 있지 못할 것이다. 잘해야 기껏 제자리걸음을 반복하고 있을 것이다. 배봉은 늙어빠졌고, 점박이 형제는 하나같이 둔했다. 그 생각을 하면 비화는 복수심의 포로가 된 악녀로 변했다. 해랑 고년의 사지를 쫙쫙 찢어발기고 싶은 심정이었다. 스스로 헤아려 봐도 너무 잔인하고 섬뜩한 말이지만, 사람 분통 터지도록 살살 웃어 대는 그 눈을 성하게 내버려 둘 수가 없었다. 아니, 눈뿐만 아니라 모든 것을 온전하게 내버려 두고 싶지가 않았다.

'그래도 내 분은 다 안 풀릴 끼다.'

그러나 해랑은 나날이 발전을 거듭했다. 모든 이들의 선망의 대상이었다. 그야말로 인기 폭발이었다. 까다로운 거래처 사람들을 단숨에 휘어잡는 경이로운 수완과 재주는, 단순한 미인계를 훨씬 더 뛰어넘는 수준이라는 평판들이 근동에 자자했다. 특히나 남정네들은 해랑이 이야기만 나왔다 하면 사족을 못 쓴다고 했다. 남들은 단 한 가지도 가지기 힘든 재색과 금전과 세도를 몽땅 지니고 있는 여자, 해랑이야말로 궁궐 밖에 사는 황후요, 공주였다.

'시상 인간들이 모돌띠리 돌았제. 야시한테 홀릿제. 우찌 고런 년을?'

어디 그뿐일까. 세상을 폄훼하면서도 비화는 또 모르지 않았다. 해랑이 아니었다면 동업이나 재업도 지금 같은 저 정도 훌륭한 젊은이들로 성장하기는 어려울 거라는 사실이었다. 출생 성분들이 암암리에 작용하여 만천하의 패륜아로 전락했을지도 모른다. 몸의 절반은 제각각 억호와 나연에게서 받은 것이니까 말이다. 제아무리 인정하고 싶지 않아도 역시 동업직물에서 가장 버거운 상대는 해랑이었다.

"하늘이 내리신 기회가 온 거 겉은께, 모도 잘해보입시더."

잠시 후 비화 입에서 나온 소리였다. 그녀 눈에서 뿜어져 나오는 강렬한 빛살은 세상을 활활 불태워버리고도 남을 만했다. 힘껏 거머쥔 주먹은 마음만 먹으면 얼마 안 되는 거기 세간들을 모조리 부숴버릴 것으로 비쳤다. 바로 '김 장군' 호한의 분신이었다.

준서 얼굴에도 비장한 기운이 짙게 감돌았다. 택견으로 단련된 그의 몸이 더더욱 팽팽해 보였다. 동업이 그 집 핏줄을 이어받은 게 아니라 업둥이라는 사실은 우선 당장 짚어 봐도 여러 면에서 엄청난 의미가 있었다. 시간을 두고 곰곰 가늠해보면 더 많은 것이 나올 것이다. 드디어 뭔가가 일어나리라는 조짐이 엿보였다.

한동안 그 방에서는 저마다 나름대로 결의를 다지는지 침묵이 감돌고 있는데, 마당에서 천룡과 삽사리가 그 침묵이 무섭기라도 한 모양으로 한꺼번에 소리를 내었다. 그러자 꺽돌이 문득 긴 잠에서 깨어난 모습으로 말했다.

"동업이가 업둥이라쿠는 거를 소문내삐모 우떨꼬예?"

그러자 쓰지 못하는 자기 하반신이 자꾸만 신경 쓰이는지, 옆에서 지켜보기 애달플 만큼 연방 치맛자락을 끌어당겨 덮고 있던 언네가 말했다.

"그거도 술찮이 괘안은 생각 겉다."

그 말이 끝나자마자 꺽돌이 즉시 실천에 옮길 것처럼 하였다.

"그렇것지예, 어머이?"

언네가 한층 단호한 어조로 말했다.

"하모."

언네와 꺽돌의 의견이 모아지는 듯하자 잠자코 듣고 있던 설단은 비화 의중을 알고 싶어 하는 눈치였다.

"그 방법도 괘안은 방법이긴 한데……."

비화는 잠시 궁리한 끝에 말을 이었다.

"까딱하모 저것들이 먼첨 대비하거나 꺼꿀로 이용할 수 있는 이험성도 좀 있다꼬 봅니더."

그 말을 듣자 모두가 동시에 위험을 느낀다는 빛이 되었다.

"그랄 수도?"

"맞심니더, 마님."

"벨로 해갖고는 안 되것거마예."

저마다 무척 실망하고 고민하는 기색이었다. 준서도 어머니 판단이 옳다고 보았다. 오히려 이건 기습적으로 나가는 게 좋을 것이다. 사전에 정보를 흘려보내면 역으로 당할 공산이 컸다. 상대는 피라미들이 아니다. 종놈 신분에서 양반으로 수직상승한 것들이다.

'신중하고 또 신중하지 않으모 안 된다.'

그런 잣대로 놓고 본다면, 꺽돌과 설단이 동업에게 그 이야기를 누설해버린 것도 생각이 약간 단순하고 성급한 처사가 아니었을까 여겨졌다. 물론 당사자인 동업에게는 멀쩡했던 하늘이 갈라지고 땅이 꺼지는 충격이었겠지만, 그렇다고 해서 동업은 결코 쉽게 무너질 젊은이가 아니라는 걸 준서는 누구보다 잘 알고 있었다.

"하여튼 멤이 급해도 쪼끔 더 기다리보는 기 좋을 거 겉심니더."

비화가 좌중을 둘러보며 말했다. 다른 사람들은 말이 없고 동물들만 마당에서 쉴 새 없이 소리를 내고 있었다.

"시방 우리 행핀으로서는 암만캐도 그리하는 기 낫것심니더."

비화는 갈수록 진지하고 심각한 어조로 변했다. 그러자 머리를 푹 수그린 채 듣고 있던 언네가 고개를 들며 꺽돌 부부에게 말했다.

"비화, 아, 아이고, 준서 옴마가 누보담도 똑똑한 사람인께, 그 이약대로 하는 기 더 좋것다."

부부는 서로 얼굴만 마주 보며 무어라 말이 없었다.

"너거 두 사람은 우떨랑가 몰라도 내 생각은 그렇거마."

'내가 알고 있는 그 언네가 맞나?'

비화는 또다시 야릇하고 묘한 기분이 되었다. 처음에는 '비화'라고 하려다가 이내 '준서 옴마'로 바꿔 말하는 언네가 너무나도 다른 여자로 보였다. 그 두 호칭의 차이점이 던져주는 힘은 적지 않은 듯했다. 남들은 그게 뭐 그리 대단한 것이라고 호들갑을 떠느냐 할지 몰라도, 비화로서는 지금까지 살아온 곳과는 전혀 다른 새로운 세계 속으로 들어와 있는 느낌이었다. 시간이 흘러도 참으로 많이 흘렀구나 하는 실감이 났다.

'우쨌든 우리가 앞으로는……'

그런 생각 끝을 물고, 내가 또 '우리'라고 하고 있구나! 하는 또렷한 자각이 크게 일면서 비화는 적잖은 흥분과 감상에 사로잡혔다. 단지 언네만 그런 것이 아니고 나 또한 정말 믿어지지 않을 만큼 변하고 있다는 깨달음 앞에서 비화는 그저 멍할 따름이었다. '우리'라는 공동체적인 그 말속에는 꺽돌과 설단 부부만 들어 있는 것이 아니라 언네도 포함돼 있다고 봐야 할 것이다.

'새로븐 시간들이 다가오고 있는 기라.'

비화는 와락 소름이 끼칠 정도로 작금의 현실이 두렵고 불투명하게 다가와서 혼자 있는 자리라면 고함이라도 내질렀을 것이다.

'그거도 쪼꼼 그런 기 아이고, 시방꺼지와는 상구 다린 시간들이 다가온다.'

비화는 다시 한번 긴장감에 싸여 깊은 심호흡을 하였다. 그러면서 스스로에게 확인시키기 위해 속으로 말했다.

'동업이한테 공이 넘어간 기라.'

지금부터 모든 것은 전적으로 동업이가 어떻게 처신하느냐에 달려 있다고 보아도 무방할 것이다. 그대로 넘어갈 순 없을 것이다. 동업 본인에게는 그것이 실로 고통스럽고 힘든 일이겠지만, 신이 빚은 그의 운명이라면 어쩔 수 없는 것이다.

'신은 증말 있는 기까?'

있다면 늘 높고 먼 곳에 있을 것이다. 그러다가 아주 가끔 낮고 가까운 곳으로 내려올 것이다. 너무 무정하게 인간들과 떨어져 있으려는 존재였다. 우리와 좀 더 친근하게 지낼 순 없을까. 홀연 이런 노래를 지어 부르고픈 비화였다.

　—신이여, 신이여, 다 떨어진 짚신이여.

　그러면 신의 저주가 내릴지 모른다. 신성 모독죄 같은 것. 아니다. 어쩌면 우리가 신과 낮고 가까운 곳에서 만날 수 있지도 않을까. 불경스럽지만 우스꽝스러운 그 노래를 통해 친근해져서 말이다.

　전혀 비화답지 않은, 아니 비화 아닌 그 누구라도 이렇게 착상한다는 그 자체가 정신 나간 짓이라 할지라도, 그리고 싶다는 욕망과 충동에서 헤어나기 어려운 비화는 또 속으로 소리 내어 보았다.

　—신이여, 신이여, 다 떨어진 짚신이여.

　그날의 그 일이 비화에게 그토록 크고 무거운 운명으로 다가온 것일까. 그렇지 않고서야 그런 희한한 노랫말까지 생각해내면서 이럴 리는 없는 것이다.

　되새겨볼수록 참으로 불가해한 것이 인간 세상이었다. 준서 아버지가 동업이라는 아이를 생기게 하여 지금과 같은 이런 상황을 만들 줄이야, 정말 어느 누가 눈곱만치라도 내다볼 수 있었을까.

　'움~매.'

　'컹컹.'

　천룡과 삽사리가 내는 소리가 문풍지를 흔들었다가 스러져갔다. 따스한 인정처럼 깊고 은은한 빛이 스며드는 조선종이였다.

# 기생조합

대안리 유곽거리.

관청의 허가를 받아 몸을 파는 창녀들을 두고 손님을 상대로 매음을 하는 집들이 모여 있는 구역이다. 인간들이 사는 세상은 인간들도 이해하기 힘들고 또 피할 수 없는 사회악이 존재한다는 증거의 한 현장인 것 같다.

그런 선입견 때문인지는 모르겠지만 그곳 공기 속에는 어쩐지 여자 냄새와 술 냄새가 뒤섞여 흐르고 있는 듯싶었다. 그런가 하면, 또 금방이라도 어디에선가 가야금이나 피리나 거문고 등의 악기 소리나 취흥을 돋워주는 노랫소리도 들려올 분위기였다. 아니, 실제로 그런 소리들이 나고 있다고 봐야 할 것이다.

어떤 처녀 하나가 그림자를 방불케 할 정도로 소리 없이 그 근처에 모습을 드러내었다. 여염집 아낙들이 입는 소박하고 평범한 외출복 차림이었다. 짧은 저고리와 긴 치마였다.

얼핏 나이는 그렇게 어린 축에 드는 건 아니었다. 하지만 어쩐지 여느 노처녀들과는 사뭇 달라 보였다. 바로 이것이라고 명확하게 딱 꼬집어 말할 수는 없지만, 내면으로부터 바깥으로 퍼져 나오는 무언가가 있었다. 그 여자만의 독특한 체취 같은 것이었다.

어째서 그런 기묘한 느낌을 받게 하는가. 누구 눈에도 무척 빼어나 보이는 몸매와 예쁜 얼굴을 가져서일까. 꽃향기를 연상시키는 싱그럽고 아름다운 기운이 그녀의 몸을 감싸고 있는 듯한 기분에서일까. 그리고 꼭 그런 것 때문만은 아닐 터였다.

더군다나 그 처녀가 해 보이는 행동이 여간 심상치 않았다. 왠지 자꾸만 자신의 주위를 살피는 눈치였다. 분명히 무언가가 있었다. 어쨌거나 연방 주변으로 눈길을 쏟는 바람에 자칫 땅바닥 위에 삐죽 솟아나 있는 돌부리에 발이 걸려 두어 차례 엎어질 뻔도 했다. 그런데도 그다지 놀라거나 당황해하는 기색이 아니었다. 보통 여자들이라면 비명이라도 내지를 법한데도 말이다.

더 수상쩍은 건 바로 그 순간에 그녀가 지어 보이는 야릇하고 기묘한 동작이었다. 그럴 때는 서둘러 자기 앞가슴 쪽으로 옥같이 희고 고운 손이 가는 것이다. 그러고는 거기 있는 물건을 매우 조심스레 확인하고는 약간 안도의 숨을 길게 내쉬기도 했다. 대체 무슨 귀중품이기에 그러는 것인지 알 수 없었다. 돈이나 패물은 아닌 듯했다. 그렇기에 더 궁금하고 비밀스러웠다.

하여튼 남다른 분위기를 물씬 풍기는 수수께끼 같은 처녀였다. 게다가 그렇게 앞을 향해 나아가던 그녀가 멈칫 걸음을 멈춘 장소도 그러했다. 바로 거기 유곽 거리의 들목 옆에 높직한 흙 담장이 둘러쳐진 곳이었다. 처녀는 지금과는 달리 적잖게 겁에 질린 얼굴로 담장 저쪽을 올려다보다가 부리나케 발을 떼놓았다. 불안하긴 해도 날렵하고 당찬 면이 엿보였다. 얼핏 작은 새를 방불케 했다.

처녀는 잘 알고 있었다. 그곳은 교수형 집행장이었다. 반드시 교수형이 아니더라도 어떤 명령이나 재판, 처분 등을 실제로 행하는 곳이라는 사실 하나만으로도 그렇게 썩 유쾌한 장소는 아니었다. 그녀는 창백한 얼굴로 얼른 거기를 벗어나기 시작했다. 마치 그 안에서 누군가 달려 나와 자기를 붙잡아 끌고 들어가지 않을까 하고 무척이나 두려워하는 사람처럼 비쳤다.

처녀는 또, 그러한 유곽이나 동관의 색주가, 몰래 몸을 파는 은근짜 집에 가서 여자들과 함부로 놀아난 일이 없을 노총각 하나를 떠올리고 있었다. 그런 그녀 얼굴 가득 더할 수 없는 그리움과 애틋한 빛이 서려 있었다. 그 노총각이 그녀 가슴속에 얼마만 한 비중을 차지하고 있는가를 여실히 증명해주는 한 단면과도 같았다. 둘이 꼭 붙어 같이 다니고 싶은 정인情人이었다. 그렇지만 더 나아가 그것은 행복과 불행이라는 극과 극의 이중성을 지니고 있을 터였다.

그런데 그런 가운데서도 보면 볼수록 그 표정이며 발걸음이 매우 유달랐다. 그러고 보니 분명히 여염집 출신은 아니었다. 옷차림은 퍽 수수하고 각별하지는 않았지만 아주 작은 몸놀림 하나에도 어딘가 바른 동작에 대한 예절교육을 받지 않았나 싶은 인상을 강하게 주었다. 옳았다. 꽤 오랫동안 훈련을 받은 우아한 걸음걸이였다. 약간 지쳐 보이긴 해도 남달리 탄력이 넘치는 몸에다가 조금은 장난기 섞인 유난히 크고 검은 눈이 영리하게 반짝였다. 이제 그 모습이 낯설지가 않다.

효원이다!

참으로 놀라운 일이었다. 믿기 어려웠다. 지금쯤 오광대 본거지에 꼭꼭 은신하고 있어야 할 그녀가 밝은 거리에 겁도 없이 자태를 드러낸 것이다. 그것도 남장을 한 벙어리총각 '효길'이 아니라, 치마와 저고리를 입은 여자 '효원'으로서였다. 더한층 경악할 노릇은 그녀가 치마를 왼쪽으로 여미고 있다는 사실이었다. 맞았다. 여느 기생들처럼 오른쪽으로 여민 게 아니었다.

확실히 세상은 어제 다르고 오늘 다르게 급변하고 있다. 효원의 외출 또한 그 한 가지 증거인 것이다. 하지만 제아무리 세상이 바뀌고 사람이 달라진다고 할지라도, 그 누군가가 살아온 과거의 시간과 공간은 금세 사라지지를 않는다. 그것은 슬픈 굴레요, 어찌 보면 어리석기 짝이 없는 자승자박이다. 그리하여 굳이 '역사'라는 거창한 말을 가져와 붙이지 않더라도, 인간은 결코 옛날로부터 날개 달린 새나 나비처럼 자유롭게 벗어날 수가 없다. 그게 인간이 타고난 비극이다.

효원이라고 해서 예외일 순 없었다. 아니었다. 교방 관기 출신이라는 남다른 길을 걸어온 효원이기에 더욱 그럴 것이었다. 더군다나 한 고을 최고 권력자인 목사의 명을 거역하고 교방에서 탈주한 기녀가 어디 흔하겠는가. 한양에서 내려온, 임금 명을 받은 보빙사 신분으로 태평양 건너 미국이라는 곳에 가서 그 나라 대통령까지 알현하고 왔다는, 고인보라는 선비가 죽자 살자 달라붙었던 관기였다.

그 고을 형옥은 그녀 머릿속에 얼이를 불러내었다. 촉석문 앞쪽에 돗자리를 깔고 앉아 사주 관상을 봐주는 노인이 예언했던 바로 그 천 씨 성을 가진 사내, 천얼이었다. 그 돗자리 재료가 왕골이었는지 골풀의 줄기였는지는 이제 기억에 남아 있지 못하지만, 그것을 잘게 쪼개서 친 그 자리는 아직도 여전히 그녀 마음의 대지 위에 아무 구겨짐 없이 쫙 깔려 있었다. 어쩌면 비단 자리보다도 몇 곱절이나 더 곱고 아름다운 자리였다.

어떻게 망각의 강 저편으로 쉬 흘려보낼 수 있을까. 효원을 범하려고 했던 치한, 그들이 살해한 오광대 중앙황제장군 역을 맡아 하던 한약방 주인 최종완, 그의 피 묻은 시신이 있던 자리에서 광적인 시간을 나누었던 두 사람이었다.

당시 두 사람은 미쳐 있었다. 미치지 않고서는 그럴 수가 없었다. 아니었다. 사실은 미쳐버리고 싶었을 것이다. 광인이 된다는 것은 어쩌면 광인이 되지 않는 것보다도 더 어려운 노릇일 수도 있는 게 불가해한 인간 세상이었다.

그리고 땅 밑에서 파내는 뿌리에 줄줄이 얽혀 매달려 나오는 고구마처럼, 아무리 퍼내도 퍼내도 끝없이 괴는 샘물같이, 얼이 도령 뒤를 이어 그의 선친 천필구가 되살아났다. 지금은 비록 이 세상에 없지만, 이 세상에 있는 어떤 사람보다도 그녀 마음 깊은 곳에 자리하고 있는 정인의 아버지였다. 농민군 세상을 꿈꾸다가 비명에 간 그를 떠올리면 가슴이 미어지는 느낌이었다.

'살아 계신다모 내 친부모매이로 에나 잘해드릴 수 있는데…….'

비화의 먼 친척 아저씨인 몰락 양반 출신 유춘계. 저 임술년에 지금도 많은 사람들 입에 부단히 오르내리고 있는 유명한 〈이 걸이 저 걸이 갓 걸이〉 노래를 지은 그의 주도 아래, 나루터집 송원아 연인이었던 한화주 등과 함께 조선시대 최초의 농민항쟁을 일으켰다는 얼이 도령 아버지 천필구. 끝내 관군에게 체포되어 성문 밖 공터에서 수많은 군중이 지켜보는 가운데, 듣기만 해도 섬뜩한 망나니 칼에 의해 형장의 이슬로 사라졌다는 그들 이야기는, 아직도 하나의 푸른 전설로 남아 전해지고 있다. 하지만 그토록 억울하고 애통하게 숨져간 이들의 유족이나 후손들에게는, 그것은 전설이 아니라 영원토록 생생한 현실로서 살아 숨 쉬는 것이다.

'아모리 얼골이 다리고 살아가는 모냥이 다리다 쿠더라도, 사람들 생각이 와 그리 모도 다리꼬?'

연기나 구름처럼 몽개몽개 피어오르는 상념들이 간혹 효원의 발을 붙들어 그 자리에 서 있게도 하였다. 아무도 없는 곳에서 말뚝이 되었으면 좋겠다.

'사천에서 온 그 오광대들이 생각나거마.'

그게 언제였던가는 이제 기억에 아슴푸레하지만, 서로의 교류 차원에서라며 꼭두쇠 이희문이 데리고 와서 보여 주었던 그들 공연이 떠올랐다.

'검붉은 바탕에 눈하고 코하고 입하고가 모도 숭악시럽거로 생깄지만도, 하얀 이빨이 참 인상적인 탈을 쓴 말뚝이였제.'

그 말뚝이의 복식과 소도구가 눈앞에 어른거렸다. 바지와 저고리, 패랭이, 쾌자 그리고 말채. 그녀가 속해 있던 오광대에서 원채 아저씨가 말뚝이 역할을 하였던가 아니었던가.

'우째서 그런 거도 잘 기억이 안 나는고 모리것다. 얼이 도령하고 내하고가 너모 심이 들은 일을 겪은 탓이까?'

그건 그렇고 말뚝이에 비해 문둥이는 너무 초라한 평복 차림이었지. 게다가 문둥이탈의 비뚤어진 입과 찌그러진 눈은 아무리 탈이라고 해도 심한 편이었는데, 이상하게 시간이 흐를수록 그 탈이 더 보고 싶어지는 건 무슨 억하심정인지 알 재간이 없네.

'얼굴도 하나, 팔다리는 넷, 똑겉은 사람들인데 안 있나.'

지난날 효원이 그곳 감영에 설치된 교방 소속이었을 때, 어떤 관기는, 임술년에 민란을 일으킨 농민을 평생의 지아비로 삼아, 늘 맑은 계곡물 흘러내리는 깊은 산골짝에 들어가 농사나 지으면서 사는 게 꿈이라고 실토했다. 순박해 빠졌다고 해야 하는지, 참으로 철따구니 없었다고 해야 할는지 아직도 모르겠다.

어쨌거나 이 고을에 그 주옥州獄이 생긴 이후로 가장 많은 죄인으로 붐볐던 때가 임술민란이 일어난 해였다. 만약 효원 그녀가, 보빙사로 미국까지 다녀왔던 한양 선비 고인보를 발판 삼아 출셋길로 나아가려고 혈안이 돼 있던 강득룡 목사가 풀어놓은 관졸들에게 체포되었다면, 그 자신도 그때 그 농민들과 마찬가지로 속절없이 그 감옥에 갇히는 신세가 되고 말았을 것이다. 어쩌면 농군들은 부자유스러운 그 상황 속에서 저 '덧배기 벅구 놀음'을 하고 싶었는지도 모른다. 연풍대를 돌며 상모를 돌리고 신명나는 장단과 어우러져 소고수들이 몸을 땅에 비스듬히 눕히며 도는 자반뒤집기도 하고…….

'후~우. 에나 상상도 하기 안 싫은가베. 까딱했으모 다 끝났제.'

하지만 일개 관기 출신에 불과한 효원은 지금 그 감옥이 어떻게 변해가고 있는지 알 턱이 없었다. 1898년인가 발표된 신감옥 규칙을 좇아, 선화당에서 집무하고 있던 경남도 관찰사의 아래 군수가 거기 감옥을 관리하였다는 사실을. 그런데 사람이 알고도 짓고 모르고도 짓는 게 죄라고 하였던가. 감옥사무가 너무나도 방대한 나머지, 칙령 제82호에 따라 각 지방에 감옥서를 설치토록 했다.

그러나 그때까지와는 비교가 아니게 그 감옥이 파란의 길로 들어서게 된 것은, 이 땅에 일본인들이 무단으로 들어오면서부터였다. 일제의 사법권 박탈로 인해 감옥사무가 일제 통감부로 넘어가게 되었다. 그리하여 사악한 일제는 자기들에게 저항하는 수많은 독립운동가나 의병을 가둬 두기가 어려운 형편에 다다르자, 성내에 있는 그곳 경찰서와 경남 경찰부 유치장을 감옥으로 사용하기에 이른다. 그리고 그 끝이 어디까지일지는 오직 하늘만이 알 것이다.

그런데 효원이 도망치듯이 막 그 유곽 거리를 벗어나고 있을 때였다. 저쪽 맞은편 길에서 두 개의 큰 바퀴를 달고 포장을 들씌운 인력거 두 대가 다가오고 있었다. 그것이 시야에 들어오는 순간, 효원은 머리가 아찔해짐을 느꼈다. 눈이 밝은 그녀가 이쯤에서 얼핏 봐도 거기 타고 있는 자들은 일본인들 같았다. 호랑이나 늑대보다도 더 피하고 싶은 일본 사람들이 틀림없었다. 그네들 복장이라든지 생김새에 대해 들은 바가 있는 것이다. 강득룡 목사나 고인보 선비와는 또 다른 면에서 경계 대상이라는 것은 자명했다.

"아!"

그녀 심장이 '쿵' 소리를 내고 다리가 마구 후들거렸다. 자신도 모르게 입에서 외마디가 튀어나왔다. 오랫동안 꼭꼭 은신하고 있었던 터라 그녀는 아직은 직접 경험하지는 않았지만, 간혹 꼭두쇠 이희문을 비롯한 오광대 사람들이 연습하러 와서 저마다 분노와 증오를 크게 터뜨려 가면서 하는 이런저런 소리를 옆에서 들었다. 지금 바깥세상에서는 기세등등한 왜놈들이 무섭게 설치고 다닌다는 사실을 알고 있었다. 바다는 메워도 그놈들 욕심은 못 채운다는 것이었다. 더욱이 조선 여자들에게는 더 이를 것도 없었다.

'아모리 시방 우리나라가 요 모냥 요 꼬라지가 돼뻤다 캐도, 그눔들이 무신 권리로 넘의 땅에 들와갖고 그리 마구재비 설치는 긴고?'

효원은 혼자 마음속으로 그들을 향해 욕설을 퍼부었지만, 그것은 참으로 가슴 서늘해질 노릇이 아닐 수 없었다. 저들은 감히 조선 백성들 위에 군림하려들 뿐만 아니라 대한제국 황제까지 자기들 멋대로 갈아치울 만큼 아주 막강한 힘을 가졌다고 했다. 정녕 가증스러웠다. 못된 섬나라 오랑캐 근성을 지닌 자들인지라 한다는 짓들이 다 짐승이나 진배없다고 들었다. 그렇다면 상식이 통하지 않는다는 말이었다.

'이라고 섰을 기 아이다.'

효원이 부리나케 길 한쪽 옆으로 몸을 피한 것도, 그러한 사실들을 익히 알기에 반사적으로 나온 행동이었을 것이다. 여하튼 그때 그녀의 동작은 어지간한 사내들보다도 더 빨랐다. 그 고을 관기들 가운데 가장 뛰어난 솜씨를 보이는 저 검무를 통해 단련된 신체는 그녀를 또 한 번 위기에서 건져줄 것으로 보였다. 효원은 작은 새를 연상케 하는 몸을 한껏 옹크린 채로 서서 속으로 저주를 퍼부었다.

'발이 땅에 붙었나? 후딱 안 지내가고 머하노, 이 나쁜 눔들아!'

그런데 아니었다. 사태가 결코, 예사롭지 않게 돌아가기 시작했다. 그런대로 잘 가고 있던 인력거 한 대가 갑자기 효원의 바로 코앞에서 딱 멈추었다. 그리고 다른 인력거도 덩달아 따라 섰다. 설마 무슨 일이야 있을까, 생각하면서도 덮치는 그 예감이 너무 좋지 못했다.

"……."

효원은 흠칫 놀라는 것과 동시에 인력거에 올라타고 있는 자를 쳐다보다가 그만 자신도 모르게 전신에 쫙 소름이 돋쳤다. 머리가 띵해 왔다. 그 일본인이 그녀를 집어삼킬 듯이 내려다보고 있었다. 그뿐만 아니라 말없이 쏘아보는 그 눈빛이 얼마나 기분 나쁘고 강렬하던지 온몸이 그대로 굳어버리는 기분이었다. 좀 전에 느꼈던 것과 마찬가지로 강득룡 목사나 고인보 선비와는 또 다른 성질의 것이었다. 말이나 소가 아니라 사람이 끌게 만든 그 수레를 타고 있는 것도 사람이라는 사실이 새삼스레 그녀 가슴을 세게 후려쳤다.

효원은 사내들 눈빛에 매우 익숙했다. 어지간해선 사내들이 하는 말이나 작은 행동거지 하나에도 뭘 잘못 판단하는 경우가 드물었다. 새끼 기생 때부터 통달한 이력이라고 할만했다. 그렇지만 그건 결코 바람직하다거나 좋은 게 아니었다. 도리어 더없는 슬픔이고 아픔이었다. 숙명의 굴레에서 도저히 벗어날 수 없는 지독한 형벌과도 같은 것이었다.

그때 옆에서 함께 멈춘 인력거에 타고 있던 자가 효원을 뚫어지게 바라보고 있는 자에게 무어라고 했다. 일본말을 모르는 효원은 그게 무슨 뜻인지 알 수 없었지만, 아마도 왜 그러냐고 물어보는 것 같았다. 나아가 역겨울 정도로 굽실거리는 그의 태도로 미뤄보아 이쪽 일본인을 모시는 부하가 아닌가 싶었다. 조선 인력거꾼들은 가지는 못하고 그대로 엉거주춤 선 채 굉장히 걱정스러운 얼굴로 효원을 바라보고만 있었다. 한 사람은 늙었고 한 사람은 젊었다.

잠시 후 상관으로 보이는 일본인이 거만하게 한쪽 손을 휘휘 내저었다. 아무것도 아니라는 표시였다. 그렇지만 부하는 상관 속내를 알고 한 번 더 상관에게 그의 의사를 타진해보는 모양이었다. 어쩌면 권유하는지도 몰랐다. 다음 순간, 효원은 여자의, 아니 기녀로서 살아온 삶을 통해 직감적으로 알아차렸다.

—저 여자를 갖고 싶으십니까?

확실했다. 틀림없이 그렇게 묻고 있었다.

—끌고 갈까요?

홀연 공기 속에 무수한 비수와 총탄이 날아와 박히는 아찔함이 전해졌다. 그건 달아나면 끝까지 따라와 쓰러뜨릴 비상한 무기와 다르지 않았다. 말로만 전해 듣던 게 남의 일이 아니라 내 일이 돼버렸다.

'아, 큰일인 기라.'

효원은 어서 그 자리를 피해야 한다고 생각했다. 그런데 몸이 말을 듣지 않았다. 그것은 자라 보고 놀란 가슴 솥뚜껑 보고 놀란다는 이치였다. 나이나 몸집 등에 비해 마음 쓰는 바라든지 하는 짓이 모두 똑 부러지게 야무진 효원이었지만, 그녀에게는 잠을 자다가도 소스라쳐 일어날 나쁜 경험이 감춰져 있었다.

강득룡 목사와 고인보 선비. 여자와 권력에 눈먼 그자들에게 당한 그 악몽의 후유증이, 무엇으로도 영원히 지울 수 없는 또렷한 문신처럼 그녀 몸 세포마다 강하게 찍혀 있는 것이다. 그런데 지금 그 순간 그녀가 감당해야 할 상대는 그들보다도 훨씬 더 악독한 종내기였다.

'정 안 되모……'

그러자 마지막 도피처나 탈출구로서 효원 머릿속에 자리 잡는 게 있었다. 그것은 막다른 벼랑 끝으로 내몰렸을 때 입에 털어 넣을 수 있는 비상과도 유사한 것이었다. 만약 그게 없었다면 그녀 자신 또한 있지 못할 것이다. 바로 지금 품에 감추고 있는 호신용 은장도였다. 오광대 중앙황제장군 역의 한약방 주인 최종완을 굴복시켰던 칼이었다.

'그래, 내한테는 이기 있는 기라.'

비록 꿩이 매에게 덤비거나 사마귀가 수레바퀴를 향해 앞발을 치켜드는 격이 되겠지만, 여차하면 그것이라도 꺼내 들고 마지막까지 저항할 작정이었다. 그러다가 힘이 약해 당할 지경에 처한다고 할지언정 아무 상관 없었다. 그녀는 속으로 스스로에게 용기를 주었다.

'효원아, 니는 효원이 아이가. 관기 그거를 오데 아모나 할 수 있는 기가? 그라고 또 저 교방에서 탈주할 정도로 간이 크다 고마.'

까짓것 뭐가 그리 두렵고 무서울 게 있나? 은장도로 자결해버리면 되니까. 맞아, 뭐가 복잡한 게 있겠냐고. 단순한 거야.

'이 칼이 내 몸은 몬 지키도, 내 증신만은 지키줄 수 있제.'

벌써 몇 번을 생각하지만, 황제 명을 받들어 미국에 보빙사로 갔다는 한양 선비 고인보 그자 하나만으로도 참을 수 없었다. 그러니 그 이상의 사내들이라는 건 무슨 사유로든지 절대로 용납될 수 없는 일이었다. 설혹 용상에 앉아 있는 자, 아니 용상에 앉혀준다고 하더라도 수락해서는 아니 되었다.

'내 우찌?'

비록 강득룡 목사 강압으로 자신의 뜻과는 너무나 상반되게 강제로 행해진 일이라고 할지라도, 그날만 떠올리면 그녀는 얼이 앞에서 도저히 고개를 들 수가 없었다. 도대체 그게 언제가 될지 현재 상황으로서는 전혀 기약할 수 없지만, 천지신명이 돌보아 둘이 함께 가정을 이루어 자식까지 두기에 이르더라도, 그것은 영원토록 벗어던질 수 없는 큰 죄악으로 남을 것이다. 야소교에서 말하는 원죄와 맞닿은 것이었다.

'아아아.'

그 죄의식은 효원 스스로가 짚어 봐도 끔찍할 정도로 강렬했다. 언제나 지겨운 진드기나 찰거머리보다도 끈덕졌다. 강 목사와 고 선비에게 억지로 술을 따르며 거기 현판에 적힌 한시들에 대해 듣던 기억은 저 촉석루마저도 멀리하게 했다.

한 번 더 그 전철을 밟게 되면 선택은 오로지 하나일 따름이다. 아니다. 선택이 아니라 필수인 것이다. 내 손으로 내 목숨을 끊는 것이다.

'좋다. 오데 할 테모 해봐라.'

어디서 그런 기백이 샘솟아 나오는지 모르겠다.

'내가 그냥 곱기 당하는가.'

그런 아주 독하고 모진 각오를 하고 자기를 노려보는 조선 처녀 눈빛에 그만 질린 걸까. 야생고양이가 날카로운 발톱으로 할퀴려는 모양새의 공격적인 몸짓에 그는 오만 정이 떨어져 버린 건지도 모른다.

상관이 부하에게 고개를 절레절레 흔들어 보이며 짧게 무어라 말했다. 효원이 짐작컨대 그만두라고 하는 소리였다. 그러자 부하가 잘 알았다는 얼굴로 씨익 웃더니만 손을 높이 치켜들어 경례를 척 올려붙였다. 그것은 눈여겨보지 않아도 너무너무 존경스럽다는 아부의 몸짓으로 비쳤다.

'그래도 방심하모 안 되는 기다.'

그러나 효원은 여전히 경계의 끈을 놓을 수가 없었다. 비록 부하에게는 그래놓고도 그자는 아쉽다는 빛을 감추지 못하고 있는 모습이 역력했다. 하지만 이제 효원을 보는 눈빛은 추잡한 생리와는 꽤 멀어져 있었다. 대신 찬바람이 씽씽 이는 표정이었다.

그랬다. 효원은 몰랐지만, 그때 그자는 조선 여자 하나에게 마음을 기울일 처지나 형편이 아니었다. 조만간 자신이 반드시 수행하지 않으면 안 될 막중한 임무가 산재해 있었다. 효원으로서는 그보다 더 다행스러운 일도 없었다.

"흠."

일본인 상관 입에서 신음 비슷한 소리가 흘러나왔다. 비록 낮았지만 듣는 사람 폐부를 찌르는 듯한 소리는 무서운 독기가 되어 조선의 대기를 잠식해 들어가고 있는 느낌을 주었다. 효원은 정신이 천 리나 나간 경황 중에도 속으로 중얼거렸다.

'무서븐 왜놈이다.'

그는 얼마 전 위로부터의 명을 받고 막 그 고을에 부임한 자였으니, 바로 칙령 제33호로 감옥관인 전옥典獄에 임명된 송촌정기松村政記라는 일본인 관리였다. 그 후 그는 당시 성안에 있던 경찰서 한 곳을 임시사무소로 하고, 또 그곳 유치장을 임시감옥으로 쓰기도 하면서, 그들에게 불복하는 대한제국 인사들을 모조리 잡아 가두는 데 앞장을 선 장본인이기도 하였다. 바로 그 고을 백성들을 괴롭힌 수많은 악질분자 가운데 하나였던 것이다.

'후, 인자 됐다.'

아무튼 인력거들은 다시 움직였고, 효원은 내심 긴 안도의 숨을 몰아쉬었다. 그런 한편, 그녀는 가슴 서늘하게 깨닫지 않으면 안 되었다. 비록 강득룡 목사와 고인보 선비가 다른 곳으로 갔고 교방이 없어졌다고 해서 결코 안심하고 나다닐 건 아니었다.

'그렇다모 그기 맞으까.'

역시 원채 아저씨 권유를 받아들여 오광대가 되어 얼굴에 탈을 둘러 쓰고 살아가는 게 제일 안전하지 않을까 여겨졌다. 그렇지만 아직도 얼이 도령이 선뜻 마음의 결정을 내리지 못하고 있으니 그게 가장 큰 문제였다. 그건 강요하거나 읍소하여 해결할 사안은 아니었다.

'별로 안 덤벙대고 신중한 사내가 좋기는 하지만도…….'

그는 만약 그녀가 오광대 합숙소에 그대로 숨어 있지 않고 밖으로 나왔다는 사실을 알면 야단일 것이다. 닭이나 오리를 우리 속으로 몰아넣듯이 그녀를 다시 오광대 합숙소로 끌고 갈 것은 불문가지였다.

그렇지만 효원 판단으로는 더 이상 그럴 필요가 없었다. 아니, 솔직히 털어놓아 너무 갑갑하고 안달이 나 도저히 더 그 집에만 틀어박혀 있을 수가 없었다. 그래 일단 깨지든 부서지든 망가지든 세상이란 놈과 과감히 부딪쳐 보기로 마음먹었다. 그러고는 살아가다 어렵거나 힘들 때면 늘 무슨 부적이기라도 한 양, 그녀가 가장 자신 있는 검무와 연관 지어 이런 자만심도 가져 보았다.

'내만치 칼춤 잘 추는 사람 있으모, 오데 함 나와 봐라 캐라.'

한번 해볼 만했다. 삼대로 내리 망할 쪽발이 놈들 때문에 좀 많이 놀랐을 따름이지, 이제는 어느 곳에서도 그녀를 노리고 있는 눈이 감지되지 않았다. 오히려 세상은 철저히 무관심해 보였다. 사람들은 교방에서 탈주한 희대의 관기라는 것에는 큰 호기심을 가질 수도 있겠지만, 기실 기녀 하나 따위가 무어 그리 대단한 존재이겠는가 말이다.

게다가 지금의 그녀는 관기 신분도 아니고, 또한 일제의 압박이 한층 심해져서 조선인들 모두는 그저 하루하루 연명해가기에도 너무나 힘겨운 현실인 것이다. 더욱이 풋풋하고 신선한 공기를 실컷 들이마시며 참으로 오랜만에 보는 바깥세상이었다.

'요럴 때는 내가 남자 성질인 기, 더 도움이 안 되나.'

세상을 향해 혀를 쏙 내밀어 보이고 싶기도 했다. 어디 나 잡아 보라고 놀려대면서 달아나 보이고 싶기도 했다.

'모도 낼로 보고 글싸도 아이다.'

괘씸하기까지는 아니더라도 억울한 심정은 어쩔 수 없어 항변이라도 하듯 하였다.

'아, 니는 와 그리키 여자답지 몬하노? 노상 그리쌈시로 무담시 멀쿠기도 해쌌지만도 말이다.'

그러자 곧바로 떠오르는 사람이 해랑이었다. 언제나 그녀더러 선머슴 모양으로 군다고 충고와 핀잔을 주곤 하였다. 흔히들 얘기하는 그대로, 듣기 좋은 꽃 노래도 한두 번이라고, 자꾸만 그런 식으로 나오니 때로는 꽉 때려주고 싶도록 미운 적도 있었다. 물론 그건 해랑만 그런 게 아니었다. 다른 관기들도 그랬다.

하기야 그녀처럼 차분하지 못하고 사내아이같이 함부로 덜렁거리는 여자도 드물긴 할 것이다. 혹자는 그녀를 두고 호랑이 무서운 줄 모르는 바닷가 개 같다 할지도 모르겠다. 하지만 겸연쩍어하거나 주눅들 필요는 없었다. 그건 이 효원의 생리에도 맞지를 않은 짓이었다.

'흥! 누가 글싸도 내사 괘안타. 우리 얼이 되련님은 그래서 이 효원이가 더 좋다꼬 안 쿠시던가베?'

친동기 이상으로 살갑게 대해주던 해랑이 억호 재취로 들어가지만 않았다면 그 충고를 내팽개치지는 않았을지도 모르겠다. 그렇지만 지금은 그 충고 자체는 더 말할 것도 없고, 충고를 해준 장본인인 해랑마저 싫었다. 그것도 그냥 단순히 싫어하거나 꺼릴 정도가 아니라 너무 징글징글할 판국이었다.

'시상에 시집갈 데가 없어서 그런 데로 가?'

온 천하가 막 손가락질하는 동업직물 맏며느리가 될 생각을 했다니 돈이 그렇게도 좋나? 비단을 그리 몸에 걸치고 싶나? 나 같으면 차라리 빌어먹는 동냥아치한테나 가겠다. 안 그러면 혼자 살든지. 혼자 서 있는 나무도 있고, 혼자 앉아 있는 바위도 있고, 혼자 부는 바람도 있지 않으냐.

'오데 그뿐이가?'

효원은 딱히 급하게 갈 곳도 없었기에 길가에 멈춰 서서 천방지축 성미가 도진 양 오만 가지 조선팔도 생각들을 그러모았다. 그렇다고 하나도 버릴 것은 없었다.

'얼이 되련님이 친누야매이로 좋아해쌌는 비화 그분하고 그리 철천지 웬수로 알려져 있는 집구석에 말이다!'

증오와 분노의 힘은 인간에게 또 다른 힘을 선물하는 건지도 알 수 없었다. 해랑을 겨냥한 마음의 손가락질을 해대면서 효원은 새로운 기운이 생겼다. 그것은 오기와도 흡사한 것이었다. 그리하여 이제는 더 이상 그 어떤 것도 회피하지 않고 정면으로 돌파할 결심을 내렸다. 꼭 당해내려고 마음만 먹는다면 바늘로 몽둥이는 못 막을까.

'가마이 있거라. 그렇다모 내가 젤 먼첨 가볼 데가 안 있나.'

그런 작정을 하면서 효원은 촉석문 쪽을 향해서 선머슴 동작으로 홱 몸을 잡아 틀었다. 치맛자락이 바람을 일으켰다. 그곳이야말로 아귀같이 끈덕지게 옥죄어드는 과거의 검은 쇠사슬로부터 풀려나기 위해 그녀가 꼭 뚫고 나가야만 할 첫 번째 관문이었다.

촉석루 앞을 흐르는 남강 물에 흘려보내야 할 것들이 너무 많았다. 강가에서 날고 있는 물새 날개에 얹어 훨훨 날려 보내야 할 것들이 너무 많았다. 고작 이 나이에 그런 것들이 넘친다는 것은 참으로 서럽고 가슴 아픈 노릇이 아닐 수 없었다. 효원은 고개를 함부로 흔들며 한 가지에만 집중하기로 마음먹었다.

'아즉 거 있어야 할 낀데.'

그런 조바심 담은 바람과 함께 효원은 걸음을 재촉했다. 우선 거기 돗자리를 깔고 앉아 있을 사주 관상쟁이를 만나고 싶었다. 그녀에게 천씨 성을 가진 사내가 나타날 것이라고 귀신같이 알아맞혔던 노인이었다. 물론 처음에는 괘卦를 틀리게 뽑아 천 명의 남자와 사귈 거라는 말을 하여 빈축을 사기도 했던 늙은이였다.

그에게로 달려가서 한 번 더 알아보고 싶었다. 얼이 도령과 이 효원이 앞으로 어떻게 될 것인가를. 만약 필요하다면 부적이라도 하나 써 달라고 부탁할 것이다. 야릇한 글자를 붉은 글씨로 그려 붙이는 종이가 눈앞에 어른거렸다. 하여튼 무엇이든 마다하지 않을 테다. 얼이 도령과 내가 잘만 될 수 있다면.

'사람은 머시라도 원하모 다 된다 캤은께.'

그런 기대 끝을 물고 예전에 함께 갔던 해랑 얼굴이 또다시 떠올랐으나 효원은 고개를 크게 가로저어가며 그 잔상을 지워버렸다. 조금 전 유곽 거리에서도 그런 생각을 했었지만, 온 고을 사람들이 휘휘 혀를 내두르는 개망나니 억호 재취로 들어간 여자 따위 더 이상 가슴에 담아두고 싶지 않았다.

한때나마 그런 형편없는 여자와 가까이 지냈다는 사실이 더할 수 없이 부끄럽고 후회스러웠다. 물건처럼 물릴 수만 있다면 지금이라도 도로 물리고 싶은 그 세월이었다. 친자매 못지않게 다정다감했던 날들이 까마득한 옛날로 느껴졌다. 하지만 미련은 말 그대로 싸라기눈 떨어진 만큼도 없었다. 속으로 빈정거렸다.

'흥! 돈이 사랑보담 더 좋은 여자.'

그런데 이제 조금만 더 가면 촉석문 성벽이 그 예스럽고 웅장한 자태를 훤히 드러낼 지점쯤에 이르렀을 때였다. 효원은 누군가가 자기 등 뒤에서 하는 소리를 듣고 화들짝 놀랐다.

"효원이 아이가?"

"……."

자신도 모르게 반사적으로 얼른 뒤돌아본 효원은 더한층 경악했다.

설마하니 이게 꿈은 아니겠지 했다. 아니, 꿈이래도 좋았다. 꿈에 본 돈이라고, 아무리 좋아도 손에 넣을 수 없다손 치더라도, 잠자는 도중에 깨어 있을 때와 마찬가지로 여러 가지 사물들을 볼 수 있다는 게 얼마나 좋은 거냐고 생각하는 그녀였다.

"아!"

그곳에는 낯익은 얼굴이 역시 굉장히 놀란 표정을 짓고 서 있었다. 역류한 세월이 거기 고스란히 고여 있었다.

"한결 언니!"

효원이 감격에 마구 떨리는 목소리로 그녀를 불렀다. 그러고는 한 번 더 그 이름을 불러 기쁨을 만끽하려는 양 확인하였다.

"한결 언니 맞제?"

길을 따라 줄지어 선 가로수들도 일제히 이쪽을 바라보는 것 같았다.

"하, 하모."

상대편 여자 또한 크게 흔들리는 음성이었다.

"언니!"

"효원아!"

그것은 전혀 예기치 못했던 해후가 아닐 수 없었다. 지난날 감영 교방에 함께 몸담았던 한결을 여기서 만나게 될 줄이야. 언제나 '한결같은' 사랑을 입술에 묻히고 살던, 그래서 조금은 어리석어 보이면서도 눈물이 날 정도로 순수함을 간직하고 있던 기녀 한결이었다.

그리고 한결을 보자 그렇게도 살갑게 대해주던 노기老妓 여귀분을 비롯하여 청라, 지선, 지홍, 정선 등 여러 관기들 모습이 한꺼번에 나타나 보였다. 비록 노비, 무당, 승려, 백정, 광대, 공장, 상여꾼 등과 나란히 조선 여덟 천민 중의 하나로 박대받는 더럽고도 고달픈 신분이었지만, 서로의 고통과 한을 내 것으로 여기면서 따뜻하게 보듬어주고 달래주던 고맙고도 그리운 얼굴들이었다. 그리하여 두 사람은 다시 한번 더 확인하려는 목소리로 말했다.

"효원이 맞네?"

"한결 언니 맞네?"

어느 틈엔가 두 사람은 서로의 손을 꼭 마주 잡고 서 있었다. 하나같이 두 눈에 눈물이 글썽거렸다.

"……."

옆을 지나던 행인들이 힐끔힐끔 그들을 바라보고 있었다. 한결은 죽은 사람을 다시 만난 것처럼 반가워 어쩔 줄 몰라 하며 다그치듯 물었다.

"대체 그동안 오데 가 있었노, 응? 오데로 가 있었기에 그리키나 그림자도 통 볼 수가 없었던 기고 말이다!"

효원은 크게 울먹거렸다.

"그기, 그기예."

한결은 가출한 여동생을 엄하게 꾸짖는 언니 모습이었다.

"우리가 닐로 올매나 찾았는고 아나?"

"흑."

사연을 모두 털어놓으려면 석 달 열흘이 걸려도 모자랄 것이다. 한결은 땅바닥이 꺼지게 한숨을 폭 내쉬었다.

"모릴 끼거마는."

"언니."

하늘에는 그 두 사람이 해후한 것처럼 조각구름 두 개가 나란히 떠 있었다. 허황되고 부질없는 인생을 가리켜 뜬구름 같다고는 하나, 그것은 구름을 정확하게 알지 못하는 데서 생겨난 오류일지도 모른다.

"사람이 우찌 그리 매정할 수가 있노?"

그만 목이 멘 한결의 그 말은 숫제 울음에 가까웠다.

"미안해예, 언니."

고개를 숙이는 효원에게 한결이 코를 훌쩍이며 말했다.

"그런 소리는 하지 마라."

효원은 한층 어깨를 움츠렸다.

"예."

한결은, 네가 그러면 나는 더 서운하다는 투였다.

"니한테 그런 소리 들을라꼬 하는 소리 아이다."

효원은 다시금 친동기 이상의 깊은 정을 온몸으로 느꼈다.

"지도 알아예."

한결은 또 한숨을 쉬었다.

"그리하고 싶어서 그리한 거는 아일 끼라고 믿지만도……."

대사지가 멀지 않은 곳에 있어서일까, 공기 속에 연꽃 향기가 묻어나는 듯했다. 사실 그것은 한결의 체취였다.

"우쨌든 죄송해예. 그라고, 언니."

효원도 오랜만에 진심을 털어놓을 수 있는 상대를 만났다. 바람이 불어도 구름은 흩어질 것 같지가 않았다. 우리 다시는 헤어지지 말자고 다짐을 하는 것으로 비쳤다.

"지도 에나 보고 싶어서예."

효원의 말에 한결은 여전히 선해 보이는 눈을 흘겼다.

"이런 이약은 입에 올리기도 딱 싫지만도, 해나 오데 가갖고 고마 죽어삐린 줄 알았다 아이가. 살아 있음시로 그리 연락이 안 될 수는 없다고 봤제."

그러자 자신도 모르게 효원이 말했다.

"죽었다가 살아났지예."

그 말에 한결이 파리도 때려죽이지 못할 만큼 약해 보이는 주먹을 휘둘렀다.

"머라꼬? 니 시방?"

효원은 더는 입을 열지 않고 가만히 있었다.

"하기사 고 버르장머리, 개가 물고 갔것나 바람이 몰아갔것나."

한결은 긴 목을 빼어 주변을 둘러보며 말했다.

"우리 길바닥에서 이랄 끼 아이라, 오데 좀 앉아갖고 이약하자."

그건 효원도 하고 싶던 말이었다.

"예, 언니."

한결이 희고 가느다란 손가락으로 저편을 가리켰다.

"저짝이 좋것다."

효원은 또 그 급한 성미가 발동하는지 발걸음부터 내디뎠다.

"가예."

두 사람은 여전히 꼭 잡은 손을 놓지 않고 강변 쪽으로 내려갔다. 손을 놓으면 또다시 소식이 끊겨버릴 사람들처럼 보였다.

해와 조각구름도 그들을 따라서 발을 옮기는 것 같았다. 자연도 극심한 외로움을 타고 있는지 모르겠다. 바람이 불면 갈대는 한 방향으로 쏠리고, 물살이 치면 모래알이 흩어졌다 다시 모이듯, 세상에 있는 모든 것들은 하나같이 아프고 슬픈 존재들인 것을. 그런데 왜 서로에게 상처를 입히려 드는지.

'아, 그 영감님이 안 비이싯제?'

늦게 온 그런 자각과 함께 효원은 문득 뒤로 고개를 돌렸다.

"와? 각중애 와 그라는데?"

한결이 그런 효원을 보고 알 수 없다는 듯 물었다.

"아이라예, 아모것도."

효원은 아무것도 아니라는 양 고개를 약간 저어 보였지만 마음은 궁금증을 넘어 허전한 감정에 젖었다.

'고마 돌아가신 기까?'

그제야 효원은 그 사주 관상쟁이 노인이 예전에 앉아 있던 그 자리에 없었다는 사실을 또렷이 되살려냈다. 그곳은 휑뎅그렇하니 비어 있었다. 애초부터 그랬던 것 같았다. 한결을 만나 하도 반가운 나머지 서로 그간의 안부를 묻는 등, 이런저런 말들을 정신없이 나누느라 거기까지 온 목적을 깜빡 잊었던 것이다.

"우리 앉자."

"예."

"햇살도 좋다."

"다 좋아예."

그들은 물감을 풀어놓은 것처럼 새파란 남강이 곧바로 내려다보이는 언덕배기에 나란히 앉았다. 강 건너 무성한 푸른 대숲을 배경으로 흰빛과 잿빛 물새들이 한데 어울려 한가로이 날갯짓하는 게 보기 좋았다.

'아, 여게 이 자리는!'

우연의 일치였을까? 효원은 문득 기억해냈다. 지금 그 자리는 여러 해 전에 해랑과 함께 앉아서 도란도란 정담을 나누던 바로 그 장소였다. 그날의 나무들과 그날의 새들도 그대로인 듯했다.

그러자 극히 순간적이지만 효원은 그날로 되돌아가는 착각에 사로잡혔다. 내가 과거의 시간 속으로 들어와 있는가. 결코, 돌아가고 싶지 않은 시간들이었다.

아침나절 성하던 몸에 저녁나절 병이 오네. 그 상엿소리와 마찬가지로 인간의 한 세상이 그러할진대, 그 짧고도 짧은 시간마저도 증오와 회한으로 얼룩져야 한다니.

'내 눈이 와 이라노.'

한결이 해랑으로 변했다. 아, 그 당시까지만 해도 얼이 도령을 만나기 전이었다. 좀 더 정확히 짚어내자면, 그 사주 관상쟁이 노인에게서 장차 천 씨 성을 가진 사내를 만나게 될 것이라는 예언을 듣기 직전이었다. 그녀 운명의 분수령이 갈라지려는 그 시간대였다.

"효원이 니가 안 있나."

효원이 지금 무슨 기억을 떠올리고 있는지 알 리 없는 한결은 아직도 믿어지지 않는다는 얼굴이었다.

"그때 니가 교방에서 도망치고 나서……."

그 말을 듣기만 해도 또다시 심장이 뛰는 효원은, 추운 날씨에 찬비를 맞고 있는 새같이 작은 가슴을 옹크렸다.

"예."

한결 또한 그 생각만 해도 끔찍한지 홀연 진저리를 치더니만 당시 정황이 어떠했는가를 알려주기라도 하려는지 이렇게 물었다.

"강 목사가 우쨌는고 모리제?"

"……."

효원은 겨울 남강에 꽁꽁 언 얼음장만큼이나 입이 얼어붙었다. 한결은 다시 한번 부르르 몸을 떨었다.

"사람이 아인 거 겉더라, 사람이."

효원 귀에 별안간 강물 소리가 크게 들리는 느낌이 왔다. 저 강도 분노를 터뜨리고 있는 것일까. 아니면, 울기 시작하는 것인가. 싫다, 다 싫다. 분노도 싫고 울음도 싫다.

"시상에, 우리 관기들을 관아 마당에 싹 다 모다놓고 안 있나."

거기서 한결은 긴 속눈썹에 그늘진 눈을 감았다. 악몽과 다를 바 없는 그 장면을 두 번 다시는 보고 싶지 않다는 표시로 보였다. 효원이 할 수 있는 말은 하나밖에 없었다.

"죄송해예."

정말이었다. 그 자신으로 인하여 애꿎은 사람들이 크게 당했을 고통을 생각하니 효원은 저 아래로 내려다보이는 남강에 풍덩 몸을 던져버리고 싶었다. 바지랑대로 하늘재기도 유분수지, 정말 그게 가능하다고 생각해서 교방을 탈주했던 것인지.

"효원이 고년을 당장 안 잡아들이모 모돌띠리 쥑인다 쿠더마."

"……."

강물과 모래밭 어름에 내려앉아 있는 하얀 물새들의 검은 다리는 보기 애처로울 정도로 가늘고 길어 보였다. 길짐승들에게는 없는, 공중을 날 수 있는 날개가 주어진 대가라고 본다면 너무 잔인한 조물주의 섭리였다.

"눈알이 똑 약 묵은 쥐매이로 빨개갖고 설치쌌는데 말이다."

여전히 두 눈을 꼭 감은 채 한결이 말을 계속했다. 얇은 입술이 가벼운 경련을 일으키고 있었다. 비바람에 떨어져 내리기 직전의 꽃잎보다 나을 게 없어 보였다. 효원은 화가 날 만큼 슬픈 심정으로 생각했다. 저래서 우리는 해어화가 맞는다고.

구태여 지켜보지 않았어도 강 목사 그 모습이 효원 눈에 선했다. 고인보 선비와도 얽혀 있는지라 누구보다도 강 목사를 잘 꿰뚫고 있는 효원이었다. 그것은 말로써는 이루 표현하기 힘들 정도였을 것이다.

"사람이 미치기 되모, 그런 식으로 미치는갑더라."

잠시 후 천천히 눈을 뜬 한결은 남강 하류 쪽 저 멀리 있는 뒤벼리와 선학산 쪽을 가만히 바라보았다.

"시방도 꿈에 보까 겁난다 아인가베."

효원은 금방이라도 복받치는 울음이 터져 나오려 했다.

"증말 죄송해예."

"또 죄송!"

예전보다는 조금 탁해지고 갈라져 들리는 한결의 목소리가 약간 높아졌다.

"그런 소리는 하지 마라 캐도?"

강둑에 서 있는 상수리나무 가지에 몸이 조그만 노란색 새 한 마리가 올라앉아 흡사 풀벌레가 내는 듯한 소리를 내고 있었다.

'찌르, 찌르르, 찌르, 찌찌르.'

효원이 제일 좋아하는 붉나무에는 새가 보이지 않았다. 멀리서도 눈에 곧바로 들어오는 언덕배기에 자라는 붉나무는 여름에 피는 하얀 꽃이 인상적이었다. 그리고 잎에 진디가 기생하여 혹같이 돋은 오배자는 약용이나 적색 염료로 쓰인다고 들었다. 하지만 그녀가 특히 그 나무를 좋아하는 것은 그 이름에 '붉'이란 글자가 붙어서였다.

"지 하나 땜새 교방 언니들이 에나 고생 한거석 했을 기라예."

효원이 울먹이자 한결도 덩달아 울먹였다.

"우리들이사 함께 있으이 그리싸도 괘안았는데……."

저만큼 보이는 물새처럼 길고 가느다란 고개를 절레절레 흔들었다.

"효원이 니가 혼자서 참말로 심들었을 끼거마."

"흑."

그 소리를 들으니 한층 목젖을 향해 설움과 한이 뜨겁게 차오르는 효원이었다. 정말 그 시간들은 힘들었다는 그 말 하나만으로는 나타낼 수 없는 성질의 것이었다. 지옥도 그런 지옥이 없었다. 아까도 한결에게 죽었다가 살아났다고 말했지만, 그 세월은 죽어버린 시간들로 점철되어 있었다.

"그래도 에나 다행이제."

이번에는 남강 상류 쪽, 지난날 봉기한 농민군들이 집합하기도 했던 너우니 방향으로 눈길을 보내며 한결은 한숨 섞어 얘기했다.

"해나 그때 붙잡힛으모 말이다."

의암으로 내려가는 암문暗門이 있는 곳으로부터 까치 소리가 들려왔다. 성벽에다 누樓 없이 만든 그 문을 외지인들 중에는 잘 모르는 이도 있었다.

"효원이 니는 안 죽었으모 빙신이 돼삣을 끼다."

효원은 차마 입 밖으로 내지는 못하고 속으로만 말했다.

'한양으로 끌리갔것지예. 그래갖고 시방쯤은 고인보 선비 첩이 돼갖고, 날마당 눈물 찔찔 짬시로 설움과 한탄으로 지내고 안 있으까예.'

효원은 '효길'이란 가명으로 벙어리 총각 행세를 하던 그때처럼, 사내같이 손등으로 눈가 눈물을 쓱 훔치고 나서 물었다. 실은 벌써 물었어야 할 말이었다.

"교방이 없어져삐고 나서, 언니들은 모도 우찌 됐어예?"

"우리?"

너우니로 보냈던 한결의 시선이 효원의 얼굴로 돌려졌다.

"뿔뿔이 흩어졌것지예? 그래 인자 서로 소식도 모리……."

그런데 효원의 그 물음이 채 끝나기도 전이었다. 한결이 진작 해 주었어야 할 말을 잊고 있었다는 듯 얼른 대답했다.

"아이다."

"예?"

효원이 어리둥절하고 있는데 전혀 예상치 못한 소리가 나왔다.

"흩어진 기 아이고, 모도 같이 있다."

효원이 몹시 놀라며 다시 물었다.

"예에? 가, 같이 있어예?"

한결은 효원을 만나고 나서 처음으로 표정이 약간 밝아졌다.

"하모, 함께 있제."

효원이 두 눈을 휘둥그레 뜨자 얼굴에 눈만 있는 것 같았다. 그녀는 그 말에 가슴이 벅차올라 어쩔 줄 몰라 했다.

"우짜모!"

강바람이 언덕을 향해 불어오자 상수리나무뿐만 아니라 그 옆에 서 있는 소나무와 당단풍나무 등이 일제히 춤을 추듯 몸을 흔들었다. 그런데 왠지 붉나무는 전혀 움직이지 않고 있는 것 같아 보였다.

"그기 우찌 됐는고 하모, 함 들어봐라."

한결은 선학산과 뒤벼리를 배경으로 삼아 남강 하류 저만큼 남북으로 오가고 있는 나룻배를 타고 물을 건너고 있는, 흰옷 차림새의 사람들에게 눈길을 둔 채 천천히 말을 이어갔다. 한데, 그 소리가 정녕 놀라웠다.

"우리가 새로 기생조합을 하나 맹글라쿤다."

"예?"

효원은 방금 내가 무슨 말을 들었나 하는 낯빛이었다. 효원이 당연히 그런 반응을 보일 거라고 짐작하고 있었는지 한결은 좀 더 또렷한 어조로 일러주었다.

"기생조합 말인 기라."

"기생조합예?"

자신도 모르게 더없이 높아진 효원의 목소리가 가파른 강변 벼랑을 타고 하늘로 치솟았다. 남강 물결도 덩달아 크게 출렁거리는 것으로 비쳤다.

"기, 기생조합!"

기생조합, 기생조합이라니? 머리에 털 나고 처음 들어보는 말이 아닐 수 없었다. 대체 그게 무슨 이야기냐?

"하모, 기생조합."

한결은 효원 머릿속에 똑똑히 각인시키듯 말을 딱딱 끊었다.

"기 생 조 합."

기생과 조합, 조합과 기생.

효원으로서는 너무나도 서로 연결이 어색한, 아니 되지를 않을 것 같은 언어 배열이었다. 기생이란 말에 조합이란 말을 붙이다니?

여럿을 모아 합하여 한 덩어리가 되게 하는 것, 두 사람 이상이 출자하여 공동 사업을 경영하는 것, 각종의 공동 목적의 수행을 위해 특정 자격 있는 사람들에 의해 조직된 것.

그런 게 바로 효원이 이날 이때까지 살아오면서 보고 들어 알고 있는 모든 것이었다. 그게 전부였다, 이른바 저 '조합組合'이라는 것에 관해서는.

그런데? 그 때문에, 더더욱 이해가 되지를 않는, 곤혹스럽기만 한 효원이었다. 우리 같은 기생이 조합을 만든다고? 조합원이 된다고?

"더 들어봐라."

효원이야 어떻게 하든 한결은 제 할 말만 쏟아내었다. 그녀 자신도 기생조합이라는 것에 흠뻑 빠져들었다는 걸 입증이라도 해 보이는 모습이었다.

"나라에는 요만치도 속박 안 받고, 있제?"

"예, 언니."

한결의 말속에는 한과 설움과 고통 그리고 분노와 증오만 담겨 있는 게 아니었다. 거기에는 꿈과 희망과 이상 그리고 미래와 여자가 한사코 숨을 쉬고 있었다.

"순전히 우리 심, 우리 심만으로……."

효원의 눈에 비친 한결은 당장이라도 날개를 달고 저 높푸른 창공을 향해 훨훨 날아갈 사람이었다. 야소교에서 말하는 천사였다.

"우리 기생들이 안 있나, 자유로 하는 조합인 기라."

"아, 예."

어쨌거나 그 기생조합이란 것에 관해 한결이 짧게 설명해준 것은 그 정도였다. 어쩌면 한결 또한 그것에 대해 아직은 더 이상 알고 있는 게 없는지도 모른다.

"기생들이 자유로 한다."

효원은 마음을 가라앉히려고 애쓰며 한결이 해뜩발긋한 얼굴로 들려주었던 말을 천천히 곱씹어보았다.

'가마이 있거라. 아, 그라고 보이!'

그러고 보니, 오광대 사람들에게서 교방 출신 관기들 사이에서 그런 바람이 불고 있다는 소리를 얼핏 들었던 것도 같았다. 그렇지만 그 당시에는 바로 그 순간도 너무나 견디기 힘든 시기였던지라, 비록 관기와 관련된 것이라고 해도 다른 소리는 거의 귀에 들어오지 않았었다. 그녀는 그저 사람 형체만 간신히 유지하고 있었다.

특히 효원이 그렇게 한 것은, 관기들은 틀림없이 전부 흩어졌을 것이고, 따라서 그 모든 풍문들은 말하기 좋아하고 말 물어 나르기 좋아하는, 참 지지리도 할 일이 없는 인간들이 지어낸 소리라고, 단박에 치부해버린 데서 그 연유를 찾을 수도 있었다. 그것은, 효원이 오광대 사람들 이야기를 '귀'로는 들었어도 '마음'으로는 듣지 못했다고 해야 마땅할 것이다.

"효원이 니도 멤이 있으므 말이다."

그때 또다시 들려오는 한결의 목소리였다.

"우리 모임에 들오이라."

그건 권유라기보다 소망에 더 가깝게 들리는 한결의 말이었다.

"시방 하고 있는 다린 일이 있으므 안 되것지만도……."

하지만 한결의 그 말이 완전히 끝나기도 전에, 효원이 놓쳐서는 안 될 무엇인가를 급히 잡으려는 사람처럼 큰소리로 얼른 말했다.

"내, 내도 들가께예!"

붉나무가 효원의 얼굴을 응시하고 있는 듯했다.

"아, 니가 그리해준다모!"

안색이 확 밝아지는 한결이었다. 그만큼 힘을 얻었다는 증거였다. 효원 역시 아주 밝은 음성을 지었다.

"예, 언니들이랑 같이 지내고 싶어예."

그 작은 노란 새는 어딘가로 훌쩍 날아가 버렸지만, 상수리나무는 외로워 보이지 않았다. 가지와 잎새에 쉴 새 없이 와 부딪는 강바람이 있기에 그럴 것이다.

"우리캉 같이……."

한결 말을 마지막까지 듣지도 않고 효원이 말했다.

"이전매이로 말이지예."

한결의 눈이 새벽 강 위에 서리는 물안개처럼 또 뿌예졌다. 음성까지 젖어 나왔다.

"시방꺼정 혼자서 마이 외로벗던 모냥이거마."

효원은 금세 어두운 낯빛이 되었다.

"예."

저 의암이 하나가 아니고 열 개쯤 되는 바위들로 이루어져 있다면 논개 혼백도 훨씬 덜 원통하고 외로울 텐데, 하는 생각이 언뜻 드는 효원이었다.

"하기사 안 그랬다모 그기 더 이상하제."

한결이 벌써 몇 번인지도 모를 한숨을 또 길게 내뿜었다.

"미안타. 내가 뻔한 소리 물어봤다."

효원은 그만 두 손을 한꺼번에 내저었다.

"아, 아이라…… 예."

한결이 막내를 타이르는 큰언니 목소리로 말했다.

"아이라 캐도, 기다 캐도, 다 안다."

"……."

"그라고 시방 와서 지내간 그런 기 중요한 거도 아이다."

"……."

사주 관상쟁이 노인이 앉아 있던 곳으로부터 그가 하던 말들이 들려오는 듯했다.

"더 필요한 거는 앞으로 살아갈 방법이제."

효원의 고개가 맥없이 수그러졌다. 그런 효원에게서는 이전까지의 천방지축 선머슴 닮은 활기찬 모습은 깡그리 사라지고, 나이를 먹을 대로 먹고 세상살이에 찌든 여자 같은 느낌이 고스란히 전해졌다. 시간의 힘만큼 크고 무서운 게 없었다.

"효원아!"

한결의 손이 효원의 손을 더듬어 잡았다. 뜨거운 기운이 흘렀다.

"언니!"

효원이 고개를 들었다. 눈자위가 붉었다. 효원은 붉나무였다.

"우리 불쌍한 사람들끼리 심을 모다서 행복하거로 잘 함 살아보자."

옅은 청색 치맛자락 끝에 삐죽 나와 있는 신발이 앙증맞아 보이는 한결이었다. 그 신이 감싸고 있는 발은 그녀가 걸어온 길을 말해주려는 것 같아 보였다.

그때쯤 한결의 눈은 남강 상류와 하류 어느 쪽으로도 던져져 있지 않았다. 물새들이 오랫동안 선회하고 있는 허공 어딘가를 뚫어지게 올려다보고 있었다. 그 모습은 아주 큰 꿈과 열망에 차 보였다. 세월은 그녀 또한 많이 바꾸어 놓았다.

# 홍우산 紅雨傘

효원의 눈앞에 기습처럼 나타나 보이는 얼굴이 있었다.

효원 자신과 마찬가지로 다른 관기들과 떨어져서 혼자 살아가고 있는 해랑이었다. 효원은 속으로 냉소했다. 흥, 혼자서 잘 살아보라지.

"그랄 자신 있제? 그자?"

스스로에게 다짐하듯 재차 묻는 한결이었다.

"고마버예, 언니."

효원의 느꺼워하는 말에 한결은 그게 아니라고 고개를 흔들었다.

"내가, 아니 우리가 고맙제, 상구."

그 말을 들은 효원의 가슴에 또 한 그루의 붉나무가 심어지고 있었다. 그리고 다섯 개인 흰 꽃잎이 피어나고 있었다. 그 다섯보다도 더 많은 숫자의 교방 출신 기녀들이었다.

백정들이 모여 살던 강 건너 망진산 아래 섭천 쪽에서 바람이 줄기차게 불어왔다. 그 바람 끝에는 백정 방상각의 숨결도 섞여 있는지 모른다. 그는 다른 백정들을 모두 모아놓고 우리도 인간답게 살 수 있는 날을 만들자고 열변을 토하고 있을 수도 있었다. 효원과 한결이 기생조합

이야기를 하는 등 새로운 인생 설계를 꿈꾸고 있는 것처럼.

그런데 말은 그렇게 희망적으로 하면서도 꼭 거머쥐었던 효원의 손을 스르르 놓는 한결의 표정은 정작 그렇게 밝지 못했다.

"그란데 말이다."

목소리에도 힘이 빠졌다. 하늘에 떠 있는 구름도 벌써 몇 번이나 그 모양이 다르게 바뀌었다.

"와예, 언니?"

별것 아닌 것에도 깜짝깜짝 잘 놀라곤 하는 버릇이 몸에 배어버린 효원이 가슴 철렁해진 얼굴로 묻자 한결이 말했다.

"그 기생조합이라쿠는 거."

"예, 언니."

"말매이로 그리 수월한 거는 아인 기라."

"예에."

촉석루 높은 팔작지붕 위로 새카맣게 날아다니고 있는 것은 까마귀 무리였다.

"하기사 이 시상에 쉬븐 기 오데 있것나마는."

효원이 오랜 기간 숨어 지내느라 세상 돌아가는 형세에 머저리같이 어두워져 있는 동안, 한결은 많은 것을 접하고 또 알고 있는 듯했다. 그게 반드시 좋은 일이라고만 할 수는 없을 것이다.

'짜다라 변했구마, 한결 언니도.'

효원은 초면인 사람 보듯 한결을 멍하니 바라보았다. 처음에는 무척 반가운 마음에 미처 깨닫지 못했지만 좀 더 자세히 보니 생각의 깊이뿐만 아니라 모습도 아주 많이 바뀌었다. 워낙 본바탕이 고운 자태여서 그렇지 세월이 스치고 지나간 흔적은 어쩔 수 없이 겉으로 드러나 보였다.

'세월은 가고, 그라모 오는 거는?'

예전에 기생 나이가 차서 교방에서 나간 노기들이 연상될 정도였다. 하기야 그럴 나이도 되긴 했다. 조금 전에도 느꼈지만, 새소리같이 해맑던 음성도 서글플 만큼 다소 탁하게 갈라져 들리는 것도 부정할 수 없는 사실이었다.

"우리 고을뿐만 아이고 말이다."

남강이 여느 강들과는 다르게 서에서 동으로 흐르는 데는 무슨 사연인가가 감춰져 있을 거라는 생뚱맞은 생각이 드는 효원이었다.

"전국 감영에 소속돼 있던 모든 관기들이……."

숨이 가쁜 노파처럼 한결은 잠시 쉬었다가 말을 이었다.

"신분제를 없앤 덕분에 인자 서러븐 천민의 신분을 벗고 각자의 삶을 살 수 있거로 됐다꼬, 첨에는 그리키나 좋아해쌌는 사람도 쌔삣었제."

또 어쩔 수 없이 백정들 거주지였던 강 건너 섭천 쪽으로 눈이 가는 효원이었다. 그곳을 벗어날 수 있었지만 그들의 삶이 팍팍하기는 매한가지일 것이다.

한결 언니의 저 청색 치마에는 보랏빛 저고리보다 하양 저고리가 더 잘 어울리지 않을까 하는 생각을 품어보는 효원의 눈앞에 보였다. 어느 날 해랑과 함께 강가로 나갔을 적에, 녹색 풀밭 위에 작은 눈송이들이 점점이 떨어진 것처럼 피어 있던 새하얀 개망초였다.

"그랬것지예."

효원이 천천히 고개를 끄덕였다. 하지만 솔직히 효원 자신보다 더 기뻐한 관기는 없었을 것이다. 목사 엄명을 거역하고 교방에서 탈주한 관기에게 올가미 같은 관기제도가 해체된다는 것보다도 더 좋고 반가운 소식이 어디에 또 있겠는가. 언제나 관졸들에게 붙잡힐까 봐 불안과 두려움에 떨었던, 살아 있어도 살아 있다고 할 수 없는 캄캄한 시간의 연속이었다.

'에나 두 분 다시는 떠올리기도 싫다 고마.'

그때다. 강가 언덕바지에 앉아 있는 그들 머리 위로 다리가 기다랗게 생긴 물새 한 쌍이 날아왔다.

흡사 목이 졸리는 듯한 울음소리가 왜가리였다. 정수리며 목이며 가슴이며 배는 모두 흰데, 뒤통수에 달린 두 개의 긴 털은 청홍색이었다.

'아, 시방도 그 당시를 생각하모 눈물이 난다.'

아무 지은 죄도 없이 괜히 누구에게 쥐어박힌 것보다도 더한 서러움이 밀려들었다. 오광대 사람들이 연습하는 합숙소 안마당에서 혼자 까치발로 선 채 날갯짓하는 새들을 망연히 올려다보면서, 드높은 창공을 자유롭게 훨훨 날아다닐 수 있는 그 날짐승들이 그렇게도 부럽게 느껴지던 날들이 있었다.

중앙황제장군 역의 한약방 주인 최종완의 시신을 암매장했던 그 우물로부터 떨어져 나갈 수만 있다면 얼마나 좋을까 했었다. 한데 이제 나도 자유의 몸이 되었으니 더 바랄 게 무엇이랴. 자유다. 새가 되리라. 바람이 되리라. 기생조합이라는 날개를 매달고 바람같이 거침없이 갈 것이다.

"더 들어봐라."

그러나 효원의 그런 장밋빛 환상을 여지없이 깨뜨려버리는 한결의 이야기가 나오기 시작했다.

"관기가 자영업자가 된께, 창기娼妓하고 구분이 안 돼삐고 있다 아이가."

갑자기 창기는 왜? 혼란스러움을 느꼈다.

"그기 무신 말이라예, 언니?"

그러잖아도 왕방울만 한 효원의 눈이 커졌다. 그러자 이번에도 그녀 얼굴에는 눈만 있는 모양새였다. 관기와 창기가 구분이 되지 않다니?

비록 같은 '기생 기妓' 자가 붙기는 해도 그 둘은 하늘과 땅 차이가 아닌가 말이다.

"그런께 안 있나."

한결은 예전의 노기 여귀분이 버릇인 양 그랬던 것처럼 땅이 꺼지게 한숨을 쉬고 나서 말했다.

"원래 우리는 가곡이나 가사 겉은 상류 계급 노래만 불렀지, 삼패三牌들이 부르는 잡가나 판소리 겉은 서민 노래는 안 불렀다 아인가베."

"몸을 파는 유녀遊女들 노래."

효원은 그들이 다 알고 있는 이야기를 하는 한결이 낯설었다. 쓸데없는 소리를 늘어놓던 그녀가 아니었다.

"그거는 그랬지예."

여러 척이나 강 위에 띄워 놓은 나룻배들은 이만큼 떨어진 곳에서도 그 출렁거림을 온몸으로 느낄 수 있게 하였다. 그리고 그보다 더 출렁거리는 게 두 사람 마음이 아닐 수 없었다.

"그란데 관기 출신들도 묵고살라쿤께……."

한결 언니에게 그래서는 안 되는 줄 잘 알지만, 효원은 스스로 짚어 봐도 이상할 정도로 신경이 작두날보다도 날카로워짐을 어쩌지 못했다.

"하모예. 누라도 무야 살제, 안 묵고 우찌 살아예?"

한결 목소리는 체념에 가까웠다. 그것은 관아 행사에 동원되어 춤을 추며 노래 부르던 지난 시절의 그 음성이 아니었다.

"대중이 좋아하는 잡가하고 판소리도 불러야 안 되것나. 목구녕이 머라꼬."

홀연 저 아래로 내려다보이는 강물이 역류하고 있었다. 바람이 동에서 서로 불어 물결이 그러한 착시 현상을 주고 있다는 것을 모르지 않으면서도, 이제 모든 것이 뒤바뀌려는 게 아닌가 싶었다.

"아, 관기 출신이 그런 노래를예?"

효원이 낯까지 붉히며 더욱 항의하는 사람 품새로 나왔다. 조금 전 먹어야 산다는 말을 했을 때와는 전혀 다른 사람이 돼 있었다.

"그래서는 안 되지예. 안 되지예."

칼을 쥔 손바닥에 못이 박히고 피가 배일 정도로 악바리같이 검무를 배우던 지난날의 효원이 거기 있었다.

"아모리 입에 풀칠을 해야 된다 쿠더라도, 우리가 우찌 삼패들매이로 벌로 놀아예? 안 그래예?"

한결도 자존심이 굉장히 상한다는 목소리로 말했다.

"도로 노래를 안 하모 안 했지……."

가무보다도 서예나 난초 치기를 더 좋아하던 그녀였다. 해랑은 어떠 했던가. 또다시 그런 생각이 나서 효원은 더 신경질적으로 나왔다.

"하모예. 그거는 절대로 안 된다 아입니꺼? 언니 생각에는……."

효원이 막 거기까지 말했을 때였다.

"효원아!"

촉석루 험준한 벼랑 아래 의암 근처로 얼핏 눈이 갔던 한결의 표정이 문득 싹 바뀌더니, 아직은 눈같이 희고 고운 손을 들어 거기를 가리키며 음성을 높였다.

"저거 좀 봐라!"

느닷없는 그 언동에 효원은 의아한 얼굴이 되었다.

"머를예?"

"저기 저짝 말이다!"

효원은 얼른 그쪽을 바라보았다. 그렇지만 특별히 눈에 띄는 것은 없 었다. 이전부터 늘 봐오던 것과 별 다름없는 풍경이었다.

언제나처럼 깊고 푸른 남강 물속에 아랫도리를 담그고 있는 의암 위에 두서너 사람이 올라가 있고, 그보다도 조금 이쪽 강안江岸에는 혹은 앉기도 하고 혹은 서기도 한 남녀 몇이 한가로운 한때를 보내고 있었다. 그리고 의암 저편 강물 위에는 우아한 백조 모양을 한 유람선 대여섯 척이 유유히 떠다니고, 거기서 뱃놀이를 즐기는 유람객들과 함께 놀자는 듯 물새들 윤무輪舞가 한창이었다.

"머 말인데예, 언니?"

그쪽에서 고개를 돌리며 효원이 물었다.

"안 비이나?"

그러면서 한결이 이번에는 의암보다도 조금 더 위쪽, 논개 비각碑閣이 있는 곳으로 손길을 옮겼다. 곧이어 나오는 말이었다.

"방금 으암 쪽에 있다가 그 우로 가고 있는 저거 말인 기라."

"그 우로 가고 있는 거예?"

한결의 손짓을 따라 위로 가던 효원의 두 눈이 어느 순간 반짝 빛났다. 검무를 할 때 사용하는 칼끝에서 나오는 빛살 같았다.

"알것어예, 저 홍우산紅雨傘 말인갑네예?"

효원의 되물음에 한결이 꽃대처럼 긴 목을 끄덕였다.

"하모, 그 홍우산."

그것은 '비 오듯 떨어지는 붉은 꽃잎'이란 의미를 지니고 있는 '홍우'였다. 효원이 고개를 갸웃하며 물었다.

"홍우산은 와예?"

한결의 입에서는 대답 대신 폐부 깊숙한 곳에서 흘러나오는 신음 비슷한 소리가 새 나왔다.

"음."

"우째서예, 홍우산이?"

그것은 당시에는 그다지 각별한 것도 아니어서 시선을 끌 만한 게 못

되었다. 특히 관기 출신 효원에게는, 그게 기생들 전유물로서 가다 외출할 때 자주 쓰고 다니던 것이었던지라 더 그랬다.

그런데 알 수 없었다. 한결은 그게 아닌 모양이었다. 그녀는 미간을 있는 대로 좁혀 그 홍우산을 대단히 못마땅한 눈으로 노려보고 있었다. 아무리 오랫동안 보지 못했다 하더라도 그녀가 저런 모습을 보일 줄 몰랐다. 그 이름이 무색하지 않게 언제나 '한결같던' 그녀도 바뀌지 않고는 안 되는 세상이 왔다는 걸까.

"언니?"

효원은 점점 더 이상하다는 기분이 들었다. 관기들 가운데 가장 심성이 착하다고 알려진 한결이 다른 무엇인가에 그런 눈길을 보내는 모습은 여태 본 적이 없었다. 효원은 영문도 모른 채 한결과 마찬가지로 그 홍우산에만 시선을 꽂았다. 그러고 있는데 한결이 물었다.

"내는 여서 잘 안 비이는데, 니 눈에는 비이나?"

거기서 눈을 거두지 않고 효원이 이번에도 되물었다. 사실 궁금한 쪽은 한결보다도 효원 자신이었다. 천성적으로 호기심이 남다른 그녀이기도 했다.

"머가 비이예, 언니?"

한결이 벌떡 일어나지는 않고 목만 조금 빼고 말했다.

"저 홍우산에 무신 글자가 씌이져 있는가, 안 씌이져 있는가 해서……."

"글자예?"

효원의 멍한 목소리가 근처에 서 있는 오래된 소나무 가지에 부딪혔다. 갈색 솔방울들이 좀 많이 달려 있는 노송이었다.

"홍우산에 글자가예?"

효원이 한 번 더 물었고, 한결은 목이 아픈지 고개를 바로 하였다.

"하모, 글자."

"홍우산에 글자가 무신 말인데예?"

도무지 이해할 수 없는 소리였다. 대체 홍우산에 무슨 글자란 말인가? 우산이 서책도 아니고, 아무래도 앞뒤 연결이 되지 않는 얘기였다.

"함 말해 봐예, 언니."

효원이 무척 의문스러운 표정으로 멀거니 자기를 바라보자, 한결은 오랜 기간 서로 보지 못하던 그새 붙어버린 습관인지 또 한숨을 폭 내쉬었다. 그러더니 질책이나 저주로 들리는 음색으로 내뱉는 말이었다.

"기妓 자, 기생 기 자 말이다."

"기생 기 자예?"

한결의 낯빛이 복잡했고, 효원은 머리가 복잡했다.

"언니, 지는 시방 언니가 내한테 해쌌는 그 이약이 무신 이약인고 솔직히 한 개도 알 수가 없어예."

머리 위쪽으로 날아왔던 왜가리들이 사라진 지는 오래였다. 효원은 밑도 끝도 없이 혼자 생각했다. 새들의 길은 몇 개나 될까?

"뭔 일이 있는 기지예?"

얼른 대답이 없는 한결이 효원을 한층 궁금케 했다. 분명히 무언가가 있다.

"맞지예, 언니?"

강 위에 떠 있는 놀잇배는 그새 더 불어나 있었다. 그 위로 휠휠 날아다니는 흰 물새들은 어쩐지 울기를 포기한 듯 조용하기만 했다.

"효원이 니도 아는 거매이로……."

이윽고 보채는 것처럼 하는 효원에게 한결이 기억을 떠올려주듯 하였다.

"저 홍우산은 본래 우리들 전유물 아이었디가."

효원은 그야 물어보고 답하고 할 필요도 없다는 투였다.

"전유물이지예. 그란데예?"

"올매 전에 안 있나, 갱시청(경시청警視廳)에서 우리 전유물이던 저 홍우산을 안 있나, 삼패들도 사용할 수 있거로 허가를 해줬다쿠는 기라, 시상에."

"아, 삼패들한테예?"

"하모."

그러고 나서 한결은 또 입을 다물어버렸다. 그 입은 두 번 다시는 열리지 않을 것으로 보였다.

효원도 할 말을 잃었다. 입이 열 개라도 마찬가지일 것이다. 도대체 있을 수 없는 일이었다. 삼패라면 기생들 가운데서 가장 등급이 낮은, 몸을 파는 창녀 기생이었다.

"니도 그 이약 들으이 증신이 하나도 없제?"

무슨 날벌레라도 들어갔다고 착각될 만큼 윙윙 소리가 나는 효원 귀에 항변조의 한결의 말이 떨어졌다.

"그래 우리가 그 삼패들하고는 다리다, 안 겉다, 그런 포티(표시)가 나거로……."

효원은 커다란 눈을 끔벅이며 되새겨보는 빛으로 되뇌었다.

"포티가 나거로……."

"홍우산에다가 '妓'라고 써서 댕기는 기녀가 있다 안 쿠는가베."

"아, 예에."

"그래서 무신 글자가 있는가 봐라 핸 기다. 인자 알것제? 모리것애도 우짤 수 없고. 아이제, 도로 모리는 기 낫다."

효원은 가슴 한복판이 콱 막혀왔다. 비록 감영 교방에 소속되어 있는 기녀 신분으로 이런저런 신세타령도 숱하게 늘어놓았지만, 그래도 우리는 남몰래 정조를 팔기도 하는 '은근짜'와는 절대 다르다고 나름대로 자긍심을 품고 살아왔다. 세상은 그런 우리들을 비웃을지 몰라도 그런 사실을 생명보다 소중하게 여겨온 '말하는 꽃'이었다.

말로써 말이 많으니 말 말을까 하노라. 그 시조가 우리 해어화들에게는 반드시 비껴가야 할 것이란 생각을 오래전부터 해온 효원이있다. 좋아도 말하고 싫어도 말해야 하는 더럽고 서러운 신세였다. 잠시라도 입을 다물고 있으면 재미없다고 호통치고 짜증 부리는 벼슬아치들이었다. 그자들 입에다 재갈이라도 물리고 싶던 시절이 있었다.

'하지만도 그 뜻만은 굽히지 않았었다.'

그런데 이대로 간다면, 그 장면을 머릿속에 그려본다는 것조차도 싫은 노릇이지만, 관기 출신들이 삼패들과 한 무대에서 어울려 공연을 하는 경우까지도 생기지 말란 법이 없을 것이다. 효원의 그런 우려를 입증이라도 하듯 한결의 입에서는 이런 기가 막힐 소리도 나왔다.

"갈수록 우리 겉은 기생하고 창기하고 있제…….."

'내는 없어예!'

그런 말을 내뱉고 싶은 충동을 억누르고 있는 효원이었다.

"그 구분이 상구 희미해지삐고 있다 본께네 안 있나, 그기 안 있나."

한결은 내키지 않은 말을 빙빙 돌리듯이 하다가 내뱉었다.

"인자는 모돌띠리 기생이라 쿰서로, 똑겉이 그리 대접하는 기라."

자태가 아리땁고 얼굴이 고우면 '화초기생', 소리와 춤과 서화 등에 뛰어나면 '소리기생', 그런 식으로 나누기도 한다는 것이다.

"화초기생, 소리기생."

효원은 입안으로 그 두 가지 말만 곱씹었다. 마치 벙어리총각 효길이가 되어 말문을 틔우기 위해 애를 쓰는 것 같았다.

그 당시 엄밀한 의미에서의 기생이란, 관가에서 기생의 이름을 기록

하여 두는 책, 그러니까 저 기안妓案에 올라 있는 관기를 일컫던 말이었다. 그 기생에는 내의원 의녀醫女라든지 상의원 침선비針線婢도 포함시키고 있었다. 그런데 한결이 전해주는 이야기대로라면, 기생의 생계도 문제지만 그보다 더 큰 문제도 즐비했다.

남강 위를 스쳐온 바람이 두 사람을 겨냥해 꾸물꾸물 기어 올라왔다. 한결 언니의 가볍게 날리는 검은 귀밑머리와 달빛 아래 보는 배꽃만큼 탐스러운 하얀 귓불이, 매만지고 싶을 정도로 아름답다고 효원은 생각했다. 하지만 살기 위해서 삼패들과 다르지 않게 영업하다 보면 저 고상한 용모도 더없이 추하고 상스러워질지도 모른다. 추적추적 비에 젖어 땅바닥에 볼품없이 널브러져 있는 거무스름하게 시든 목련꽃이 눈앞에 어른거렸다.

'아, 이거는 아이다.'

효원 마음속에서 비감이 세찬 물살처럼 가득 차올랐다. 신분제가 무너지고 천민 신분에서 벗어났다고 해서 꼭 앞날이 밝은 것만은 아니었다. 바람도 지난 바람이 낫다고, 과거의 것을 더 좋게 여긴다는 의미는 아니지만 말이다.

'그렇다모 우리의 길, 그 길은…….'

그러자 한결 언니가 아까 말한 그 기생조합이란 것에 좀 더 적극적으로 가담하여 우리 기녀들을 위한 활동을 열심히 하리라 다짐하는 마음이 강해졌다. 나중에는 어떨지 몰라도 현재 상황으로서는 기생조합만이 답으로 여겨졌다.

'그라모 오광대가 되는 거는 우짜고?'

당장 얼이 도령과 원채 아저씨 얼굴이 연이어 떠오르면서 그러한 생각이 들지 않은 것은 아니었다. 그렇지만 앞뒤 꿰맞춰 보면 오광대보다는 기생조합원이 되는 게 좀 더 나을 성싶었다. 그 좋고 나쁨의 관계를 떠나

아무래도 지금까지는 오광대보다는 기녀 쪽에 훨씬 익숙한 그녀였다.

또한, 감영에 얽매이지 않고 자유로운 영업을 할 수도 있다니, 의지만 굳게 가지면 몸과 마음을 깨끗하게 간직하면서 살아갈 수 있을 것이다. 단지 오광대 놀음판만 펼쳐서는 생계유지가 어려울 거라는, 전부터 지니고 있던 걱정과 우려가 더욱 그녀에게 기생조합이란 것에 눈을 돌리게 몰아가는 것이다.

'됐다. 더 고민할 거 없다.'

붉나무를 다른 나무보다 더 좋아하는 것과 똑같은 이치라고 보았다.

'기생조합인 기라.'

그러나 그날 그 자리에서 그들은 전혀 내다보지 못했다. 자신들이 한창 꿈꾸고 있는 기생조합이 그 고을에서 천 리나 떨어져 있는 경성에서 먼저 결성된다는 사실이었다. 바로 대한제국 최초의 기생조합인 '한성기생조합'이 그것이었다.

소속이 없어진 유부기(有夫妓 남편 있는 기생)들을 모아서 조직한 조합이었다. 예기藝妓를 가르치는 강습소를 세우기도 하는 그 기생조합에 대해, 그들은 나중에 그 조합 결성 당시 발간된 〈황성신문〉 기사를 보고서야 좀 더 소상히 알 수 있게 되었다. 어쨌거나 그 신문에는 박한영을 비롯한 삼십여 명이 발기, 풍속을 개량할 뜻을 지니고 한성에 그 기생조합을 설립하였다는 내용이 실려 있는 것이다.

그리고 그보다도 조금 더 앞의 일이지만, 이른바 '기생 단속령'과 '창기 단속령'이 공포되어, 기생이나 창기 영업을 하려면 주로 경찰과 감옥에 관한 업무를 맡던 경시청에 신고하여 인가를 얻어야 했다. 이래저래 꼴불견이 아닐 수 없었다. 그건 비유컨대, 오래 먹지를 못해 환장을 한 개가 이것저것 닥치는 대로 그 더러운 혓바닥을 갖다 대는 형용이라 할 만했다. 그리고 그렇게 먹다 보면 결국 성해 나지 못하는 게 몸이고 마음일 것이다.

여하튼 간에 관아에서 쫓겨나 자영업자로 살아가야 할 기생들은, 그네들 영업과 권익 보호를 위한 조합 결성이 급선무였다. 그러한 분위기 속에서 생겨난 그 한성기생조합은, 나중에 문천군 기근 구제를 위한 자선 연주회, 경성고아원 후원을 위한 자선 연주회 등, 여러 자선 행사를 열기도 하였다.

그리하여 기생조합이라는 것의 정체에 대해 의아해하고 놀라기만 했던 세상 사람들이 경의敬意를 표하게까지 할 지경에 이르렀다. 미천한 기생에게 경의라는 건 새가 뒤집어 날아갈 소리였다. 그렇지만 그것이 현실이었다. 천장에 가 붙은 풍선처럼 하늘에 머리를 붙이고 살 수는 없고, 땅 가시같이 땅에 딱 붙어서 살아갈 수밖에 없는 게 인간이었다.

"언니들은 모도 오데 계시예?"

효원이 진작부터 궁금했던 것을 물었다. 그러자 아주 딱딱하게 굳어 있던 한결의 낯빛이 절반은 풀리면서 음성도 약간 밝아졌다.

"우리가 옛정이 그냥 남아 있어갖고 그렇것지만도……."

효원은 그만 두 눈 가득 눈물이 핑 돌았다.

'옛정.'

한결은 거울 앞에서 머리를 매만지던 지난날의 모습을 그대로 보여주듯, 깨끗하고 새하얀 손으로 머릿결을 쓰다듬으며 말을 이어갔다.

"서로 떨어지모 몬 살고 죽으까, 그런께네 안 있나, 풀로 붙이논 거매이로 꼭꼭 붙어 있다 아이가."

그 말을 들으며 효원은 생각했다.

'아까 전에 우리 머리 우에서 날고 있었던 그 왜가리 한 쌍도, 짝이 없으모 몬 살 거 겉애서 그리 딱 붙어 날고 있었던 기까?'

그 생각 끝을 물고 효원은 얼이를 향한 견딜 수 없는 그리움에 휩싸이

기 시작했다. 마음 같아서는 당장이라도 상촌나루터로 달려가고 싶었지만, 그는 필시 그녀더러 다시 오광대 합숙소로 돌아가서 꼭꼭 숨어 있으라고 할 것이 틀림없었다. 넓은 가슴이 무색하지 않게 큰 포용력을 가지고 있으면서도 매정할 때는 정말 한정 없이 독하고 모진 사람이 그라는 것을 효원은 누구보다도 잘 알고 있었다. 그래서 그들 미래는 불확실하다는 섬뜩한 예감으로부터 결코 자유로울 수 없다는 사실까지도 모르지 않았다.

"니도 마이 궁금하제?"

그런 다음 한결은 아무도 없는 주위를 살피며 흡사 무슨 모반을 꾸미는 사람처럼 낮은 소리로 알려주었다.

"옥봉리 쪽 마을에 집을 하나 독채로 얻어갖고 같이 살고 안 있나."

효원은 자신도 모르게 그곳에서 북쪽에 있는 비봉산의 동편 자락이 드리운 곳으로 고개를 돌렸다.

"아, 옥봉리 마을에예?"

효원 뇌리에 거기 수정봉의 순천당 산마루를 그림같이 곱게 물들이는 저녁놀부터 그려졌다. 가을에는 그 위를 날고 있는 기러기를 보고 행여나 임 소식 전하러 가는 게 아닌가 싶어 괜스레 눈물이 솟기도 하던 곳이었다.

"지대가 상구 높은 데라서 전망도 에나 딱 좋다."

황새 모양으로 목을 쭉 빼어 저 아래를 내려다보는 시늉도 해 보였다.

"마당도 평안리 타작마당매이로 짜다라 너린 집인 기라."

자랑스럽게 늘어놓는 한결이었다.

"마당 너린 집!"

효원은 꿈꾸는 어린 소녀 같은 모습을 보였다. 마당 넓은 집은 그녀 꿈속에서 가장 큰 비중을 차지하고 있는 것이었다. 그리고 그 마당에 심어 가꿀 꿈들이 있었다.

"언니, 언니. 내는 그런 집이 에나 에나 좋아예!"

머리가 하늘에 닿게 팔짝팔짝 뛸 모습을 하였다.

"그라모 거게다가 꽃도 심고, 채소도 가꾸고, 토끼도 키우고, 또 오……."

하지만 그 집에 함께 살 얼이 도령 이야기까지는 내비치지 못했다. 그 자신에게는 천기누설보다도 더한 비밀이었다.

"내 겥으모 새장을 맨들것다. 내 혼자 사는 집이 아이라서 몬 하고 있지만도."

그러면서 두 손으로 커다란 둥지를 만들어 보이는 한결이었다.

"새장예?"

다소 의외라는 표정을 짓는 효원이었다.

"응."

한결의 짧은 답변이 긴 아쉬움의 그림자를 이끌고 있었다. 효원은 한결이 원하면 새라도 사다 줄 사람 같았다.

"무신 새를 키울라꼬예?"

그런데 효원의 진지한 그 물음에는 답을 하지 않고, 한결은 싱긋이 웃더니만 좀 엉뚱한 소리를 꺼냈다.

"그란데 니 시방 하는 거 본께, 똑 새끼 기생 때 가리방상하다."

그러는 음성이 해랑의 그것을 닮았기도 하고, 또 썩 달갑잖은 말이기도 하였다.

"참 내, 언니도. 시방 내 나이가 올만데 그런 소리를 해예?"

효원이 짐짓 화난 척했고, 한결은 같잖다는 듯 말을 길게 늘어뜨렸다.

"나아이이?"

효원도 덩달아 그랬다.

"하아모오예에."

한결이 시큰둥한 얼굴로 가장하였다.

"올만데?"

효원은 되갚아 주기 위해 한 방 먹이려는 소리였다.

"몰라예!"

한결 또한 뒤로 밀리지 않았다.

"내보담 더 많나?"

효원은 궁지에 몰린 기분에 선머슴처럼 굴었다.

"씨~이."

한결은 그런 효원을 슬쩍 건너다보았다.

"에이, 재미없다. 주디가 그리키나 야문 누가 욕만 하고 아모 말도 안 하이."

그렇게 놀려먹으려 들던 한결이 어느 순간 떠올랐는지 물었다.

"참, 해랑이 소식은 좀 듣고 있는 기가?"

"……."

효원 얼굴이 금세 시무룩해졌다. 모조리 어디로 날아가 버렸는지 강에는 거짓말처럼 새 한 마리 보이지 않았다.

'강이 다 잡아뭇나?'

그런 강이 효원의 눈에 너무나도 매몰차고 을씨년스러워 보였다.

"니가 우리들 가온데서는 해랑이하고 젤 가찹거로 지냈다 아이가."

한결의 그 말에 효원이 참새 주둥이를 연상케 하는 작고 귀여운 입을 삐쭉거리더니 잔뜩 비꼬는 투로 말했다.

"오데 손에 물이나 묻히고, 발에 흙이나 밟으까예?"

"내가……."

한결은 아차! 하는 얼굴이었다. 효원은 비아냥거림을 넘어 저주와 비난을 퍼붓는 기세였다.

"크고 시커먼 점이 그리 좋은 모냥이지예?"

"점."

억호 얼굴이 생각났는지 한결은 당혹감에 젖은 목소리가 되었다.

"너모 그리 말하지 마라."

나무라듯, 아니면 사정하듯 하는 한결이었다.

"내가 알 끼 머라예?"

효원은 무조건 불만을 터뜨리는 철부지 아이마냥 굴었다.

"그리키나 온 천지 돈으로 칠갑하는 부잣집에 고 좋은 재취로 떠억 들갔은께 머 진짜 잘묵고 잘살것지예."

쓸데없는 것도 다 물어본다는 말투였다.

"무신 걱정이라예?"

아까부터 지켜봐도 나룻배를 타고 남강을 오가는 사람들 숫자는 늘지도 줄어들지도 않고 계속 그대로였다.

"뱃속에 돈하고 비단도 채곡채곡 안 들가 있으까예."

강물이 비단을 펼쳐놓은 것 같아 자신의 품에 들어 있는 은장도를 꺼내어 싹둑싹둑 모두 잘라버리고 싶은 효원이었다. 평소 그녀에게는 '고향의 강' 바로 그런 강이었다.

"문디 가시나 아이가."

고개를 무릎 사이에 처박은 채 들고 있던 한결이 가늘게 웃었다. 몹시 서글퍼 보이는 웃음이었다. 그러고 나서 다시 하는 소리가 역시 언제나 '한결같은' 그녀다웠다.

"그래도 내는 해랑이를 이해한다."

"머라꼬예?"

"아이다. 이해하고 시푸다."

"이해하고 싶다꼬예?"

효원의 귀에는 작고 노란 새 위에 상수리나무가 올라앉아 있는 성싶은 소리였다. 하지만 거기서 끝난 게 아니었다. 나무 무게를 견디지 못해 새의 허리가 절단 나는 듯한 소리가 한결 입에서 흘러나왔다.

"아이다. 이해 안 하모 안 된다."

"안 된다, 머가 안 된다꼬예?"

급기야 효원은 가는 목을 함부로 흔들어 대며 떼쓰는 모습을 보였다.

"이해예? 이해는, 오해에서 삼해를 빼모 이해 아인가예?"

한결은 놀라기도 하고 어이도 없다는 빛이었다.

"시방 내하고 육갑六甲 짚자쿠는 기가?"

"빙신 육갑!"

효원은 어이없게도 너 죽고 나 죽자 하고 당장 한결을 끌어안은 채 언덕에서 굴러내려 저 밑 강으로 투신하고 싶은 감정까지 일었다.

"암튼, 내는 모리것어예."

요것들이 모조리 어디로 간 거야? 공연히 눈앞에 보이지 않는 물새들을 마음속으로 욕하였다.

"그라이 앞으로는 내 보고 그 이약은 더 하지 마이소! 알았어예? 알것지예?"

효원이 딱 잘라 선언해도 한결은 못 들은 체했다.

"잘살모 안 좋나."

효원은 세상에 버르장머리 없는 아이 같았다.

"시상에 좋을 끼 씨가 말랐는가베예?"

한데도 한결은 또다시 그녀 특유의 '한결같은' 마음을 드러내 보였다.

"시집가서 몬산다는 소리 듣는 거보담은 낫다."

효원이 한층 뾰로통한 얼굴로 쏘아붙였다.

"시집이고 개집이고 닭집이고 내사 모리겄다 안 캐예?"

문득, 효원 코끝으로 화장 냄새보다 짙은 솔향이 물씬 풍겨왔다.

"에이, 씨."

그러자 한때는 해가 오직 그곳에만 머물렀다는 '솔모루' 언덕배기에서 비화와 함께 진무 스님을 만나, 학승學僧과 '소국'이라는 한양 기생의 애틋한 사랑 이야기를 듣던 기억이 기습처럼 되살아나는 바람에, 효원은 쳇바퀴 흔들듯 고개를 내둘렀다.

"안다이박사가 와 몰라?"

뜬금없는 한결의 그 말에 효원은 이리저리 휘휘 흔들던 고개를 멈췄다.

"안다이박사가 머신데예?"

한결은 거의 백치에 가까운 얼굴을 하였다.

"모리는 기 없는 사람 아이가?"

효원은 즉시 자리를 박차고 일어설 품새였다.

"고만 놀리예, 사람. 자꾸 넘한테 그라모 고마 입이 싸악 돌아간다쿠는 이약도 아즉 몬 들어본 기라예?"

한결은 오가는 나룻배들 저편으로 보이는 높직한 뒤벼리에 눈길을 주었다.

"사둔(사돈) 넘 말 한다."

촉석루를 떠받치고 있는 저 바위 벼랑은 뿌리를 땅속 어디까지 내리고 있을까 하는 엉뚱한 생각이 드는 효원이었다.

"아즉 그거도 모리고 있었는 기가, 안다이박사가?"

아무리 세월이 흘렀다지만 그녀답지 않게 자꾸 짓궂게 구는 한결을 무시한 채, 이번에는 효원이 제 할 소리만 했다.

"그리 사는 기 잘사는 긴지, 몬사는 긴지……."

그러다가 문득 눈에 들어온 어떤 광경에 입을 다물었다. 왜 그제야 발견했는지 모르겠지만 저만큼 언덕배기에 서 있는 키 큰 대나무 꼭대기에 걸려 있는 것은 커다란 연鳶이었다.

'아, 연이 고마 나모에 걸리삣구마.'

그러자 혹시 액厄 막음을 하려고 날린 연이 아닐까 하는 생각이 들었다.

'그거를 기경한 것도 에나 오래됐다 아이가.'

연 아래쪽 복판에 자기 이름과 생년월일을 적어서 연줄은 있는 대로 모두 풀어먹이다가 어느 순간 연줄을 탁 끊고 연을 날려 보내는 놀이였다. 그러면 모든 액운을 막고 잘살게 된다는 그 연 띄우기는, 대보름 저녁을 마지막으로 하고 그쳐야 한다.

"하기사 효원이 니 말도 일리가 있다."

얼굴에서 웃음기가 가신 한결이 자신 없는 소리로 말했다.

"그리키나 안 좋은 욕 짜다라 얻어묵는 집안 맏며느리가 됐은께. 그라고……."

"언니!"

효원은 막나가는 여자처럼 한결의 말을 중도에서 끊어버렸다. 그리고는 그들 세계에서 해랑을 철저히 소외시켜버리기로 작심한 것같이 하였다.

"우리 살아갈 이약이나 해예."

삶의 무게가 머리를 짓누르는 것은 누구나 마찬가지겠지만 그래도 상관없었다.

"우리……."

그러면 이제 해랑에게는 '우리'라고 할 수 없냐고 묻고 싶은 것을 억지로 참고 있는 듯한 한결의 낯빛이었다. 그런 면전에다 대고 효원이 자조인지 조롱인지 구분 못 할 소리를 했다.

"인자 우리하고는 사는 차원이 다린 사람 이약은 해서 머해예?"

한결이 효원의 표정을 유심히 살폈다.

"효원이 니 그동안 사람이 상구 배뀐 거 매이다."

효원이 꼭 그러기로 결심했던 것처럼 말했다.

"고마 죽을라꼬예."

한결은 갑자기 두려움을 느끼는 얼굴이었다.

"머라꼬?"

"사람이 배뀌모 죽는다 안 캐예?"

강 위에 떠내려오는 것은 낙엽 뭉치가 틀림없었다. 자주는 아니지만 저렇게 한 번씩 낙엽들이 흩어지지 않은 채로 한데 모여 표류하고 있는 것이 발견되곤 했다. 그게 보기 좋기도 하고 싫기도 하였다.

"지보담 나 마이 묵은 사람 앞에서 몬 하는 소리가 없다 아이가."

타이르는 말씨의 한결에게 한 수 가르쳐 준다는 어조로 효원이 하는 말이었다.

"죽을라모 무신 말을 몬 해예."

"내 참."

혀를 차던 한결이 또 뒤벼리 쪽을 바라보았다.

"저게 선학산 공동묘지에 가 보모, 말 몬 하고 죽은 사람은 하나도 없 다쿠디이, 그 이약이 천상 맞는갑다."

얻을 것도 없는 실랑이가 계속 벌어졌다. 그만큼 지금 두 사람 마음 이 안정돼 있지 못한 탓이다. 하지만 그것은 그 오랜 해후에서 보일 모 습들은 결코 아니었다. 둘 다 시간 죽이기밖에 되지 못했다.

"그라모 이 효원이가 말 몬 하고 죽은 사람이 함 돼 보까예?"

볼 장 다 본 사람처럼 구는 효원에게 한결은 한방의가 침鍼을 놓아주

듯 하였다.

"콱! 니 하매 글르뭇다."

효원이 두 눈을 딱 부릅떴다. 얼굴에서 눈만 보였다.

"와예?"

한결은 왠지 모르게 짙은 우수가 느껴지는 보랏빛 저고리에 달린 동정을 왼손으로 연방 만지작거렸다.

"말 몬 하는 기 아이고, 짜다라 해삐릿은께."

효원이 피식 웃었다.

"언니는 쥐약장사로 나가모 시상없이도 굶어죽지는 안 하것네예."

여전히 농담 섞인 말을 하고 있는 효원 앞에서 '한결같은' 한결은 그 자취를 감추어 가고 있었다.

"에나 요새 겉으모 모도 쥐약 멕이고 시푸다, 내는."

효원은 입에 쥐약이 물려 있는 사람 모양새였다.

"예?"

그다음 나오는 말이었다.

"물론 내가 맨 먼첨 뭇고."

그러는 한결은 폐병 환자만큼이나 창백해 보였다. 웃다가도 울고, 울다가도 웃고 하는 광녀로 보였다.

"쥐약 안 무울라꼬 말입니더."

효원은 한결이 무서워지기 시작했다.

"싹 다 도망치삣네예."

이상할 정도로 강에는 새가 보이지 않았다. 아까도 잠깐 생각했지만, 물고기처럼 물속으로 들어가 버린 건지 알 수 없었다. 효원은 그런 생뚱맞은 생각을 했다. 별안간 세상 모든 것이 뒤죽박죽돼 버리는 기분이었다.

170

"인자 됐다, 고마해라. 똑 산전수전 다 겪은 늙은이매이로."

또 한숨과 함께 나온 한결 말이었다.

"우리 모도 안 그러까이예. 그래서 사람도 귀찮아지는 모냥이고예."

한결이 고개를 가만 저었다.

"그래도 니하고 해랑이는 각벨했다 아이가."

효원은 남강이 뒤벼리를 휘돌아 흘러가고 있는, 저 멀리 '돝골' 쪽 어딘가로 텅 비어 보이는 눈길을 보냈다.

"다 지내간 옛날 이약이지예."

한결은 효원이 제발 해랑이 이야기는 더 하지 말라고 야단을 부리지 않는 것만 해도 다행이라고 받아들였다.

"멤이 쪼매 그렇네?"

"……."

그만 지쳐버린 걸까, 대나무에 걸린 연은 바람이 불어도 꿈쩍하지 않는다. 하긴 때로는 포기만큼 좋은 명약도 없을 것이다.

"암만 세월이 한거석 흘러도……."

한결은 아직도 믿을 수 없다는 빛이었다.

"두 사람은 절대로 안 변할 끼라 봤다."

효원이 거기 남강에 많은 쏘가리처럼 톡 내쏘았다. 머리가 길고 입도 크며 머리와 등에 보라 회색 무늬가 곱게 보이는 그 물고기는, 상촌나루 터 밤골집 특별 요릿감이었다.

"언니가 잘몬 봤어예."

한결은 변명도 아니고 항변도 아닌 어정쩡한 말투였다.

"내만 그런 기 아이고, 다린 사람들도 똑겉거마."

효원은 또다시 그 말에는 아무런 대꾸도 하지 않고 그저 강만 내려다보았다. 적지 않은 날들을 오광대 합숙소에 숨어 지내면서 바깥출입을 하지 못한 탓에 오랜만에 대하는 강이었다. 하지만 강은 결코, 낯설지 않았으며 반가움 또한 줄어들지 않았다.

저 강, 남강은 아무리 세월이 가도 그대로 남강일 것이다. 동강이나 서강 그리고 북강이 될 수는 없는 것이다. 그 고을 사람들에게는 삽짝만 나서면 만나게 되는 친근한 이웃일 뿐만 아니라 영원히 마르지 않을 포근한 젖줄과도 같은 강이다.

하지만 타지에서 온 이들은 그 강이 흐르고 있는 방향을 알게 되면 대단히 특별한 강이라고 말하기도 했다. 강이란 것은 동에서 서로 흐르기 마련인데, 그 강은 서에서 동으로 흐르니, 참으로 예사롭지 않은 강이라는 것이다.

그러나 효원은 그 묘한 흐름보다도, 남강을 보면 저 계사년癸巳年에 왜구들을 맞아 싸우다가 순의殉義한 7만 군·관·민이 더 생각났다. 당시 시신들이 거기 강을 가득 메웠다고 한다. 시뻘건 핏물이 여러 날을 두고 흘렀다고 한다.

'그 핏물 땜에 여게 강 언덕에는 붉나모가 많은 기까?'

그런가 하면, 또 떠오르는 게 있었다. 공성攻城하는 왜군에 맞서 수성守城하던 조선군이 성 밖 아군에게 연락을 취하기 위한 군사적인 목적에서 띄웠거나, 성내 고립된 병사들이 가족들에게 안부를 전하기 위해 띄웠다는 유등流燈이 그것이었다. 그 '흐르는 등'이 금방이라도 강 위에 둥둥 떠올라 보일 것만 같았다.

'우리 얼이 되련님한테 등을 띄우고 시푸다. 두리둥실 이 내 멤을 가득가득 실어서.'

그런데 언제부터인가 그 숙적宿敵 일본인들이 또다시 이 땅으로 슬금슬금 들어오고 있다니, 일개 관기 신분이었던 효원으로서는 대체 뭐가 뭔지 알 재간이 없었다. 왜 이런 사태들이 우리 눈앞에서 벌어지고 있는 걸까. 언젠가 들은 영산 줄다리기가 생각났다.

'하늘에서 내리온 연화각시 치마폭을 서로 가질라꼬?'

하지만 어떠한 명목을 갖다 붙이든 간에, 일본인은 결코 반가운 손님은 아니라는 것만은 분명했다. 그런 자들이 경성에서 천 리나 떨어진 그곳 남방 고을에까지 발을 들여놓고 있다는 사실이 너무나도 마음에 걸렸다. 이러다간 일이 나도 크게 나지 싶었다.

'조선 천지가 그놈들 판인 기라.'

효원의 일본인들에 대한 악감은 특히 얼이로부터 비롯된 바가 컸다. 얼이 도령은 상평 강변에서 원채 아저씨와 함께 일본군을 상대로 목숨을 걸고 전투를 벌였다고 했다. 그런데 지금 일본 사람들이 우리 고을에 들어와 살면서 저렇게 마음대로 활보하고 있는 것을 보면, 이미 힘에서 우리가 저들에게 밀리고 있다는 증거가 아닐까 싶어 마음이 쇳덩이를 매단 듯 무겁고 착잡하기만 했다. 내가 이럴 정돈데 얼이 도령이나 원채 아저씨는 오죽할까 싶어 더없이 쓰라린 심정이었다.

'나라가 이리 되모 안 되는데……'

신분 계층을 떠나 한때는 국가기관에 소속되었던 몸이었기에 한층 더 그런 생각을 많이 하게 되는지도 모르겠다. 더군다나 이렇게 어둡고 험한 세상에 내던져져서는 우리같이 힘없는 사람들은 훨씬 더 살기 힘들어지지 않을까 걱정되었다. 앞으로는 강득룡 목사나 고인보 선비 같은 조선 사람들보다 일본 사람들 술 시중을 더 들어야 할지 알 수 없었다. 그것은 더 싫었다. 그렇게 되면 또 다른 논개가 나올 것이다.

'내는 논개 겉은 기생이 나와야 하는 시상을 더 안 보고 싶은 기라.'

살아온 시간보다 살아갈 시간이 더 많은 그녀가 어떤 세상과 맞닥뜨려야 할지는 누구도 알 수가 없겠지만, 세상이 오기 전에 먼저 나가 세상을 맞을 각오를 해야 할 것이다.

'으기(의기義妓)라? 에나 서글푸다. 에나 성이 나싸서 몬 살것다.'

자꾸만 눈 속으로 들어오는 의암 바위를 억지로 외면하였다.

'으암 바구도 장마당 눈물이 나갖고 저리 안 젖어 있으까이?'

당장 지금 눈앞에 앉아 있는 한결만 보더라도 그렇다. 이름처럼 항상 '한결같은' 사랑을 꿈꾸는 그녀는, 만일 '한결같은' 사랑이 벽에 부딪히면 자결하거나 남강에 뛰어들 것이다. 어디 한결뿐이랴. 그건 교방에 함께 몸담고 있던 다른 관기들도 다 마찬가지였다. 다른 고장 기녀들보다 유달리 정조 관념이 강하다고 자타가 인정하는 그 고을 기녀들이었다.

잠시 고개를 숙이고 이런저런 상념에 잠기던 효원은, 문득 햇살이 내린 듯 손등이 따스해짐을 느끼며 얼굴을 들었다. 한결이 눈송이만치 하얀 손을 그녀 손등 위에 가만히 올려놓고 있었다. 한결은 놀란 눈으로 자기를 바라보는 효원을 향해 소리 없이 가볍게 웃으며 말했는데, 효원 가슴을 뜨끔하게 찔렀다.

"그때 교방에서 나가갖고 시방꺼정 효원이 니가 오데 가서 우찌 지냈는고 그기 참 알고 싶다 아이가."

"……."

숨이 막혀오는 바람에 가만히 있는 효원에게 한결은 정색을 한 얼굴로 말했다.

"머 벨시리 다린 뜻이 있어서는 아이고, 그냥 닐로 좋아한께……."

"언니."

금세 울상을 짓는 효원이었다.

"와?"

"그, 그."

"이약해 줄 수 없것는가베? 안 하고 싶으모, 안 해도 된다."

추궁이나 힐난과는 거리가 한참 먼, 깊고 도타운 정이 듬뿍 묻어나는 목소리였다. 효원은 모르지 않았다. 그 속에는 효원이 너의 아픈 상처를 어루만져주고 싶다는 따뜻한 마음씨가 담겨 있었다. 실제 한결은 이런 소리도 했다.

"솔직히 니가 너모 심들어 비이는 거 곁에서 이란다."

그러나 효원은 완숙한 여인네처럼 그저 가만 웃어 보일 따름이었다. 그 마음씨는 실로 눈물 나게 고마웠다. 하지만 자신의 고통과 갈등은 어느 누구도 치유해줄 수 없다는 것을, 효원은 아픈 상처 들여다보듯 너무나 잘 알고 있었다.

'말은 저래도…….'

효원 때문에, 그녀와 사귀는 얼이 도령이 사람을 죽였다는 끔찍한 사실을 알게 되면 한결은 놀라 달아날 것이다. 그녀의 정인情人이 같은 낙육고등학교 출신들과 함께 지금도 중서부 경남 곳곳에서 의병투쟁을 계속 벌이고 있다는 말을 들으면, 너무나 무섭고 두려운 나머지 그녀를 귀신 보듯 하며 피하려들 것이다.

'아아, 이래서 인간은 외롭고 슬픈 사슴 겉은 존재라쿠는 긴갑다.'

강 위에 홀로 서 있는 작고 나약한 동물 한 마리가 보였다. 그 동물의 갈비뼈가 훤하게 내비쳤는데, 그건 바로 은장도였다.

'내가 한결 언니 겉은 사람한테도 이리해야 하는 거 보이 말이다.'

효원은 눈물이 왈칵 쏟아지려고 하여 고개를 치켜들었다. 가슴이 미어진다는 말을 나만큼 실감할 사람이 과연 몇이나 될까 싶었다.

'오데로 갔노?'

아까 의암 근처에 있던 예쁜 홍우산은 그새 사라지고 없었다. 결국 '妓' 자가 쓰인 것이었는지 아닌지는 확인하지 못했다. 그렇지만 그게 뭐 중요한 건 아니라고 생각했다. 어차피 이제부터는 관기니 삼패니 하는 그 구분 자체부터가 부질없고 무의미한 일이었다. 한결이 들려주는 기생조합이란 것이 결성되더라도 기생은 결국 기생이었다. 얼이 도령과 그의 아버지 천필구가 영원한 농민군이듯이.

'이 걸이 저 걸이 갓 걸이 진주 망건 또 망건.'

가끔가다 돌발적으로 그 '언가'를 부르던 얼이 도령이 효원의 눈앞에 어른거렸다. 그렇게 몇 번을 듣다 보니 지금은 효원 자신도 그 노랫말을 다 외울 정도가 되었다. 그런 효원을 본 얼이는 너무나 좋아했지만, 그가 좋아하는 그만큼 효원은 슬펐다.

'짝 발이 휘양건 도르매 줌치 장독칸.'

효원이 속으로 그렇게 부르고 있는데 한결이 무슨 말인가를 해왔다. 그런데 그 소리가 효원 귀에는 이렇게 들리는 것이었다.

'머구밭에 덕서리 칠팔월에 무서리 동지 섣달 대서리.'

그동안 꼭꼭 숨어 있기라도 했던지 남강 건너편 무성한 대숲에서 시커먼 까마귀 무리가 짙푸른 하늘로 날아오르는 게 눈에 띄었다. 어쩌면 임진년에 거기서 대나무를 베다가 급습한 조선 정예부대 군사들에게 죽임을 당했다는 왜군들 혼백이 저 미물로 환생한 것이 아닐까 싶었다. 그렇다면 그 당시 그토록 억울하게 죽어간 조선인들은?

'내가 우째서 아까부텀 자꾸 오래된 일을 떠올리고 있노.'

바람이 하류에서 상류로 불자 역류하는 것으로 보이는 강물에 눈을 박았다.

'그 옛날로 다시 돌아가고 싶은 기까? 그래도 과거를 바꿀 수는 없을 긴데 말이다.'

그런 생각을 해보는 효원 심경도 까마귀 몸 빛깔만큼이나 어둡기만 하였다. 마음의 양 어깨에 날개를 매달고 까마귀로 변신하여 어떻게든 비상해보려고 애를 쓰면 쓸수록 까마득한 골짜기 밑으로 추락하고 있는 그녀 모습이 보였다.

# 진주보교 여자부

훈훈한 기운이 감도는 4월 초순.

성내 매월당梅月堂 자리에 앉은 보통학교普通學校.

지금 그 학교는 바야흐로 일대 전환기로 접어들고 있는 중이다. 인간이든 사물이든 또 다른 무엇이든지 간에 그러한 과정을 거치지 않을 수 있겠느냐만, 그 학교 또한 가만히 뒤돌아보면 굽이굽이 돌아가는 강줄기나 산길처럼 우여곡절도 참 많았다.

1895년 고종 황제의 소학교령이 내려진 그해, 당시 부산과 울산을 포함한 경남에서 최초로 세워진 소학교가 바로 그 학교였다. 공립 근대 초등교육기관의 산실産室이었다.

그러나 일제 통감부에 의해 보통학교로 격하되어야 했던 아픈 역사도 있다. 통감은 단지 외교에 관한 사항을 관리하기 위해 경성에 주재하고, 친히 한국 황제 폐하를 알현하는 권리를 가진다고, 통감부 설치를 규정한 을사조약에는 명시되어 있었다. 하지만 그것은 새빨간 거짓이었고, 이등박문은 대한제국 내정內政까지도 관장하게 된다. 일제에 의해 자행되는 것은 모두가 그런 식이었다. 검은콩을 한번 굴리면 흰콩이 되고,

흰콩을 한번 굴리면 검은콩이 된다. 차라리 콩을 팥이라고 우기고, 팥을 콩이라고 우기면 덜 화가 나고 덜 서러울 것이다.

날이 꼬리 긴 동물마냥 제법 길어졌다. 해가 서편 능선에 설핏 기울어지기 무섭게 곧장 어둠부터 깔리던 겨울에 비하면 그랬다.

늦은 오후였다. 새로 지은 듯한 깔끔한 교사校舍가 긴 그림자를 드리우고 있는 시각, 교문 바로 밖이었다. 이 나라 거의 모든 지역에서 자라는 친숙한 느티나무 아래 서 있는 사람들이 몇 명 보였다. 하나같이 무어라 형언할 수 없는 눈빛으로 그 학교를 바라보고 있었다. 어쩌면 학교가 그들을 바라보고 있는 성싶기도 하였다.

비화와 송원아 그리고 원아와 안석록 화공이 세상없이 애지중지하고 있는 외딸 록주였다. 김호한이 지어준 이름, 록주. 석록과 화주의 끝 이름자를 하나씩 따서 지은 그 이름 때문에 적잖은 파동도 있었다.

하지만 인간사 모든 것이 종국에는 세월이라는 이름의 손길에 의해 지워지듯이, 그 사건 또한 이제는 한때의 회오리로서 아련한 기억 속에 파묻혀 있을 뿐이다. 록주가 자라면 자랄수록 더욱더 그럴 것이다.

그런데 그네들이 모시는 자세로 빙 둘러선 한가운데 서 있는 사람 모습이 어쩐지 범상치 않았다. 우선 의상부터 그러하였다. 삼베로 만든 장삼이었다. 그러나 그보다 더 눈길을 끄는 것이 잿빛 승복에 감싸인 그의 육신이었다. 한눈에 봐도 여간 나이를 많이 먹은 스님이 아니었다. 무려 백 살 가까이 된 듯싶었다.

후, 하고 불면 금방이라도 날아갈 듯 깡마른 몸매, 세월이 스친 흔적인 거무스름한 검버섯이 드문드문 돋아난 얼굴, 그렇지만 눈빛만은 기적같이 형형한 노스님이었다.

진무 스님이었다.

여러 해 동안이나, 봄이 와도 눈이 녹지 않지만 그래도 춥지는 않은 저 북쪽 골짜기에 있는 절집에 칩거하다시피 해온 진무 스님이, 그 노구를 이끌고 거기까지 귀한 걸음을 한 것이다.

"스님!"

비화가 퍽 걱정스러운 얼굴로 진무 스님을 불렀다. 진무 스님은 아무 말도 없이 비화를 가만히 바라보기만 했다. 인물 조각상을 떠오르게 했다. 돌 색깔과 엇비슷한 의복 차림이기에 더 그렇게 비치는 건지도 모르겠다. 하지만 수천 마디 말을 하는 것보다도 더 많은 것을 담고 있는 눈길이었다.

"고만 가시지예."

학교 밖은 어쩐지 둥지에서 내몰린 것 같은 느낌을 주었다. 관아나 사가私家와는 다르게, 그 건물은 넉넉한 무엇인가를 품고 있는 분위기를 풍겼다.

"아까부텀 너모 마이 여게 서 계시서……."

비화 말을 진무 스님이 끊었다.

"난 괜찮아."

비화가 무슨 말을 더 하기 전이었다.

"그냥 견딜 만은 하다고."

약간 이빨 사이로 새 나오는 듯하지만 발음도 아직은 또렷했다.

"그래도 무리하시모 안 됩니더."

원아 역시 염려스럽다는 목소리였다. 록주도 노쇠한 진무 스님이 좀 위태로워 보인다는 표정을 짓고 있었다. 얼핏 할아버지, 그것도 어쩐지 친할아버지가 아니라 외할아버지와 외손녀 사이 같은 인상을 주고 있는 그들이었다.

"그보다도 말이다."

진무 스님은 목질木質이 단단해 보이는 커다란 박달나무 지팡이에 몸을 지탱하고 서서, 그냥 견딜 만은 하다는 조금 전 얘기와는 사뭇 다르게, 자꾸 숨이 차오르는지 잠깐씩 쉬었다가 말을 이어가곤 했다.

"나는, 내 생시에는……."

"……."

듣는 사람들도 무슨 말이 없고 바람도 소리를 내지 않았다. 저만큼 바라보이는 학교 건물도 침묵의 숲속에 서 있는 모습이었다. 그곳이 매월당이었던 시절에 있었던 무수한 사건들도 지금은 역사의 뒷길로 자취를 감추고 있다는 실감이 났다.

"이런 기쁜 순간을, 순간을……."

순간과 영원이 하나가 되는 느낌이 왔다.

"맞을 수 없을 줄 아, 알았느니."

그는 가까스로 그 말을 끝냈다. 박달나무 지팡이도 이제 나를 좀 쉬게 해주었으면 하고 바라는 것 같아 보였다.

"스님."

끝내 비화가 울먹이기 시작했다. 어깨가 들썩거렸고 눈에는 이슬방울이 맺혔다. 처연한 모습과 마찬가지로 목소리도 쓸쓸하고 구슬펐다.

"그런 말씀을 하시모, 흑."

그 찰나였다.

"준서 옴마!"

원아가 꾸짖는 목소리로 비화를 불렀다. 록주가 깜짝 놀라 눈을 크게 떴다. 그러고 나서 원아는 비화에게 어떻게든 마음을 독하게 먹으라고 하였다.

"시방 머하는 기고?"

하지만 여전히 영리한 빛을 그대로 간직하고 있는 비화 눈에서는 계속해서 진한 눈물방울이 흘러내렸다. 그건 불가항력으로 비쳤다. 비화가 그렇게 많은 정과 존경심을 품고 있는 진무 스님이었다.

"흠, 흠흠."

진무 스님도 목이 메는지 연이어 헛기침을 했다. 그곳 공기가 약간 이상해지자 록주가 초롱초롱한 눈을 들어 원아를 올려다보았다. 그 눈빛이 어린 사람답지 않게 많은 것을 담고 있었다. 아버지 안 화공이 그린 그 고을 풍경화도 그랬다.

"아니야, 아니야."

진무 스님이 야윈 고개를 두세 차례 흔들고 나서, 아이같이 울고 있는 비화를 외면한 채 말했다.

"이 모든 게, 후우, 비화, 아니 준서 엄마가 애쓴 결실이로다."

사람은 마음이 흡족하거나 기분이 좋으면 몸도 덩달아 나아진다더니, 아마도 지금 진무 스님이 그런 모양이었다. 그렇지 않고서야 거기까지 오는 것도 거의 불가능에 가까운 노릇일 터인데, 심지어 지팡이 하나에 노구를 의지하고 서서 그토록 많은 이야기까지도 나눌 수 있을 것인가.

단지 그뿐만이 아니었다. 그는 옆의 사람들이 굉장히 조마조마한 심정으로 자기를 보고 있거나 말거나 어서 거기를 떠나겠다는 생각이 도무지 없어 보였다. 바람결에 전해 듣기로는, 절집에서도 거의 운신을 하지 않았다고 하던 그였다. 그렇지만 그의 마음만은 여전히 쉬지 않고 열심히 움직이고 있었을 것이다.

'시방 진무 스님께서 그만치 흥분하고 감객해하신다쿠는 으미가 아이것나.'

비화는 가까스로 울음을 그쳤다. 그러고는 터지려는 가슴을 억누르며 보통학교를 바라보았다. 혁노 입을 통해 듣는 천국의 궁전을 대하는 심정이 그럴 것이다. 그녀 귀에 오래전 진무 스님이 하던 말씀이 들려왔다.

─여자도 책을 읽을 수 있는 세상을 만들어야 하느니라. 비화 네가 그

일에 앞장서야 할 것이야.

그 소리에 겹쳐 또 보였다. 종이 만드는 공방工房 정경과, 베를 짠 돈으로 양식을 사지 않고 언문책을 빌렸다고 길에서 남편에게 구타당하던 한 여인네 모습이었다.

동네 글방이나 서원 근처를 지날 때면, 그 안에서 낭랑하게 흘러나오는 도령들 글 읽는 소리에 가슴이 미어터지던 순간들도 있었다. 남자로 태어나지 못한 데 대한 아쉬움과 슬픔이 참으로 크고 깊었다.

'내는 그랬지만도 앞으로는 달라질 기다.'

이제 나이가 들어 그녀 자신은 공부를 할 수 없겠지만, 막 자라나기 시작하는 어린 여성 세대들만은 남성들과 나란히 공부를 할 수 있는 개명開明 된 세상을 마침내 현실로 보게 된 것이다. 임술년 농민항쟁을 이끌다가 체포되어 비명에 간 유춘계 아저씨가 말하던 세상이었다.

사람의 지혜가 열리고 문화가 발달되고, 지식이 열리어 사물을 잘 이해하게 되고, 아직 불분명한 점을 밝히는, 해가 뜨는 곳.

'아아, 에나 이기 꿈은 아이것제?'

정말이지 꿈인 듯싶었다. 그것도 그냥 꿈이 아니라 꿈속의 꿈이었다. 후대 사람들도 두고두고 여성 교육의 씨앗으로 거론할 것이다. 그녀가 앞장서서 이 나라 교육사상 최초의 남녀공학을 이루어낼 줄이야.

대한제국 남녀공학의 시초였다. 지난 1일이었다. 전국에서 맨 처음으로 저 학교에 3년제 여자학급을 설치하였다.

'인자부텀 우리 여자도 저 핵조서 공부를 할 수 있는 기라, 공부를. 밥상머리 교육에서 벗어나 남자들에게만 주어지던 그 공부를.'

비화 눈이 원아 옆에 붙어 서 있는 록주를 향했다.

'우리 록주도 저 핵조서 공불 하거로 됐다이, 설마 이기 환상은 아이것제? 그런데 자꾸 그런 쪽으로만 받아들이지는 기라.'

희망과 기대에 찬 얼굴로 장차 자기가 다닐 학교를 눈에 담아내느라고 넋을 잃고 있는 록주를 지켜보다가, 비화는 불현듯 염 부인 손녀 다미를 떠올렸다. 무섭도록 당찬 처녀애였다. 그러자 마치 기다렸다는 듯이 동시에 불쑥 나타나 보이는 얼굴, 준서였다. 다미 앞에서 그렇게 낯을 붉혔다. 그 낯이 그냥 보통 낯이었다면 이리도 서글프고 화가 나진 않을 것이다.

'그리했던 그기 우리 준서 맞으까?'

그놈이 그렇게 못난 자식은 결코 아니었다. 저주와 통한의 마마신이었다. 아들 하나를 제대로 간수 하지 못한 부모 잘못이었다. 자식은 부모에게 죄인이고, 부모 또한 자식에게 죄인이라더니, 맞는 소리였다.

비화는 쪽진 머리에 꽂혀 있는 비녀가 그만 빠져 달아날 만큼 고개를 세게 흔들어 자꾸만 구름처럼 피어오르는 망상을 떨쳐냈다. 그러는 그녀 귓전에 원아와 록주 모녀가 쉼 없이 주고받는 정겨운 대화가 들렸다.

"지가 저 핵조를 댕길 수 있다꼬 생각한께, 고마 꿈을 꾸는 거 겉어예."

"하모, 내도 그러이 니가 와 안 그랄 기고. 니는 내보담도 더 그렇것제."

"에나 복도 많다 아입니꺼, 지가예."

"많아야제. 그라고 우리 록주가 서안 앞에 떠억 앉아갖고 아조 큰소리로 책을 읽는 모습, 하로라도 더 퍼뜩 보고 싶다 아이가."

"아부지도 그리키나 기뻐하실 줄 몰랐어예. 그래서 지는 상구 더 기분이 좋다 아입니꺼. 어머이도 그렇지예?"

"그런께 말이다. 솔직히 말해 니 아부지 눈에는 그림만 비이고 다린 것들은 한 개도 안 비이는 줄 알았더이."

"그래도 지는 아부지가 에나 자랑시러버예."

"내도 그러키는 하다. 인자는 화공을 환재이라꼬 얕잡아 부리는 일도 없어질 기라."

"많은 사람들이 울 아부지 그림을 몬 사서 글 싼담서예?"

"근분 그림 솜씨가 뛰어난 분이신께……."

거기서 원아는 별안간 누가 시키기라도 했는지 말끝을 흐렸다. 그러더니만 갸름한 얼굴 가득 더없이 어두운 기운이 감돌기 시작했다. 흡족하고 대견스럽다는 빛으로 록주를 보고 있던 그녀 눈길이 어느새 먼 하늘가 구름장을 향하고 있었다. 그 눈에 어리는 하늘빛이 외롭고 적적해 보였다.

"……."

비화 마음이 예리한 비수로 긋는 듯 저릿해졌다. 놀 빛만큼이나 서러운 눈빛이었다. 그 나이가 되어도 여전히 처녀 적 아름다움을 그대로 지니고 있기에 오히려 더욱더 애달파 보이는지도 모른다. 함께할 수 없으리라 여겼던 슬픔과 아름다움이 어깨를 나란히 할 수도 있다는 상식 밖의 깨달음이 비화를 당혹스럽게 하였다.

'또 한화주 그분을 떠올리고 있거마.'

애틋한 감정의 물살이 비화 가슴을 적셨다. 지금은 하늘에서 얼이 아버지 천필구와 함께 농민군 할 적의 일을 이야기하면서 지상에 있는 원아를 끝없이 내려다보고 있을 것이다.

'아즉도 첫 정인을 몬 잊아삐고 계신다 아이가. 암만 그분이 좋았다 캐도 그렇제. 너모 불쌍한 우리 작은이모.'

환쟁이를 꿈꾸었다는 한화주였다. 아주 어렸던 시절부터 남의 집 담벼락이나 대문 등 아무 곳에나 닥치는 대로 항칠(낙서)을 해대어 동네 사람들에게 안 좋은 소리를 들었다는 그였다. 그런 그를 도리어 격려하고 위해주었던 원아 부모가 있었기에 그 두 사람은 서로 마음을 나누는 사이로까지 발전했다.

"작은이모! 시방 기분이 우때예? 에나 좋지예?"

비화는 주위 사람들이 놀랄 정도로 큰 소리를 내어 원아에게 말을 던졌다. 스스로 생각해도 호들갑스럽다 싶었지만, 그녀 마음속에 꼭꼭 맺혀 있는 응어리를 조금이라도 풀어주어야 했다. 조금 전과는 서로의 역할이 바뀌었다.

'착해빠지기만 한 저분이 우짜다가 그런 불운을 맞아야 했을까.'

남편과의 사이에서 낳은 딸을 앞에 두고 죽은 연인을 떠올리는 여인네 심사였다. 그것은 대관절 어떤 모양과 빛깔을 하고 있을까. 그 사연이야 어쨌든 간에 결코 바람직한 쪽은 못 되었다. 저승에 가 있는 혼도 진정으로 사랑한다면 그것을 바라지는 않을 것이다. 나를 잊고 새사람과 더불어 즐겁고 행복하게 살아보라고 권할 것이다.

"안 그래예? 와 아모 말씀도 없어예?"

다그치듯 하는 그녀 자신이 너무 독한 인간이라는 느낌이 들었지만 그렇다 하더라도 어쩔 수 없었다.

"하모, 좋제. 와 안 좋것노."

원아가 억지웃음을 만들어 보였다. 그래서 오히려 방금 자기 말 그대로 좋아하는 사람으로 비치지 않았다. 세상을 살아가려면 때로는 가면을 둘러쓸 줄도 알아야 하는데 영악하고 암팡지지 못한 그녀였다.

"우리 록주."

비화는 아직은 어린 록주를 한번 보고 나서 다시 입을 열었다.

"인자는 우리 세대도 후딱 가삐리고, 록주하고 준서 세대가 주인공이 되는 시상이 왔다 아입니꺼?"

그 말을 들은 진무 스님이 잠자코 고개를 끄덕였다. 그러고 보면 그는 밀려난 세대에게 밀려난 세대였다. 아니었다. 기꺼이 물려주기를 원하는 게 더 옳았다.

"그런 기가?"

원아 입에서 늦은 가을날 봉창 아래로 낙엽 떨어지는 것과 유사한 소리가 나왔다. 그녀 눈은 건물 전체도 네모반듯하고 유리창도 네모반듯해 보이는 학교를 향하고 있었다. 그 네모반듯한 모양은 모자라거나 일그러지는 것을 경계하는 하나의 큰 표식標式으로 보였다.

"하모예."

비화는 자신이 먼저 그렇게 말해놓고서도 가슴이 먹먹해짐을 어쩌지 못했다. 일단 한 번 발설하고 나면 그것은 한층 진한 느낌으로 다가오는 게 아닌가 싶었다.

"하매 시간이……."

원아는 마치 그곳에 지나간 시간들이 모여 있기라도 하듯 자기 뒤를 돌아보았다. 거기서 그녀가 만날 수 있는 것은 그녀 그림자밖에 없을 것이다.

"맞지예? 안 맞심니꺼?"

비화는 과장되게 자기 앞을 내다보는 시늉을 하면서 물었다. 무엇을 만나게 될지 알 수 없는 방향이었다.

재촉하는 비화에게 원아가 허전한 웃음으로 답변을 대신했다. 그러는 그녀 얼굴은 굴곡진 세월의 바퀴가 지나간 흔적이 있음에도 불구하고 아직도 여전히 지나칠 만큼 고왔다.

사람들이 역사는 절대로 가정을 할 성질이 아니라고 단언하기도 하지만, 만약 임술년 농민항쟁이 없었다면 지금쯤 한화주와 둘이 행복하고 단란한 가정을 꾸려가고 있을 원아였다. 그랬다면 록주는 이 세상에 없고 다른 아이가 태어났을 것이다.

'우리 주변에는 그런 분들이 와 그리 많으까.'

비화 머릿속에 맨 앞장서서 그 항쟁을 이끌다가 역시 죽임을 당한 친척 아저씨 유춘계 얼굴이 그려졌다. 순간, 그녀는 자신도 모르게 입에서 〈이 걸이 저 걸이 갓 걸이〉 노래가 흘러나올 뻔했다. 춘계 아저씨가 직접 지었다고 하는 순우리말로 된 노래, 그 '언가'는 지금도 많은 사람 사이에서 불리고 있었다. 아마도 영원히 그럴 것이다.

'그분도 에나 아까븐 분 아이가. 시상 사람들은 춘계와 화주 그라고 그가 아이모 그런 일을 할 수가 없었을 기라고 시방도 이약하고 있제.'

얼이 아버지 천필구 생각이 다시 솟아났다. 지금 와서 뒤돌아봐도 정말이지 기골이 무척 장대하고 정의감 흘러넘쳐 보이던 장부였다. 흔히들 이야기하는 '통뼈'였다. 그런 불우한 시절을 살지 아니하고 세상을 잘 만났다면 크게 되었을 사람이었다. 우정댁 아닌 다른 여자라도 흠뻑 빠져들 사나이 중의 사나이였다.

'그래도 가문을 이어갈 핏줄은 하나 넹기고 갔은께 올매나 다행인지 모린다.'

얼이는 그런 아버지 판박이였다. 그래서 더없이 믿음직스럽지만 때로는 너무나 위험해 보이기도 하였다.

'시방 내가 와 이라노? 증신을 오데다가 쏙 빼놓고 있는 기고?'

학교 정문 쪽에서 불어오는 바람이 그녀 뺨을 때리고 있었다. 비화는 선생에게 호된 꾸지람 듣는 학생이 되는 기분이었다. 그 학교 건물과 운동장을 바라보고 있노라니 모든 게 그런 식이었다.

'쌔이 작은이모 멤을 풀어줄 궁리부텀 해야제.'

요즘 들어와 지나칠 정도로 과거사에 깊이 빠져드는 비화였다. 아직도 달려온 날들보다 달려갈 날들이 더 많지 않으냐고 자신을 나무라기도 하고 다독거리기도 하지만 어쩔 수 없었다. 그러기에는 지난 시간이 아직도 놓쳐서는 안 될 만큼 너무나도 큰 비중을 차지하고 있었다.

'진무 스님도 곁에 계시는 데서 안 있나.'

비화는 마음을 가다듬었다. 처음 거기 왔을 때와는 다르게 강심江心
처럼 지나치게 착 가라앉은 분위기를 바꿀 양으로 이번에는 진무 스님
에게 말을 걸었다.

"스님, 에나 그렇지예?"

"……."

진무 스님은 무엇이 정말 그렇다는 말이냐 듯 비화 얼굴을 물끄러미
바라보았다. 물론 몰라서 그러는 건 아닐 것이다. 비화는 일부러 한층
들뜬 목소리를 자아내었다.

"저 핵조가 안 있어예?"

그러는 비화 눈에는 학교 운동장에서 남녀 학생들이 섞여 운동을 하
고 있는 장면이 보였다.

"우리나라 공립 보통핵조에서 최초로 여자학급을 맹글었다쿠는 거
말입니더."

학교 창문을 통해 누군가가 이쪽을 내다보고 있는 것 같았다. 네모잽
이 얼굴에 검은 테 안경을 쓴 남자 선생일 듯싶었다. 그렇게 생긴 사람
은 친절하고 남을 잘 도와준다고, 아버지 호한이 언젠가 얘기했었다.

"허허허."

진무 스님이 너털웃음을 터트렸다. 마음이 상기되는지 안색도 덩달아
붉어졌다. 그러자 그는 꿈꾸는 소년이 되고 있었다.

스님의 소싯적 꿈은 무엇이었을까. 그 당시는 불문에 드는 것이 아니
었을 것이다. 하긴 알 수는 없지. 아니, 알 수도 있어. 가만, 그렇다면?
그는…….

비화는 그런 그림을 그려보았다.

"내 말해 주라?"

진무 스님은 원아와 록주를 돌아보았다.

"록주와 록주 엄마도 같이 들어봐."

진무 스님도 원아 낯빛에서 무언가를 읽은 모양이었다. 너무 힘들어 하는 중생을 구제해 주어야겠다는 불심의 효력일까. 그에게서는 더 이상 노년의 지친 구석을 찾아볼 수가 없었다. 음성도 훨씬 카랑카랑해졌다.

"가만있자, 그러니까 그게 어언 이십 년이 조금 더 됐나?"

"……."

무슨 말인지 몰라 비화와 원아는 듣기만 하는데 그는 자문자답으로 나왔다.

"미국 선교사가 한성에 이화학당을 세운 이야기야."

그러다가 그는 고개를 내저어가며 말을 이었다. 그러자 살이라고는 별로 붙어 있지 못한 그 손에 쥐고 있는 지팡이도 덩달아 내저어지는 것 같아 보였다.

"하지만 그 사립여학교는 어디까지나 종교적인 목적이 더 강한 학교였었지. 종교, 아암, 종교적인 성향이 짙은 학교였어."

그는 문득 주위를 둘러보았다. 비화가 알아채고 얼른 말했다.

"스님, 우리 저짝에 있는 바구에 앉아서 이약해예."

사실은 아까부터 그 바위 있는 곳으로 진무 스님을 모시고 싶었던 비화였다. 좀 더 빨리 돌려보내 드리려는 마음에서 망설이고 있었다.

"그리해예, 스님. 그기 더 좋것어예. 함 보시소. 바구가 널찍하고 판판해서 앉기도 에나 팬하것고예."

바위를 손으로 가리켜 보이며 권유하는 원아 목소리도 한결 밝아졌다. 한화주가 원아한테서 가장 좋아하던 게 두 가지가 있었는데, 그녀의 윤기 흐르는 머리칼과 청아한 음성이 그것이었다. 그럼 안 화공은 어떨까? 비화는 급히 뇌리에서 그 생각을 내몰았다.

"그래볼까?"

진무 스님은 못 이기는 척 그쪽으로 천천히 걸음을 옮겨 놓았다. 근처 다른 곳보다 약간 지대가 낮은 구릉에 있는 그 바위는 대단히 커서 그들 네 사람이 모두 다 앉아도 오히려 공간이 남을 만한 너럭바위였다.

"그건 그렇고, 지난해였지 그게?"

자꾸 흘러간 시간들을 반추하는 진무 스님은, 설법을 기다리듯 자기를 바라보는 비화와 원아에게 상기시켜주었다.

"아, 그보다 한 해 더 앞인가?"

저만큼 넓게 터를 잡은 학교 운동장 가장자리에 죽 심겨있는 나무들 위로 날개를 반짝이며 날고 있는 것은 비둘기 무리였다.

"그쯤 되지, 아마?"

비화 뇌리에 염 부인 손녀 다미를 생각 키우게 하는 이야기가 그에게서 나왔다. 인연의 끈, 그것은 무척이나 질기고 강해서 그처럼 아무 데서나 아무 시간에나 불쑥불쑥 튀어나오기 마련인 모양이었다.

"우리 고을에 호주 선교사가 사립정숙학교를 설립한 게 말이야."

바위에 앉자 진무 스님은 훨씬 힘이 덜 드는 모습을 보였다. 가부좌를 틀고 있는 형상의 자세는 그에게 가장 잘 어울리는 인상을 주었다. 어쩌면 그는 삼생三生을 전부 불제자로 살아갈 것이 아닌가 싶은 기분이 들기도 했다.

'진즉 여 뫼실 거를.'

비화는 후회했다. 그녀 또한 몸이 편하니 마음도 편해졌다. 그 바위 또한 세상에서 가장 편한 자세로 있는 모양새로 비쳤다. 다음 세상은 바위로 환생해서 살아보는 것도 괜찮지 않을까 하는 생각도 들었다.

'아, 오랜만에 에나 좋다.'

그러나 그다음에 나온 원아의 말을 듣자 비화는 안온함을 떠나 크게 긴장하지 않을 수 없었다. 그건 우리나라에서 최초로 여자학급을 만들었다는 감격과 흥분에 사로잡힌 나머지 미처 예상치 못했던 얘기였다.

"그란데 사람들이 야단 난리라 안 쿱니꺼, 스님."

바위에 걸쳐놓은 박달나무 지팡이에 가 있던 진무 스님 눈이 원아에게로 돌려졌다.

"야단 난리?"

그러자 비화가 언제나 부러워하는, 기다랗고 예쁜 그 손가락을 연방 만지작거리며 원아는 기운 없는 목소리로 대답했다.

"예."

바람이 갑자기 진로를 바꾸어 학교 쪽으로 불어가고 있었다.

"어, 그건 왜?"

진무 스님은 처져 내린 눈꼬리를 위로 올리며 물었다. 원아는 누군가의 못된 짓거리를 어른에게 고자질하는 아이 모습이었다.

"남자하고 여자가 같은 핵조, 같은 교실에서 서로 나란히 앉아갖고 공부한다쿠는 기 말이나 되냐꼬예."

"말이 안 된다……."

원아 말을 되뇌는 진무 스님의 주름진 얼굴에 약간 당혹스러워하는 빛이 살아났다. 그는 비화 표정을 한번 살피고 나서 물었다.

"누가 그러던고?"

바위 밑에 붙어 자라고 있는 아주 작은 야생초가 고개를 빼고 귀를 기울이는 것 같아 보였다.

"가게에 밥 묵으로 온 손님들이 글쌌데예."

대답과 동시에 비화에게 물었다.

"준서 옴마도 들었디제?"

비화는 자신이 들었던 그대로 대답했다. 솔직히 무시해버리고 싶었다. 평소에도 도움이 되지 않고 오히려 걸림돌이 된다고 생각되는 것은 그렇게 해버리는 성격이었다.

"지는 그냥 예사로 들었어예."

나무 위를 날고 있던 비둘기들은 그새 운동장에 내려앉아 종종걸음으로 다니면서 거기 흙바닥을 부지런히 쪼아대고 있었다.

"예사로?"

원아는 좀처럼 이해가 되지 않는다는 얼굴로 진무 스님을 바라보았다. 비화는 잠자코 눈을 내리깔며 말했다.

"예, 작은이모."

록주가 구슬 같은 눈동자를 굴리며 어른들이 주고받는 이야기를 아주 열심히 듣고 있었다. 다미 못지않게 집착력이 강한 아이라는 생각이 들었다.

"그기 그리 들을 이약이라?"

원아 반문에 비화는 그 이유를 밝혔다.

"얼핏 손님들 자리서 그런 소리가 나오는 거를 듣기는 들었는데예, 그때는 벨로 신갱을 안 썼거든예."

원아는 확신하고 있다는 목소리였다.

"그거는 근분 준서 옴마 머릿속에 여자도 공부를 해야 된다쿠는 그 생각이, 그런께 머꼬, 못맹캐 딱 박혀 있어서 그런 기다."

비화는 무언가를 입에 물고 바위 위를 기어가고 있는 개미를 내려다보았다.

"예, 그 말씀은 맞아예."

사실이었다. 비화는 마음속으로, 아직도 저런 케케묵은 유교의 신분 질서에서 벗어나지 못한 사람들이 있구나, 하고 한쪽 귀로 듣고 한쪽 귀로 흘려 넘겼다. 하지만 지금은 그렇게 예사롭고 간단한 성질의 것이 아닐 수도 있겠구나 싶었다.

"사람들이 그런 소리를 했다고?"

진무 스님도 원아의 그 말을 듣자 다소 께름칙한 기분이 드는지 얼굴 주름이 좀 더 갔다. 그러면서도 조금은 이해가 된다는 빛이었다.

"음, 그럴 수도 있겠구먼."

어렵고 힘든 복병을 만났다고 보는 듯했다.

"특히 이곳 유림들 반발도 만만찮을 게야."

아무것도 주워 먹을 게 없어 보이는데 지금 저 비둘기들은 대체 무엇을 저리도 정신없이 입에 넣고 있는 걸까. 비화는 고개를 끄덕였다.

"유림들 말씀이지예."

맞는 말씀이었다. 원래 유학을 신봉하는 선비 무리는 대다수가 그런 부분이 있지만, 특히 그 고을 유림들은 다른 어떤 고장보다도 완고한 면이 있다는 것은 모두가 인정하는 사실이었다. 그 좋고 나쁨의 여부와는 아무런 상관도 없이 말이다. 잠시 상념에 빠져 있던 비화가 풀죽은 목소리로 물었다.

"그라모 해나 첨부텀 입학하는 여학상이 너모 안 적으까예, 스님?"

진무 스님 얼굴에도 그때 머리 위 하늘에 막 불려온 구름 조각만큼이나 흐린 기운이 서렸다.

"신입 여학생 숫자 말이더냐?"

비화는 무슨 대책이 없겠냐는 듯 대답했다.

"예, 스님."

진무 스님은 눈을 가느다랗게 떠 보였다.

"지금으로선 아무래도 그럴 공산이 크다."

원아가 록주에게 무어라 하려다 그만두었다.

"아, 우짜꼬?"

진무 스님은 탈기하는 비화를 위로해 주는 목소리로 말했다. 방금 비화가 우려했던 내용이었다.

"사실 여기 이 고을만큼 보수성이 강한 곳도 드물다는 건, 우리가 전부터 잘 알고 있는 사실이 아니냐."

"그거는 그렇십니더마는……."

비화와 원아 입에서 거의 동시에 나온 말이었다. 재래의 풍속이나 습관, 전통을 중요시하여 보전해 지키는 '보수保守'라는 것이 그 순간만큼 부담스럽게 다가온 적도 없었다. 물론 사회 모순을 변혁하려는 전진적 사상을 내세우는 '진보進步'라는 것이 안고 있는 위험 또한 간과할 수는 없었다.

록주는 어른들 하는 이야기가 선뜻 자기 마음에 와닿지 않는 모양이었다. 그래서 무슨 소리를 하고 싶기는 한데 가까스로 참아내는 것 같아 보였다. 세상은 갈수록 세대 간의 골이 깊어지겠구나, 하는 새로운 자각에 비화는 한숨이 절로 새 나왔다. 그녀와 부모와의 사이보다 그녀와 자식과의 사이가 더 매끄럽지 못할 거라는 건, 거스를 수 없는 시대의 대세인가 싶어 마음이 씁쓸했다.

어느 날 갑자기 아들인 준서와 어미인 그녀가 걷잡을 수 없는 갈등과 혼란에 휘말리지 말라는 법도 없었다. 어쩌면 그것은 '칼로 물 베기'라는 부부 사이의 다툼보다도 더욱 심각하고 나쁜 결과를 가져올 수도 있는 것이다.

꽤 오랫동안 지루할 정도의 긴 침묵이 흘렀다. 바람도 잠시 숨을 죽이는 듯했다. 비화는 가슴팍에서 불끈불끈 솟구치는 반발심 비슷한 기분을 어쩌지 못했다.

'우짤라꼬?'

그래서는 안 되었다. 참 얼마나 힘들게 설치한 여자학급인가. 호주 선교사가 세운 사립정숙학교가 그 고을 근대여성 교육의 효시라는 것은 누구나 인정하지만, 남녀공학은 아니지 않은가. 남자 따로 여자 따로, 그런 것보다도, 남자와 여자가 같은 장소에서 같이 배운다는 것, 그것보다도 더 신선하고 발전적인 교육이 어디에 있을까. 그것이야말로 진정한 의미에서의 남녀평등이 아니겠느냐고 아무에게나 대고 고함이라도 지르고 싶은 심정이었다.

단군왕검이 이 나라를 세운 지 무려 5천 년이라는 오랜 세월이 흐르는 동안 공립학교 사상 최초로 이루어낸 남녀공학이었다. 그 한 가지 사실만으로도 이 나라 여성이라면 진주보교 여자부에 다니는 것을 만천하에 자랑하고 다닐 만하였다. 그런데 사람들 사이에서 다 떨어진 짚신짝처럼 그런 낡아빠진 이야기들이 나돌고 있다.

"결국, 남녀칠세부동석이라는 엄한 유교적인 윤리관이, 보다 앞으로 나아가려는 이 나라 여성 교육의 발목을 잡는 꼴이 돼버렸군. 쯧쯧."

바위에 앉은 채 학교 건물을 바라보면서 진무 스님은 계속해서 혀를 찼다. 사태의 심각성 앞에서 그는 기력을 완전히 회복한 사람으로 보였다.

"사람들 사이에 그런 그릇된 의식이 팽배하면 어쩐다?"

비화는 머리가 아찔해지면서 도저히 믿기 어려운 현상에 눈을 끔벅거렸다. 멀리서 바라보는 교실 유리창이 홀연 감옥 창살처럼 보였다. 간신히 매달려고 하는 여성 교육의 날개가 한번 펼쳐보기도 전에 갈가리 찢기는 느낌이었다.

"이거야 원. 허어, 참으로 인간사가 복잡하구나."

비화와 원아는 진무 스님에게 맞장구를 쳐줄 수 있는 어떤 말도 찾아내지 못했다. 그저 온몸에서 힘이 쫙 빠져나가는 기분이었다. 그들이 앉아 있는 바위가 천 길 땅 밑으로 꺼져 내려가는 절망감을 맛보았다.

그새 해는 서산 너머로 꼴깍 넘어갔다. 잠시 잔잔하던 바람이 조금씩 일렁이기 시작했다. 곧 펼쳐질 어둠의 옷자락을 펄럭거리기 위한 준비 운동을 시작하는 걸까.

"이제 슬슬 돌아가 볼거나."

학교 운동장에 있던 비둘기들은 어디로 돌아가 버렸는지 한 마리도 보이지 않았다. 그곳에 서 있는 나무들 어딘가에 둥지를 틀고 있는지는 모르겠다. 설마 비둘기도 수컷만 공부하고 암컷은 할 수 없는 게 아니겠지 하는 회의가 일었다.

"부처님께서 기다리시겠어."

진무 스님이 박달나무 지팡이에 의지해 노구를 일으켜 세웠다. 늘 부처님께서는 우리 마음속에 계신다고 하던 그가 이날은 다른 소리를 하고 있었다. 그가 한입에 두말하는 사람은 아니었다.

"예, 스님."

"잠깐만예."

비화와 원아가 서둘러 일어나 양쪽에서 그의 몸을 안전하게 부축해 주었다. 록주는 벌써 일어서 있었다. 한순간 세상은 안 화공의 화폭처럼 네모반듯하게 보였다.

"으랏차!"

그런 기합 비슷한 소리를 내며 진무 스님은 어렵사리 몸의 균형을 바로잡더니 묘한 표정으로 이렇게 물었다.

"내가 인간 세상에서 제일 싫어하는 소리가 뭔지 아느냐?"

"예?"

내가 인간 세상에서 제일 좋아하는 소리가 뭔지 아느냐? 그렇게 묻지 않는 그가 야속한 마음이 드는 비화와 원아였다.

"나이 앞에는 장사 없다, 하는 그따위 시답잖은 소리다."

"예."

"도불언수道不言壽, 도교에서 일컫기를, 도는 나이를 말하지 않는다, 그런 소리도 하지. 이제 됐다, 놔라."

자기를 부축한 손들을 가볍게 뿌리치려는 그였다.

"괜안심니더."

비화는 손끝에 와 닿은 진무 스님 몸이 종이 한 장보다 얇고 가볍게 느껴져 눈물이 찔끔 솟았다. 그의 혼도 그렇게 가벼이 훌쩍 달아나버린 다면.

'사람이 산다쿠는 거는 갤국에는 이런 긴가? 속세에 살든, 불가에 들었든, 안 다린갑다.'

친정집 대문간에 나와 쪼그려 앉아 혼자 개미 떼를 구경하다가 진무 스님을 처음 만나던 일이 바로 엊그제만 같은데, 정말 세월은 당시 그가 했던 말 그대로 바람처럼 구름처럼 그렇게 흘러가 버린 것인가. 바람, 구름이 사람을 뒤쫓아 올 수도 있다 했는데.

여자답지 않게 큰 그녀 손을 보고 장차 거부巨富가 되겠다고 예언하던 그의 말이 없었더라면, 그녀는 힘들고도 고단한 삶에 지친 나머지 그만 쓰러져 영영 일어나지 못하고 말았을 것이다.

진무 스님은 비화가 불러준 인력거를 보고는 아무 말 없이 올라탔다. 예전 같으면 두 다리는 놔뒀다가 무엇에 쓸 거냐며 극구 사양할 그였다. 그렇지만 박달나무 지팡이가 그의 몸 일부분이 된 지 오래인 게 속일 수 없는 현실이었다.

'인력거가 없다모 스님을 절꺼정 우찌 뫼실 뿐했노?'

인력거의 커다란 두 바퀴와 사람이 탈 수 있게 만든 자리 위에 들씌운 포장이 비화 눈에 그렇게 고맙고 미덥게 비칠 수가 없었다. 때로는 그런 사물들에서 인간들을 통해 가지게 되는 것보다도 더 크고 높은 무언가를 찾아낼 수도 있는 모양이었다.

"조심해 가시소."

비화가 진무 스님에게 말했고, 원아는 인력거꾼에게 말했다.

"우리 스님, 잘 부탁합니더."

그런데 왜소하고 늙수레한 인력거꾼이 막 수레를 끌기 시작하려는 바로 그때였다. 무척 피곤한지 가까스로 손을 흔들며 그대로 가려고 하던 진무 스님이, 아래를 내려다보면서 작별인사처럼 불쑥 던진 말을 듣는 순간, 비화는 그만 전신이 바위같이 굳어버리는 감정에 빠졌다.

"염 부인이 생각나는구나."

"······."

그가 또 한 번 말했다. 흔적도 남기지 않고 지나가는 바람 같은 음성이었다.

"요즘 들어 꿈에 염 부인이 또 자주 보이신다."

비화 느낌에, 저 야생초에 빗방울이 떨어질 때 날 성싶은 그런 소리였다.

"만나 뵐 시간이 가까워지고 있다는 서몽인가?"

비화 눈이 자신도 모르게 원아를 향했다. 영문을 모르는 원아가 멀뚱멀뚱한 표정을 지었다. 그런 어머니를 멍하니 바라보고 있는 록주 어깨가 무거운 무엇에 짓눌린 듯 움츠러들었다. 이럴 때 안 화공이 옆에 있었으면 참 좋겠다는 간절한 바람에 사로잡히는 비화였다.

"그만 어서 갑시다."

잠시 주춤거리며 서 있다가 진무 스님 독촉을 받은 인력거는 곧바로 그곳을 떠났다. 투박해 보이는 큰 몸체임에도 바퀴가 내는 소리는 의외로 낮고 조용했다.

진무 스님을 먼저 떠나보낸 후에도 그들은 한동안 그 자리에 정물인 양 그대로 서 있었다. 안 화공의 화폭에 들어가 있는 것 같았다. 어찌 보면 그곳에는 바위가 네 개 있는 게 아닌가 싶었다.

시나브로 일렁거리던 바람기가 또 잠시 멎었다. 불다가 그쳤다 하는 저 바람도 사람 마음만큼이나 제대로 갈피를 잡지 못하는가 싶었다. 그저 바람이 흔드는 대로 흔들리는 나뭇잎들도 마찬가지로 보였다. 모든 것들이 속수무책으로 비쳤다.

'핵조는 우떠까?'

얼핏 비화 뇌리를 스치는 의문이었다. 그렇지만 비화는 그만 겁이 나서 억지로 고개를 돌려 학교를 외면하였다. 금방이라도 학교 건물을 이루고 있는 벽돌들이 와르르 무너져 내리고 유리창이 와장창 깨어질 것만 같았다.

'아아, 지발…….'

절망과 고통의 빛살과도 같은 어둠이 하늘 끝에서 땅끝에서, 그리고 그들 마음 끝에서 서서히 다가오고 있었다.

"옴마."

그 긴 침묵이 너무 무서웠는지 아직은 어린 록주가 빨리 가자는 듯 원아를 불렀다. 사뭇 떨리는 입술 사이로 흘러나온 말도 크게 떨려 들렸다.

"그래, 알것다. 고마 가자."

말은 그렇게 하면서도 원아는 몸을 움직일 기미가 없었다.

"우리도 가입시더."

비화가 말했다. 대사지 못물처럼 착 가라앉은 목소리였다.

"염 부인이라모……."

원아가 다 끝내지 못한 숙제를 꺼내는 것같이 말했다.

"다미의 죽은 할무이 아이가? 백 부잣집······."

원아 음성도 방금 록주의 그것만큼이나 자못 흔들려 나왔다. 비화 심장에서 '뚝' 하는 소리가 났다. 혹시 진무 스님 말에서 무슨 낌새를 알아차린 건 아닐까.

"예, 맞아예. 가입시더."

비화는 원아가 더 무어라 하기 전에 무작정 앞장을 섰다. 그러자 원아도 더는 어쩔 도리 없었는지 아주 느리게 걸음을 내디뎠다. 그런 원아 옆을 록주가 그림자 되어 따랐다.

그 와중에도 비화 눈에 비친 그들 모녀 모습이 참으로 정겨웠다. 딸이 없는 비화는 언제나 샘이 나도록 부러운 광경이었다. 그런데 걸어가면서 원아는 또 말했다.

"염 부인께서 진무 스님이 주지로 계시는 비어사에서 나모에 목을 매달아 자살하신 거는······."

일순, 비화 입에서는 자신도 모르게 버럭 고함이 터져 나오고 말았다. 완전히 다른 사람이 돼버렸다.

"작은이모! 지발 고만해예!"

그 소리는 이만큼 벗어난 학교로 되돌아가 거기 건물 벽에 부딪혀 천지 사방으로 흩어질 조짐까지 보였다.

"준서 옴마?"

원아가 몹시 놀라고 당황한 나머지 그 자리에 못 박힌 듯 섰다. 록주는 금방이라도 와락 울음을 터뜨릴 얼굴이 되었다.

"죄송해예, 작은이모."

비화도 걸음을 멈추었다. 그러고는 누구 눈에도 가식적으로 비칠 만큼 몸을 크게 돌려 조금 전 진무 스님이 탄 인력거가 사라진 곳을 바라보았다.

"진무 스님께서 연세를 잡수신게 예전 겉지 않으신 기 슬퍼서 그래 예."

변명으로 들리는 비화 말에 원아는 그 이야기는 하지 말자고 했다.

"그 심정 이해가 간다. 내도 그렇거마는."

"이해해 주시서 고마버예."

"고맙기는? 멋도 모림서 말하는 내가 잘몬한 기제."

그러나 비화는 분명히 느낄 수 있었다. 비록 입으로는 그렇게 말을 하지만 원아는 뭔가 이상하다는 낌새를 챈 게 틀림없었다.

비화 심사가 너무나 편치 못했다. 설혹 알아도 결코 해코지할 사람은 아니지만, 원아는 손윗사람인 우정 댁이나 밤골댁 그리고 나루터집 주방 아주머니들 누구보다도 눈치 빠른 여자였다.

하지만 누가 목에 시퍼런 칼을 들이대도, 나라님은 고사하고 하느님이나 부처님이 물어도, 염 부인과 임배봉 사이의 그 더럽고 고통스러운 비밀은 입 밖에 내비치지 않을 것이다. 실토하지 않으면 혓바닥을 잡아 뺀다고 할지라도 그럴 것이다.

그렇게 단단히 마음을 다지고 있는 비화 눈빛이 섣달 초승에 돋는 달보다도 차갑고 천년 벼른 칼날보다도 매서웠다.

# 만주 벌판 황사 바람

진주보교 입학식 날이 왔다.

나루터집은 아침 댓바람부터 부산하였다. 드디어 록주가 학교에 들어가게 된 날이 온 것이다. 얼마나 간담 졸여가며 목을 빼던 일이었는지 모른다.

"록주야, 축하한다이."

준서가 진심으로 축하해 주었다. 친여동생처럼 아끼고 위해주는 록주였다.

"고마버예, 오빠."

록주도 한껏 상기된 빛이었다. 아직은 어려도 원아를 빼닮아 무척이나 고운 얼굴이 홍조를 띠자 한층 예뻐 보였다. 봉숭아 물을 들인 배꽃 같다고 준서는 생각했다.

"허허, 허허."

그 옆에서 안석록은 연방 늙은이 웃음만 터뜨리고 있었다. 그 고을 풍광을 그린 자기 그림이 실로 엄청난 가격으로 팔려나갈 때도, 좋다고 웃기는커녕 오히려 성난 사람 같아 보이는 그였다. 그렇다고 그 그림이 아까워서 하는 행동이라고 볼 수도 없었다.

"우리 안 화공이 저리 웃는 거는, 내 이날 이때꺼정 살아옴서 오늘 첨 본다. 와 내 말이 틀릿나?"

우정댁 얼굴도 오랜만에 활짝 밝았다. 한 십 년은 젊어 보였다.

"저 귀한 웃음 몬 보고 어지(어제) 죽은 구신은 올매나 억울하것노."

그녀도 이제는 노파 티가 난다고 하기에는 다소 이르지만 늙어가는 빛만은 어찌할 수가 없었다. 동갑내기 이웃 밤골 댁과 둘이 만나기만 하면 서로 네가 더 늙었느니 내가 더 젊었느니 아웅다웅 싸웠다. 하지만 한 집에 늙은이가 둘이면 서로 먼저 죽기 바란다는 엉터리 같은 말과는 성질이 달랐다.

그런데 얼이가 준서 귀에만 들리도록 은근슬쩍 흘리는 소리가 또 조금 야릇했다. 그렇게 하는 언행부터 평상시 그와는 거리가 멀기도 했다.

"인자 둘 다 신여성이 되는갑네?"

"……"

준서는 얼이 얼굴을 무연히 바라보았다. 언제 저렇게 되었나 싶게, 우정 댁을 스쳐 간 그 세월의 더께가 그의 아들 얼이에게도 고스란히 내려앉아 있었다. 본 적은 없지만 가다 한 번씩 기습처럼 툭툭 튀어나오곤 하는, 얼이 형의 아버지 천필구 그분이 아마 저렇게 생겼을 거라고 추리도 해보는 준서였다.

"히힛."

혼기를 한참이나 넘긴 노총각 모습이 완연한 얼이는 두툼한 윗입술로만 약간 웃어 보였는데, 그래서인지 어딘가가 빠져서 헐렁하고 일그러져 보이는 웃음이었다. 그리고 바보가 내는 것과 유사한 웃음소리 또한 평소 그가 내는 웃음소리와는 전혀 딴판이어서 준서를 한층 당혹스럽게 했다.

"사람 말이 겉잖나, 와 아모 말이 없노?"

록주 옷맵시를 요모조모 살펴보고 있는 다른 식구들을 슬쩍 한번 보았다.

"무신 소린고 몰라서 그라는 기가, 아이모 암시롱 무담시 한분 그래 보는 것가?"

꿀 열 통도 더 먹은 벙어리, 준서였다.

"웅? 웅? 머시고? 머시고?"

"……."

두 사람 대화는 일방적인 가운데 부끄러워하는 록주 목소리가 났다.

"아이라예, 에나란께예?"

학교에 간다고 하니 갑자기 부쩍 자라버린 것 같은 록주였다.

"내 참말로 더럽고 애니꼽아서!"

그렇게 쏘아대도 준서가 대꾸는 하지 않으면서 자기 얼굴에서 줄곧 눈길을 거두지 않자, 얼이는 이제 능청 더 떨지 말라는 투로 나왔다.

"다미하고 록주가 모도 여학상이다, 그 이약인 기라. 인자 됐나?"

그러자 비로소 돌문 같은 입이 열렸다.

"내는 또 뭔 소리라꼬."

그러면서 그냥 씩 웃어넘겼지만 적잖게 당황하는 빛만은 감추지 못했다. 아직도 다미라는 이름만 나와도 가슴이 뛰는 그였다. 무엇은 머리보다 가슴으로 한다는 그 말이 맞았다.

"준서 오빠는 안 오시지예?"

얼이와 얘기를 나누고 있는 준서더러 록주가 물었다.

"내도?"

준서가 자기를 빤히 바라보자 록주는 얼굴뿐만 아니라 귓불까지 빨개 졌다. 확실히 록주는 바로 어제와도 달라 보였다.

"록주야, 에나 서분타? 내한테는 물어도 안 보네? 그랄 수 있나?"

얼이가 짓궂은 사내 행세를 하며 끼어들었다.

"아, 그, 그기 아이고예."

록주는 당장 울음을 터뜨릴 아이 같아 보였다. 걸핏하면 눈물을 보이는 어머니 원아와는 달리 무척 쾌활한 성격인 록주였다.

"얼이하고 준서는 안 가는 기 아이고 몬 간다."

비화가 더 이상 누가 입을 열지 못하게 단언하듯 했다.

"하모, 맞다. 벨일이사 없것지만도, 그래도 만사 미리미리 조심하는 기 최곤 기라. 무담시 사람 짜다라 모이는 데 가갖고 일 나모 안 되제."

원아도 비화를 거들었다.

"시방 바깥시상 돌아가는 기 영 안 그렇나."

"……."

어른들 말에, 나이 차이는 좀 많이 나지만 여전히 젊은 축에 드는 세 사람 모두 입을 다물었다. 갈수록 날 세운 일제의 단속이 심해지고 있는 터라, 참으로 분한 노릇이지만 낙육고등학교 출신 유생들의 항일투쟁도 그만 접어야 할 때가 점점 가까워지고 있는 게 작금의 현실이었다. 그렇지만 아직도 여전히 암암리에 곳곳의 왜놈들 골탕 먹이는 일을 저지르곤 하였다.

아무튼, 지금은 불시에 한국인들 집에 와락 들이닥쳐, 저들이 언제나 입에 게거품을 허옇게 물고 떠드는 소위 불령선인不逞鮮人을 색출하는 짓은 드물었다. 나중에는 더욱 치밀하고 악독하게 나올지도 모르지만, 현재 이 고장에서는 그러했다. 우선 당장에는 퍽 다행이었다. 저놈들이 어떤 족속들인 줄 여태 모르냐며, 폭풍 전야를 방불케 할 정도로 숨 막히는 그 고요가 도리어 너무 불안하고 싫다는 이들도 없지는 않았다.

"너모 서분키 여기지 마라, 록주야이."

그 자리에 있는지 없는지 모를 만큼 묵묵히 있던 재영이 처음으로 입을 열었다.

"그래도 부모님하고 집안 어른들 모도 참석 안 하시나."

그곳 넓은 상촌나루터를 통틀어 말수가 드물기로는 아마 안 화공 버금가는 사람이 그였다. 애당초부터 그런 사람은 아니었다. 그가 그렇게 바뀐 것은 순전히 불륜의 흔적인 허나연과 동업 때문이었다. 남 아닌 남이 돼버린 그들 모자는 재영에게 결코 벗어던질 수 없는 '영원한 짐'으로 얹혀 있었다. 어쩌면 모든 것을 한순간에 날려버릴지도 모를 '시한폭탄'이었다. 늘 나루터집을 노려보고 있는 악귀의 눈 같은 존재들이었다.

"에렙고 심이 들더라도 견디야제."

"아, 요 정도 일을 갖고……."

"하모, 이거는 아모것도 아이다."

사실 나루터집 사람들만큼 신산辛酸한 삶을 살아온 이들도 흔하지 않을 것이다. '밤송이 우엉송이 다 끼어 보았다'는 소리는 그들을 위해 생긴 것인지도 모른다. 시대를 탓할 수도 있지만, 꼭 그것만도 아니었다.

어쨌거나 그러고 보니 집안 어른들은 한 사람도 빠지지 않고 전부 입학식장에 참석하는 셈이었다. 가게는 주방 아주머니들과 얼이, 준서가 보기로 돼 있었다. 가게뿐만 아니라 살림채에 있을 때도 긴장의 끈을 늦추지 않는 두 사람이었다.

"그라모 우리 댕기오마. 누가 집 떼 가는지 잘 지키봐라."

우정 댁이 나루터집 식구들 가운데 최고 연장자답게 모두를 대표해서 말했다. 밤골 댁도 그런 우정 댁은 두말하지 않고 인정하는 편이었다.

"예, 잘 댕기들오시소."

"가게는 쪼꼼도 신갱 쓰지 마시고예."

준서와 얼이가 한꺼번에 배웅하는 인사를 건네었다. 목울대가 볼록 튀어나온 젊은이들 음성이 굵직한 게 듣기에도 믿음직스러웠다. 그 둘이 딱 지키고 있으면 만주 땅을 휘젓고 다닌다는 마적 떼가 몰려와도 아무 걱정 없을 것 같았다. 특히 그동안 원채에게서 누구보다도 열심히 배운 그들의 택견 실력 또한 이제는 고수의 경지에 이르렀다고 해도 좋았다.

잠시 후 넓은 가게 안은 텅 비었다. 나루터집을 개업한 이후로 그런 날은 손가락을 꼽을 정도였다. 주방 아주머니들이 아직 출근하지 않은 가게는 남강 물속만큼이나 고요하고 깊어 보였다. 이날은 다른 날보다 조금 더 늦게 오라고 미리 일러두었다. 오늘 팔 음식들은 어제 늦게까지 모두 장만했고, 손님들도 점심때가 가까워져야 찾아들 것이다.

"그때꺼지 우리 머하고 있으까?"

얼이가 마당에 놓인 평상 하나에 벌렁 드러누우며 말했다. 널빤지로 만든 널평상도 있고, 바닥에 통나무를 대지 않고 좁은 나무오리로 사이를 띄어서 죽 박아 만든 살평상도 있었다. 지금 얼이가 등짝을 갖다 댄 것은 살평상이었다. 준서도 그게 더 운치 있다고 여겨왔다.

"각중애 심심해진다, 그자?"

죽은 아버지 필구보다도 덩치가 커서 평상이 꽉 차는 느낌을 주었다.

"얼이 총각아, 얼이 총각아이! 지발하고 나(이)값 좀 해라 고마! 그래 갖고 우떤 색시가 니한테 시집오겄노?"

준서가 우정댁 말을 그대로 흉내 내자, 얼이는 누운 채 잠시도 가만히 있지 못하고 자꾸 바둥거리는 젖먹이처럼 사지를 버둥거리며 물었다.

"얼이 나값이 올만데?"

그것 또한 나잇값 좀 하라는 어머니에게 평소 그가 응대하는 말 그대로였다. 저 하늘에 있는 그의 아버지 천필구도 그런 처자식을 내려다보며 그만 씩 웃을 거라는 생각을 준서는 해왔다.

"내 참, 참말로 혼자 보기 아깝다, 아깝아."

그날따라 준서도 이상하게 시시껄렁하게 놀고 싶은 충동을 받고 있었다.

"그라모 뱃사공들 와서 같이 보라쿠지 와?"

그러고 나서 얼이가 또 한다는 말이었다.

"시시덕이는 재를 넘어도, 새침데기는 골로 빠진다."

"머?"

준서는 어처구니없다는 표정을 지었다. 낙육고등학교 다닐 때 눈물겹도록 우리 말과 글의 소중함을 깨우쳐 주던 려 선생에게 배워 그 의미를 알고 있었다. 보기에 떠드는 사람보다 겉으로 얌전한 체하는 사람이 때로는 더 악한 마음을 갖는다, 그러한 뜻이다.

"선상님한테 바지런히 배운 거 겉애서 내 그냥 참는다, 참아."

준서가 십분 양보한다는 식으로 나오자 얼이는 시큰둥한 얼굴로 응했다.

"뱃사공들이 니 말 안 들으모 걸베이를 데꼬 오든가."

얼이가 하는 말이며 모습이 아직도 장난질이 심하고 몹시 덜렁거리는 선머슴 같아 보여 준서는 절로 웃음이 삐져나왔다. 늙은 학생이라 그런가도 여겨졌다. 사실이지 그 정도 나이 되는 사람이 학생 신분인 경우도 그리 흔치는 않을 것이다. 문대나 철국도 마찬가지였지만 조만간 그 두 사람은 혼례를 올릴 예정이라고 알고 있다. 그렇게 되면 각자 생업에 종사하게 되어 학교와는 자연스럽게 멀어질 것이다.

하여튼 지금 시대가 그런 시대였다. 어쩌면 그들에게 학생 신분은 항일투쟁을 할 수 있는 특권이랄까, 어떤 고마운 빌미와도 유사한 것이었다. 혼인하여 먹여 살려야 할 식솔들이 줄줄이 딸려 있는 처지라면 그렇게 하기가 쉽지 않을 것이다. 같은 낙육고등학교 학생이면서도 일찍 혼례를 치러 자식까지 있는 누구는 항일투쟁에서 조금 뒤로 빠져 있다는 것이 그것을 잘 입증해 주었다.

'그기 운제고?'

어쨌든 간에 학교가 폐쇄되어 등교하지 못한지도 한참 오래되었다. 졸지에 본의 아니게 백수로 전락하고 만 그들이었다. 그리고 이제는 나이도 나이인 만큼 이참에 아예 학교 공부는 접고 생활 전선에 뛰어드는 게 어떻겠냐고 주위에서 얼이 의사를 타진해 보기도 하는 이즈음이었다.

"우리 안 화공 화실에 들가서 그림 기경이나 하모 우떻겄노, 성아."

준서가 강변이나 밭둑에 자라는 미루나무같이 훌쩍 큰 키로 평상 옆에 그대로 붙어 서 있다가 살림채 쪽을 돌아보며 물었다.

"안 화공 화실?"

얼이가 짐짓 졸리는 사람 모양으로 눈을 게슴츠레 뜨고 반문했다. 그런데 준서의 이런 말을 듣자 얼이는 문득 저 '대인기피증'이라는 것이 떠올라 마음이 무거워지기 시작했다.

"사람이 자기가 좋아하는 일을 할 수 있는 그런 혼자만의 공간을 가짓다쿠는 거는 에나 좋은 거 아이가."

얼이는 속으로 준서는 그런 증세와는 다르다고 극구 부인하면서도 솔직히 자신이 없었다. 더욱이 이어지는 준서 말을 들으니 더 그랬다.

"내는 안 화공이 상구 부럽다."

안 화공. 나루터집 식구들은 어른이고 아이고 간에 안석록을 꼭 그렇게 불러오고 있었다. 안석록 스스로가 그런 호칭으로 불러주길 원하기도 하였다. 다시 말하자면 그는 영원한 환쟁이로 살아가길 바라는 사람이었다.

그러고 보면, 서로를 부르는 호칭에서는 위계질서라곤 없는 집이 나루터집이었다. 그야말로 뒤죽박죽, 난장판인 것이다. 자기 어머니 원아를 작은이모라고 부르는 비화가 낳은 아들인 준서를 원아의 딸인 록주가 오빠라고 부르는 것도 그렇고, 또 준서에게는 큰할머니뻘 되는 우정댁 아들 얼이더러 준서가 성이라고 부르는 것도 그렇고, 또 다른 것도…….

그러나 그게 더 나루터집 식구들을 허물없는 사이로 만들고 더 깊은 정을 나누게 하는 바탕이 되는 것 같았다. 본디 격식이란 점잖은 것이긴 해도 때로는 사람을 손 아프게 만드는 장애물이기도 한 것이다. 그리고 그들은 서로 전혀 피와 살이 섞이지 않은 남남들인 관계이니, 그렇게 하더라도 뭐 윤리 도덕적으로 크게 문제가 될 것도 없기는 했다. 결국, 중요하고 끝까지 지켜나가야 할 것은 따로 있었다. 그건 호칭 따위가 아니라 마음인 것이다.

"볼라모 니나 가서 눈깔 빠지거로 실컷 봐라."

잠시 후 얼이 입에서 나오는 소리가 그러했다. 평소 기운을 써서 하는 일을 더 좋아하고 더 잘하는 그는, 때로 말에 거침이 없기도 하였다.

"내사 그림은 벨로다. 달이고 해로다."

별 하나 가지고는 모자라 달과 해까지 동원시킨 얼이는, 여전히 누운 채 기지개를 있는 대로 켜면서 하품까지 해댔다. 그럴 때 보면 무척이나 게을러터진 소나 곰을 연상케 했다.

"내 혼자서 무신 재미로?"

준서 그 말에, 얼이는 지난날 훈장 권학이 학동들을 앉혀 놓고 가르치던 그 목소리를 지어내었다.

"사람은, 특히 사내는, 혼자서 모든 일을 처리해야 할 때도 있느니. 그래야 증말 진정한 사내인 것을 아는고 모리는고? 흐음."

그러면서 벌름거리는 그의 콧구멍 저 안에 박힌 코털이 아주 검었다. 그 순간에는 약간 들창코로 보이기도 했다.

"새이 니가 안 본다모, 내도 안 볼란다."

그 말끝에 준서도 얼이가 누운 평상 끝에 엉덩이를 걸쳤다. 그때 저만큼 물가 쪽에 붙여 내놓은 평상 위에 물새 두 마리가 날아와 앉았다.

"저 새 이름이 머꼬?"

얼이가 튼실해 보이는 고개를 그쪽으로 비스듬히 돌리며 물었다. 그러자 준서가 곧장 대답을 해주려다가 무슨 마음이 들었는지 머리를 내저으며 말했다.

"내도 모리것다."

둘이 오랫동안 한집에서 같이 지내온 터라 얼이는 벌써 눈치챘다.

"모리는 기 아인 거 겉은데?"

물새들은 사람들이 자기들 이야기를 하는 걸 알기라도 하는지 날개를 꼭 접은 채로 이쪽을 바라보고 있었다. 선입견 때문인지는 모르나 산새들에게서는 나무나 풀 냄새가 나는 것 같고, 물새들에게서는 물이나 물고기 냄새가 나는 것 같았다.

"아이다. 에나다."

매몰차게 느껴질 만치 딱 잡아떼는 준서였다.

"내 참말로 더럽고 애니꼽아서."

밤중에 길 가다 오물 밟은 사람처럼 구시렁거리는 얼이였다.

"쫌 안다꼬 값 퉁기쌌지 마라 고마. 물괴기박사가 돼갖고."

준서는 떨떠름한 표정을 만들었다.

"박사는 무신?"

물새들은 몸을 까딱까딱하는 품이 곧 날아갈 태세를 취하고 있었다.

"알것다. 우리 일절만 하자."

얼이 말에 준서가 쿡쿡 웃었다.

"일절? 그라모 이절, 삼절은 머신데?"

얼이는 그에 대해서는 더 입을 열지 않았다. 준서는 그 새들 이름을 모르고 있지는 않은 듯했다. 그런데도 모르겠다고 하는 저의를 얼이는 알만했다. 이제 더 이상은 자신이 빡보라는 신체적 결함 때문에 방황하지 않을 거라는 나름대로의 꿋꿋한 다짐일 것이다. 짜아식, 아영감이 돼 갖고. 얼이는 속으로 혼자 웃었다.

'인자는 자세히 안 보모 빡보 자국도 벨로 잘 안 비이거마.'

그렇지만 얼이는 준서가 안됐다 싶었다.

"준서야, 니도 내매이로 이리 함 누우 봐라. 이 새이가 허락해 줄 때 말이다."

준서가 가늘게 눈을 흘겼다.

"장골 둘이서 아츰부텀 건달맹캐 빈둥댐서 누우 있으모 참 보기 좋것다."

하지만 얼이는 그답잖게 뜬금없이 심각하달까 진지해진 얼굴이었다.

"아인 기라. 누우서 본께 하늘이 참말로 멋있다 아이가."

손을 들어 하늘을 가리켰다.

"그라까."

준서가 순순히 응했다. 그리고 순간적으로 혁노와 함께했던 지난날들이 되살아나면서 그가 보고 싶다는 생각이 들었다.

"난주 후회 안 할라모."

"알것다. 에꿍!"

준서도 얼이 바로 옆에 벌렁 드러누웠다. 아닌 게 아니라, 아침나절의 하늘이 참 보기 좋았다. 사실 사람들은 하루를 시작하는 지금 그 시각이면 항상 바빠서 하늘이나 쳐다볼 여유가 없는 것이 일상적인 모습일 것이다. 그래서 사람은 때로는 옆길도 걸어보는 게 더 큰 발전의 계기가 된다고 하는지도 모르겠다.

"아, 조오타!"

"에나 좋제?"

여하튼 푸른 개울물에 잠긴 붉은 구슬과도 흡사한 새로운 태양이 떠올라 있는 하늘에는 해맑고 투명한 공기가 손끝에 잡혀들 듯했다. 폐부 깊숙이 그 공기를 빨아들이면 몸뿐만 아니라 마음까지도 말끔히 씻길 것만 같았다. 저렇게 좋은 하늘 아래 있는 이 나라를 누가 감히 노린다는 것이냐? 똑같이 두 사람 가슴에 자리 잡는 울분과 진노였다.

'일본 헌뱅분갠대 눔들한테 죽은 벗들이 너모 보고프다.'

'운젠가는 우리 전통무예 택견으로 쪽바리 고것들을 요절내삐 끼다.'

저쪽 평상에 올라앉아 고개를 길게 빼고 이리저리 사방을 둘러보던 새들이 마당 가 대추나무 가지로 옮아갔다. 금슬 좋은 부부 새거나 한창 서로 사랑을 나누는 청춘 새, 아니면 정겨운 짝꿍이나 오뉘처럼 보였다.

얼이가 준서에게 물어왔다. 이제 무슨 장난기라고는 찾으래야 찾을 수 없는 묵직한 음성이었다.

"저 하늘을 본게 누가 생각나노?"

준서도 조금 전 얼이 모습 그대로 고개만 돌려 얼이를 바라보았다. 엄숙하다 할 정도로 진지하게 느껴지는 그의 모습이 너무나도 생소하고 부담감마저 전해졌다. 저런 얼이를 함부로 대할 수 있는 사람은 세상에서 몇 되지 않을 것이다.

'와 각중애 저라는 기까?'

잠시 평상 위로 새의 깃털처럼 침묵이 내려앉았다. 둘은 아무 말도 없이 서로를 보았다. 두 사람 키는 크게 차이가 나지 않아 누가 누구를 올려다보거나 내려다볼 필요 없이 눈들이 거의 비슷한 위치에서 마주쳤다.

"내사 아모도 생각 안 난다."

준서 말을 들은 얼이 동공이 휑뎅그렁해 보였다.

"아, 하나 있다."

하늘을 보고 있으면서, 준서는 속에도 없는 소리를 연거푸 해댔다.

"하늘이 생각나네?"

청승맞고 과거 집착적으로 들리는 얼이의 그 물음이 어쩐지 싫어서였다. 평소와는 다르게 소견이 좁고 오그라진 옹춘마니 같았다.

"내사 생각나는 사람들이 저 하늘 벨만큼이나 된다."

얼이가 말했다. 하늘에 홀로 떠 있는 별만큼이나 외로운 빛이 그의 얼굴에 서려 있었다.

"벨? 벨이 오데 있는데?"

얼이를 상대로 시비 거는 껄렁패 행세로 나가는 준서였다. 그 또한 흔치 않은 일이었다. 그가 주먹으로 때리면 때리는 대로 맞고, 발로 차면 차는 대로 맞을 사람이 준서였다. 그건 얼이 형도 나와 다르지 않을 거라고 보았다. 한데 그래놓고 기다려도 아무 대꾸 없는 얼이였다.

"해가 지 이약은 안 하고 벨 이약만 한다꼬 성이 나서 가삐모 우짤라꼬?"

옆에 붙어 있는 밤골집에서 키우는 '나비' 울음소리가 들렸다. 모습은 보이지 않고 소리만 났는데, 그놈은 나루터집 구조도 밤골집 못지않게 훤하게 잘 아는 탓에, 두 집에 쥐란 놈들은 아예 얼씬거리지도 못하게 해주었다.

"해하고 벨도 구분 몬 하는가베?"

준서는 자꾸자꾸 억지를 부리고 싶은 심정이었다. 다미와 록주 이름을 한꺼번에 말하던 얼이에게 앙갚음을 하려는 건 아니었다. 알 수 없는 노릇이었다. 왜 그 두 사람 얼굴을 동시에 떠올리면 그렇게 가슴이 답답하고 힘들어지는지 모르겠다.

"성 니 눈도 요상타."

"……."

준서 스스로 짚어 봐도 아무 의미 없는 말의 반복이었다. 아니, 어쩌면 약간 정신 나간 사람 짓이었다. 악랄하고 끈질긴 일경의 눈을 피해 칩거하다시피 하는 현실이 두 사람을 지옥의 시간으로 몰아가고 있었다.

"벨?"

"음."

자기보다 말이 많은 사람이 자기보다 말을 적게 할 때, 사람은 이상할 정도로 큰 피로를 느끼고 심지어 거부감에까지 봉착하게 된다.

"한 개도 안 비이거마는."

심각하지 않은 체하였다.

"섭천 쇠가 웃것다."

그러자 비로소 얼이가 촉석루 나무 기둥을 떠올리게 할 만큼 굵은 다리를 들어 준서 몸을 걷어차는 동작을 취했다.

"짜아식, 쪼매 맞고 싶은 기가? 오데가 간질간질한데?"

준서도 물러서지 않았다.

"택견이 하고 싶은가베?"

언제 나타났는지 나루터집과 밤골집 사이의 담장 위에 나비가 올라앉아 졸고 있는 게 보였다. 저놈은 팔자가 늘어졌는데, 우리는 청승만 오그라들었다. 그런 생각이 들게 하는 광경이었다.

"택견?"

얼이는 약간 풀죽은 목소리가 되었다.

"그라고 본께 원채 아자씨 안 본 지도 한거석 됐네."

물새들이 날아가고 없는 평상 위에 아직도 푸른 나뭇잎 한 개가 내려앉아 있었다. 설마 새들이 물어 와서 거기 놓고 간 것은 아닐 것이다.

"우짜모 만주 벌판에서 왜놈들하고 싸우고 계시는지도 모리제."

침울해지려는 마음을 다잡으려고 애를 써도 어쩔 수 없이 준서 음성도 잠겨 들고 있었다.

"운젠가 스승님한테서 만주 벌판 이약을 들은 기억이 난다."

얼이 목소리는 그 속에 저 황량한 만주 벌판에서 제멋대로 휘몰아치는 황사 바람이 섞여 있는 것처럼 까칠하게 갈라져 나왔다.

"와? 성도 만주 벌판에 가고 싶나?"

점점 더 높고 넓게 퍼지는 햇살에 눈이 부신 탓에 준서는 얼굴을 약간 찡그리며 물었다. 그런데 얼이는 조금도 눈이 부시지 않은지 하늘 어디에 만주 벌판이 있기라도 한 듯 눈을 크게 뜨고 올려다보고 있었다.

광채가 나는 얼이 눈을 보면서 준서는 생각했다. 지금쯤은 나루터 물결도 햇볕을 받아 금빛과 은빛으로 출렁거리고 있을 것이다. 부지런한 뱃사공은 벌써 손님을 여럿 태우고 노를 젓고 있을지도 모른다. 물새들 그림자가 드리워진 강물을 세차게 헤치면서 나아갈 것이다. 그러면 덧없이 하얗게 부서져 내리는 물거품이 강의 입김으로 보일 것이다.

'하로하로는 잘 안 가는 거 겉은데, 지내놓고 보모 세월 한분 자알 간다.'

# 학나무의 기적

오래전 노질에서 은퇴한 꼽추 달보 영감 얼굴이 준서 머릿속에 둥실 떠올랐다. 상촌나루터 터줏대감 또한 나이 앞에서는 뒤쪽 물에 밀리는 앞쪽 물이 될 수밖에 없는 모양이었다.

그의 아내 언청이 할멈도 잘 지내고 있는지 모르겠다. 아들 걱정이 여간 많지들 않을 것이다. 원채 아저씨 같은 잘난 아들을 둔 것도 불행인가 싶었다. 여럿이나 되는 다른 자식들도 다 잘 키운 노부부라고 알고 있다.

"내가 가고 싶다쿠모, 준서 니가 데불어 주끼가?"

준서 상념을 깨뜨리는, 역시 힘이 하나도 들어 있지 못한 얼이 말이었다.

"몬 할 것도 없지 머."

준서는 속마음과는 다르게 핀잔주듯 하였다. 얼이는 이런저런 잡념에 잠을 이루지 못하는 사람처럼 몸을 뒤척이다가 홀연 목청을 높였다.

"치아라 고마!"

"깜짝이야. 잠꼬대 하나?"

준서는 의좋게 앉아 있던 새들이 그 소리에 놀랐는지 푸드덕 날아오
르고 있는 대추나무 가지에 눈을 둔 채 말했다.

"와? 만주 벌판 마적 떼가 겁나는가베?"

얼이는 짐짓 몸을 웅크려 보였다.

"그래, 겁난다, 우짤래?"

나비가 밤골집 쪽으로 홀쩍 뛰어내려 자취를 감추었다. 아무것도 없
는 담장 위가 어쩐지 허전해 보였다. 무엇이든 있다가 없어지면 다 그런
가 싶었다. 그러니 사람은 더 그럴 것이다.

"누가 우짠다 쿠나?"

"하! 아랫물이 윗물한테 하는 거 좀 보래?"

"성 니가 물이제, 내는 물 아이다."

"머라꼬?"

"사람 물로 보지 마라."

"그라모 머로 보꼬? 불로 보까?"

"아모것으로도 안 보모 되제."

가게 입구 쪽 계산대가 있는 곳에서 무슨 소리가 났다. 거기는 언제
나 재영이 꼭 지키고 있는 그의 전용 자리였다. 준서는 혹시 아버지가
혼자 돌아와서 그곳에 앉아 계신 것은 아닐까 하는 생각을 하다가 그냥
바람이려니 여겼다. 정말 바람이었는지 그 뒤로는 아무 소리도 들리지
않았다.

"알것다. 아모것도 아인 내가, 아모것도 아인 니한테……."

"내는 아모것도 기다."

"아모것도 긴 니가……."

"니! 니! 내가 너우니가, 자꾸 니, 니 해쌌거로."

그 말을 끝으로 대화는 잠시 끊어졌다. 얼이가 눈을 감는 것을 보고

준서도 눈을 감았다. 감은 눈 저쪽으로 노란 선 비슷한 것들이 아지랑이처럼 아물거렸다. 눈을 떴을 때 보다 눈을 감았을 때 더 많은 것이 보이는 성싶은 그 현상은 달갑지 않았다.

청명한 아침 햇살이 두 사람 얼굴을 환하게 비추고 있었다. 나무그림자가 길쭉한 그들 다리 위를 이불인 양 덮고 있었다. 택견으로 다져진 탄탄한 푸른 육체가 부러운지 모른다.

얼마나 지났을까. 얼이가 문득 감고 있던 눈을 번쩍 떴다. 그러고는 높직이 걸린 창공을 올려다보며 낮은 소리로 혼자 중얼거렸다.

"울 아부지는 저 하늘 오데쯤 계시까?"

그 소리에 덩달아 눈을 뜬 준서는, '성! 또?' 하다가 그만 입을 다물고 말았다. 얼이 두 눈에 괸 눈물을 보았던 것이다.

"새이야……."

준서가 알아챈 눈물을 감출 생각도 하지 않고, 얼이는 철새들이 모조리 날아간 남강만큼이나 공허한 목소리로 말했다.

"내는 시방도 똑똑히 떠오린다."

또다시 준서가 입을 다물 순간이 돌아왔다.

"그날 성 밖 공터에서 허개이 칼에 목이 달아나던 아부지 모습이……."

"……."

누가 얼이에게 천둥벌거숭이라고 했는가? 누가 그에게서 애먼 짐승과 꽃 모가지를 마구 비틀어대는 모습을 떠올릴 수 있을까?

"원아 이모하고 서로 죽어라꼬 좋아해쌌던 사람도 그날 죽었제."

"성아."

천둥인지 지둥인지 통 모르겠는 표정을 짓는 준서였다. 그렇지만 그의 마음속은 번개가 번쩍이고 벼락이 내리치고 있었다.

"에나 잘생긴 남자였는데……."

준서가 얼이 말을 끊었다.

"주방 아주머이들은 와 이리 퍼뜩 안 오노?"

그러나 다음 순간 얼이 입에서 임술년에 농민군을 이끌던 유춘계가 지은 '언가'가 흘러나오기 시작했다.

'이 걸이 저 걸이 갓 걸이 진주 망건 또 망건 짝 발이 휘양건 도르매 줌치 장독칸…….'

준서는 귀를 틀어막고 싶었다. 입을 함부로 놀렸다.

"오데 콩나물국밥 묵다가 죽은 사람 있나?"

아무한테나 욕을 막 퍼 대고 싶은 준서 심경이었다. 아직은 손님 받을 시각이 아님에도 불구하고 판단도 할 줄 모르는 멍청이 모양으로 떠들었다.

"손님들은 우째서 또 한 사람도 안 오고……."

'머구밭에 덕서리 칠팔월에 무서리…….'

하늘에서 천필구와 한화주가 똑같이 이마에 흰 수건 동여매고 손에는 몽둥이와 죽창을 든 모습으로 노래를 불러대고 있었다.

"에라이, 빌어무라!"

'동지섣달 대서리.'

얼이는 노래를 마지막까지 부르고 나서 입을 다물었다. 그런 그의 두 뺨을 타고 내리는 눈물방울이 이른 오전 햇살을 받아 투명하게 반짝이고 있었다.

'빙신매이로…….'

준서는 어린 시절에 가지고 놀다가 잘못하여 그만 도랑에 빠뜨렸던 구슬이 생각났다. 그 기억보다도 한층 더 서럽고 안타깝게 느껴지는 것이 얼이 눈물방울이었다. 준서는 그냥 있다가는 나도 별수 없이 눈물을 보이지 싶었다.

"참, 새이야! 저 하늘 본께 내도 막 떠오리는 사람이 하나 있다."

"……."

이번에는 얼이가 또 말이 없었다. 어쩌면 속으로 언가를 되풀이해서 부르고 있는지도 모른다. 평소에도 한 번만으로 그치는 그가 아니었다.

"눈고 하모……."

말끄트머리를 흐리며 준서는 애써 명랑한 목소리로 가장하여 물었다.

"눈고 궁금하제?"

그런데 얼이는 전혀 궁금해하는 기색이 보이지 않았다. 눈물을 알아버린 사람은 모르는 게 없다고 하였다.

"그기 눈고 하모, 안 있나."

준서는 벌떡 일어나 앉으며 스님이 죽비 내리치듯 빠르게 말했다.

"성이 사랑하는 여자, 효원이!"

그 말이 떨어지기 무서웠다.

"머? 효원이?"

얼이는 꼭 누군가 갑자기 칼로 찌른 것처럼 크게 흠칫하며 얼른 몸을 일으켰다. 준서가 놀려먹는 투로 말했다.

"하이고, 종산아. 효원이 처녀가 왔다모 놀래서 심(숨)이 꼴깍 넘어가 것다."

그날 밤 낙육고등학교를 급습한 부산 주재 일본 헌병분견대에 맞서 싸우다가 도주하던 그 사건을 환기시키는 분위기였다.

"아이다. 도로 달아나것다."

어떻게든 돌문처럼 굳게 닫힌 얼이 입을 열게 해보려고 노력하였다.

"와? 해나 그 처녀한테 죄지은 기 있는 기가?"

언젠가 혁노에게, 나는 효원 같은 여자는 싫다고 하던 기억이 되살아나면서, 준서는 자신도 모르게 말이 거칠어지고 있었다.

"머 땜새 그리 짜다라 놀래는데?"

"……."

대추나무에서 한 번 사라진 새들은 다시 거기 날아오지 않았다. 다른 새들도 오지 않았다. 결국, 새보다 고독한 건 나무다. 그리고 새의 고독과 나무의 고독을 아는 사람은 몇 배 더 고독한 존재다.

"에나 이상타, 준서야."

잠시 후 벙어리 말문 틔우듯 얼이가 느닷없이 말했다. 준서 귀에는 얼이 목소리가 더 수상했다.

"머시?"

그렇게 묻는 자신의 음성 또한 이상하고 수상하게 여겨졌다.

"방금 내가 하늘을 보고 있을 때 말이다."

얼이는 중죄인처럼 목을 움츠렸다.

"효원이 생각은 안 났던 기라."

"에이, 설마?"

준서는 한쪽 눈을 찡긋했다. 거짓이지 싶었다. 정말 좋아하는 것 같았는데.

"아이다. 진짜다. 와 그랬으꼬, 준서야?"

얼이가 반신반의하는 준서에게 도움을 청하는 소리로 물었다.

"에나가?"

얼이는 자기 머리로는 도저히 풀 수 없는 수수께끼를 받아든 채 황당해하는 모습을 보였다.

"와 그랬으까?"

얼이를 잠시 지켜보고 있다가 말했다.

"에난갑다. 진짠갑다."

준서가 수긍하는 얼굴을 지어 보이자, 얼이는 갑자기 잔뜩 겁을 집어먹은 얼굴로 주변을 살피며 떨리는 목소리로 말했다.

"해나 효원이하고 내하고 머가 잘 안 될라꼬 그런 거는 아이까?"

"머라꼬?"

"잘 안 될라꼬."

"성."

하늘에서 천필구와 한화주의 환영은 사라졌지만, 그 대신 끝없이 가 보이는 효원의 슬픈 뒷모습이 보였다.

"아, 그리 되모 우짜노?"

얼이는 만주 벌판에서 마적 무리에게 쫓기는 사람처럼 어쩔 줄 몰라 했다.

"준서야, 우짜꼬?"

"우짜꼬?"

얼이 말을 되뇌는 준서도 왠지 모르게 무섬증이 들었다. 머리끝이 쭈뼛이 곤두섰다. 너무나도 고즈넉한 집 안 어느 구석에서 금방 무엇이 튀어나올 것 같았다. 그래서 일부러 목청을 돋우었다.

"잘 안 되기는 머가 잘 안 돼?"

"잘 되까?"

"하모, 너모 잘 돼서 탈일 끼다."

비록 말은 그렇게 하면서도 준서 역시 기분이 몹시 께름칙했다. 그게 사실이라면? 얼이 성이 효원 처녀를 생각하지 않았다니.

조금 전에도 떠올린 대로 혁노에게 털어놓은 적이 있지만, 솔직히 준서는 효원이 썩 마음에 들지 않은 여자였다. 고운 맵시에다가 검고 커다란 눈이 대단히 매혹적이고 성격도 밝아 어디 한군데 흠잡을 데가 없는 여자인데도 그랬다. 굳이 흠을 잡으라면 흠이 없는 것이 오히려 흠인 그런 여자였다.

그렇다면 혹시 관기 출신이기 때문인가. 궁중이나 관아에서 가무와 기악을 하는 기생이었다. 양심에 손을 얹고도 그것 때문은 아니라고 잡아뗄 자신이 없었다. 사람들이 '해어화', 곧 '말하는 꽃'이니 '말을 이해하는 꽃'이니 한다는 그 자체부터 기녀들을 얕잡아본다는 결정적인 증거가 아니고 무엇일까.

그리고 그 이면에는 해랑이라는, 역시 같은 교방 출신의 관기가 있다는 사실 또한 한몫했다. 원수 집안 배봉가의 맏며느리이자 동업의 계모인 해랑이었다.

"성아, 효원 처녀하고 마즈막으로 만낸 기 운제고?"

준서는 주제넘게 자신이 물어서는 아니 될, 비밀에 가까운 남녀 관계에 대한 것을 묻고 있다는 자각이 퍼뜩 일었지만 이미 말을 내뱉은 뒤였다.

"마즈막으로?"

시시콜콜 따지지 않는 성격의 얼이 표정이 마구 엉킨 실타래보다도 복잡해지는가 싶더니만 기껏 한다는 말이었다.

"모리것다."

"몰라?"

"하도 오래 돼갖고……."

"머?"

남의 말을 하는 품새였다.

"기억이 없다."

그때쯤 하루에도 수천 명이 오가는 상촌나루터 길거리에서 들려오는 사람 소리며 달구지, 마차 끄는 소리들이 갈수록 많아지고 있었다. 나루터집도 부스스 몸을 일으키는 것 같았다. 준서는 왠지 걷잡을 수 없는 조급증을 느꼈다.

"함 만내보지 그라나?"

내가 왜 이러지? 싶으면서도 준서는 또 말하고 있었다.

"안 만낼 거는 아이다 아이가."

얼이 침묵이 또다시 큰 무게로 다가왔다. 그래서 이런 말도 했다.

"새이를 원망하고 있을랑가도 모린다."

얼이가 화들짝 놀랐다.

"내를? 낼로?"

준서는 이왕 내친걸음이다 싶었다.

"하모."

가게 문간 쪽에서 무슨 인기척이 났다. 준서가 탈출구를 찾은 사람같이 평상에서 얼른 일어서면서 말했다.

"일하는 아주머이들이 오싯는갑다."

역시 주방 아자머니들이었다. 젊은 여자도 있고 나이 좀 든 여자도 있었다. 아마 그들은 어디서 만나 함께 들어오는지 매우 시끌벅적하니 한꺼번에 우 몰려들고 있었다. 주인집 식솔들이 깊은 정으로 맺어져 있어 그런지 그들도 사이가 좋았다.

"어?"

"우리 되련님들이 가게를 지키고 계시는갑네?"

"이런 줄 알았으모, 우리가 쪼꼼 더 일쪽 왔을 낀데."

그녀들은 뜻밖의 상황에 놀라는 눈치더니 누군가가 모두에게 깨우쳐 주는 목소리로 말했다.

"아, 오늘 록주가 핵조에 입학하는 날이라 안 쿠더나? 그래서 모도 거 갔는갑다."

"예, 맞심니더."

뒤늦게 몸을 일으킨 얼이는 여전히 기운 하나 없는 모습이고, 준서가 이렇게 말하고는 얼이에게 눈짓을 보냈다.

"그라모 수고들 하시이소. 우리는 고마 안으로 들가보것심더."

두 사람은 쫓기는 걸음으로 살림채로 향했다. 그러다가 그들은 머쓱한 표정들이 되었다. 무의식중에 안 화공 화실로 들어갔다. 그들은 지금까지 이야기했던 온갖 것들을 죄다 멀리 쫓아버리기 위해, 말똥구리 굴러가는 것을 보고 웃는다는 처녀애들보다도 더 많이 재잘거리기 시작했다.

"야! 요 안에도 우리 고을이 또 하나 있다 아이가!"

"에나 그렇거마는. 우짜모 우리 고을 풍갱을 이리 실물매이로 그리났노?"

"안 화공이 조물주다. 조물주, 알제?"

"그라모 우리가 신하고 한집에 사네?"

"짚신 아이고 가죽신!"

"난주 안 화공 오모, 그런 말 했다꼬 일러줄 끼다."

"그런 소리 안 했다 쿠모 되지."

"여 그림들이 싹 다 들었다 고마."

"참 내."

"이 그림들, 니 팬 들어줄 꺼 겉나? 안 화공 팬 들어주제."

"하기사! 지를 그리준 주인인께네."

"그림들아, 잘 봐조라."

"사람이 그림 봐야제, 그림이 사람 보나?"

"저 그림은 우리를 기경하고 있는데?"

그림 구경을 하다가 각자의 방으로 흩어졌다. 준서는 더 감상하고 싶었지만 얼이가 혼자 있고 싶어 하는 눈치였다.

'그림을 봤은께 인자 글을 봐야제.'

서안을 마주한 준서는 책을 펼쳐 들었다. 얼이는 자기 방에 들어 무엇을 하는지 알 수 없었다. 어떤 부스럭거림이나 작은 기침 하나 흘러나오지 않고 있었다. 하지만 그 시각에 잠을 자고 있지는 않을 것이다. 어쩌면 바람벽에 등짝을 붙이고 멍하니 앉아 있는지도 모르겠다. 동물과 꽃 목을 비틀었다는 어릴 적 그의 모습이 나타나 보이기도 했다. 무섭다기보다 안됐다는 기분이 더 드는 장면이었다.

'우째서 이리 글씨가 하나도 눈에 안 들오노?'

준서는 자꾸만 피어오르는 상념을 몰아내기 위해 억지로 책에 달라붙었다. 그렇게 한참이나 소리 내어 읽다가 속으로 읽다가 하다가 앉은 채로 얼마나 졸았는지 모르겠다. 홀연 안채 마당이 무척 떠들썩한 바람에 그는 퍼뜩 눈을 떴다. 그러고는 서둘러 일어나 방문을 여니 외출복 차림의 식구들이 마당 한가운데 모여 서 있었다.

"하매 댕기오싯어예?"

준서가 식구들을 맞이하고 있는데, 얼이 방문도 열리면서 얼이가 고개를 내밀었다. 그는 좀 부석부석해 보이는 얼굴로 말했다.

"잘 갔다 오싯심니꺼."

그런데 어쩐지 식구들 표정이 하나같이 밝아 보이지 않았다.

"무신 일이 있었어예?"

"와들 그라심니꺼?"

준서와 얼이가 동시에 마루로 나와 서며 물었다. 적잖게 놀라고 긴장된 기색이 역력했다. 당연한 일이었다. 그들은 일본 경찰의 감시를 피해 가급적 외출을 삼가고 있는 처지였다. 그렇다고 집 안은 안전하다는 이야기는 아니었다.

"하이고, 시상에?"

어쨌든 집에 있던 사람들이 묻는 말에 우정 댁은 당장 마당 흙바닥에 픽 주저앉을 것같이 하더니 흡사 누군가에게 시비 걸듯 내뱉었다.

"시상에, 내사 몬 산다. 그런 기 핵조 입학식이라?"

"예에?"

얼이가 무슨 뜻인지 몰라 눈을 휘둥그레 뜨고 우정 댁을 바라보았다. 준서는 비화 얼굴을 가만히 응시했다.

"큰이모님, 인자 고마 참으시소. 우짜것심니꺼?"

재영이 우정 댁을 달랬다.

"우리가 예상 안 했던 거는 아이지 않심니꺼?"

다른 사람들을 돌아보며 동조를 구하는 어조로 말했다.

"그라고 그 정도모 됐심니더."

우정 댁이 씩씩거리며 말했다.

"그 정도모 됐다꼬?"

재영은 대거리할 힘도 없는지 짧게 말했다.

"예."

가게채와 살림채를 구분 짓고 있는 나무들이 어쩐지 후줄근해 보였다. 꼭두새벽에 참새 떼가 날아들어 사람 잠도 자지 못하게 극성을 부리는 곳이었다.

"아, 준서 아부지는 우째갖고 사람이 그리카나 욕심이 없노?"

또 한바탕 우정댁 일장 연설이 시작될 조짐이 보였다. 하긴 만일 그녀가 그렇게 하지 않았다면 다른 누군가가 나서서 대신 그 역할을 했을지도 모른다. 그럴 정도로 지금 그 분위기가 예사롭지 않았다.

"사람이 너모 과욕을 부리도 안 되지만도……."

우정 댁은 저고리 고름을 들어 코를 닦는 시늉을 하였다.

"욕심이 있을 때는 있어야제. 특히 남자라쿠모 야망이 말이다."

이번에는 준서 시선이 재영을 향했다. 얼이도 그랬다.

"참, 큰이모님도."

누구 눈에도 그렇게 보이는 억지웃음을 지으며 집에 있던 사람들도 들으라고 그러는지 재영이 말했다.

"우리 록주 말고도 다섯 맹이나 더 왔다 아입니꺼?"

우정 댁은 손에 쥐고 있던 저고리 고름을 떨구듯이 놓으면서 말꼬리를 길게 늘였다.

"다섯 맹이나아?"

"아!"

언제나 그러하듯 얼이보다 정황을 먼저 간파한 준서 안색이 적잖게 파리해졌다. 그는 신발을 발에 끼운 채 맥없이 마루 끝에 걸터앉아 뭔가 골똘한 상념에 잠겨 있는 비화에게 조심스레 물었다.

"그라모 오늘 여학상 입학생이 우리 록주꺼지 합치갖고 모도 여섯 맹밖에 안 됐다, 그런 말이지예, 어머이?"

얼이 표정도 싹 달라졌다.

"하모, 그래서 시방 모도 이리쌌는 기다."

비화도 여간 실망하는 얼굴이 아니었다. 아무리 힘들어도 좀처럼 그런 내색을 하지 않는 그녀였다. 하긴 그녀보다도 더 마음이 착잡하고 무거운 사람은 그 고을에 없을 것이다. 자신이 주도하다시피 한 여자학급인 것이다.

"후우. 그 정도밖에 안 걸었는데도 다리가 똑 누한테 두들기 맞은 거매이로 와 이리카나 마이 아푸노?"

그런 푸념 섞인 소리와 함께 원아가 땅바닥에 약간 끌리는 옥색 치맛자락을 조금 위로 끌어올리며 비화 옆으로 가서 앉았다. 그러고는 그날 학교에서 있었던 모든 게 자기 책임이기라도 한 것처럼 안으로 기어드는 소리로 말했다. 그녀 얼굴도 치마 색과 비슷해 약간 파르스름한 빛이었다.

"시상이 장 남녀칠세부동석이라 캐싸서, 남학상은 오전반, 여학상은 오후반, 그런 식으로 2부제 수업을 한다쿠는데도, 이 모냥이다 아인가 베."

남자와 여자가 같은 교실에서 공부하는 것을 반대하는 분위기를 감안해서, 남녀 각각 오전반, 오후반으로 나누어서 2부제 수업을 시행하는 것으로 해놓았는데 결과는 그렇게 미흡했다. 누군가의 이런 혼잣말이 살림채 지붕 위로 올라 가게채 지붕 위로 옮아가는 듯했다.

"2부제 수업으로도 안 되모, 그라모 우짜라는 긴고?"

태양은 하늘 높은 곳에서 나루터집 안을 묵묵히 내려다보고 있었다. 잠시 침묵이 흐른 후 얼이가 원아에게 물었다.

"록주는 함께 안 왔는가베예?"

햇빛을 받아 반짝이는 나뭇잎은 푸른 구슬을 매달아 놓은 성싶었다.

"록주는 요분에 새로 같이 입학한 여학상들하고, 서로 낯도 익히고 이약도 쪼꼼 더 하고 온다꼬 안 왔제."

원아보다 안 화공이 앞서 대답해 주었다. 그 자신은 오직 그림에만 몰두해야 하니 어쩔 수 없지만, 딸은 다른 사람들과 좀 더 자주 어울리기를 바라는 그였다.

우정 댁과 재영은 아직도 너무 예상 밖인지 우두커니 선 채로 발끝만 내려다보고 있었다. 좀 전에는 서로 의견이 상충되는 것으로 비쳤지만 마음이 향하는 끝은 마찬가지였던 것이다.

"에이, 죽으나 사나 국밥이나 팔로 나가자."

우정댁 입에서 나온 말이었다. 그러자 모두는 코끝을 스치는 콩나물 국밥 냄새를 비로소 맡을 수 있었다. 주방 아주머니들이 한창 장만하고 있는 음식물 냄새가 그곳까지 풍기고 있었지만, 후각이 마비돼버린 그들이었다.

"핵조고 머고!"

이건 재영의 소리였다. 우정 댁을 비롯한 식구들 실망을 풀어줄 양으로 아까 말은 그렇게 했어도 사실 그렇고 마음이 좋을 리가 없었다. 더군다나 여자학급 설치는 아내 비화가 주축이 되어 정말 어렵사리 이뤄낸 작품이었다.

"쌔이 가게나 나가는 기 속 팬하것다."

우정 댁이 탄식 반 자위 반 섞인 그런 소리만을 남기고는 일복으로 갈아입기 위해 자기 방으로 들어갔다.

"우리도……."

준서와 얼이를 빼고 모두들 각자의 방으로 향하고 있는데, 마루 끝에 내려놓았던 몸을 막 일으키려던 비화가, 다시 그 자리에 앉더니 이렇게 말했다.

"방법이 아조 없는 거는 아이다."

"예?"

준서와 얼이가 동시에 비화를 바라보았다.

"방법이 있다꼬예?"

얼이가 물었다. 비화는 고개를 끄덕이며 그녀 특유의 기대와 확신에 찬 목소리로 말했다.

"여학상 전용교실을 지이주모 될 끼다."

"여학상 전용교실예?"

이번에는 준서가 물었고, 얼이도 그게 얼른 머릿속에 그려지지 않는지 처음 보는 사람 대하는 눈으로 비화를 빤히 바라보았다.

"인자 됐다."

비화가 한결 밝아진 음성으로 말을 이었다.

"하모, 여학상 전용교실인 기라."

그 소리는 거기 안채의 추녀 끝을 흔들고 하늘로 날아가고 있었다. 하늘은 푸른 교실을 연상시켰으며, 해는 밝고 환한 학생 얼굴을 떠올리게 했다.

"아, 학 아이가?"

"학도 우리 집 콩나물국밥이 묵고 싶어 날라들었는갑다야!"

준서와 얼이가 합창하듯 하는 말소리가 허공을 흔들었다. 주로 강에서 날아다니는 학이 나루터집 지붕 바로 위에 와서 우아한 몸짓으로 선회하고 있었다. 가까이서 올려다보는 학은 평소 생각했던 것보다도 훨씬 몸집이 커 보였다. 목과 다리와 부리가 전부 그렇게 길다는 것도 새삼스레 느껴졌다.

"흰 학 색깔 땜에 그런지 하늘이 상구 더 푸르거로 비이거마는."

안 화공이 언제나 마주하는 화폭처럼 하얀 학이 날갯짓을 하고 있는 하늘빛은 더없이 새파랬다. 눈이 시릴 지경이었다. 그리고 굉장히 높은 푸른 나무에 흰 학이 앉아 있는 듯한 착시를 주었다.

'학나모 생각이 나네.'

비화의 기억은 아버지 뒤를 따라서 저 남해섬으로 가고 있었다. 기실 그것은 아버지의 '밥상머리 교육'에서 나온 이야기였지만, 비화에게는 실제로 눈앞에서 펼쳐지는 것만큼 너무나 생생하기만 했다.

학나무. 그것은 천 년이나 된 느티나무였는데, 사람들은 학 나무라 부른다고 했다. 거기엔 사연이 없을 수 없었다.

"그 나모에 학이 한 마리 앉아 있는데……."

호한은 또래들에 비해 키가 훌쩍 큰 딸이 학처럼 우아하게 자라줄 것을 소원하며 말을 이어갔다.

"배미가 나타난 기라."

비화가 그들 앞에 뱀이 나타난 것 이상으로 놀라며 소리 질렀다.

"아, 우째예? 아부지, 우째예?"

호한은 자신이 열네댓 살에서 스물네댓 살 사이의 나이를 먹은 청년으로 되돌아가는 기분이었다.

"바로 그때 안 있나, 거게 남해섬 마을에 사는 우떤 청년이 말이다."

"예."

잔뜩 두 귀를 곤두세우고 있는 비화 입에서 꿀꺽 마른침 삼키는 소리가 났다.

"활을 탁 쏴가지고 학을 물라쿠는 그 배미를 쥑이삣다."

활시위를 당기는 자세를 하고서 호한이 들려주는 이야기에 비화는 이내 낯빛이 환해졌다.

"그라모 학은 살았것네예?"

하지만 호한의 표정은 밝지 못했다. 비화가 깜냥에도 왜 저러실까 하고 내심 궁금해하고 있는데 아버지가 한숨을 내쉬면서 말했다.

"학은 살았지만도 배미는 죽었으이."

"아, 그렇네예?"

비화는 미처 그것까지는 생각지 못했다.

"불쌍한 배미."

한데, 거기서 모두 끝난 게 아니었다. 아버지 입을 통해서, 죽은 그 뱀은 얼마 후에 갯장어로 환생하고 있었다.

"그래서예?"

비화는 반드시 무슨 일이 벌어지리라는 예감이 들어 아버지에게 좀 더 바짝 다가앉았다.

"와? 무섭나?"

그런 딸을 안아줄 것같이 하면서 호한이 물었다. 비화는 아니라고 하려다가 생각을 고쳐 고개를 끄덕였다.

"예, 아부지. 갯장어가 된 그 배미가 그냥 안 있을 거 겉애서예."

호한의 얼굴에도 심각한 빛이 서렸다.

"맞다. 복수를 할라 캤디제. 그래갖고 그 갯장어, 아니 배미는……."

갯장어가 된 뱀은 스스로 그 청년에게 잡혔단다.

'무시라.'

비화는 어린 나이에도 몸서리를 쳤다. 자신을 죽인 자에게 이번에는
또 붙잡힐 각오까지 했다니? 그렇다면 왜?

"그 청년은 갯장어를 묻는데, 각중애 배가 상구 아파갖고 고마 죽거
로 돼삤다 아이가."

비화 입에서 어머니 윤 씨가 당황할 때 하는 소리가 튀어나왔다.

"우짜꼬?"

두 손으로 복통을 일으킨 배를 안고 방바닥을 데굴데굴 구르고 있는
청년의 모습이 눈앞에 나타나 보였다.

"바로 그 순간이었제."

호한이 두 팔을 벌려 새가 날개 치는 동작을 해 보였다.

"이전에 그 청년이 살리준 그 학이 씽 날라오더이, 안 있나."

"예, 아부지."

아버지가 흥분한 아이로 보이는 비화였다. 그와 동시에 떠오르는 게
임배봉이었다. 입만 열면 그를 향해 '복수'라는 말을 무수한 활만큼이나
막 쏘아대는 아버지였다.

"부리로 그 청년의 배를 쪼아대는 기라."

"배를예?"

그랬더니 청년의 아픈 배는 그야말로 한순간에 나았다. 학 나무의 기적
은 그 이후로도 비화 마음의 토양 위에서 학이 되어 날갯짓하고 있었다.

# 훠이 훠이 부정아 가시라

오래전부터 비어사에서 진무 스님을 모시고 있는 청흠 스님이 상촌나루터에 자리하고 있는 나루터집을 찾아왔다.

"보살님, 그동안 어떻게 지내셨는지요?"

"스님, 쨰이 오시이소."

그전에도 몇 번 진무 스님 심부름으로 들렀던 스님이었다. 눈썹이 검고 살결이 뽀얀 그는 여간해선 웃음을 보이지 않는 불제자였지만, 어쩌다 웃을 때도 입을 크게 벌리는 경우가 없었다.

"아, 올매 전에 만내 뵈었는데……."

비화는 무척 반가우면서도 진무 스님 전갈을 들고 왔을 갑작스러운 그의 방문에 가슴이 덜컥 내려앉았다. 필시 무슨 일이 생긴 게 분명했다. 우정 댁과 원아 또한 잔뜩 불안한 기색을 지우지 못한 채 청흠 스님을 바라보았다.

그는 다른 사찰에 갔다가도 금방 비어사로 되돌아오곤 한다는 얘기도 들었다. 진무 스님 불덕에 크게 감명받아 진무 스님을 끝까지 모시는 시좌 노릇을 하기로 작심했다는 스님이었다. 그리고 보면 그도 보통 스님은 아니었다. 봄이 와도 눈이 잘 녹지 않는 북쪽 골짜기에 터를 잡고 있지만 그래도 춥지가 않다는 신비스러운 비어사와 잘 어울려 보였다.

"불민하기 그지없는 소승도 큰스님이 얼른 이해가 안 가오나 시키시는지라……."

청흠 스님 얼굴과 음성이 모두 매우 어둡고 무거웠다. 무욕의 도를 구하고자 하는 불제자의 모습과는 거리가 멀어 보였다. 하긴 시대가 그런 시대였다. 지금 이 땅에 발을 붙이고 있는 사람 중에 훨훨 마음이 자유로운 자는 없을 것이다.

"해우소 출입도 간신히 하는 몸이신데도……."

그런데도 비화를 절집으로 데리고 오라고 했다는 것이다.

"내가 들어볼 적에는 이렇다."

난감하다거나 심각하다거나 할 때면 버릇처럼 하듯이 이번에도 우정 댁이 코를 훌쩍이며 말했다.

"암만캐도 스님께서 준서 옴마한테 꼭 하시고 싶은 뭔 중요한 말씀이 있으신 모냥이다. 그기 머신고 잘 모리것지만도 내 짐작이 안 틀릴 기다."

이웃한 밤골집 지붕 위에 참새들이 올라앉아 있었지만, 그 미물들도 뭘 아는 게 있는지 짹짹거리지 않았다. 미동조차 하지 않고 있는 품이 안 화공이 그려놓은 그림을 방불케 했다.

"안 그리고서야 준서 옴마가 눈코 뜰 새 없이 바쁜 줄 뻔히 아시는데 그라것나."

비록 치마 두른 아낙이지만 밴댕이 소갈머리와는 한참 거리가 먼 비화인데도 노파심이 발동하는 목소리로 말했다.

"그러이 가게 일은 걱정 탁 내리놓고 얼릉 가봐라."

그러는 우정 댁도 모르지는 않을 것이다. 지금 비화가 걱정하고 있는 것은 가게를 비워야 한다는 그 사실이 아니라, 진무 스님에게 크게 좋지 못한 이야기를 듣게 되지나 않을까 하는 것이다.

"지 생각도 그래예."

원아도 흐린 안색으로 말했다.

"성님 말씀이 맞는 거 겉심더."

청흠 스님은 그게 예의란 듯 나루터집 여자들이 나누고 있는 얘기들을 전혀 듣지 못하고 있는 사람으로 행세했다. 말 그대로 돌부처였다.

"그런 기 없고서야 몸도 그리키 안 좋으심서로 오라꼬 하실 분이 절대 아이지예."

비화가 행주치마 끝을 들어 손에 묻은 물기를 닦아내며 말했다.

"그라모 댕기오것심더."

우정 댁과 원아가 동시에 말했다.

"안부나 전해주고……."

비화는 허리에 걸친 행주치마를 풀었다.

"예, 그리 말씀드리것심더."

비화와 청흠 스님은 곧 나루터집을 나왔다. 강바람이 배웅이라도 나왔는지 성큼 다가와 옷자락을 나부끼게 하였다. 나무와 나룻배와 물새도 변함없이 반갑게 맞아주는 모습이었다. 그렇게 모든 것은 그대로인데 비화 심경의 빛깔은 시시각각 바뀌었다.

"상구 팬찮으신가예?"

바삐 걸음을 옮겨 비어사로 가는 도중에도 비화는 여러 번이나 물었다.

"편찮으신 것은……."

말꼬리를 흐리는 청흠 스님이었다.

"공양은 잘 드시고예?"

"그게……."

우물쭈물하는 청흠 스님이었다.

"주무시는 거는예?"

"그것도……."

눈이 허공을 향하는 청흠 스님을 보며 탈기하는 비화였다.

"아, 우짭니꺼?"

고을 북쪽 골짜기에 있는 비어사는 예나 이제나 변함이 없어 보였다. 저만큼 푸른 나무숲 사이로 사찰 검은 기와가 눈에 들어오는 순간, 비화는 또 염 부인 생각부터 났다. 어디선가 털빛 뽀얀 진돗개 '보리'가 반갑다고 '컹컹' 소리를 내며 달려올 것 같았다. 여간해선 소리를 내지 않는 다던 개였다.

'땡그랑.'

풍경소리.

'아!'

그 소리 속에는 염 부인의 체취와 목소리가 고스란히 섞여 있었다. 비화는 좋은 곳으로 가려는 염 부인을 자신이 억지로 붙들고 있는 게 아닌가 싶어 죄스러웠다.

'와 이리 염 부인 마님을 보내드리지 몬하고 있는지 모리것다. 안 가실라 쿠더라도 등을 떠밀어야 할 내가 말이제.'

비화는 연방 고개를 내저어가며 눈을 치떴다. 취중이 아닌데도 사물이 뒤죽박죽 거꾸로 보이는 도식병에 걸린 듯했다.

"스님!"

역시 진무 스님은 작은 요사채에서 자리보전을 하고 있었다. 지난날 문대 아버지 서봉우 도목수가 정성을 쏟아 새롭게 손을 봐준 방이었다.

"왔구나!"

비화를 보자 진무 스님은 누운 채 겨우 그 한마디를 던졌다. 하지만 목이 타는지 잠시 입을 오물거리던 그는 이내 몸을 일으켜 앉으려고 했다.

"그, 그냥 계시이소, 스님."

급하게 만류하는 비화 목소리 끝에는 벌써 눈물방울이 매달렸다. 내가 절집에 와서까지 이래서는 안 되는데 싶으면서도 도저히 자제가 되지 않았다. 아니, 부처님 전이고 진무 스님 앞이고 하니 더 그런지도 알 수 없었다. 알 수 없는 게 아니라 알 수 있었다. 회귀, 아니면 유아적인 본능 같은 것이었다.

"아니다."

진무 스님은 사각형의 빗살을 상하좌우로 서로 잇대어서 배열한 숫대살 문 앞에서 무슨 분부가 내리기를 기다리는 모습을 하고 서 있는 청흠 스님 쪽을 향해 눈길을 보냈다.

"예, 큰스님."

청흠 스님이 빠른 동작으로 진무 스님에게 다가가 그가 일어나 앉는 것을 도와주었다. 비화가 거들어주려는 것을 손짓으로 말리는 청흠 스님은 자주 그래왔는지 대단히 익숙한 솜씨였다. 청흠 스님 손발이 진무 스님 손발로 보였다. 장삼 서걱거리는 소리가 이상할 정도로 비화 마음을 깎아내리고 귀를 후벼 팠다.

"이제 됐다."

이윽고 정좌한 진무 스님은 숨을 몰아쉬며 청흠 스님에게 말했다.

"너는 그만 나가 보거라."

그에게서는 여전히 '바스락' 하고 마른 나뭇잎 소리가 나는 것 같았다.

"예, 큰스님."

청흠 스님이 돌아서면서 비화에게 합장을 했다. 비화도 얼른 일어나서 밖으로 나가는 그를 향해 두 팔을 가슴께로 올려 두 손바닥과 열 손가락을 합쳐 인사를 했다. 스스로 느끼기에도 손에 전해지는 온기가 새로웠다.

마음속에서 무언가 치솟았다. 그것만으로도 상대방과 한마음이 되어 무아법無我法을 실천한 느낌이었다. 누구든 무아법에 통달하게 되면, 참다운 보살이 되고 윤회도 없다고 하였다.

"앉거라. 오느라고 다리도 아플 텐데……."

비화를 바라보지 않고 방바닥 어딘가에 시선을 던져둔 채 진무 스님이 말했다. 번거롭고 어지러운 홍진紅塵을 벗어난 그곳답게 작은 먼지나 티끌 하나 없는 바닥이었다. 나루터집 방도 정갈하지만, 그와는 또 다른 무엇이 가슴에 와 닿았다.

"여 온다꼬 생각한께 한 개도 안 아푸데예."

그렇게 말하며 비화는 공손히 자리했다. 진무 스님이 계속 얼굴을 숙이고 있어 비화도 저절로 고개가 아래로만 수그러졌다. 어떤 보이지 않는, 그러면서도 인간으로서는 거부할 수 없는 강한 힘이 머리를 들지 못하게 억누르고 있는 기분이었다. 사람들은 나이가 들어갈수록 얼굴과 어깨가 앞쪽으로 수그러든다고 하는 말이 예사로 받아들여지지 않았다.

'자신을 낮추라는 부처님 뜻이까?'

그 알 수 없는 기운은 거기 요사채 안을 가득 채우고 있었다. 어쩌면 인간은 볼 수 있고 들을 수 있는 것들보다 볼 수 없고 들을 수 없는 것들에 더 둘러싸여 살아가는지도 모를 일이었다. 함께 있을 수 있는 시간보다 함께 있을 수 없는 시간이 더 많은지도 알 수 없었다.

그런 상태로 한동안 침묵이 흘렀다. 너무나 고요하여 모든 것들이 일시에 멈춰버린 느낌을 주었다. 절집은 그 자체로서 모든 게 '무無'라는 것을 일깨워주는 설법, 그것인지도 몰랐다.

"내가 오늘……."

언제까지고 그러고 있을 것으로 보이던 진무 스님이 이윽고 힘겹게 얼굴을 들며 천천히 입을 열었다.

"가게 일로 바쁜 널 오라고 한 건……."

비화는 한 번 더 자리를 고쳐 앉았다.

"예, 스님."

또 왈칵 눈물이 복받치려 했다. 정말이지 이날 이때까지 살아오면서 그녀를 지탱해 주는 마음의 기둥으로 떠받들어 왔던 진무 스님이었다. 그런 당신의 나약해진 모습을 가까이서 지켜본다는 건 너무나 고통스럽고 힘든 일이었다. 차라리 살점이 떨어져 나가고 핏물이 튀는 고문이 더 나을 터였다.

"아무래도 내가 부처님께로 갈 시간이 가까워진 것 같아서……."

입적한다는 것을 마치 이웃집에 잠시 다니러 간다는 것처럼 이야기하는 심상한 말투가 오히려 비화 가슴을 더 강렬하게 찔렀다.

"스님!"

"왜?"

"흑."

"왜?"

속절없이 흘러내리는 눈물을 막으려고 황급하게 고개를 뒤로 젖히니, 거기 낮은 천장이 머리를 짓누르고 가슴을 압박해 왔다. 하늘이 높다는 무서운 사실도 모른 채 제멋대로 얼굴을 위로 치켜든 임배봉의 대저택 솟을대문이 눈앞에 어른거렸다.

"왜냐고 묻고 있거늘."

까칠한 진무 스님 입술 사이로 탄식의 말이 새 나왔다.

"허어, 비화답지 않도다!"

"……."

비화는 크게 움찔했다. 비화. '준서 엄마'가 아니라 '비화'라고 했다.

그렇다, 비화. 그 한마디로도 지금 진무 스님은 뭔가 각별한 각오를 하고 계신다는 깨달음이 곧바로 왔다. 아련한 추억이 담긴 목소리가 이어졌다.

"내가 비화 널 처음 보던 날이 생각나는구나."

비화는 코끝이 찡해 오는 감회에 젖었다.

"지도 생생히 기억하고 있심더."

내부가 잘 들여다보이게 되어 있는 청결한 공양간 앞의 그다지 넓지 않은 채마밭 쪽에선가 간간이 들려오는 건 멧꿩 소리였다.

"그때 난 느꼈느니."

"스님."

부처 앞에 음식물을 올리는 것도 공양이라 하고, 중이 음식을 먹는 일도 공양이라 하고, 웃어른에게 음식을 대접하는 것도 공양이라 하니, 그 '먹는다는 것' 앞에서는 모두가 하나인가 싶어지는 비화였다.

그러나 스스로 헤아려 봐도 이해할 수 없는 게, 그녀는 사람이든 동물이든 무엇을 먹고 있을 때 그렇게 슬프고 안돼 보인다는 마음이 생긴다는 사실이었다. 모든 생명체는 먹지 않으면 살 수 없다는 그 평범한 사실이 왜 그런 이상한 감상을 불러일으키는지 모를 노릇이었다.

"아, 여기 숨은 꽃이 있구나! 하고."

"……"

비화는 아무 말 없이 듣고만 있었지만, 가슴은 수백 수천 가지 말을 하고 있었다. 그를 처음 대면했을 때와 조금도 변함없이 야윈 몸에서 '바스락' 하고 바싹 마른 나뭇잎 소리가 나는 진무 스님이었다. 지금은 그의 음성도 한층 더 그런 소리를 담아내고 있었다. 비록 볼 수는 없지만 어쩌면 그의 마음도 그럴 것이다.

"하지만 세상 사람들이 그 꽃을 발견할 때쯤이면, 하고 말이다."

비화는 가슴이 먹먹해지면서 대웅전 부처님 발밑으로 기어들고 싶다는 부끄러움을 떨칠 수 없었다. 꽃은 고사하고 지푸라기조차도 못 된다는 강박감에 시달려온 그녀였다.

'아, 스님은 나를 너무나 지나친 눈으로 보신다.'

비화가 속으로 하는 생각을 아는지 모르는지 진무 스님은 숫대살 문을 바라보면서 말했다.

"자연이 주는 빛살이 참으로 좋구나!"

벽에 그을음이 묻은 거기 부엌 아궁이에 걸린 무쇠솥에서는 새하얀 김이 뿜어져 나오고 있는지도 모르겠다. 스스로 돌이켜 봐도 도저히 이해가 되지 않는, 지금 그 분위기와는 너무나 어울리지 않을 엄청난 허기를 느끼며 한 비화 생각이었다. 하지만 진무 스님은 더없는 넉넉함이 묻어나는 음색이었다.

"내 눈이 그릇되지 않았어."

청춘에게서나 기대할 수 있을 법한 환희에 찬 목소리였다.

"사람들은 그 꽃을 발견했다."

비화는 간곡하게 청하듯 그를 불렀다.

"스님."

저렇게 갑자기 말씀을 많이 하셔도 괜찮을까? 혹여 기력이 너무나도 쇠진하여 잘못되기라도 하시면? 그런 걱정부터 앞섰다. 하지만 이제 그만하시라고 할 용기가 나지를 않았다. 그런다고 멈출 그가 아니었고, 도리어 호된 꾸짖음만 자초할 뿐임을 알고 있었다.

"이제 꽃은 세상을 향해 그 향기를 날려 보내야 할 때가 왔느니."

그 말을 듣고 있는 비화 코끝에 스치는 것은 향불 냄새였다.

"자고로 모든 향기 중에서도……."

진무 스님은 선문답을 하려는 것으로 보였다. 하지만 그건 비화의 순간적인 착각일 따름이었다. 지금 진무 스님에게는 그럴 만한 기력이나 여유조차 없다는 사실을 비화는 뒤늦게야 깨달았다. 정말 입술에 묻히기조차 싫고 끔찍한 소리지만, 그에게는 삶의 빛보다도 죽음의 그늘이 더 드리워져 있는 게 사실이었다.

"내 그래서, 그래서……."

"스님?"

진무 스님은 별안간 몹시 조급해 보였다. 그건 비화가 지금까지 수십 년에 걸쳐 보아왔던 그의 모습이 결코 아니었다.

비화는 집에서 청흠 스님 방문을 받았던 그때와 마찬가지로 또다시 심장이 덜컥 내려앉는 기분에서 헤어나지 못했다. 아니, 집에서보다 여기가 더 심했다.

'해나 진무 스님께서?'

비화는 속으로 세찬 도리질을 해댔다. 그것은 상상만으로도 숨이 막힐 노릇이 아닐 수 없었다. 염 부인 한 사람만으로도, 한 사람만으로도.

─비화야, 너 지금?

부처님의 크고 엄한 질책이 귀를 후려치는 듯했다.

'내가 와 이라노? 무신 방정맞은 생각에 빠지노?'

그렇지만 그런 불길한 예감은 끈덕지게 비화를 물고 늘어졌다. 그리고 그런 감정은 결코 잘못된 것이 아니었다. 과연 진무 스님 입에서 나온 소리는 이러했다.

"내가 이승을 뜨기 전에 마지막으로 꼭 누군가에게 남기고 싶은 말이 있느니."

비화는 어린 시절 함부로 부엌에 들어갔다가 아궁이 위에 얹힌 뜨거운 가마솥에 데어 비명 지르던 것처럼 하였다.

"스, 스님! 그, 그런 말씀은 하지 마시소!"

진무 스님은 죽비로 내리치는 음성이었다.

"그리고, 비화 네가 가장 적임자라고 믿고 있도다."

비화는 두 손으로 귀를 틀어막았다.

"지발 고만하시소!"

그러나 피를 토하는 것보다 더한 비화 절규에도 고집불통 늙은이처럼 나오는 그였다. 모르는 다른 누가 보면 노망기 있다고 착각할 지경이었다.

"아, 그냥 들어라. 내가 혼자 이야기를 해도 시간이 모자랄 것이야."

채마밭 근처에서 들리던 멧꿩 소리는 사라지고 여자들 몇이 낮은 소리로 이야기를 주고받는 기척이 났다. 비어사 신도들일 것이다.

"그러하니 모두 듣고 나서 네가 하고 싶은 말을 해주었으면 한다만……."

진무 스님 그 말에 비화는 별수 없다는 것을 깨달았다. 괜한 실랑이를 벌이는 건 오히려 몹시 피폐해진 그의 심신을 더 해롭게 만드는 어리석은 짓이었다. 비화는 거기 와서 벌써 몇 차례인지도 모르게 또 자세를 고쳐 앉았다.

"그리하것심니더, 스님."

"고맙구나."

그런데 진무 스님 입에서 뜬금없이 나오는 그다음 말이 비화를 한참 어리둥절하게 만들었다. 그건 그즈음 길을 가다가 간간이 듣게 되는 일본말만큼이나 생경한 말이 아닐 수 없었다.

"혹시 연지사蓮池寺라는 절 이름을 들어본 적이 있느냐?"

"예? 연지사예?"

반문하는 비화에게 그는 힘없이, 그러나 또렷한 어조로 말했다.

"그래, 연지사."

"몬 들어봤심니더."

금시초문인 데다가 느닷없이 그곳 비어사도 아닌 다른 절집을 얘기하는 진무 스님 의중도 알 수가 없어 그녀는 눈만 멀뚱거렸다.

"그럴 테지. 그럴 게야. 후우."

요사채 문짝이 흔들릴 정도로 진무 스님 한숨소리는 크고 깊었다.

"그러니 그 일이 더욱 쉽지 않을 게다."

짙은 탄식과 안타까움이 서린 어조였다.

"그걸 아는 사람이 과연 몇이나 될꼬?"

비화는 그게 꼭 자신을 나무라는 소리로 들렸다.

"예?"

갈수록 오리무중이었다.

"아니다. 그냥 내 혼자서 해본 소리야."

"예."

그때 들려오는 그윽한 풍경소리에 향불 냄새가 묻혀 있는 듯했다. 꽃냄새는 전혀 느낄 수 없었다.

"그보다도, 비화야."

여전히 이름을 부르는 진무 스님이었다.

"예, 스님."

그는 비화가 부담감과 두려움을 느낄 만큼 점점 심각해지는 음색이었다.

"지금부터 내가 들려주는 이야기를 잘 들어야 하느니라."

요사채 앞을 지나는 사람들의 조심스러운 발걸음 소리와 낮은 목소리가 들리는가 했더니 이내 사라졌다. 극히 순간적이지만 비화는 이런 환각에 빠졌다. 혹시 부처님께서 오셨다 가신 게 아닐까.

"그러고는 기필코 그 일을 해내야 할 것이야. 알겠느냐?"

다그치듯 하는 진무 스님이었다. 비화는 그 일이 무엇이냐고 묻지 않고 그저 다소곳이 대답만 했다.

"예."

그의 목소리가 작아지기 시작했다. 비화는 가슴에 큰 구멍이 뻥 뚫리는 느낌에 흔들렸다. 드디어 그의 기력이 쇠잔해지고 있다는 속일 수 없는 증거였다. 저러다가 나중에는 저런 정도의 소리까지 내지 못하고…….

"비화 네가 바로 이 고을 사람이니까 말이니라."

새삼스럽게 그런 사실을 상기시켜주는 진무 스님 음성은, 둘만의 대화보다는 훨씬 많은 사람이 있는 자리에 더 잘 어울릴 것으로 전해졌다. 비화가 듣기에 그 내용이 결코 사사로운 것이 아니었다.

"물론 이 나라 백성이면 누구나 해야 할 책임과 의무가 있겠지."

거기서 말을 끊었다가 계속했다.

"그래도 이 고을 사람이 앞장서야 할 것이라 믿는다."

뒷산에서 다른 곳에서는 좀처럼 듣기 힘든 이상한 새 울음소리가 들려왔다. 상촌나루터 그 많은 물새 중에 그와 유사한 소리를 내는 새는 본 적이 없었다. 얼핏 누가 피리를 불고 있는 성싶었다.

"그게 바른 도리지."

"스님?"

도대체 무슨 말씀인지 알 수가 없었다. 그 정도로 어려운 이야기이겠거니 싶긴 했지만, 가슴이 답답했다. 바람기도 별로 느껴지지 않는데 요사채 숫대살 문이 꼭 생명을 가지고 있는 것처럼 혼자서 덜컹거렸다. 어쩌면 저것도 부처님 손길에 의한 것이 아닐까 싶어 비화 마음이 한층 싱숭생숭했다.

"연지사라는 그 사찰……."

진무 스님도 비화에게서 의아해하는 빛을 읽었는지 구체적으로 말하기 시작했다.

"저 예전도 한참 예전에 이 고을 이름이 청주靑州라고 불렸을 그 당시에 여기 있던 절이었느니라."

사위는 그야말로 절도 중도 모두 떠난 자리같이 고즈넉했으며 피리 소리를 닮은 새소리만 간헐적으로 났다.

"청주라꼬 부릴 때라모?"

비화는 어쩐지 고태연한 감상에 젖어 드는 자신을 느끼며 조심스럽게 물었다. 예스러운 것을 떠올리면 삼가는 마음이 되는 것은 무슨 셈인지 모르겠다. 지난 역사 속으로 다시 돌아가는 묘한 기분이 들었다.

"해나 통일신라시대를 말씀하시는 깁니꺼?"

아버지 호한에게서 들은 기억이었다. 비록 남자아이들처럼 동네 글방에는 보내지 못해도 가정교육 하나만은 철저히 받아야 한다던 아버지 덕분에, 비화는 어지간한 남자보다도 많은 것을 알게 되었다. 하지만 그 시대를 입에 올리고 있는 자신이 너무 어색하고 생소했다. 그녀는 나루터에서 콩나물국밥을 파는 장사치인 것이다.

"그래, 잘 아는구나."

그런데 진무 스님은 이야기가 잘 돌아가겠구나 싶은지 흡족한 표정이었다.

"바로 통일신라 흥덕왕興德王 시절이야."

"아, 흥덕왕!"

비화 눈에 갑자기 진무 스님이 천 년 전의 사람으로 비쳤다. 그녀는 천 년 세월을 두고 그와 마주 앉아 있는 것이었다. 한데 곧 이어지는 그의 이야기는 비화를 그보다도 더 과거의 시간 속으로 데려가는 것이었다. 게다가 과거지만 현재보다도 더 구체적이고 명확한 시각이었다.

"흥덕왕 8년, 그러니까 833년, 이 고을에 있던 그 연지사에 훌륭한 종鐘 하나가 새로 만들어졌느니."

"······."

"그 이름 하여 연지사종이니라."

비화는 새로이 가슴에 새기듯 되뇌었다.

"연지사종."

그러는 자신의 목소리가 왠지 모르게 종소리와 가깝다는 기분에 빠지는 비화였다. 진무 스님은 비화가 그것을 알게 되어 안도한다는 얼굴이었다.

"그래, 그렇지."

어쩐지 신비스러운 느낌부터 드는 종이었다. 기력이 대단히 쇠잔해진 진무 스님이 많은 말씀을 하시는데도 우려한 만큼은 힘들어하시지 않는 것 또한 신비였다.

"이제부터 내가 너에게 해주려는 이야기는 바로 그 종에 관한 것이니라."

평소 그렇게 서두를 길게 잡는 그가 아니라는 자각이 일면서 비화는 더한층 귀를 크게 열었다. 그곳이 큰 종을 달아 두는 누각으로 받아들여지기 시작했다.

"더할 수 없이 소중하고 또 소중한 종이다."

비화 귀에 진무 스님 음성이 조금 전 그녀 자신의 음성에서 느꼈던 것과는 비교가 안 될 만큼 은은한 종소리처럼 들리기 시작한 것은 그 순간부터였다. 그만큼 진무 스님이 그 종에 깊숙이 빠져 있었고, 비화도 그 종에 한층 흥미를 품어가고 있다는 증거일 것이다.

"내가 평생을 불가에 귀의한 몸으로서······."

비화는 옛날 성밖 대안리에 있는 그녀 집 대문 앞에서 처음 본 그의 모습을 기억 이편으로 일으켜 세워보다가 이런 생각이 들었다. 그날 이후로 그와 나의 시간은 화석化石이 되었다.

"아무래도 내 살아생전에 그 일을 완수하지 못한 채 뻔뻔하게 이승을 떠나야만 한다는 게 말이다, 비화야."

방바닥이 이렇게 차가워서야 성치 못하신 저 몸으로 어떻게 견디시나? 그런 생각과 함께 울컥, 또 목젖으로 뜨거운 기운이 치밀었다.

"참으로 아쉽고 죄스럽기만 하구나."

자신이 그것에 매달리는 연유를 밝혀 보이고 있었다.

"부처님 전에 가서도 얼굴을 들 수가 없을 것이야."

"스님, 또……."

비화가 무슨 말을 하려는지 안다는 양 손을 내저으며 그가 당부했다.

"그러니 내가 죽더라도 비화 네가 꼭 그 일을 해주길 바라느니."

비화는 대답과 동시에 흐느꼈다.

"예, 흑."

진무 스님은 급기야 비화 뺨 위로 굴러 내리는 눈물방울을 못 본 척하였다.

"만약, 만약에 말이다."

"말씀하시이소, 스님."

내가 눈물을 보여서는 안 된다고, 그녀는 마음에 부정不淨을 막는 금줄을 쳤다. 제단 앞에서 황토를 뿌려가며 선창을 하는 사람도 그녀이고, 후창을 하는 잽이와 잡색도 그녀이다.

―부정아 가시라 훠이 훠이 부정아 가시라.

# 연지사 종

산문山門 어름에서 어렴풋이 들려오는 것은 틀림없이 고라니가 내는
소리였다.

몸빛이 여름에는 적갈색이 되고 겨울에는 회갈색이 되어 사슴과 비슷
하지만, 또 사슴은 아닌 게 분명한 산짐승이었다.

"비화 너희 세대에도 그 일을 이루어내지 못한다면……."

가슴이 예리한 날에 베이는 느낌이 드는 비화였다.

"준서 세대, 준서 세대에도 안 되면……."

비화는 얼굴뿐만 아니라 온몸이 뜨거운 불길에 휩싸인 듯 화끈거려
오기 시작했다. 얼마 전 강원도 산골 어딘가에 있는 절집 요사채에 원인
을 알 수 없는 화재가 나서 모조리 불타버렸다는 안타까운 이야기를 들
은 적이 있는데, 지금 그녀 자신이 비어사가 아닌 그곳 요사채에 들어앉
아 있는 기분이었다.

"하여튼 아무리 오랜 시간이 흘러도 말이다."

불가의 시간과 속세의 시간을 헤아려 보는 비화였다.

"누군가는 반드시 이뤄내야만 할 일인 게야."

진무 스님은 몸이 불편한 것도, 원기가 피폐해진 것도 죄다 잊은 사람으로 보였다. 부처님께서 진무 스님을 붙잡아 주고 계시는 걸까, 그런 생각까지 들었다. 더욱이 갈수록 그의 이야기는 비화에게 시간까지 잊게 하였다.

　"일본 후쿠이현(福井縣) 쓰루가시(敦賀市) 마쓰하라촌(松原村) 조구진자(常宮神社), 바로 그곳을 기억하라."

　"일본 후쿠이현 쓰루가시……."

　비화는 꼭 주술 외듯 하는 진무 스님 말을 그대로 따라 했다. 비화의 그 모습을 보면, 독실한 신자를 떠나, 광신자가 따로 없어 보였다.

　"역시 비화다."

　처음 들어보는 그 어려운 일본 지명을 단 하나도 틀리지 아니하고 고스란히 입에 올려 보이는 비화를 보는 진무 스님 표정이 더할 수 없이 흐뭇해 보였다.

　"그 신사神社……."

　그러면서 진무 스님은 가만히 눈을 감았다. 비화도 왠지 모르게 자꾸 눈이 감기려 했다. 그 자리 분위기에 비추어 당연히 졸음은 조금도 다가올 수 없는데도 그랬다. 아니, 장차 얼마나 숱한 불면의 밤을 보내야 할지 모를 일인 것이다.

　어쨌거나 그때부터 진무 스님은 한참 동안 입을 다물었고 눈 또한 뜨지 않았다. 그의 감은 눈 저편에는 일본에 갔던 날의 기억들이 밀물처럼 밀려오고 있었다. 그것은 그 고을과 인근에 있는 사찰의 주지 그리고 불심이 깊은 신도 몇 사람과 동행한 일본 방문이었다.

　'내가 다시는 갈 수가 없는 곳이겠지.'

　후쿠이현 중앙에 위치하고 동해에 면해 있는 항구 도시 쓰루가시였다. 그곳이 아직까지 그의 두 눈에 선했다. 대륙문화의 현관문으로 일컬

어지기도 하는 그 도시는, 단군이 세운 이 나라에서 반출된 문화재가 많은 곳이었다. 조선인들에게는 참으로 억울하고 가슴 아픈 고장이 아닐 수 없었다. 그는 소명의식을 가지고 거기를 떠올리기 시작했다.

쓰루가 반도를 따라 북상하면 도로 좌측으로, 절집의 일주문에 해당하는, 신사神社로 들어가는 입구 도리이가 있었다. 다시 해안선을 쭉 따라서 신사 입구를 지나니, 왼쪽에 서전궁, 오른쪽에 동전궁이라 불리는 법당이 보였다. 또한 신사 정면에는 배례를 올리는 배전이 있고, 그 뒤쪽에는 본전이 있었다. 본전 뒤에는 좌우로 4개의 경내 신사 건물이 보였고, 본전 왼쪽에는 이나리진자, 에비수신자가 자리했다. 그 바로 오른쪽에는 평전궁, 총사궁이 있었다.

'어디에 있을까, 어디에?'

그의 눈이 빛났다. 부처의 크고 밝은 눈을 닮았다. 그런데 그 눈에 들어온 현장은 너무나 아니었다.

'아, 어떻게 저런 곳에 버려두었단 말이냐?'

그랬다. 조선 천년의 범종 연지사 종은 그 신사의 아주 좁은 한 창고에 보관되어 있었다. 시멘트 구조물 내 목조로 된 선반 위의 작은 보물고에 그대로 방치되어 있는 신세였다. 어떻게 보면 꼭꼭 감금되어 있다는 것이 더 옳은 표현이었다. 대한제국에서 건너간 불제자들의 분노와 탄식은 끝을 몰랐다.

"허, 남의 것을 강제로 빼앗아갔으면 보존이나 제대로 해야지, 대체 저게 무슨 망발이란 말인고?"

"그러게 말입니다. 우리 조선국 민중의 아픔을 어루만져주고 부처님 자비를 전하던 그 은은한 울림이, 생명력을 잃고 허송세월만 보내고 있잖습니까?"

"참으로 분통이 터집니다. 지금이라도 당장 우리나라로 도로 가져가지 못하는 게 진정 안타까워요."

그 소리들 끝에 모두는 하나가 되어 염송하기 시작했다.

"나무아미타불 관세음보살."

그 울림은 조선 범종이 갇힌, 뇌옥과 다를 바 없는 벽에 부딪혀 하릴 없이 바다로 흩어져 갔다. 진무 스님은 속으로 그 소리를 외고 있었지만, 가슴은 터져날 것만 같았다. 타국의 초라한 창고에 갇혀 있는 그 연지사 종을 보니 종신에 머리라도 탁 들이박고 죽고 싶은 심정이었다.

진무 스님은 그만 혼자 그 창고를 빠져나오고 말았다. 계속 거기 더 있다가는 무슨 일을 저지를지 스스로도 장담할 수 없었다. 그러고는 저주와 통한의 그 조구진자를 또렷하게 눈에 담아두기 위해 천천히 그 안을 걸었다. 대한제국 백성들에게 그곳을 알려주어야만 한다는 일념에서였다. 그게 그를 불제자가 되도록 한 부처님의 뜻으로 받아들여지기도 했다.

쓰루가만 안의 서쪽 중간쯤에 위치한 신사 뒤쪽은 산으로 빙 둘러싸여 있는 형국이었다. 신사 건물들은 하나같이 바다 쪽을 향하고 있었는데, 바다 건너편도 산으로 에워싸여 있어 큰 호수를 대하는 느낌을 주었다.

그 조구진자를 관리하고 있는 일본인 말에 의하면, 쓰루가만에서 배를 타고 동해 쪽으로 나아가기 위해서는 반드시 그 신사 앞의 바닷길을 지나가지 않으면 안 된다고 하였다. 아마도 조구진자는 이곳을 왕래하는 뱃사람들의 안전을 기원하는 역할을 하는 게 아닌가 여겨졌다.

또 신사 측의 기록을 살펴보니, 거기 조구진자의 주신主神인 진구神功 황후는 해상의 수호신으로 어업자, 선주, 뱃사공의 깊은 신앙을 얻고 있다는 것이다.

"애먼 남의 나라는 엉망으로 망쳐놓고 자기들만 잘살면 그만인가? 무간지옥 불구덩이에 떨어질 족속들 같으니라고."

진무 스님은 자신도 모르게 그런 말을 중얼거렸다. 그의 얼굴이 불제자답지 않게 크게 일그러져 있었다. 비화가 깜짝 놀라 그의 팔을 잡아 흔들며 소리쳤다.

"스님! 스님!"

숫대살 문의 상하좌우로 서로 잇대어서 배열한 사각형의 빗살이 삐걱거리는 소리를 내면서 그만 빠져나가는 것 같아 보였다.

"어? 그, 그래."

진무 스님은 번쩍 정신이 나는 모양이었다. 그는 오랜 항해를 끝내고 돌아와 뭍에 발을 내려놓으며 주위를 두리번거리는 사람처럼 요사채 안을 둘러보았다.

"스님?"

비화가 매우 걱정스러운 눈빛으로 바라보자, 진무 스님은 자기 팔을 잡고 있는 비화 손을 가만 떼 내며 가늘게 웃어 보였다.

"아니다. 내가 잠깐 엉뚱한 생각을 했었나 보다."

"……."

비화 보기에, 전혀 그런 것 같지 않았다. 오히려 그 반대였다.

"가만, 내가 어디까지 얘기했더라?"

자꾸 혼미해지는 정신을 숨기려는 기색이 역력하게 진무 스님은 개구쟁이 표정을 짓고 있었다. 그래서인지 아무런 셈도 할 줄 모르는 아이만큼이나 순진무구해 보이기도 했다. 비화가 울먹이는 소리로 말해 주었다.

"일본이 가지간 우리 고을 종……."

그러자 그는 백 번을 강조해도 지나치지 않다는 어투였다.

"아 참, 그랬지. 그 연지사 종이 얼마나 귀중한 종인가 하면 말이다."

"예, 스님."

그는 비화 마음에 꼭꼭 각인시켜주려는 의도인지 세세히 들려주었다.

"우리나라 종들 중에서 말이다, 봉덕사 종과 상원사 종에 이어 세 번째로 큰 종이고, 특히 일본에 있는 우리나라 종 가운데서는 최고로 큰 종인 게야. 그러니 신라 3대 범종으로 공인받을 만하지."

비화는 할 말이 있으면 자기 이야기를 끝까지 듣고 나서 하라는 진무 스님 말씀을 깜빡 잊고 물었다.

"그 종이 시방 오데 있심니꺼? 퍼뜩 가서 함 보고 싶어예."

일순, 진무 스님이 비화를 노려보듯 하며 물었다.

"그 종이 어디 있냐고?"

"예."

비화가 잘못 들은 걸까, 그의 말에 얼핏 짜증과 혐오의 기운이 실려 있는 것은. 당황한 비화는 잦아드는 목소리로 말했다.

"지 말씀은……."

그의 몸에서는 바싹 마른 나뭇잎 바스락거리는 소리가 아니라 철퇴로 내리치는 것과 흡사한 기운이 뻗쳐 나왔다.

"빨리 가서 그것을 보고 싶다고?"

"예."

비화는 비녀 꽂힌 머리카락이 쭈뼛 곤두설 정도로 가슴이 서늘했다. 평상시 대하던 진무 스님 눈빛이 아니었다. 곧이어 나오는 음성도 마찬가지였다.

"내가 조금 전에 말했던……."

그는 거기서 말을 멈추고 숨을 몰아쉬었는데, 비화가 받아들이기에는 몸보다도 마음의 짐이 더 크고 무거워 보였다. 이어지는 그의 말이 더 경악스러웠다.

"그 조구진자라는 곳의 좁은 창고에 갇혀 있지."

비화 눈이 휘둥그레졌다.

"예에? 가, 갇히 있어예?"

염 부인이 목을 매단 대웅전 뒤쪽 산에서 귀에 익은 산까치 울음소리가 들렸다. 혹시 저 산까치는 염 부인의 환생이 아닐까. 한을 품고 죽은 사람의 혼백이 새로 태어난다는 이야기가 비화 가슴을 적셨다.

"스님, 무신 말씀인지 쪼꼼 더 자세히 해주이소."

진무 스님이 홀연 저주나 악담 퍼붓는 식으로 나왔다. 그가 일찍이 그런 언동을 보인 적은 없었다. 적어도 그 순간만은 불제자 모습과는 너무나 거리가 멀어 보였다.

"왜놈들이 약탈해 가서 자기네들 신사에 보관해 놓고 있다, 그런 말이니라. 천하에 둘도 없이 나쁜 놈들!"

비화는 믿을 수 없었다.

"그랄 수가 있심니꺼?"

남의 것을 약탈해 가서 자기들 것인 양 꾸며 놓고 있다는 것이다. 임배봉이가 그 섬나라 오랑캐 족속들한테서 그런 근성을 배웠나 싶었다. 좋은 것은 따라 하기 어려워도 나쁜 것은 잘도 따라 하는 게 인간들이라는 말도 있었다.

"지금도 내 눈에는 그 종이 참으로 선명하게 떠오르는구나. 차라리 기억에서 희미하다면 마음이라도 덜 괴로울 것을."

그렇지만 비록 말은 그래도 진무 스님은 결코 그것을 잊을 수 없다는 것인지, 아니 잊어서는 안 된다는 것인지, 또다시 꿈과 소망을 갈구하는 얼굴로 변해갔다.

"마치 독을 거꾸로 엎어 놓은 것 같은 외형이지."

"아, 독아지를!"

장독간의 독들이 비화 눈앞에 그려졌다. 어머니 윤 씨의 손때가 묻어 있는 친정집 독들과 나루터집에 있는 독들이었다. 하지만 그 많은 독 중에 거꾸로 엎어 놓은 독은 없었다.

"그 종신鐘身에는 명문銘文이 새겨져 있다."

진무 스님 신분이 승려가 아니더라도 종에 대한 그 말씀 하나하나가 이렇게 내 가슴에 와 닿을 수 있을까 싶어지는 비화였다. 또한, 직접 그 종에 글을 새긴 사람처럼, 상세한 숫자까지 아주 정확하게 말해 보이는 진무 스님이었다.

"10행 118자의 그 양각 명문에는……."

그가 아직은 정신이 온전한 것 같다는 안도감에 비화 마음이 그나마 조금은 좋았다. 속으로 깊은 감사의 기도를 올렸다.

'부처님, 고맙심니더. 부처님의 보살핌으로 진무 스님이 저 정도의 건강을 유지하고 계신 거 겉심니더.'

그뿐만이 아니었다. 진무 스님 입에서는 그 계통에 뛰어난 전문가도 한꺼번에 내쏟기가 쉽지 않을 소리도 아무 막힘없이 술술 흘러나왔다.

"그 종의 주종연대와 주종지, 이름, 소재지, 무게가 밝혀져 있고……."

"……."

비화는 눈 하나 깜짝하지 않고 그 말을 잘 새겨들었다. 절집 고목에 명주 끈으로 목을 매달아 죽은 염 부인 한도 종소리로 깨끗하게 씻을 수 있지 않을까 기원하던 그녀였다. 절간 종소리도 교회 종소리도 그래서 다 반가운 소리인 것이다. 인간들이 내는 소리도 다 그러면 정말 좋을 것이다.

'오즉 공양供養만을 할라꼬 시상에 태어난 거매이로 하시던 염 부인이었제.'

어느 날인가 염 부인을 모시고 비봉산 자락에 있는 절집에 갔던 기억이 남아 있다. 부처님께 나란히 향과 꽃을 드리고 나와 대웅전으로 오르는 층계에 정답게 앉아 참 많은 이야기를 나누기도 했다.

"사람들은 공양이라쿠모 부처님이나 보살님께 공물供物을 바치는 거로만 생각하는 기 예사다."

비화 자신 또한 염 부인 말 그대로 알고 있던 참이었다.

"그라모 그런 기 아인가예?"

염 부인은 때마침 그들이 앉아 있는 곳보다 한 칸 아래 층계에서, 까만 개미들이 한꺼번에 달라붙어 열심히 옮겨 가고 있는 무슨 죽은 벌레 하나를, 투명하리만치 깨끗한 손가락으로 가리켜 보였다.

"벌레를 위한 벌레 공양이라는 거도 있거마."

"예? 벌레 공양예?"

"하모."

"……."

비화로서는 태어나서 처음으로 들어보는 공양이었다. 벌레 공양이라니. 저 하찮은 벌레에게 공양은 무슨? 게다가 사람을 성가시게 할 때도 있는 것들이다.

"와? 내가 핸 말이 우때서?"

비화 표정을 읽은 염 부인이 왜 그러느냐고 물었다.

"그냥 좀예."

비화는 제대로 정리가 되지 못한 흐리멍덩한 머리 상태에서 얼버무렸다.

"그라모 안 되는 기가?"

염 부인은 시선은 시종 그 벌레에게 둔 채 물었다. 비화는 왠지 자기가 앉아 있는 층계가 천 길 낭떠러지만큼이나 아슬아슬하다는 느낌이

들었다.

"똑 그런 거는 아이지만도예, 그래도……."

갑자기 햇살에 눈이 부셔 제대로 뜨지 못할 것 같은 비화였다. 땅 밑이나 굴속에서 살다가 밖으로 나온 것도 아니었다.

"행핀없는 기 벌거지라서?"

땡감을 삼킨 것같이 약간 떨떠름해 보이는 얼굴로 그렇게 곱씹듯 하는 염 부인 음성 끝이 사뭇 떨리고 있었다. 어쩌면 분노를 느끼고 있다는 증거인지도 몰랐다.

"그리 본다모, 우짜다가 파율破律의 악업을 저질라서 아귀도餓鬼道에 빠지삔 아귀를 위하는 아귀 공양도 잘못된 기네?"

염 부인이 그 말을 하는 동안 개미들은 벌레를 한 계단 더 밑으로 나르고 있었다. 잿빛 석탑이 서 있는 저 아래 어딘가에 개미집이 있는 모양이었다.

"운제 2월이나 12월 중에서 시간이 나모 초여드렛날에 우리 집으로 함 오이라."

뜬금없는 염 부인 그 말에 비화는 벌레를 보고 있던 눈을 염 부인에게 옮기며 이실직고하는 죄인 심정으로 말했다.

"지는 아모것도 모립니더. 그러이 더 갈카주이소."

염 부인 또한 비화에게 얼굴을 돌렸다.

"내가 비화 색시 집으로 가도 되고. 아, 그기 더 좋겠네?"

왜 2월과 12월의 초여드렛날일까를 생각하느라고 비화가 선뜻 말이 없자, 염 부인은 적잖게 서운하다는 투로 말했다.

"우째서 아모 말도 없노? 싫은갑네?"

비화는 그만 두 손과 머리를 한꺼번에 내저었다.

"아, 아이라예!"

층계 가까이 자라고 있는 커다란 팽나무 가지 사이로 공양인 듯 쏟아져 내리는 햇볕을 받은 개미 몸은 새카맣게 빛나는데, 그저 속절없이 끌려가고 있는 그 죽은 벌레의 몸 빛깔은 너무나 칙칙하고 초라해 보였다.

"와 그기 더 좋것는고 하모 안 있나, 새댁아."

초라하기 그지없는 우리 집을 염 부인에게 어떻게 보이나 하고 걱정하고 있는 비화 귀에 염 부인 말이 계속 떨어져 내렸다.

"내하고 둘이서 바늘 공양 한분 해보자꼬."

벌레 공양과 아귀 공양에다가 이번에는 바늘 공양이었다. 비화는 자나 깨나 두 손에서 놓지 않는 그 바느질 기구를 떠올리며 한 땀 한 땀 뜨듯 되뇌었다.

"바 늘 공 양……."

그새 벌레 사체는 한 계단 더 내려가서 이제 서너 계단밖에는 남지 않았다. 그렇게 됐다는 게 개미는 좋은데 벌레는 안 좋을지, 벌레는 좋은데 개미는 안 좋을지, 엉뚱스러운 생각이긴 해도 판단이 잘 서지 않는 비화였다.

"바느질을 그리 마이 함시로, 아즉 그 고마븐 바늘한테 한 분도 공양을 안 해준 모냥이제? 그라모 안 되는 기다."

"마님."

그럴 리야 없겠지만 꼭 무슨 질책으로 들리는 염 부인 말에 비화는 영문도 모르면서 어깨부터 움츠러들었다. 그녀 몸이 작아지고 또 작아져서 벌레만큼 돼버릴 것 같았다. 염 부인 입에서는 더욱 예상하지 못한 소리가 나왔다.

"그날은 바느질을 쉬고 말이제."

비화는 하마터면 언성을 돋우어 이렇게 반문할 뻔했다.

'바느질을 안 하모 지는 우찌 살아라꼬예?'

염 부인이 한 몸처럼 뒤엉켜 있는 개미들과 벌레를 가만히 내려다보고 있더니만 또 이상한 걸 물었다.

"색시 집에 뿔라진 바늘하고 녹슨 바늘 겉은 거 좀 있나?"

비화는 귀밑머리가 조금 흘러내린 염 부인 옆얼굴을 응시하며 되물었다.

"써도 몬 하는 그런 바늘은 무담시 놔났다가 머할라꼬예?"

아직 완전히 숨이 끊어졌던 게 아니었을까. 그때까지 옴짝 하지 않고 있던 벌레가 문득 몸을 한 번 뒤트는 것 같아 보였다. 잘못 본 것일까. 그건 아닌 성싶었다. 그러면 일부러 죽은 체하고 있었는지, 아니면 기진맥진한 상태여서 그랬을 수도 있었다.

"그라모 한 개도 없다, 그런 말인가베."

약간 실망 섞인 염 부인 말에 비화는 솔직히 말했다.

"예, 무담시 짐만 안 되것심니꺼."

하지만 개미들에게 벌레는 짐이 아닐 것이다. 아무리 옮기기가 힘들더라도 말이다. 밥이니까. 세상에서 가장 중요한 밥이었다. 먹지 않으면 누구도 살 수가 없는, 그래서 벌레같이 더럽고도 슬픈 것이었다.

"짐, 짐이라."

염 부인은 홀연 탈기하는 목소리였다.

"그렇제. 머든지 살아가는데 짐이 되모 안 되제. 하모, 안 되고말고."

비화는 또다시 비밀에 싸여 있는 염 부인을 발견하고 가슴이 휑해졌다. 지금 같은 염 부인 모습이 비화는 가장 싫고 무엇보다 부담스러웠다. 꼭 남의 저고리를 걸치고 있는, 너무 낯설기만 한 모습이었다.

"앞으로는 그런 바늘 있어도 벌로 그냥 내삐지 마라. 이거는 부탁인기라."

"예?"

한갓 바늘, 그것도 부러지고 녹슨 바늘에 대한 염 부인의 집착은 이해가 되지 않을 만큼 강해 보였다. 비화는 잿빛 석탑 발치에 놓여 있는, 동자승 형상을 한 자그마한 돌 인형들을 내려다보며 입을 열었다.

"마님께서 그리 시키시모 안 내삐기는 하것심더."

마침내 개미들은 한 계단만 더 내려가면 그 고된 노동이랄까 작업을 전부 끝낼 수 있을 것으로 비쳤다. 하지만 벌레 입장에서는 그게 아닐 것이다.

비화 눈에 그 벌레가 그녀의 모습 같다는 기분이 든 것은 그 순간이었다. 비화는 자신도 모르게 그만 큰 소리로 말했다.

"마님! 저 벌거지도 개미들한테서 도로 빼앗아 오까예?"

그 말은 햇볕 아래 산산이 부서져 속절없이 땅바닥 위로 흩어져 내리는 것 같아 보였다. 절간 가득 허망한 기운이 밀려드는 성싶었다. 울고만 싶은 심정이었다.

"벌거지를?"

염 부인은 약간 놀란 표정이었으나 이내 침통한 목소리가 되었다.

"안됐지만도 다시 살릴 수가 없으이, 그래갖고 무신 소용이 있것노."

염 부인 그 말을 들으니 내가 잘못 보았던 게 아닐까 여겨지는 비화였다. 이제 헛것까지 내 눈을 괴롭히는가 싶었다.

"그보담도 공양이나 잘해 주는 기 낫다."

드디어 완전히 계단을 다 내려간 개미들과 벌레는 어디에서도 보이지 않았다. 이제는 그 벌레가 살아 있는지 죽어 있는지는 별 중요한 것이 아닐 것이다. 어차피 개미집 안으로 끌려 들어갈 운명이었다. 그것들이 환영처럼 사라진 층계 위에는 햇볕만 무심하게 반짝이고 있을 뿐이었다.

"그 불쌍한 벌거지, 아니 바늘을……."

"마님!"

스님들은 모두 어디로 갔을까? 텅 빈 경내를 둘러보며 그런 생각을 하는 비화 귀에 들렸다.

"인자 그 벌거지 이약은 고마하자. 개미들이 공양을 해주고 있으이."

"예? 개미들이예?"

비화 눈에 염 부인은 조금 오락가락하는 사람으로 보였다.

'운제나 한 점 흐트러짐도 내비이지 않는 분 아이가.'

먹어치우는 것을 공양이라고 하였다. 염 부인은 자기 몸을 불살라 부처께 바치는 저 소신공양을 떠올리고 있는 걸까. 그런 중에도 그녀는 손에 든 무언가를 자기 머리 부분에 꽂는 시늉을 하며 말했다.

"이런 식으로 머리에 꽂거나, 아이모 소철나모, 소철나모 알제? 그 소철나모 뿌리 겉은 데 꽂고 바늘의 영靈을 공양하는 기다."

"생맹도 없는 거를……."

비화는 혼자 입속으로 중얼거렸다. 그것은 생명이 없는 것에도 생명을 인정하고 있는 불교 사상을 엿볼 수 있는 좋은 일례가 아닐까 싶었다.


연지사 종 또한 마찬가지였다. 생명이 없는 종이었다.

하지만 진무 스님 입을 통해서 그것은 생명을 인정받고 있는 셈이었다.

"또한 범종 조성에 관계되었던 승려, 재지 세력, 주종사업 관련 하급 관리, 종을 만든 박사, 당시 최고위 승려인 황룡사 각명 화상의 순으로 명확히 드러나 있어……."

"……."

비화는 경악한 눈으로 그를 바라보았다. 어떻게 저 많은 내용을 모조리 말해 보일 수 있을까. 아무래도 그는 전생에 그 종을 만드는 일에 함께했던 승려였던 게 틀림없다는 생각이 들지 않을 수 없었다. 어쨌거나 그러고 나서 이제 드디어 마무리를 지으려는지 그가 하는 말이었다.

"역사적 사료로서도 여간 큰 가치가 있는 종이 아니야."

비화는 지금까지 진무 스님에게 들은 것을 토대로 오래전 일본에게 약탈당했다는 종을 최대한 그 종의 원래 모습과 가깝게 머릿속에 떠올려 보았다.

"역사적 사료."

염 부인과의 그 기억을 떠나 현실로 돌아온 비화는 생각했다. 진무 스님 기억력은 아직도 기적에 가까울 정도로 건재하구나. 영험한 부처님 가호가 내리고 있구나.

'그런 좋은 종을 왜놈들이 약탈해 갔다니.'

하긴 동업직물 따위와 국제 상거래를 하는 것들이니 오죽하겠는가 여겨졌다. 안 화공이 그 고을 풍광을 화폭에 실물처럼 담아내듯이, 진무 스님은 비화 눈앞에서 그 종 모습을 생생히 그려 보이고 있었다. 조금 전 비화가 나름대로 상상해 보던 것과는 비교가 아니었다. 그럴 때 진무 스님은 나이가 무색할 지경이었다.

"용뉴는 괴수 모양을 하고 있지."

괴상하게 생긴 짐승 모양이라는 것이다. 실제로 보지 못한 비화로서는 상상 그림이 쉽지 않았다. 그렇지만 문제는 다른 데 있었다.

"너무나 아쉽게도 많이 파손돼 있었지만 말이다."

서봉우 도목수가 수리를 해주기 전에는 아마 못 쓰게 될 정도의 요사채였을 것이다. 남을 위해서는 백을 베풀면서도 자신을 위해서는 하나도 챙기지 않는 진무 스님 성격을 놓고 볼 때 어쩐지 그런 생각이 드는 비화였다.

"한거석 파손이 됐다고예."

비화는 자기 심신의 일부분이 파손되는 느낌을 받았다.

"용은 큰 입을 벌리고 아래에 있는 천판을 향한 모습인데……."

그 고을 주산인 비봉산에 얽혀 있는 이야기를 통해 전설의 새인 봉황 새에 관해서는 어릴 적부터 참 많이 들어왔지만, 역시 상상 속 동물인 용은 다소 생소한 비화였다. 실제 존재하고 있다는 호랑이도 한 번도 본 적이 없는데, 사람들은 용과 호랑이의 힘겨룸을 곧잘 입에 올린다는 사 실도 이해하기 어려웠다. 그렇지만 진무 스님이 전하는 이야기를 듣고 있노라니 그 종에 있는 용의 모습이 아주 생생하게 그려지는 것이었다.

"용머리 일부와 뒤쪽에 음통이 남아 있어 아쉽기도 했어."

"예."

진무 스님은 역시 직접 그 종을 주조鑄造한 기술자 같았다. 아니, 비 화 자신이 지금 그 종을 한창 만들고 있는 착각에 빠질 판국이었다.

"음통은 3단으로 구획되어 상단에는 연화문이 아주 아름답게 표현되 었고……."

진무 스님은 몰입의 높은 경지를 비화에게 보여주고 있었다. 벽을 향 해 앉아 수도하는 것이 아니라 종을 앞에 놓고 정진하고 있는 한 승려가 보였다. 감탄을 금치 못하는 비화 귀를 때리는 그의 음성은 종소리 그 자체였다.

"중앙부는 연곽대와 같은 무늬를, 하단은 연화문으로 장식하였다."

비화는 진무 스님 몸속에 안 화공이 들어가 있는 게 아닐까 싶을 지경 이었다. 그 종을 실제로 만든 사람들도 그렇게 소상하게 묘사하지는 못 할 것이다. 그만큼 그 종에 대한 진무 스님 애착이 무섭도록 강하기 때 문이다.

"상대上臺는 위쪽에 구슬 무늬 띠가 한 줄, 그리고 아래쪽에 섬세한 구슬 무늬가 두 줄, 이렇게 배치되어 있다."

진무 스님 입을 통해 새로운 연지사 종이 만들어지고 있었다. 그 연지사 종은 일본 창고에 갇혀 있는 게 아니라 자신이 태어났던 바로 그 고을에 있는 절집에서 자유롭게 숨을 쉬고 있는 것이다.

"그 가운데 가는 선으로 파도 무늬가 새겨진 연속 사각형 띠로 구성돼 있고……."

그의 목소리는 넘실거리는 파도처럼 굴곡이 심했다. 그 이야기를 하면서 치미는 감정을 추스르기 힘들다는 증거일 것이다.

"아, 우짜모!"

비화는 열린 입을 다물지 못했다. 그가 제아무리 고승이라고 하더라도 세수世壽 백 세 가까운 사람이 저렇게 할 수는 없었다. 그렇다면 그 범종의 혼이 사람 몸을 빌려 환생하는 것인가. 갈수록 비화 눈에 그 종 모습이 선연하게 그려지고 있었다. 그 종을 다시 남에게 옮겨 알려줄 자신이 있었다.

"연꽃 봉오리는 꽃잎이 열여덟 잎인 연화좌에 솟아 있었다."

그런데 그 말을 듣는 순간, 비화는 아주 잠깐 정신을 다른 곳으로 보내고 말았다. 지극히 위험한 현상이었다. 연꽃. 그렇다, 대사지였다. 연꽃 하면 당장 떠오르는 못, 대사지였다.

새삼 더 일러 뭣하랴. 뒤를 이어 급습하듯 달려드는 얼굴들. 옥진과 점박이 형제. 연꽃 봉오리만큼이나 청초하고 고왔던 옥진은 그 대사지에서 죽었다. 그리고 시든 더러운 연꽃 속에서 해랑으로 다시 태어났다. 당사자들을 제외하고는 세상에서 오직 비화 그녀만이 알고 있는 저 대사지 비밀을 남긴 채로.

"참 아쉽게도 열두 개만 남아 있더군."

진무 스님 말이 비화를 다시 본래 위치로 돌려놓았다.

"여섯 개나 없어지고 말았다니?"

심지어 지워지지 않고 남아 있는 연잎 숫자까지도 다 알고 있었다.

너무나 많은 것을 망각하며 살아온 비화 자신이었다. 진무 스님 음성이 가장 환상적인 색채를 띤 것은 저 비천상飛天像 이야기를 해줄 때였다.

"당좌와 같은 높이에 비천상이 당좌와 엇갈려 두 구가 있는데 말이다. 헌데……."

절 마당에 서 있는 아름드리 팽나무에서 산비둘기가 울고 있었다. 비봉산 대숲이나 남강 건너 섭천 대숲에서 잘 날아다니는 그 새는, 목을 두르고 있는 검은 띠무늬가 색다른 인상을 주어, 비화와 옥진은 그 새를 향해 손을 흔들며 고함을 지르기도 했었다.

"마치 구름 위에서 천의자락을 휘날리며 두 팔을 벌려 장구를 치고 있는 듯한 형상이 말이다."

진무 스님은 조금만 더하면 자리를 털고 일어나 장삼 자락을 흔들어가며 악기를 다루는 시늉까지 할 사람 같았다.

"진정 그렇게도 아름다울 수가 없었느니."

"예."

비화는 머릿속에 그걸 되살려 보는 것만으로도 숨이 턱턱 막히는 듯했다. 어떻게 쇠붙이를 가지고 그럴 수 있었을까. 구름 위에서 천의자락을 휘날리며 두 팔을 벌려 장구를 치고 있는 형상의 천인天人…….

'그날…….'

비화는 또다시 해랑을 떠올려야 했다. 읍내장터에 있는 동업직물 점포 앞에 설치한 무대 위에서 동업직물 비단으로 만든 옷을 입고 춤을 추고 있었다. 온 세상을 휘어잡고도 남을 춤사위였다. 실로 어이없는 노릇이 아닐 수 없었다.

'내가 미치도 더럽거로 미칫다. 텍도 아인 생각을 다 하거로.'

행여 진무 스님이 눈치챌세라 가슴이 조마조마해지기까지 했다. 지금 그녀 마음이 어느 곳을 헤매고 있는지 알게 되면 당장 여기서 나가라고 호통을 칠지도 모른다. 내가 너 같은 것을 사람으로 보고 열심히 이런 이야기를 했다니, 내 입을 찢고 싶다고 온 절집이 울리게 고함을 내지를 것이다.

'연지사 종 천인 이약을 들음시로 해랑이 고 몬된 년을 떠올리다이? 그 종을 가지간 일본인들하고 내가 다릴 기 머가 있것노?'

그날 군중 앞에 나서서 해랑을 노려보던 자신의 그 패기와 분노는 모두 어디로 사라지고 열패감에 젖어 들려고 하는가. 삼가야 할 것이 무엇인가도 모른 채.

# 방외인인 것을

비화 마음을 한층 숙연케 이끈 것은 그다음부터였다.

그것은 진무 스님이 이어서 들려주는, 저 난중잡록亂中雜錄이라는 책에 나오고 있는 대종大鐘에 관한 이야기였다.

또 종이었다. 종에서 시작하여 종으로 끝날 것 같았다. 시간과 공간은 그 의미를 잃었다. 지금 시간이 곧 그때의 시간이었고, 그때의 공간이 곧 지금의 공간이었다.

"1592년 10월 8일 밤 2경更이었다."

비화는 재주를 넘으며 사람 혼을 빼려는 백여우처럼 자꾸만 눈앞에 나타나려는 해랑을 쫓기 위해 한층 열심히 진무 스님 이야기에 귀를 모았다. 영락없이 무관 출신으로 '김 장군'이라고 불리는 김호한의 핏줄이었다. 아무도 부정할 수 없었다. 전쟁을 입에 올리는 진무 스님은 승병僧兵으로 거듭나고 있었다.

"장수들이 군사를 거느리고 제각기 십자 횃불을 가지고 남강 밖 진현晉峴 위에 벌여 서서 호각을 불자……."

그건 준서와 얼이가 스승 권학에게 들었다면서 가끔씩 들려주는 이

270

야기와 유사한 부분이 있기도 했지만, 진무 스님 입을 통해 나오니 훨씬 더 무게가 실려 있는 느낌을 주었다.

"성중 사람들이 구원병이 이른 것을 바라보고는 곧바로 대종을 울리면서 호각을 불어서 호응하였다."

비화도 그렇지만 진무 스님도 지금 그곳이 요사채라는 사실을 망각한 사람으로 보였다. 이야기가 길어진 탓도 있겠지만 그렇다고 버릴 소리는 단 하나도 없었다.

비화는 자신이 그 전투 현장에 있는 기분마저 들었다. 멋진 장수 복장을 하고 있는 아버지 호한이 보였다. 배봉과 점박이 형제 얼굴을 한 왜군들도 보였다. 전쟁터에까지 여자들을 데리고 다니는 그들이라니, 해랑 얼굴을 한 일본 여인도 보였다. 염치없고 뻔뻔스럽기가 말 그대로 '꽹과리 같은 얼굴'이었다.

"성을 공격하려던 적들이 놀라고 두려워하여 마구 떠들었다."

진무 스님이 그 시대에 계셨다면 승병으로 활약을 했을 거라는 믿음이 굳어졌다. 그때 당시에 비구니들도 무술과 병기 다루는 법을 익혀 저들을 상대했다는 놀라운 사실을 아버지에게 들었던 기억도 있었다. 그러자 요사채 지붕을 스치고 지나가는 바람 소리마저 예사로 들리지 않는 비화였다.

"그러한즉, 그 대종이야말로……."

직접 들려주는 진무 스님도 가슴이 막히는지 가다 말을 멈추고 가쁜 숨을 몰아쉬곤 했다. 비화는 당신께서 저러시다가 혹시 그대로 열반에 드시지 않을까, 별의별 궂은 생각이 다 들었다. 하지만 솔직히 그 모든 것에 앞서 자꾸 이런 의구심이 드는 것은 어쩔 도리가 없었다. 그가 예전처럼 맑은 정신이라면 이렇게 오랫동안 사람을 붙들고 앉아서, 수백 년 전에 일어났던 저런 이야기를 장황하게 늘어놓지는 않을 텐데 하는 불경스러운 당혹감과 부담스러움이었다.

하지만 그건 비화의 순간적인 착각인지도 몰랐다. 다시 기운을 좀 더 차린 그는, 임진년뿐만 아니라 그 대종과 관련된 이듬해 계사년 기록도 들려주었다. 비화의 감정을 떠나 실로 초인적인 힘이 아닐 수 없었다. 거기에는 반드시 무언가가 들어 있었다.

"그렇다모 그 대종이?"

수수께끼를 풀듯 하는 비화였다.

"그렇지. 바로 연지사 종이 틀림없을 게야."

신불神佛을 믿는 것처럼 확신하는 진무 스님이었다.

"아, 시상에!"

비화는 뭔가 뜨거운 것이 목으로 치밀어 올랐다. 벌써 몇 번째였다. 그녀는 또 어쩔 수 없이 자기 집 땅을 가로챈 배봉을 향한 증오와 반감에 휩싸였다.

"그런 종을 누가 약탈해서 일본으로 갖고 간 깁니꺼?"

그때쯤 비화는 진무 스님 못지않게 그것에 달라붙고 있었다. 그가 잠깐 생각에 잠기는 빛이더니 이렇게 대답했다.

"내가 그동안 조사해 본 바에 의하면, 여기에는 세 가지 약탈설이 있느니."

그새 시간은 많이 흘러갔지만 그건 어디까지나 속세의 시간이고 불가의 시간은 변함없이 그 자리에 머물러 있는 듯싶었다. 비화는 또 한 번 아직도 이야기가 곧장 끝날 것 같지 않다는 기분에 사로잡혔다.

"세 가지씩이나예?"

사연은 더 복잡하게 얽혀 들어가고 있었다. 대체 진무 스님에게 그 종이 차지하고 있는 비중은 얼마나 큰 것일까? 여기에는 비화 자신, 더 나아가 세상 사람들로서는 상상조차 하지 못할 그 무언가가 감춰져 있는 건 아닐까?

그 의문 끝에 비화는 진무 스님 의도와는 다르게 그저 개인적인 원한에만 빠져드는 자신에게서 크나큰 참담함과 부끄러움을 맛보아야 했다. 배봉이 그 하고많은 그녀 집안 재산을 약탈해 간 방법들에만 생각이 미쳤던 것이다. 그런 와중에 이야기가 길어질수록 더욱더 진무 스님은 글방 훈장 그리고 비화는 학동의 모습을 갖춰가고 있었다.

"우리가 잘 알고 있는 임진왜란보다도 이른 시기, 정확한 연대를 알기는 불가하나, 그때 왜구가 약탈했다는 설이 있고……."

채마밭 쪽에서 늙은 여자와 젊은 여자의 말소리가 들려왔다. 그게 비화 귀에는 과거와 현재가 공존하는 것같이 느껴졌다. 그 두 곳을 자유로운 영혼처럼 오가는 진무 스님이었다.

'아부지한테서 배우던 밥상머리 교육이 떠오리거마는.'

비화는 자신이 주도하여 만든 저 여자학급의 여학생이 되면 이런 기분일 거라는 생각도 들었다.

"그리고, 임진왜란 당시에 조선 침공을 진두지휘한 가토 기요마사(가등청정)가 가져간 것을……."

몇 번을 들어도 생경한 일본인 이름은 거부감과 적개심을 동시에 맛보게 하였다. 학교에 가면 역사를 이런 방식으로 가르치는 것일까. 역시 배운다는 것만큼 좋은 것은 다시없을 터였다. 모르면서 알려고 하지 않는 것보다도 더 큰 죄악은 없다고 했다. 그리고 알더라도 혼자만 알고 있는 것도 지탄을 받아 마땅하다 했지.

진무 스님 말씀에 따르면 연지사 종 약탈설이 세 가지가 있듯이, 세상도 삼세三世가 있다고 들었다. 현세와 전세 그리고 내세였다. 그 내세에 남자로 태어나면 책더미 속에 폭 파묻혀 서권향을 실컷 마시면서 살아갈 것이다.

얼마 전 준서에게 들은, 지난날 고종 황제가 교육조서教育詔書에서 밝혔다던 내용이 생각났다. 원래부터 남달리 영리하기도 했지만, 특히 이나라 최초로 여자학급이 있는 남녀공학을 만들 만큼, 자신이 지대한 관심을 가지고 있는 '교육'에 관한 특별조서인지라 비화는 지금도 그것을 생생히 기억하고 있다.

— 국가의 부강은 오로지 국민의 지식이 개명開明하는 데서 비롯되고, 지식의 개명은 교육의 선미善美에 따라 이룩되는 것이니, 교육이야말로 국가보존의 근본인 바, 헛된 것을 물리치고 실용을 취하여 덕양德養과 체양體養과 지양智養을 교육의 3가지 강기綱紀로 삼아, 널리 학교를 세우고 인재를 양성하여, 국민의 학식으로써 국가중흥의 대공大功을 세우게 하려 한다.

'진무 스님은 역사에 빗대어 말씀을 잘 하시더이.'
어쩌면 진무 스님의 평소 설법 방식이 이러한지도 모르겠다. 하여튼 그 모든 것을 떠나 무엇보다 내 안태본인 이곳에 있다가 약탈당한 종이라는 사실이 비화 귀를 한층 강하게 끌어당기는 것이었다. 어느새 그녀 또한 그 종의 타종打鐘 아래 들어선 걸까.
"풍신수길이 진구황후의 삼한 정벌에 근거해 오타니 요시쓰구(대곡길계)를 사자로 삼아 조구진자에 봉납하였다는 설도 있다."
연이어 나오는 말들은 그저 귀에 설기만 한 탓에 비화는 가슴이 더욱 답답했다. 그에게 이런 뜻밖의 이야기를 들을 줄은 알지 못했다. 또다시 배봉이 우리 집 재산을 빼앗아간 방법들에 대해 전해 듣고 있다는 강박감에서 헤어나기 힘들었다.
'암만 진무 스님이 불종佛鐘에 관심이 높으시다 쿠더라도 말이다.'

어쨌거나 진무 스님은 가슴이 벅차오르는지 연방 숨을 몰아쉰 다음에도 한참이나 있은 연후에, 비화 듣기에 엇비슷한 이야기로 받아들여지는 말을 꺼냈다.

"마지막으로, 이것 역시 조구진자의 소개에 따른 것이긴 한데……."

일본인들이 기록을 잘한다는 말이 실감 나는 순간이었다. 만약 우리 조선인이 글로 남겼다면 그 내용이 어떻게 되어 있을까 하는 상상도 곁들여 해보았지만 제대로 그려지지 않았다.

"임진왜란 당시 출병했던 풍신수길의 책사 오타니 기치류(대곡길륭)가 노획하여 조구진자에 봉납했다는……."

비화는 생각의 가닥을 잡기도 힘들 만큼 머리가 어지러운 중에도 궁금했다.

"스님이 보시기에는 우떤 기 맞는가예?"

진무 스님은 눈을 감았다가 천천히 뜨며 대답했다.

"솔직히 나도 잘 모르겠다."

요사채 방문 위쪽에 걸려 있는, 너무나 오래되어 흐릿한 작은 그림 속 인물은 누굴까. 비화는 궁금한 게 많았다. 안 화공이라면 알아볼 수 있을지 모르겠다.

"그리고 중요한 것은 그게 아니라고 본다."

"예?"

"어쨌든 약탈해 간 것은 확실하니까."

"그렇심니더, 스님."

맞는 말씀이었다. 조부 김생강의 소작인이었던 상놈 출신 임배봉에게 빼앗긴 재산과 가문의 명예를 생각하면 이빨이 갈렸다. 한 집안 것도 그럴진대 하물며 한 나라의 것을…….

"수십 년 전에 최 신부님인가 하는 분이 맹그신 공심판가公審判歌라쿠는 노래가 있거든예."

문득 혁노가 하던 말이 되살아났다. 이제는 저 병인박해 때 순교한 그의 아버지 전창무 못지않게 어엿한 천주학 전도사가 돼 있는 혁노였다.

"공심판가?"

"예."

"공심판이 머신데?"

"그기 뭔가 하모예."

아무래도 천주학보다는 불교 신자에 더 가까운 비화가 그것에 관심을 보이자, 혁노는 더 열이 붙어 그가 성당에서 들은 이야기를 전해주기 시작했다.

"이 시상에 종말이 오모 그리스도께서 모든 인간들을 대상으로 최후의 심판을 하시거로 되는데예……."

혁노는 세상에서 가장 나이가 어린 성당 신부님 같다는 생각을 비화는 했다.

"바로 그거를 공심판이라 안 쿱니꺼?"

비화가 짐짓 두렵다는 빛으로 몸을 떨었다.

"무시라. 우짜모 좋노?"

무두묘에 묻혀 있다는 그의 아버지를 또 떠올렸다.

"그라모 내도 심판을 받아야 되는 기가?"

혁노가 대답했다.

"그렇심니더."

비화는 이번에는 흰 천으로 얼굴을 가리고 아무도 모르게 그녀를 찾아왔던 그의 어머니 우 씨를 기억 이편으로 일으켰다.

"선한 자나 악한 자, 산 자나 죽은 자, 모도 받아야 합니더."

비화가 또 물었다.

"그 심판의 기준은 머신고?"

그건 건성으로 물은 게 아니라 진정으로 알고 싶은 것이었다.

"아, 그거예?"

혁노는 숨을 크게 한 번 몰아쉬었다.

"온 멤을 다해서 하느님하고 이웃을 사랑했는가 안 했는가 하는 기지예."

비화는 대오大悟했다는 듯 되뇌었다.

"사랑!"

혁노가 말했다.

"나루터집 식구들 중에는 악인으로 분류될 사람은 한 사람도 없고, 모도 으인(의인義人)으로 판정받을 낀께 쪼꼼도 걱정하시지 마이소."

혁노는 강대講臺 앞에 서서 경문經文을 강의하는 설교사 같았다.

"그거는 지가 딱 보정합니더."

"머라꼬? 호호호."

자기가 딱 보증한다는 말이며 모습이 재미있어 비화는 장난스럽게 웃었지만 혁노는 진지한 낯빛으로 또 말했다.

"악인들은 하매 다 정해져 있다 아입니꺼?"

비화 또한 얼굴에서 웃음을 거두고 물었다.

"눈데?"

"세 살 묵는 아아도 알지예."

그렇게 말하고 나서 혁노는 깊고 긴 한숨을 폭 내쉬었다. 그런 혁노를 보며 비화는 생각했다.

'공심판가라쿠는 그 노래가 신자들이 굳건한 신앙심을 가지거로 하는 데는 큰 역할을 하는갑다.'

그때 다시 들려오는 진무 스님 말이 비화 귀를 잡아당겼다.

"또, 더 중요한 것은……."

다시 숨이 가빠오는 진무 스님이었다.

"그것을 하루빨리 환수해 오는 일이 아니겠느냐?"

일본에서 바다를 건너 조선으로 날아오고 있는 종 하나가 보였다.

"예."

비화는 얼이가 곧잘 그렇게 해 보이듯 주먹을 세게 그러쥐었다. 사람이 나이가 들어가면 체구가 조금씩 줄어든다고 하더니, 몸의 일부분인 손도 그렇게 되는 게 아닌가 싶었다. 여자답지 않게 컸던 그녀 손이 지금은 보통 젊은 여자들 손만큼 작아진 느낌이었다. 하지만 해랑이나 효원에 비하면 아직도 큰 손이었다.

"한 가지 더 있느니."

두 사람 다 조급해 보였다.

"더……."

요사채 방문 틈새로 산사의 향불 냄새가 스며들고 있었다. 입으로 불어 끄는 것이 아니라 손으로 바람을 일으켜 꺼야 한다는 향불. 불을 붙이기도 쉽지 않지만, 끄기는 더 어려운 게 향불이었다.

'마님.'

어언 몇 년이 흘러갔는가? 염 부인 빈소에서 오열을 터뜨리며 분향할 때 일이 떠올랐다. 세 개의 향불이었다. 천신과 지신 그리고 조상을 의미하여 세 개를 올리는 것이라 하였다.

"그 종이 있었던 연지사 말이니라."

잠시 백 부잣집 상가에 머물러 있던 비화 정신이 진무 스님 말씀을 따라 그곳 요사채로 다시 돌아왔다.

"그 절의 정확한 위치를 알아야 하는 것도 아주 필요해."

"아, 그래야 그 종을 찾아온 후에 제대로 안치할 수가 있을 거 겉심니더."

"아암, 그렇지! 그래야 저들에게서 좀 더 확실히 돌려받을 수도 있고 말이다."

숫대살 문이 좀 더 밝아지는 듯했다. 진무 스님 기침 소리가 새로웠다. 비화가 오니 그는 몸이 저절로 회복된 것처럼 보였다.

"우짜모 그거를 알 수 있으까예?"

하지만 무척 진지하고 기대에 찬 비화 물음에 진무 스님 얼굴 가득 먹장구름 같은 어두운 기운이 끼기 시작했다.

"아까도 내가 말해줬다만……."

비화가 거기 와서 맨 처음에 들었던 멧꿩 소리가 한 번 더 들려오고 있었다. 비화는 한 생을 돌아다니다가 또 한 생으로 들어가는 기분이 들었다.

"우리 고을에서 그 종이 만들어졌다는 것은……."

하루도 빠짐없이 새벽같이 나루터집을 찾아드는 두부 장수가 내는 종소리가 금방이라도 들려오는 기분이었다. 우정 댁은 두부를 사기 위해서보다도 그 소리를 듣기 위해 언제나 그렇게 일찍 일어나 마당을 쓰는 것일까.

"종신 명문에 아주 명확하게 밝혀져 있어 별 문제가 없는데 말이다."

그러던 진무 스님 상체가 갑자기 앞으로 기울어지는 바람에 비화는 그만 가슴이 철렁했다. 그래 자신도 모르게 황급히 손을 앞으로 내밀어 그를 붙잡아 주려는데, 그가 스스로 자세를 바로잡으며 말을 이어갔다.

"아쉽게도 그 종이 있었던 연지사 절의 위치는 정확히 알 수가 없구나."

"아모 기록도 안 전해지고 있심니꺼?"

임배봉 집안과 우리 집안에 얽힌 사연은 족보에도 남겨두어야 마땅하다고 주장하고 싶은 비화였다. 어쨌든 지금 그 자리의 화제는 물음도 답변도 다 같이 안타까웠다.

"그렇다. 없어."

거의 단언하는 진무 스님이었다.

"우짭니꺼?"

울상을 짓는 비화였다.

"더 들어보거라."

그런데 다음에 곧바로 이어지는 진무 스님 이야기는 비화로 하여 그만 이성을 잃게 만드는 것이었다. 아니, 광녀로 몰아갔다.

"그렇지만 연지蓮池라는 이름에서 보듯이, 사찰 근처에 연못이 있었다는 사실을 감안해 볼 때, 성 북동쪽쯤이 아닐까 싶어."

거기까지는 그런대로 견딜 수 있었다. 그 말을 넘어 급기야 하는 말이었다.

"실제로 그곳에는 대사지라는 큰 연못이 있고, 연꽃도 많이 피어 있으니까."

"……."

아, 대사지. 비화는 하마터면 소리를 지를 뻔했다. 그랬다. 다른 무슨 일을 하다 들어도 온몸과 마음이 덜덜 떨리는 말이 대사지였다. 무서운 꿈을 꾸고 가위눌릴 때면 거대한 괴물 두 마리가 아가리를 벌리고 숨어 있는 늪처럼 빠져들게 하는 곳이었다.

귀를 물어뜯으며 들려오고 있었다. 점박이 형제 억호, 만호의 징그러운 웃음소리와 옥진의 애처로운 비명이었다. 가해자와 피해자인 그들 외에는 세상에서 유일하게 그 비밀을 알고 있는 단 한 사람, 비화 자신이었다. 진무 스님도 철저한 방외인方外人이었다. 하느님과 부처님이 와도 번복할 수 없는 운명의 결정체였다.

어린 시절부터 친자매 못지않게 지내던 옥진과 비화에게 오늘날과 같은 서로 완전히 엇갈린 운명의 길을 가도록 내몬 것은, 그 누가 제아무리 아니라고 항변을 해도 그날 그곳에서 벌어졌던 그 핏빛 사건이었다. 무엇으로도 치유할 수 없는 그 상처, 그 비극이었다.

그런데? 그 대사지와 연지사 종이 그런 관계라니?

"아, 비, 비화야!"

깜짝 놀란 진무 스님 음성이 비화를 잡아 흔들었다. 요사채 문짝이 '쿵' 하는 소리를 내며 방바닥으로 떨어져 내릴 성싶었다. 비화는 가까스로 정신을 차렸다.

"예? 예. 스, 스님."

"……."

아무 말 없이 그런 비화를 바라보는 진무 스님 얼굴 가득 복잡하기 그지없는 빛이 서려 있었다. 나는 너에게 국외자局外者가 아니라는 듯했다.

"죄, 죄송해예, 스님."

비화는 상대방 폐부를 한 치 오차도 없이 정확하게 찌르는 그의 눈빛을 감당하기 힘들었다.

"대사지……."

그가 천천히 대사지라는 말을 다시 입에 올렸다. 비화 몸이 움찔했다.

"무슨 큰 사연이 있는 게로구나."

숫대살 문이 어두워지고 있었다. 설마 산비둘기나 멧꿩이 날개를 펼쳐서 가리고 있지는 않을 것이다.

"너 같은 여장부가 그럴 정도라면, 음."

바람이 부는 대로 소리가 나는 풍경같이 은은한 목소리가 요사채 방을 고요히 적시고 있었다.

"어쩌면 그것도 부처님 뜻일까?"

이 방에 군불을 좀 더 때야겠네? 생뚱맞은 비화 생각이었다. 하지만 군불에 밥 짓는 짓은 하지 않을 것이다. 어떤 일을 하는 데 곁들여 하려는 것, 그건 내 직성과는 거리가 멀다고 보았다. 아무리 가깝고 수월한 길이라도 돌아가야 한다면 돌아서 갈 것이고, 아무리 멀고 험한 길이라도 바로 가야 한다면 바로 갈 것이다.

"그래, 그런 것 같아."

진무 스님은 자문자답하고 있었다. 득도한 선승 같았다.

"잘될 것 같다는 예감이 드는구먼."

"예."

차분한 그의 모습과 음성에 비화는 조금씩 안정을 되찾아가기 시작했다. 이제는 대사지 아니라 그보다 더한 것이 달려들어도 흔들리지 않을 자신이 생겼다.

'이래서 사람들은 절집을 찾는갑다.'

거짓말처럼 방바닥이 따뜻해지는 느낌이 왔다. 혹시 청흠 스님이 군불을 지피고 있을까?

'부처님의 넘치는 영험.'

비화가 항심恒心으로 돌아가는 것을 본 진무 스님이 가벼운 기침을 한 후에 심상한 어투로 말했다.

"연지사가 있었던 자리 말이다."

비화는 자리를 바로 했다. 마치 그녀가 앉아 있는 그 자리가 연지사 터이기라도 한 것 같았다. 그런데 그의 입에서 나오는 말이 약간 다른 뜻이 담겨 있었다.

"내가 조금 전에 대사지를 지목했지만……."

비화 마음 깊은 곳에 지옥 구덩이보다도 더 깊이 파여 있는 대사지를 내몰아주기 위해 하는 말처럼 들렸다.

"그 밖에도 후보지로서 다른 여러 곳이 더 있다, 사람들 말을 들어보면."

"다린 곳도예."

아마도 연지사 위치에 관해서 관심이 많은 이들이 적지 않은 모양이었다. 그만큼 힘들고도 중요한 일이기 때문일 것이다.

"얼릉 알아내기가 수월찮것네예?"

그는 고개를 끄덕이다가 멈췄다.

"물론이다. 그러나 꼭 밝혀내야 할 일이다."

이런 말을 끝으로 진무 스님은 입을 다물었다.

"아무리 시간이 걸리더라도 말이다."

노을빛이 단순하고 검소한 모습을 띤 요사채 문짝을 물감처럼 색칠하고 있었다. 지금 안 화공이 여기 와서 그림을 그리고 있나, 그런 엉뚱스러운 생각을 하던 비화는 또 털빛이 화선지같이 새하얀 진돗개 '보리'가 떠올랐다. 여간해선 짖지를 않았다고 했다. 그리고 준서가 좋아하고 준서를 좋아했다. 사람보다도 훨씬 수명이 짧은 동물이기에 이제는 이 세상에 없을 개였다. 가슴팍이 찡했다. 그렇지만 견성犬性이 불성佛性이라면, 그 보리도 죽어 극락왕생했을 것이다.

그러한 자위에도 불구하고 비화 마음은 노을빛만큼이나 서러웠다. 우리는 왜 영원토록 여기 이곳에 머물지 못하고 가야만 하는가? 떠나가는 자도 보내는 자도 모두가 한없이 애통해하면서 말이다. 생명을 가진 모든 것들의 아프고도 슬픈 유한성有限性. 시간과 공간은 과연 무한한 것일까?

"내가 왜 비화 널 불렀는지 이제 그 연유를 알겠느냐?"

노을이 떨어지고 있는 외딴 산길에 누운 마른 나뭇잎이 바스락거리며 굴러가는 것 같은 소리였다.

"예, 스님."

비화는 깊이 고개 숙여 답했다. 알고도 남음이 있었다. 진무 스님 음성에 피곤함이 가득 묻어나 있었다. 자기가 알고 있는 모든 것을 최대한 들려주느라 기력을 전부 소진해버린 빛이 역력했다.

"스님, 고만 누우시지예. 너모 한거석 앉아 계싯심니더."

비화가 자리를 보아줄 자세를 취하며 권했다.

"아니다."

진무 스님은 고집스레 고개를 내저었다.

"죽으면 영원히 누워 있는 게 육신이겠거늘."

비화는 정색을 하였다.

"스님, 또 그런 말씀을?"

염 부인 죽음이 되살아나 가슴이 막혔다.

"자다가도 그 연지사 종만 떠올리면, 후우."

진무 스님은 또 눈을 감았으나 이번에는 금방 다시 떴다. 그 종이 어른거려 도저히 참을 수 없다는 듯했다.

"내가 몇 번을 말하지만, 우리는 무슨 일이 있어도 반드시 그 종을 이 땅으로 다시 찾아와야 하느니."

그 말이 막 끝났을 때였다. 기다렸다는 듯이 저녁 예불 종소리가 들렸다. 그 맑은 울림은 사바세계에서 내는 것 같지가 않았다. 그러자 진무 스님은 자세를 꼿꼿이 하더니 '저녁 게송偈頌'을 외우기 시작하였다.

문종성번뇌단聞鐘聲煩惱斷 종소리 번뇌를 끊고
지혜장보리생智慧長菩提生 지혜를 길러 깨달음이 이루어져
이지옥출삼계離地獄出三界 지옥 삼계에서 벗어나
원성불도중생願成佛度衆生 부처를 이루어 중생을 모두 건지게 하소서 비화는 가슴이 또다시 터져 나는 기분이었다. 진무 스님이 외우시는 그 게송 끝에 들리는 종소리 속에는, 지금 그곳 비어사의 종소리뿐만 아니라 태어나 아직 한 번도 보지 못한 그 연지사 종이 내는 소리도 섞여 있는 느낌이었다.

"무릇, 타종이라는 것은⋯⋯."

이제 곧 어둠이 산기슭으로부터 서서히 내려오기 시작할 것이다.

"숱한 번뇌에 끝없이 시달리는 모든 불쌍한 중생들로 하여금 불법의 장엄한 진리를 깨우치게 하여⋯⋯."

절집 마당 팽나무 둥지에 날아드는 새는 오늘도 어느 곳을 얼마나 헤매다가 돌아왔는지 모르겠다. 그래도 귀소歸巢를 할 곳이 있다는 것만으로도 그 생명체는 위안을 삼을 수 있을 것이다.

"마침내 이고득락離苦得樂의 경지에 이르게 하는 데 그 뜻이 있나니."

진무 스님이 꼭 혼잣말처럼 하는 그 한마디 한마디에도 그 연지사 종소리는 크게 울리고 있었다. 이 고을에서 그 종보다 나은 종은 다시는 만들어질 수 없다는 무섭고도 서글픈 예언이기라도 하였다.

이윽고 저녁 게송과 말을 모두 마친 진무 스님은, 이번에는 당신 스스로 자리를 찾아 누우면서 말했다.

"이제는 그만 눕고 싶구나."

방바닥에 거의 달라붙다시피 한 그의 몸이 종이 한 장보다도 더 얇아 보였다. 그 무엇이 그를 누르고 또 눌렀을까?

"비화야, 잘 가거라."

진무 스님은 비화를 쫓아 보내지 못해 안달 나 하는 사람 같아 보였다. 하지만 그가 그렇게 하는 의도를 비화가 깨닫는 데는 그다지 긴 시간이 걸리지도 않았다.

"내가 이승을 떠나 부처님 곁으로 간 후에도, 비화야."

"또 그런 말씀을 하심니꺼."

"반드시 그 종을 다시 찾아오도록 힘써야 할 것이야."

"예, 스님."

비화는 염 부인이 거기 비어사에서 자살했다는 사실을 새로이 떠올렸다.

"스님의 귀하신 말씀 깊이깊이 멤에 새기것심니더. 그라고……."

비화는 하던 말을 멈추었다. 진무 스님이 두 눈을 감고 있었다. 그 모습은 인간 모든 번뇌를 모조리 벗어던진, 한없이 고요하고도 평온한 모습이었다. 그러나 그것은 또한 이승에서의 마지막 모습 같기도 하였다.

'아!'

자리에서 일어서는데 현기증이 일면서 다리가 마구 후들거렸다. 자기를 해치려 한 공범을 불지 않는다고 배봉에게 심한 고문을 당해 앉은뱅이가 돼버린 언네 생각이 얼핏 떠올랐다 사라졌다. 요사채를 나오면서 비화는 스스로에게 물었다.

'그 종을 찾아올 날이 운제쯤이나 되까? 올매나 시간이 더 흘러가야 배봉이한테 빼앗긴 우리 재산을 도로 찾아올 수 있으까?'

절집 처마 끝 물고기를 매단 풍경이 '땡그랑' 소리를 내었고, 추녀마루를 따라 비스듬히 올려다보이는 하늘에는 어느새 별들이 푸른 싹처럼 드문드문 돋아나고 있었다. 그 별들이 일제히 청아한 종소리를 내는 것 같아, 휘청휘청 몇 걸음 내딛던 비화는 멈칫 그 자리에 멈춰서고 말았다. 자연석으로 만든 돌층계 위에서였다.

# 마즈오 선생

마쓰에 성과 그 성을 에워싸고 있는 호리카와(굴천堀川) 강.

그것은 진주성과 남강을 연상케 했다. 두 성은 똑같이 예스러웠고, 두 강은 똑같이 맑아 보였다. 자연이 마술을 부리고 있는 것은 아닌지 모르겠다.

'인자 내가 반은 조선 사람이고 반은 일본 사람이 돼 가나? 와 저리 비이는 것가?'

왕눈은 두 눈에서 왈칵 눈물이 쏟아지려는 것을 가까스로 참아내며 자위했다. 내 눈이 큰 탓에 눈물도 많은 것이라고, 내가 심약한 때문은 아니라고.

'아, 여게가 고향 땅이고…….'

그곳이 타국이라는 사실을 뼈 시리게 깨닫고 있으면서도 그랬고, 쓰나코가 없으면 단 하루도 살 수 없을 것이라는 걸 뻔히 알면서도 이랬다.

'저 여자가 옥지이라모 올매나 좋으까?'

왕눈을 미치게 몰아가는 것은 그 밖에도 지천으로 널려 있었다. 외적으로부터의 침입을 방어할 목적으로 마쓰에 성 둘레를 빙 돌아가며 크

게 파놓은 수로水路는, 지난날 왜구 침입을 막기 위하여 진주성 주위에
파놓았다는 해자垓字를 방불케 하였다.

'시방도 그 꽃은 피고 지고 있것제.'

바로 연꽃이 많이 피고 지는 대사지였다. 정월 대보름날 밤이면 온
고을 사람들이 거기 못 위를 가로지르고 있는 흙다리 대사교를 찾아, 이
른바 저 '다리밟기'를 하며 한 해의 좋은 운수를 기원하는 곳이다.

그러나 왕눈은 여전히 알지 못했다. 결과적으로 놓고 볼 때, 그가 고
국에 살지 못하고 그곳 일본 땅으로 흘러 들어오게 한 장본인 옥진이,
바로 그 대사지 어두운 나무숲에서 점박이 형제에게 몹쓸 짓을 당해 그
녀 운명이 달라졌다는 사실을 모른다. 그건 당사자들인 옥진과 억호, 만
호를 빼고는 오직 한 사람, 비화만이 알고 있는 비밀이라는 것 또한 알
리가 없는 것이다.

"저 강이 없었더라면 말이죠."

쓰나코는 시샘이 날 정도로 유유히 흘러가고 있는 호리카와 강을 내
려다보면서 감회에 젖은 목소리로 말을 이어갔다.

"마쓰에 성을 지킬 수 없었을 거래요."

"예."

고향 생각에서 벗어나지 못하고 있는 왕눈 가슴팍은 강물에 젖은 듯
축축하기만 했다. 그 큰 눈을 소같이 끔벅끔벅했다. 쓰나코 얼굴 위로
계속 옥진 얼굴이 겹쳐 보였다. 어디선가 비화도 불쑥 모습을 드러낼 성
싶었다. 나아가 그보다도 더 먼저 들려오는 소리가 있었다.

－이눔아, 니가 사람이라모 우찌 그랄 수 있노?

－이 천하의 호로자슥 겉은 눔!

그리운 부모님 목소리였다. 장남은 집안 대들보라고, 정말 극진히 챙
겨주시던 그들이었다. 간혹 누가 그더러 '울보'라고 놀리기라도 하면, 지

옥 끝까지 따라가서라도 앙갚음을 해줄 사람들로 보였다.

─성! 오데 가 있어? 쌔이 돌아와, 응?

유일한 동생 상팔이 목소리였다. 다른 집 아이들보다 호의호식은 하지 못해도 착해빠진 그들 형제를 싫어하는 사람은 주위에 없었다.

왕눈은 머리통을 세차게 흔들며 자신을 다독거렸다.

'시방 내 눈에 비이는 거만 보고, 내 귀에 들리는 거만 들어야 안 하나.'

하지만 그 모든 환영과 환청은 진드기보다도 강하게 들러붙어 도무지 사라질 줄 몰랐다. 기지도 못하면서 뛰려고 하는 그였다. 심장이 터진다는 말이 그냥 하는 말이 아니었다.

"예전에 꼭 한 번 이곳에 왔던 적이 있어요."

쓰나코 얼굴 또한 깊은 감회에 물들어 있었다. 그녀 부모와 함께였을 것이다. 나는 언제 부모 형제와 어디 여행을 다녀온 적이 있었던가? 없었다, 단 한 번도. 빠듯한 살림살이에 그 무슨 호사를? 그런 자각이 더욱 왕눈을 안타깝고 서럽게 몰아갔다.

"그땐 오테마에(도노마치)에서 배를 탔지요."

호리카와 강은 마쓰에 성을 포근히 안아주는 푸른 손길을 연상케 했다. 그래서 마쓰에 성은 일본 성 가운데 최고로 안전한 성이 아닐까, 왕눈은 얼핏 그런 생각을 해보았다.

"오늘은 후레아이광장(구로다초)에서 타게 되네요."

언제나처럼 혼자 말이 많은 쓰나코는, 문득 무슨 생각에선지 이렇게 말했다.

"하긴 목적지가 같으면……."

"……."

왕눈은 백치에 가까운 얼굴로 듣고만 있었다. 백 번을 들어봐도 백

번 모두 생소하기만 한 일본 지명이었다. 까마귀가 알 물어다 감추듯 한다고, 날이 갈수록 잊어버리기를 더 잘하는 그였다. 하긴 기억해 두고 싶지도 않았다. 기억은 고사하고 되레 망각의 신에게 청하고 싶었다. 제발 내 마음에서 모든 것을 날려 보내주라고 떼라도 쓰고 싶었다.

"조심해요."

"예?"

"발밑이요."

"아, 예."

"강과 육지는 좀 달라서……."

나란히 배에 오르면서 쓰나코는 주의하라는 말도 해주었다. 그러자 이번에는 여행 인솔자로 보였다.

'우짜모 쓰나코는 여행하고 연관이 있는 직업을 원하고 있는 거는 아이까? 그래서 갱험을 마이 쌓아놀라꼬 말이제. 그라지 않고서야 장마당 이리 돌아댕길 수가 안 없것나.'

한순간 왕눈의 뇌리를 스치는 생각이었다. 쓰나코는 조심스레 배에 오르고 있는 다른 사람들을 바라보면서 말했다.

"이 고장을 찾아온 여행객들은 '호리카와 메구리'로 여기 정취를 맛보게 돼요."

호리카와 메구리. 배를 타고 돌아보는 유람이라는 뜻이었다. 왕눈은 고향 남강에 떠 있는 고니 모양의 놀잇배를 눈앞에 그려보면서 그 배를 보았다.

'똑 짚매이로 생깃다.'

그 작은 목선에는 지붕을 얹어 놓았다. 햇살을 가리고 비나 눈을 피하기 위해 설치한 것인지도 모르겠다. 저렇게 만들려면 손이 좀 많이 갈 텐데 싶었다. 하긴 없는 것보다는 한결 운치가 더 있어 보였다.

"저 사람들 말예요."

쓰나코가 눈짓으로 가리켜 보이며 낮은 소리로 계속 말했다.

"좀 특이해 보이지 않나요?"

청색 옷을 입고 일본 고유의 삿갓을 쓰고 있는 그 뱃사공들은, 햇볕과 강바람에 그을린 검고 탄탄한 피부가 건강해 보였다.

'상촌나루터 뱃사공들이 떠오른다 아이가.'

왕눈은 다시 한번 고향에 가 있는 착각에 빠져들었다. 그것은 일본에 온 후로 결코 떨쳐버릴 수 없는 하나의 고질병으로 굳어가고 있었다.

남강에서 가장 크고 역사가 오래된 상촌나루터였다. 거기 터줏대감 꼽추 달보 영감도 있었지. 그의 늙은 아내 언청이 할멈도 생각났다. 항상 다정하다가도 드물게 다투는 모습을 보이기도 했지만, 그 모습마저도 보기 좋았던 노부부였던 것으로 기억된다. 만약 옥진과 내가 혼례를 올리고 함께 살게 된다면 저들보다도 훨씬 행복하게 살아갈 수 있을 거란 꿈을 품기도 하였다.

비화가 콩나물국밥을 만들어 파는 나루터집과, 밤골 댁과 한돌재가 운영하는 주막 밤골집, 그 두 가게가 지금은 어떻게 변해 있는지 왕눈은 얼마나 알고 있을까. 하긴 알든 모르든 모든 것이 부질없는 짓인지도 모른다. 그는 여전히 타국 땅을 떠돌고 있을 뿐, 그 세월들에 대해서는 철저히 이단자였다.

'아, 새다!'

왕눈은 속으로 환호를 질렀다. 상촌나루터를 훨훨 날아다니던 물새들과 마찬가지로 지금 이곳에도 물새들이 날고 있었다. 행여 우리 고향에서 온 물새들이 아닐까 했다. 정든 사람들 소식을 날개에 싣고 말이다. 그런 생각에 온통 미어지는 것은 가슴이었다.

'내한테는 우째서 새들매이로 날개가 없으까?'

왕눈은 울고 싶었다. '울보'라는 별명을 듣던 옛날 시절로 돌아가고 있는 걸까.

'두 개가 아이라 한 짝이라도 있으모 우쨌든 날라볼라꼬 애를 써볼 낀데.'

혼자 마음으로 해보는 그 말이 그의 머릿속으로 불러낸 게 저 '비토섬'이었다. 이름 그대로, 날아가는 토끼를 닮은 섬이었다.

'그거는 토까이도 날 수 있다쿠는 이약 아이가.'

아, 그렇다. 토끼가 난다는 이야기다. 날개가 없는데도 말이다. 그래, 날개 달린 토끼를 어느 뉘 본 적이 있을까 보냐. 그건 날개 없는 새를 보았다는 것과 하등 다를 바가 없어. 누가 날개를 잘라버렸다면 또 모르지.

'우쨌든 토까이가 날았어. 날개를 잃어뺀 새가 몬 나는 거야 내하고는 상관없고.'

몇 번을 말해도 지나치지 않고 중요한 건 토끼가 날았다는 것이다. 그러니 나도 날 수가 있는 것이다. 아니다. 날아야만 하는 것이다. 내가 토끼도 한 일을 하지 못할쏘냐.

왕눈 눈앞에서 일본 땅은 사라지고 그 자리를 조선의 섬이 차지하고 있었다. 그의 고향에서 좀 떨어진 사천 바다에 떠 있는 그 섬으로 향하기 시작했다. 참 이상한 것은 그가 배를 타지 않고도 물 위를 가고 있다는 사실이었다. 그리고 놀라 자세히 보니 그는 날아가고 있는 게 아닌가!

'아, 날개가 없어도 내가 날 수 있구마. 하모, 그래야제. 토까이도 날개가 없지만도 훨훨 잘 난다 아이가.'

그는 알고 있다. 그 섬에 살고 있는 사람들은 토끼가 날아서 뭍으로 올라갈 날을 너무나 오랫동안 기다려왔다는 것이다. 또 직접 눈으로 확인도 했다. 뭍 쪽에서 바라본 그 섬은 섬이 아니라 마치 뭍의 강 건너편에 있는 마을 같다는 것이다. 그래서 뭍과 섬 사이의 비좁은 해협에는 어디선가 떠내려온 나뭇가지들이 어지럽게 널려 있기도 하여, 그는 혹 거기가 강변의 늪이 아닌가 하고 착각할 정도였다.

'그런데 토까이는 오데 있으까?'

이윽고 그 섬에 당도한 왕눈은 토끼를 찾기 위해 그 큰 눈을 한층 크게 뜨고 사방을 둘러보았다. 곧 어디서 나타날 것 같았다. 방정맞게 깡충깡충 뛰는 토끼가 아니라 아주 우아한 자태로 날고 있는 토끼였다.

토끼 날개는 겨드랑이가 아니라 머리에 나 있는 귀였다. 새의 어지간한 날개보다도 더 길고 크고 튼튼하였다. 번식력도 매우 강하다고 했지.

한데 꽤 한참 동안 그러고 있는데도 토끼는 그림자도 보이지 않았다. 내가 거북이도 아닌데 설마 나하고 경주나 술래잡기 놀이를 하자는 건 아닐 것이다.

'우째서 이리 안 비이까? 다린 데로 날라가삣나?'

그는 점점 초조하고 불안해지기 시작했다. 깊이 들지 못하고 금방 잠을 깨는, 그러니까 꼭 '토끼잠 자듯' 해온 지난날들이 떠올랐다. 다시는 그 숱한 불면의 밤에 시달리지 않기 위해 그 섬까지 날아왔는데 말이다.

다음 순간이었다. 뭍과 섬 사이의 해협을 가로질러 강풍이 불어오기 시작했다. 그것은 거대한 날개가 달린 괴물을 방불케 했다. 그것 앞에서 온전히 성해 날 수 있는 건 아무것도 없었다. 감히 날개도 없는 주제에 날기를 탐한 죄를 다스리겠다고 작심이라도 했는지 바람은 정확히 그를 겨냥하고 덤벼들었다.

'아아아.'

그는 끝없이 추락하고 말았다. 그만 꺾여 버린 날개였다. 그리고 속절없이 흩날리는 깃털이었다. 그 깃털이 하늘로 날아올라 구름이 되었는가?

현실로 돌아와 들여다본 호리카와 강에 하얀 구름이 비치고 있었다.

구름은 강물을 따라 떠도는 방랑자였다. 강가에 우거진 나무숲을 바람이 막 흔들어 대고 있었다. 나뭇잎들이 우는 소리를 내었다. 왕눈 자신의 울음소리였다.

"드디어 출발이에요!"

쓰나코 목소리는 적잖게 들떠 있었다. 왕눈은 생각했다. 언제 어디서 무슨 일을 하든지 출발은 좋은 것이다. 왜냐면, 꿈과 기대가 있으니까. 하지만 목적지를 떠올리면 그 꿈과 기대는 반감된다고. 반환점이 어디쯤인지는 알 수 없지만, 끝까지 가기도 전에 중도에서 포기하는 것이 사람들 아니겠느냐고.

'시방 배가 가기는 가고 있는 기가?'

왕눈이 그런 착각을 할 정도로 목선은 매우 천천히 출발하기 시작했다. 그래서인지 흡사 움직이지 않는 것으로 전해질 지경이었다. 하지만 근처 풍경들이 아주 약간 뒤로 밀리는 듯 흔들리는 것으로 미뤄보아 정지해 있지는 않은 게 확실했다. 그것은 그에게 주어진 시간과도 유사했다.

'쪼매 어지럽거마.'

왕눈은 약간의 뱃멀미를 느꼈다. 견디지 못할 만큼 심한 정도는 아니지만 괜찮을지 모르겠다는 걱정이 되었다. 고향 남강에서 놀잇배를 타고 있다면 그런 염려는 하지 않을 거라는 마음에 콧잔등이 찡했다. 그만 크게 실소하고 말았다. 나에게는 저승 가는 배가 더 잘 어울리지.

'내가 달보 영감님만 생각해서 그렇나?'

뱃사공은 모두 늙었을 거라는 왕눈의 통념을 깨고, 지금 배를 모는 뱃사공은 아주 젊어 보였다. 어쩌면 예상보다도 나이가 들었을지도 모른다. 일본이란 나라에 대해 모든 것이 무척 서툴기만 한 것과 매한가지로 왕눈은 아직도 여전히 일본인들이 낯설었으며, 따라서 그들 나이나 행동거지, 더 나아가 민족성에 어두웠던 것이다.

그렇지만 왕눈에게는 그런 것보다 더 심각하게 서툴고 낯설고 어두운 게 따로 있었다. 스스로가 인식하지 못하고 있었을 뿐이다.

시간 감각 상실증.

그랬다. 그게 속일 수 없는 엄연한 현실인 것이다. 그는 부산항에서 쓰나코와 함께 밀선을 타고 조선을 떠나온 후 지금까지 일본에서 지내온 날들이 대체 얼마나 되는지 실감하지 못하고 있다. 그저 꽤 많은 날들이 흘러갔거니 막연하게만 느끼고 있는 그 정도였다. 그와 세상 시간은 톱니바퀴처럼 물려서 돌아가지 않고 있다고나 해야 할까.

'재팔 씨가 시간 감각을 회복하게 되는 날, 우리 두 사람 관계는 모두 끝나는 게 아닐까? 그렇게 되면…….'

그게 쓰나코 머릿속에서 내내 떠나지 않는 생각이란 것 또한 모르는 왕눈이었다. 그 못지않게 온갖 상념에 시달리는 여자였다.

'그날 나를 구해주려고 하다가 저렇게 돼버린 저 사람을 언제까지 계속 붙들고만 있어야 할까.'

쓰나코의 그런 고민과 갈등과 죄의식은 더 알 리 없는 왕눈이었다. 하지만 어떤 면에서 보아 그보다 다행스러운 것도 없었다. 만일 그가 일본에서 머문 긴 세월의 더께에 대해 정확히 깨달을 수가 있었다면, 그는 어쩌면 미쳐버렸거나 자살이라도 해버렸을지 모르기 때문이었다.

적어도 그의 마음에 비추어 볼 때 그는 아직도 처음 조선을 떠나올 때의 그 당시와 그다지 차이가 나지 않은 나이에 그냥 멈추어 있는 셈이었다. 그런 착각은 쓰나코에게도 그대로 적용되어 그녀 또한 여전히 청춘으로서 그의 앞에 서 있는 것이었다.

'이게 그와 나의 운명이라고 치부해버리기에는, 아니다. 너무 아니다.'

쓰나코는 왕눈과는 철저히 다를 수밖에 없었다. 그녀로 말미암아 왕눈이 시간에 대한 기억상실증을 앓게 돼버렸다는 그 사실은 영원히 제거할 수 없는 멍에와도 유사한 것이었다. 만약 사고가 일어났던 날 왕눈이 방패막이가 돼주지 않았다면, 그녀 자신이 평생 시간 기억상실증 환자로 살아가야만 할 운명이 될 수도 있었다.

"그게 네 팔자라면……."

"이건 어디까지나 네 문제인 만큼……."

그녀 부모는 지금도 굉장히 조심스럽게 딸의 의사를 타진해 보곤 하였다. 혼인 적령기를 완전히 지나버린 딸이 부모 입장에서는 너무나 상심할 존재일 것이다. 더욱이 딸에게 짝을 맺어 주지 못한 상태에서 그들에게 무슨 일이 일어나게 되면 그건 더 고통스럽고 힘든 노릇일 것이다. 하지만 그렇다고 해서 귀한 딸을 아무에게나 맡길 수는 더더욱 없었다.

국제결혼.

비록 그녀 아버지 고케시와는 달리 어머니 노요리에 몸속에는 조선인 피가 흐르고 있다손 치더라도, 왕눈과 서로 맺는 것은 국제결혼일 수밖에 없는 것이다. 그들은 쓰나코가 없는 자리에서 심각한 이야기를 나누곤 하였다.

"재팔이라는 그 총각, 사람은 그런대로 괜찮아 보이지 않나요."

"그래도 사람은 외양만 보아서는 아니 되오. 솔직히 우리는 그에 대해서는 근본도 아직 잘 모르고 있지 않소."

"하지만 우리 쓰나코에게는 생명의 은인이에요."

"그것과 결혼은 다르오. 다른 쪽으로 보답을 해준다면 또 모르겠지만 말이오."

"다른 쪽으로의 보답이라면?"

"음."

"혹시 그에게 돈이라도 많이 주어 자기 나라로 돌려보내려는 건가요?"

"꼭 그런다기보다……."

"그럼 돈보다도 무엇이 더?"

"후우, 생각할수록 머리가 터지는 것 같소."

"결국은 우리 쓰나코 마음인 것 같아요."

"반드시 그렇다고 우리 멋대로 단정을 지을 수도 없는 노릇이오."

"아, 그럼 대체 뭐예요?"

"……."

그런데 그들은 잘 모르고 있겠지만, 어쩌면 큰 걸림돌은 그들 대화에 나오는 그런 것보다도 왕눈 자신에게서 찾아야 했다.

'저 사람.'

그와 오랫동안 함께해 오던 쓰나코는 그때쯤 여자의 섬세한 감각으로 어렴풋이 깨닫고 있었던 것이다. 왕눈에게는 마음에 두고 있는 여자가 분명히 있다는 사실이었다. 조선 땅 어딘가에 있을 것이다. 그의 고향 여자일 가능성이 높았다.

'어떤 여자일까?'

쓰나코로서는 좀체 이해가 되지를 않는 일이기도 했다. 왕눈은 왜 그런 여자가 있었음에도 불구하고 그녀를 따라 위험을 무릅쓰고 조국을 떠나서 남의 나라인 일본에까지 왔었는가 하는 거였다. 그것은 너무나 큰 의문이 아닐 수 없었다.

'원래 말수가 드문 편 같기는 하지만…….'

그뿐만 아니라 그는 실수로라도 그 여자를 입에 올린 적이 없었다. 그래서 간혹 내가 잘못 판단한 게 아닌가 하는 생각이 들 때도 있었지만 그건 순간적이었고, 그에게 여자가 있다는 사실만은 부인할 수 없었다.

왕눈에 대한 그 여자의 감정 결까지야 알 수가 없는 노릇이지만 말이다.

'설마 그 여자가 죽은 것은 아니겠지.'

나중에는 그런 상상까지도 해보는 쓰나코였다. 하지만 그녀 입장에서 가장 중요한 것은 뭐니 해도 자신의 마음이랄까 선택이었다. 그건 너무나 아전인수 격이라고 폄훼해도 어쩔 도리가 없었다.

'그에게 우리 결혼을 하자고 하면 그는 어떻게 나올까?'

때로는 불쑥불쑥 그런 말을 하고 싶다는 충동에 사로잡힐 때도 없지는 않았다. 사실로 치자면 그로서는 쓰나코 자신보다 선택의 여지가 훨씬 적을지도 모른다. 아니 할 말로, 그녀가 내팽개쳐버리면 당장 오갈 데 없는 신세로 전락해버리고 말 것이다. 하기야 그렇게 되면 그는 무슨 수를 써서라도 자기 나라로 돌아가려고 발버둥을 칠 것이다.

'나를 구해준 은인에게 그럴 수는 없다.'

그렇지만 여자, 재팔이 그의 마음속에 담아두고 있는 여자, 그 여자를 되살리기만 하면, 쓰나코는 그만 엄청난 혼란과 갈등의 포로가 돼버리는 것이었다. 심지어 쓰나코 자신에 의해 재팔과 그 여자가 서로 떨어져 있어야 하는 게 아닐까 하는 자격지심마저 덤벼드는 것이었다. 얼굴 없는 달걀귀신처럼 눈도 코도 입도 그 밖의 모든 생김새도 보이지 않는 그 여자가, 너를 죽여야겠다고 칼을 겨누는 환영에도 시달려야 했다.

'그럼 나의 남자는?'

쓰나코 머리를 기습처럼 와락 덮치는 물음이었다. 그 대답은, 없다. 정작 쓰나코 자신에게는 연인이 없었다.

한데 바로 그때였다. 쓰나코는 어디선가 들려오는 이런 소리를 들었다. 그건 진짜로 나는 소리라고도 할 수 없고 환청이라고도 할 수 없는, 그야말로 혼동 그 자체로서의 소리라고 해야 마땅했다.

—일본의 강물도 바다로 흘러가고, 조선의 강물도 바다로 흘러간다.

그러니 결국 두 나라 강물은 하나의 바다에서 같이 만나게 되는 것이다.

'아, 마즈오 선생님!'

쓰나코는 당장 울음이 터지려 했다. 마치 거슬러 흐르는 강처럼 쓰나코의 기억을 실은 배는 지난날로 노를 저어가기 시작했다.


마즈오.

그는 쓰나코가 다니던 학교의 일본어 선생이었다. 그런데 아직 총각이었던 그는 여느 선생들과는 사뭇 달랐다. 그가 기혼이었다고 해도 크게 바뀌지는 않았을 것이다. 학생들 입장에서는 어땠을지 모르겠다.

마즈오 선생은 그의 제자들 중에서 글을 제일 잘 쓰는 쓰나코를 무척 아끼고 귀여워해 주었다. 쓰나코 또한 그의 수업시간이 항상 기다려졌고, 특히 그가 들려주는 이야기에 흠뻑 빠져들기 일쑤였다.

마즈오 선생의 이야기는 학생들에게는 너무나 희귀하고 충격적이었지만 또 그만큼 아주 재미가 있었다. 쓰나코는 태어나서 그런 이야기는 단 한 번도 접한 적이 없었다. 그래서 마즈오 선생은 다른 별에서 온 외계인이 아닐까 싶어질 때도 있었다. 그는 지구에 있는 인간들 가운데 가장 전형적인 지구인이라는 생각을 하면서도 그랬다.

"나의 그 친구는……."

마즈오 선생은 수업시간 도중 자기 친구에 대해 은근슬쩍 흘려보내곤 하였다. 그러니까 마즈오 선생 자신이 아니라 그의 친구 이야기인 셈이었다. 오로지 그의 입을 통해서만 그의 친구는 존재한다고 해도 억지는 아닐 것이다.

"예?"

"어쩜!"

그리고, 마즈오 선생의 입을 통해 듣는, 그의 친구라는 그 사람은 정말 경악과 공포를 금치 못하게 하는 인물이 아닐 수 없었다. 한마디로 '요주의 인물' 내지는 '위험 인물'인 것이었다.

쓰나코를 비롯한 학생들은 긴가민가하는 마음으로 마즈오 선생의 이야기를 가슴 졸이며 들어야만 했다. 그야말로 선생님은 소설을 쓰고 있는 게 아닌가, 선생님의 친구라는 그 사람은 그 소설 속에 등장하는 주인공이 아닌가, 그런 혼란스러움에 빠지도록 몰아가는 것이었다.

맞았다. 어쩌면 마즈오 선생은 소설을 쓰고 있었다. 소설이 아니고서야 그런 일이 있을 수 있겠는가? 그것도 그냥 상상을 바탕으로 하는 보통 소설이 아니라 상상과는 또 다른, 말하자면 망상, 더 나아가 정신이상자의 작품이라고밖에 할 수 없는 그 무엇인가가 분명히 들어 있었다.

마즈오 선생의 친구, 그 사람은 분명히 일본 사람임에도 불구하고 조선인들을 위해 자신의 모든 것을 바치는 사람이라는 것이다. 마즈오 선생은 그 친구를 가리켜 '푸'라고 불렀다. 아마도 그의 신변 보호를 위해 그런 가명假名을 쓰는 게 아닌가 싶었다.

그는 일본으로부터 자기 조국을 구하기 위해 활동하는 소위 '불령선인不逞鮮人'들을 몰래 도와주고 있다는 것이다. 다른 '조센진'에게 그렇게 하더라도 절대 불가한 일일진대 하물며 일본을 해롭게 하는 그런 자들에게 힘이 되어 주려고 한다니?

"오늘도 마즈오 선생님은 소설을 쓰고 계셔."

"소설이라 해도 너무너무 스릴이 넘치고 있잖아?"

"그건 그래. 지어낸 이야기든 실제로 있는 이야기든 그런 건 상관없어. 재미만 있으면 되니까."

"에이, 가상을 바탕으로 한 엉터리 이야기라니까!"

"어머, 어머. 혹시 마즈오 선생님 머리가 어떻게 돼버린 건 아닐까?"

"그, 그렇다면 어떡해? 다른 선생님들께 알려야 하지 않을까?"

"아, 어떻게 그럴 수 있어. 하려면 너희들이나 해. 난 못 하겠어."

"그럼 별수 없네? 더 지켜볼밖에."

다른 학생들은 언제나 그런 식이었지만 쓰나코는 달랐다. 아무래도 그건 소설이 아니라 실화로 다가왔다. 물론 현실적으로는 불가능할 성싶은 내용이 너무나 많아 받아들이기 어려웠지만 그렇게 보였다.

쓰나코가 그렇게 믿은 데는 이유가 있었다. 그 이야기를 할 때 마즈오 선생이 해 보이는 표정과 몸짓이라든지 말 등에서 풍기는 어떤 느낌 때문이었다. 더군다나 그 느낌은 그저 단순한 성질의 것이 아니라 여러 가지가 복합되어 있는 절대적인 그 무엇을 내포하고 있었다. 그리고 그 속에는 틀림없이 섞여 있었다. 그건 지금 이 이야기를 듣고 있는 너희도 방조자로서만 있을 게 아니라 뜻을 같이하는 동지의 길로 나서야 한다는 어떤 메시지였다.

'지어낸 이야기를 하면서 저렇게 하실 수는 없어.'

마즈오 선생 입을 통해 나오는, 그의 친구 '푸'가 하는 일들은 한마디로 충격 그 자체였다. 아무리 뛰어난 작가라도 과연 저렇게 쓸 수가 있을까 싶어지는 대목들이 한두 가지가 아니었다. 특히 이런 이야기는 더 그러했다.

"밀선을 타고 일본과 조선을 오가는 그 친구는 밀선 예찬론자야. 나를 보고도 밀선 한번 타 보라고 권하곤 하지."

"……."

"그러면 왜 자기가 그러는지 그 까닭을 알게 될 거라면서."

친구들은 모두 까르르 웃었지만 쓰나코는 웃을 수가 없었다. 그건 너무나도 위험천만한 짓이었다. 밀선을 타다가 발각되면 어떤 무서운 형벌을 받을지 모른다. 감옥에 들어가는 것은 당연하고 어쩌면 한평생 '딱지'가 붙은 인물로 온갖 감시를 받아가면서 음지에서만 살아가야 할 수도 있었다.

어쨌든 마즈오 선생 이야기 가운데 가장 귀에 담아두어야 할 것은, 그 친구는 그 위험한 밀선을 타고 다니면서 조선인들의 항일투쟁을 물심양면으로 도와준다는 사실이 아닐 수 없었다.

한데 그로부터 얼마 후였다. 마즈오 선생 친구가 펼쳤다는 경친동지할 활약상보다 훨씬 더 무섭고 믿을 수 없는 엄청난 사태가 벌어졌다. 그것이야말로 정말 누구라도 소설이라고 볼 수밖에 없는 대사건이었다.

이번에는 마즈오 선생에게서 수업을 받고 있던 학생들뿐만 아니라 다른 학생들, 그리고 다른 선생들과 학부모들 또한 그 경악할 사건 앞에서 넋을 잃었다. 더 나아가 그 일은 일본 전역에까지 퍼져 나가 온통 펄펄 끓는 도가니를 만들었다. 여하튼 그의 제자들은 그 이야기로 시간을 잊었다.

"뭐라고? 마즈오 선생님이 어떻게 되셨다고?"

"나도 믿어지질 않아. 그치만 사실인 걸 어떡해."

"아, 선생님이 경찰에 붙잡혀 가시다니!"

"그래, 어느 감옥에 갇혀 계신대?"

"그건 몰라. 아무도 모를 거야."

"어쩌면 벌써 어떻게 돼버리셨는지도 알 수가 없지."

"하긴 나라에 그렇게 큰 죄를 지었는데……."

쓰나코는 친구들 사이에 있으면서도 그녀 혼자 아무도 없는 무인도에 있는 것 같았다. 하늘이 무너지고 땅이 갈라지는 것을 망연히 바라보고 있었다.

'아아, 이게 꿈이 아닐까? 꿈이라면 제발 어서 깨어나기를. 선생님이 늘 말씀하시던 그 친구분이 바로 선생님 자신이었다니!'

그랬다. 쓰나코가 내다본 그대로 마즈오 선생의 이야기는 소설이 아니었다. 하지만 그 이야기에 나오는 주인공은 소설 속 인물이었다. 그리하여 이야기 속의 등장인물은 실제 존재하고 있었다. 바로 그 이야기를 하던 그 사람이었다.

마즈오 선생 일대기一代記는 거기서 모두 끝났다. 아니었다. 끝나는 것으로 보였을 뿐 정작 이제부터가 시작이었다. 세상 모든 사람이 전부 부인하고 부정한다고 할지라도 적어도 쓰나코 한 사람에게 있어서만은 예외였다.

쓰나코가 밀선을 타 보기로 결심한 것은, 밀선을 타 봄으로써 마즈오 선생의 그 친구가, 아니 마즈오 선생이 깨달았다는 그것이 무엇이었는 가를 알아내기 위함이었다. 정녕 그녀 목숨을 내놓아야 할 상황에 맞닥 뜨려질 위험이 기다리고 있을지라도 꼭 그렇게 해보고 싶었다. 그렇게 하지 않으면 도저히 마즈오 선생의 환상으로부터 도망칠 도리가 없고 살 수도 없을 것 같았다.

그렇게 하면, 아직도 여전히 의문투성이인 마즈오 선생의 삶에 관해 조금은 알 수 있지 않을까 해서였다. 비록 소설보다 더한 그 혼자만의 사연이 감춰져 있다고 하더라도, 쓰나코 자신만은 그것을 알아내어 마 즈오 선생과 더불어 그 아픔과 슬픔과 절망을 나눠 가져야만 한다고 맹신했다.

'그건 마즈오 선생님보다 나 스스로를 위한 결단이라고 보아도 무방 할 거야. 선생님을 들먹이는 건 비겁하고 참담한 핑계일 뿐이잖아.'

그리하여 그녀는 마즈오 선생의 친구, 아니 마즈오 선생처럼 밀선을 타고 몰래 조선으로 갔었다. 불가능하다고 볼 일을 그녀는 해내었다. 정말 소설 속의 인물이 되어서였다. 그런데 어쩌면 깨달아지는 게 있는 것도 같고 전혀 아닌 것도 같았다.

그래 일본으로 돌아올 때도 한 번 더 밀선을 타기로 작정했다. 그러면 좀 더 알 수 있을 거라는 기대감에서였다. 물론 밀선 단속반원들에게 들켜 감옥에 들어가거나 최악의 경우 목숨까지 바칠 각오를 하였다. 솔직히 그녀는 제정신이 아니었는지도 모른다. 아니, 마즈오 선생과의 신적인 교감이 빚어낸 기적이었다.

그런데? 바로 두 번째로 탄 그 밀선이 재팔과 그녀를 만나게 하는 결정적인 단초가 될 줄이야. 어쩌면 그들의 운명까지도 바꾸어 놓을 신적인 그 무엇이었다.

한편, 왕눈이 그렇게도 궁금해하는, 다시 말해 쓰나코가 남들 눈에는 비정상적으로 비칠 만큼 필기구를 손에서 놓지 않고 기록에 몰두하는 그 이면에도, 저 마즈오 선생이 있었다. 두 번째 비밀의 문 같은 것이었다.

마즈오 선생은 그 친구 이야기 외에도 또 하나, 입에 달고 있다시피 하는 말이 있었다. 잠을 자고 밥을 먹는 일은 잊어도 그것만은 반드시 기억해 두어야 한다는 듯했다. 그렇다면 그건 또 무엇이었나.

그는 유독 글을 잘 쓰는 쓰나코에게 꼭 들으라는 어조로 얘기했다. 일본 전역의 크고 작은 관광 명소를 모조리 둘러보고 싶다고. 그리고 그렇게 해서 수집한 자료들을 바탕으로 하여 여행기 형식의 긴 소설을 쓸 결심을 굳히고 있다고. 그러기 위해서 선생 직職을 버리고 자유의 길 위에 나서고 싶다고.

그러나 이제 그의 꿈과 포부는 깡그리 사라졌다. 그의 친구, 아니 그가 저지른 일들은 일본으로서는 총살형을 시켜도 성에 차지 않을 극단적인 매국 행위였다. 그 어떤 명분을 앞세워도 도저히 용서할 수 없는 극악무도한 죄인이었다.

쓰나코는 도무지 알지 못했다. 마즈오 선생이 지금 어느 감옥에 갇혀 있는지, 아니면 긴 옥살이에 병약해져서 옥사獄死를 했는지, 아니면 벌써 사형을 당해 그 뼛가루가 그가 늘 말하던 저 바다에 던져졌는지, 아니면 석방이 되어 어느 한적한 시골에서 아픈 몸을 이끌고 농사를 지으며 살아가고 있는지…….

'언젠가는 이 공책들을 선생님께 드릴 거야. 이걸 토대로 선생님이 언제나 꿈꾸시던 그 소설을 쓰실 수 있도록 말이야.'

그게 바로 쓰나코 그녀가 여러 권의 공책에 숱한 기록들을 남기고 있는 숨은 이유였다. 그리고 그럴 적마다 그녀 귀에 어김없이 들리곤 하는 소리였다.

—일본의 강물도 바다로 흘러가고, 조선의 강물도 바다로 흘러간다. 그러니 결국 두 나라 강물은 하나의 바다에서 같이 만나게 되는 것이다.

마즈오 선생이 어떤 일을 계기로 하여 그토록 엄청난 일을 하게 되었는가는 영원한 미제謎題로 남을지도 모른다. 그건 그만의 비밀로서 묻어 두는 게 타당할 수도 있다. 비밀은 비밀로 있을 수 있을 때 더 존재 가치를 가지는 법이니까.

쓰나코에게 필요한 것은 따로 있었다. 열성으로 일본 관광 명소를 찾아다니며 기록으로 남기는 것, 그리고 그 기록물을 반드시 마즈오 선생에게 넘기는 것이다.

행여 그게 성사되지 않는 한이 있더라도 상관없다고 여겼다. 아니, 상관이 있었다. 그건 쓰나코 그녀의 부모님이 하는 일과도 연계될 수 있는 것이다. 그녀의 부모가 관광업과 관련되는 일을 하는 것도, 쓰나코 자신에게 이 일을 하도록 하늘이 미리 정해 주신 게 아닐까 했다.

쓰나코에게는 꿈이 하나 더 있었다. 그건 어쩌면 꿈속에서 꾸는 꿈같은 것일 수도 있겠다. 다름 아닌 이런 거였다. 혹시라도 그녀가 재팔과 평생을 함께하게 되면, 남편인 그의 나라, 그리고 그녀 어머니 노요리에의 조상들 흔적이 남아 있는 나라, 곧 조선의 관광 명소도 찾아다니며 기록하여 긴 책자로 만드는 일이었다.

# 소망 종이를 달고파

"마쓰에 부케야시키."

문득, 과거를 더듬고 있는 쓰나코를 현재로 돌아오게 하는 소리가 들렸다.

"……."

얼른 보니 뱃사공이 강가 쪽을 가리키면서 그런 말을 하고 있었다. 쓰나코는 그게 무슨 의미인지 알지 못해 멀뚱한 얼굴로 뱃사공을 바라보는 왕눈 귀에 대고 낮은 소리로 일러주었다.

"무사주택을 구경해 보라는 뜻이에요."

"아, 예."

그러니까 무사들이 살던 주택이라는 것이다. 그런 집이라는 사실부터가 벌써 관심과 흥미의 대상이 되지 않을 수 없겠지만, 왕눈은 쓰나코 설명에 그저 말없이 고개만 끄덕일 뿐이었다.

처음에는 왕눈이 자신들과 똑같은 일본 사람이라고 생각했던 그 뱃사공은, 잠시 후에 그렇지 않다는 것을 깨달은 모양이었다. 아무래도 생김새가 자기들과는 조금 다른 것 같고, 특히 그가 무슨 이야기를 해줄 때마다 여자가 남자에게 일일이 통역해 주는 것을 보았던 것이다. 그는 배를 젓는 틈틈이 이쪽으로 고개를 돌렸다.

'와 기분 나쁘거로.'

왕눈은 자신을 힐끔힐끔 보는 뱃사공의 시선이 신경에 거슬렸지만, 모르는 척했다. 일본 고유의 삿갓을 손가락으로 약간 위로 들추어가며 바라보는 뱃사공의 청색 옷이 어쩐지 이물스러웠다. 왕눈이 흰옷에 익숙한 탓인지는 모르겠지만 그 옷에서 친밀감을 얻기가 어려웠다.

'철썩, 처얼썩.'

물살이 뱃전을 때렸다. 배가 물장난을 치는 것처럼도 보였다. 그러자 배가 사람을 타고 있는 것 같은 엉뚱한 느낌이 드는 왕눈이었다.

'왜눔 배라서 그라나?'

뱃사공이 쓰나코에게 무어라고 말을 걸었다. 아마도 왕눈이 중국인인지 조선인인지 묻는 눈치였다. 그러자 쓰나코가 조선인이라고 대답하는 듯했고, 그 뱃사공은 조금 경계하는 기색을 감추지 못했다. 중국인이라고 해도 비슷한 반응을 보였을 것이다.

그런데 실로 간사스럽다고나 할까, 아니면 자기 배를 탄 손님에 대한 최소한의 예의라고 생각했음일까, 그 뱃사공은 고개를 약간 숙여 왕눈에게 인사를 해 보였다. 마치 넓고 둥근 바구니를 엎어놓은 것 같은 일본 삿갓에 내리쬐는 햇살이 왕눈 눈에 이상하리만치 인상적으로 들어왔다.

"아, 예."

그 일본 뱃사공이 알아듣든 알아듣지 못하든 조선말로 그렇게 말하며 같이 고개를 약간 숙이는 왕눈이었다.

"호홋."

쓰나코가 낮은 소리로 웃었다. 코맹맹이 같은 웃음이었다.

'쏴~아.'

물살이 거품을 일으키며 다가왔다 멀어졌다. 그 바람에 좀 긴장했던 왕눈 마음이 약간은 풀렸다. 국적을 떠나 인사라는 것은 좋은 모양이었다.

'똑 옥지이 이빨 겉다.'

햇볕에 그을린 검은 손가락 끝으로 삿갓을 삐뚜름히 들어 올려, 상대방이 자기 얼굴을 좀 더 잘 볼 수 있게 하면서 싱긋 웃는 그 뱃사공의 이빨은, 믿어지지 않을 정도로 희고 가지런했다.

'어? 또 다리 아이가.'

거기 호리카와 강에는 다리가 많이도 놓여 있었다. 조금 아까 배가 다리 밑을 지나왔다 싶었는데 또 얼마 후에 새 다리가 나타났다. 왕눈은 처음에는 몇 개나 되는지 세어보다가 나중에는 그만두었다. 무엇이든 지나치게 많으면 흥미를 잃게 하는 것이다.

'암만 글싸도 우리 남강에 있는 배가 더 멋지다 고마.'

고향 남강에 띄워져 있는 그림 같은 나룻배가 새록새록 생각났다. 여러 척이나 되는 배를 동원하여 사람들이 건너가게 되어 있는 그 광경은 남강의 명물이라고 했다. 그래 인근에서뿐만 아니라 다른 먼 곳에서도 그 나룻배를 구경하기 위해 사람들이 그의 고향을 찾는다고 들었다. 언젠가는 그만 없어질지도 모르니 그전에 반드시 보아야겠다고 하면서 왔다.

"그 다리들……."

"아, 그것요?"

거기 호리카와 강에는 자그마치 열다섯 개나 되는 다리가 있다는 사실을 왕눈은 처음에 출발했던 후레아이광장으로 돌아온 후에 알았다. 쓰나코는 그것을 이미 공책에 다 적어 놓았다고 했다. 마즈오 선생을 위한 것이라고 말할 수 있는 날이 오게 될지 그것은 하늘만이 알 일이었다.

'무신 이약들을 하는 기고?'

간간이 쓰나코와 뱃사공이 주고받는 대화는 일본말을 모르는 왕눈이 들어봐도 무척이나 정겹게 들렸다. 하지만 또 그것은 왕눈으로 하여금 쓰나코에 대한 거리감을 갖도록 하는 쓸쓸함도 주는 것이었다.

'오데꺼지나 저 두 사람은 동족이고, 내는 이방인 아인가베.'

한 번은 뱃사공이 노래 한 가락을 부르기 시작했다. 역시 노랫말이 모두 일본말로 되어 있었으므로 왕눈은 전혀 알아들을 수가 없는 노래였다. 그렇지만 그 곡조가 어쩐지 몹시 허망하고 애잔하게 들려 왕눈 가슴이 먹먹해졌다. 뱃사공은 꽤 흥이 돋아나서 부르는 모양새인데 왕눈이 느끼기에는 그랬다. 세상 모든 건 그걸 받아들이는 사람 마음에 달려 있다더니 아마 그래서 그런가 싶기도 했다.

'울 어머이가 동리 다린 여자들하고 베를 짬시로 부리던 그 노래가 시방도 내 귀에 그냥 삼삼하다 아이가.'

왕눈의 큰 눈에 훤히 나타나 보였다. 고향 여자들이 베틀 앞에 모여서 베를 짜고 있는 광경이었다. 그녀들이 슬픈 듯 구성지게 불러대던 베틀 노래는 그곳 이역 땅에 묻혀도 잊지 못할 것이다.


오늘은 하 심심
베틀 연장을 챙겨나 볼거나

베틀 다리 네 형젤랑
동서남북으로 나눠 놓고

앉을 개는 돋움 놓아
그 우에 올라앉은 이는

전부 각시 상경하고

몰캐라고 생긴 거는
구렁이 죽은 혼이런가
똘똘 감아 자빠나 졌다

그렇게 시작되는 베틀 노래였다. 어느 고을이라도 베틀가 한 곡조는 있겠지마는 그 빼어난 노래에 모두는 넋을 잃었다.

아무튼 일단 한번 그 노래를 떠올리자 왕눈의 가슴 한복판은 노래의 중간 구절을 넘고 또 넘어 끝까지 이어지는 그 노랫가락으로 그득그득 차오르는 것이었다. 어디서 연결되고 어디서 끊어지는지도 모르게.

용수 머리 울어대는 소리 외따로 가는 기러기 벗 부르는 소리 같네 꿍절꿍 도토마리 정절꿍 일어남시로 배이별 듣는 모양 구시월날 세단풍에 잎새 떨어지는 것마냥 저절로 굽은 쇠귀신 사시춘풍 네 계절에 큰애기 발꿈치 물고서 도나니…….

또 얼마쯤이나 배를 저어갔을까.

뱃사공이 별안간 턱짓으로 어느 한 곳을 급히 가리켜 보였다. 그 바람에 혹시 그가 쓰고 있는 삿갓이 벗겨지지나 않을까 우려되었지만, 그것은 기우였다. 왕눈과 쓰나코는 동시에 그쪽을 바라보았다.

두 사람 입에서 한꺼번에 감탄의 소리가 터져 나왔다. 거기 호리카와 강과 그 강이 안고 흐르는 마쓰에 성도 덩달아 바라보는 듯했다.

'자라 아이가?'

왕눈은 연방 눈을 끔벅거렸다. 초록 빛깔이 환상적으로 보일 만큼 투명하게 반사되고 있는 수면 위에 크고 긴 통나무 하나가 떠 있었는데, 무려 열 마리 가까이 되는 자라들이 그 위에 올라앉아 있었다.

'모도 자고 있는 것가?'

왕눈은 쓰나코를 한번 보고 나서 속으로 중얼거렸다.

'꼼짝도 안 하거마는.'

하나같이 움직이지 않고 있는 자라 무리였다. 살아 있는 성싶지 않았다. 그걸 보자니 마쓰에 성과 호리카와 강이 죽음의 나라에 있는 성과 강이 아닐까 하는 약간 섬쩍지근한 기분이 들기도 했다.

"에……."

그때 뱃사공이 쓰나코에게 무슨 말인가를 했고, 쓰나코가 다시 왕눈에게 그대로 전달해 주었다.

"지금 햇볕을 쬐고 있는 중이래요."

"아, 햇볕을!"

왕눈은 하늘의 해를 올려다보았다. 자라도 사람들이 하는 일광욕을 즐기고 있는 모양이었다. 그러면 강물 저 아래에 있는 물고기들은 어떻게 할까 하는 묘한 의문이 생기는 왕눈이었다. 모든 동물과 식물은 태양이 없으면 살 수 없다고 하질 않는가. 물고기들이 간혹 수면 위로 솟구치더니 그게 햇볕을 받기 위해서인가.

'그라고 보이, 내도 그랬거마.'

왕눈도 어릴 적에 '햇볕바라기'를 참 많이도 했었다. 특히 추운 겨울 날 작은 사립문과 좌우로 연결된 나지막한 토담 밑에 모여 해를 향해 고개를 치켜들고 하는 그 놀이는, 따뜻하고 재미있어 아무리 오랫동안 해도 싫증이 나지 않았다. 나중에는 마음까지 살살 녹아나는 것이었다.

'오데 그리만 했던 기가?'

남강 넓은 백사장에서 햇볕 쬐던 기억들도 선연히 되살아났다. 무더

운 여름이지만 해가 구름 속으로 숨으면 벌거벗은 탓에 추위가 느껴지고 입술이 새파래질 즈음에, 구름장 뒤에서 살짝 요술을 부리듯 나타나서는 따스한 빛살을 비춰주던 해였다. 해는 하느님이 아닐까 하고 동무에게 말해보고 싶기도 했었다.

동무.

그 생각을 하자 불현듯 떠오르는 동무 하나가 있었다. 내성적인 성격으로 동무들을 골고루 사귀지 못하고 제 혼자서만 시간을 보내기 일쑤였던 그에게, 부끄러움을 타는 서먹한 얼굴로 다가왔던 그 동무, 팽섭.

'아, 팽섭아.'

왕눈은 쓰나코와 뱃사공 몰래 팽섭의 이름을 입안으로 가만 불러보았다. 그 아이는 특별한 신분을 지닌 불쌍한 아이였다. 양수척, 수척, 화척 등으로 불리다가 지금은 백정이라고 부르는 팽섭이었다.

촉석루 쪽에서 강을 건너다보면 무섭도록 짙푸른 대숲이 우거져 있고, 그 좀 더 너머로 망진산 아래 드넓게 펼쳐진 땅, 바로 그곳이 백정 팽섭이가 살았던 곳이었다. 그러다가 고종의 명이 내려 백정들은 나불천과 너우니 등 다른 지역으로 이주를 하여 살아가고 있었는데, 팽섭의 부모는 나중에 옥봉리 산동네 어딘가에 터를 잡게 된다.

팽섭의 아버지는 그 고을 병영과 목牧이 필요로 하는 육류나 피혁 그리고 아교풀 등의 공급을 위해 만들어진 현방懸房에 소속된 백정이었다. 자기 아들의 벗이 돼 주어 고맙다며, 그 없는 살림에도 엿 사 먹으라고 돈을 주기도 하는 사람이었다.

그런데 팽섭의 입을 통해 듣게 되는 이야기들은 왕눈을 화나게 하는 구석이 많았다. 그 가진 것 없는 불쌍한 백정들 몫으로 돌아가야 할 작은 이익까지도 가로채려는 사람들이 있다는 것이다.

현방에 소속되지 않고 개인적으로 영업을 하는 사람들도 지탄받아 마땅하거니와, 더군다나 관아에 소속된 하급 아전들도 나서서 독점적 이익을 취하는 실정이라는 것이다. 그리하여 결국 백정들은 직업을 포기하고 떠돌이 생활을 하는 이들이 늘어나고 있다고 했다.

'자라를 본께네 팽섭이가 더 떠오린다 아이가.'

그것은 팽섭이가 언제나 자라같이 목을 두 어깻죽지 사이에 푹 처박고 있다는 사실에서였다. 백정 출신이란 올가미는 죄 없는 사람을 그렇게 주눅이 들게 하고 희망이 없는 삶이 되게 내몰아가는 원흉이었다.

'운젠가는 또 만내기 되것제.'

왕눈은 내가 자라였으면 좋겠다는 생각을 했다. 그러면 바다를 마음대로 헤엄쳐 그리운 고국 땅으로 가고 싶었다. 가는 도중에 상어나 고래 같은 큰 물고기의 밥이 돼버릴지도 모른다. 아니면 어부가 던진 그물에 걸려 자라탕 신세를 면치 못할 수도 있었다. 그래도 좋았다. 꼭 바다를 건너가 보고 싶었다. 설혹 죽더라도 조선 근처 바닷가에서 죽었으면 했다.

"어머? 저것 좀 봐요."

"……."

"꽃도 피어 있네요!"

"……."

쓰나코의 흥분된 목소리에 왕눈은 제정신을 찾았다. 정말 강가에는 많은 꽃들이 자라고 있었다. 아름다운 풍광이었다. 꽃은 조선 꽃이고 일본 꽃이고 가릴 것 없이 모두 예쁜 거구나 싶었다.

뱃사공이 들려주는 말이, 겨울에 배를 타고 구경하면 지금과는 또 색다른 정취가 있다고 했다. 그러고 보니 강가에 죽 늘어선 눈꽃, 설화를 감상하는 것도 일품일 성싶었다. 눈을 맞아가면서 그렇게 하면 한층 보기 좋을 것이다. 그렇지만 그런 상상 끝에 왕눈은 내심 스스로를 꾸짖었다. 내가 무슨 호강 받친 생각을 하고 있느냐. 더욱이 조선을 넘보는 일본이란 나라에 와서 말이다.

왕눈은 눈앞에 그려보았다. 남강 건너편 백정들 거주지인 섭천의 대숲이 머리에 흰 눈을 가득 얹고 우거져 있는 정경이었다. 흰빛과 푸른빛이 한데 어우러진 그 겨울 운치는 어린 왕눈이 봐도 멋이 넘쳤다. 팽섭을 생각하면 그런 감정은 싹 사라져버리기 일쑤였지만, 그리고 그는 모르고 있는 사실이지만, 그 풍경은 안석록 화공의 그림 붓을 통해 이미 화폭에 영원히 담겨 있었다.

"이제는 돌아가야 할 시간이군요."

힘든 여정이 끝나서 후련하다는 것 같기도 하고, 아직도 다하지 못한 일이 남아 있어서 서운하다는 것 같기도 한, 쓰나코의 말에, 왕눈은 이번에도 그가 평소대로 하는 것처럼 말했다.

"예."

배가 첫 출발지였던 후레아이 광장으로 되돌아오기까지 한 시간이 조금 못 걸렸다. 그렇지만, 그 사이에 왕눈은 수천 리 떨어진 고향 땅을 백 번도 넘도록 왔다 갔다 한 기분이었다. 관광보다도 지난 추억에 더 깊숙이 빠졌던 순간들이었다. 며칠만 지나면 그 기억 또한 시간 감각 상실증이란 끈질긴 놈에게 덥석 물려 허덕거리게 될 것이다.

"아까 그 뱃사공 말이죠."

습관처럼 삿갓을 조금 들어 올려 얼굴을 보이게 하는 그 뱃사공과 작별인사를 나눈 뒤, 지붕을 얹어 놓은 목선에서 내려 나란히 걸어가면서 쓰나코가 말했다.

"이 근처 이즈모라는 곳에 있는 '이즈모 타이샤'도 꼭 한번 들렀다 가래요."

왕눈은 아직도 몸이 허공에 붕 떠서 흔들리는 느낌이었다.

"잇으모 타이샤."

그러자 쓰나코는 잠시 고개를 갸웃하며 왕눈의 그 말을 되살려보는 빛이더니 맞게 일러주었다.

"아, 그게 아니고 이즈모 타이샤요."

왕눈이 이번에는 신경을 써서 말했다.

"잇으모 타이사."

쓰나코가 손으로 입을 가리며 웃었다.

"뭘 그렇게 잊고 싶나요?"

왕눈은 그만 낯이 벌게지고 말았다. 일본말을 배워보려고 이번에도 왕눈은 쓰나코 말을 열심히 따라 해 보았지만, 좀체 쉽게 되지 않았다. 포기해버리고 싶었다.

'우째갖고 이리키나 에렵노? 왜눔들 말, 에나 안 좋다 고마!'

혀가 굳어버리기라도 했는지 제대로 소리를 낼 수 없는 것이다. 그래도 맨 처음 일본에 왔을 때 비하면 많이 나아진 편이었다. 그건 순전히 그로서는 아무런 감각을 느낄 수 없는 시간 덕분이었다.


얼마 후 그들은 이즈모 타이샤에 도착했다.

그런데 그 신사神社의 지붕이란 것이 한눈에 봐도 대단히 특이했다. 왕눈 눈에는 마치 용마루 위에 긴 나무 두 개를 엇갈리게 붙여 놓은 것처럼 비쳤다.

그곳에는 '오쿠니누시노 미코토(대국주명大國主命)'라는 신을 기리고 있었는데, '행복·결혼'의 그 신은 인연을 맺어 주는 신이라고 했다. 왕눈이 얼핏 보니 쓰나코가 혼잣말로 중얼거리고 있었다.

"인연……."

"흐읍."

왕눈은 그만 가슴이 한없이 먹먹해지는 바람에 자신도 모르게 숨을 있는 대로 들이켜고 있었다.

"자, 이리로 가요."

두 사람이 거기 들어갔을 때 그곳에는 마침 아직 스무 살이 채 못 돼 보이는 어떤 처녀 하나가, 대나무 같은 것에다 무슨 기다란 종이 한 장을 매달고 있었다. 그 장소에는 그 처녀보다도 앞서 달아 놓은 종이들이 꼭 무슨 열매처럼 주렁주렁 매달려 있는 게 눈에 띄기도 했다.

'머하는 기고?'

왕눈은 호기심 어린 눈빛으로 그 처녀와 종이를 번갈아 바라보았다. 나무에 매달고 있는 종이가 대단히 낯설게 비쳤다. 언제부터인가 왕눈 마음에 종이라고 하면 무엇을 쓰는 용지라는 것으로 각인되어 있었다.

쓰나코는 처음 봤을 때와 다름없이 지금도 필기구를 몸에 지니고 다니며 보이는 것들을 빠짐없이 기록하곤 하는 것이다.

"소망을 적은 단자쿠(단책短冊)예요."

"소망."

쓰나코가 또 언제나처럼 왕눈의 의문을 풀어주었다. 나무에 매단, 소원 등을 적은 그런 종이를 일본말로 '단자쿠'라고 한다는 것은 이제 왕눈도 알고 있었다. 그 종이와 똑같은 것은 아니지만 고국에 있을 때도 그 비슷한 것을 보았던 그였다.

"미코토 신은……."

숨이 가쁜지 거기서 말을 끊었다가 쓰나코가 열 번을 되풀이해도 부족하다는 듯이 다시 하는 말이었다.

"소망을 들어주실 거예요."

저 처녀는 신이 누구와 무슨 인연을 맺어 주기를 깊이 소망하고 있는 걸까? 왕눈은 조금 궁금해졌다. 어쩌면 그녀가 짝사랑을 하고 있는 총각이 있는지도 모르겠다. 설마 자기를 짝사랑하고 있는 총각을 쫓아 달라고 빌고 있는 것은 아닐 테지?

'아아, 내도.'

그러자 왕눈은 그 자신도 소망 적은 종이를 거기 달고 싶었다. 꼭꼭 옥진과 인연을 맺어 달라고, 이승에서 되지 않으면 저승에서라도 반드시 그럴 수 있게 해 달라고 빌고 싶었다. 그렇게만 해준다면 팽섭이처럼 백정이 되어도 좋다. 아니, 백정의 칼을 맞고 죽는 소가 되어도 상관없다.

그러고는 또 소망 종이를 달고 싶었다. 돈을 많이 벌어 고국으로 돌아갈 수 있게 해 달라고 바랐다. 부모님과 동생 상팔에게 줄 멋진 선물을 한 아름 안고서 귀향하는 자신의 모습을 상상해 보는 것만으로도 그의 가슴은 세차게 뛰놀았다. 그는 또 고질병이 돼버린 깊은 상념에 잠겼다.

'오늘이 며칠이고?'

그것은 참으로 놀라운 일이 아닐 수 없었다. 적어도 왕눈으로서는 세상에 새로 태어나는 것 이상의 경이로운 변신이었다. 감각을 상실해 버린 저 '시간'에 대한 생각을 얼핏 한 것이다.

그날 추락물에 의해 사고를 당한 이후로 그로부터 영원히 추방당한 것 같은 시간관념이었다. 아니, 그를 추방해버린 시간이었다.

어쩌면 그가 시간에 대한 감각을 회복할 수도 있다는 가능성을 엿보인 것인지도 모른다. 왕눈은 소망 종이를 보며 또 생각했다.

'저런 소망 종이보담도 등을 달모 소원이 더 잘 안 이뤄지까?'

그의 눈앞에 사월 초파일을 앞두고 등을 달던 지난날들이 되살아나기 시작했다. 절집은 물론이고 여염집과 가게, 관청에 이르기까지 모두가 등을 달고 초파일 저녁에는 불을 밝혔다. 불을 밝히는 것은 지혜의 광명으로 중생의 무명無明을 밝혀주고, 부처님 앞에서 불덕佛德을 찬양하기 위함이라고 들었다.

'그렇다모 에나 좋은 거 아이가.'

특히 아직도 잊을 수 없는 것은, 그 관등觀燈놀이 며칠 전에 마당에 장대, 곧 등간燈竿을 세우고 그 꼭대기에 꿩꼬리를 장식한 다음 채색 비단으로 깃발을 만들어 달아 놓은 것이었다. 살림이 넉넉하지 못하여 등간을 세우지 못한 그의 집에서는 추녀 밑이나 나뭇가지에 줄을 매고 등을 달았다.

그의 집에서는 전부 달지 못했지만, 등의 종류는 하늘의 별처럼 어찌 그리도 많았는지 모른다. 손가락 발가락을 모두 동원해도 다 헤아리지도 못할 정도였다. 등 이름도 다양했다.

종등·북등·방울등·부채등·거북등·오리등·잉어등·수박등·일월등·학등·가마등·용등…….

아이들의 나이 수대로 등을 달면 좋다고 하여 여러 개를 달아 서로가 경쟁하듯이 높이 그리고 많이 다는 것을 자랑삼기도 하였다. 큰 대나무를 여러 개나 세워 아주 많은 등을 다는 부잣집을 보고는 참 부럽기도 하고 시샘도 났다. 심지어 아무도 모르게 그것들을 부수거나 태워버리고 싶은 충동마저 일곤 했다. 찢어지게 가난했다가 졸부가 된 임배봉 집안의 등 이야기를 들으면 살맛이 나지 않았다.

그렇기는 하지만 또 다른 한편으로는 볼거리가 넘쳐나서 좋았다. 형형색색 등의 불빛과 그림자를 교묘하게 이용한 놀이, 종이에 화약을 싸서 새끼줄로 높직이 매단 후에 아래쪽에서 불을 붙이면 그것이 타오르는 대로 멋들어지게 불꽃을 튀기는 놀이, 꼭두각시를 만들어 옷을 입혀 달아매 놓고 바람이 부는 대로 따라 움직이게 하는 놀이…….

그러나 그 모든 것들이 이제는 애틋한 그리움만 줄 뿐, 단 하나의 여자, 옥진만이 그의 모든 것이었다.

"그러고요, 또…….."

그곳 본전本殿은 일본에서 최고로 오래된 '다이샤쓰쿠리' 양식으로 지었다고 하면서, 쓰나코가 거기 안내원에게 들은 이야기를 들려줄 때도, 왕눈 마음은 오로지 신이 맺어 줄 옥진과의 인연, 그리고 거부巨富에의 소망만으로 가득 차오르고 있었다. 솔직히 가슴 한구석에서는 미코토라 나 뭐라나 하는 그 미운 일본 신을 잔뜩 경멸하고 거부하는 마음이 없지 도 않았다.

'시상에 빌 데가 없어서 저게다가 빌어?'

하필이면 일본인들이 모시는 신에게 빌랴 싶었다. 그 신도 조선인인 그의 소망은 들어줄 성싶지 않았다. 차라리 지리산에 있는 삼신할미에 게 비는 게 훨씬 더 낫지. 돌아다니며 점을 보라고 소리 지르는 돌팔이 장님이라도 조선인이라면 적선하는 셈치고 그를 부르지. 그러자 왕눈 귀에 들려오는 소리였다.

―무에리수에!

보통 사람들은 제대로 알아듣지 못할 묘한 말이었다. 왕눈이 그게 무 슨 뜻인지 알게 된 것은 행운이었다. 그 돌팔이장님이 모시는 신神의 은 총이었다.

그날 왕눈은 팽섭과 함께 읍내장터로 통하는 신작로 위에 서 있었는 데, '무에리수에'라는 소리를 크게 외치면서 돌팔이장님이 그들 쪽으로 오고 있었다. 지나가던 행인들이 모두 그를 바라보았다. 한눈에도 무척 꾀죄죄해 보이는 행색의 돌팔이장님은 오로지 그 말 한 가지만 알고 있 는 것으로 여겨졌다.

"대체 무신 소릴 지껄이고 있는 기야?"

"내 말이!"

"술을 처뭇나?"

"아, 술을 뭇다꼬 저런 소리를 내?"

사람들은 가던 길을 멈추고 서서 그 알 수 없는 소리에 대해 갑론을박

하느라고 입들이 성해 나지 못할 것 같아 보였다.

"그라모 미칫나?"

"미친 사람은 아인 거매이로 비인다."

"해나 우리나라 사람이 아인 거 아이가?"

"니 눈이 우찌 됐나?"

"하, 돌아삐것다. 왜눔 말도 아인 거 겉고, 떼눔 말도 아인 거 겉고."

"모리지, 그거는. 우리가 왜눔 말하고 떼눔 말하고 다 아는 거도 아이고……."

"후우. 아이고 또 아이고 또또 아이고!"

그때쯤 돌팔이장님은 어쩌면 느긋하게 그런 세상 사람들을 즐기는 모습으로 한 번 소리치고 잠깐 쉬었다가 또 소리치곤 했다. 그런 와중에서였다. 누가 보기에도 글깨나 읽었음 직한 선비 차림을 한 초로의 남자가 궁금해하는 사람들 앞으로 나서면서 이렇게 말했다.

"내가 알고 있은께 들어들 보실랍니꺼."

그러자 사람들 눈길이 너나없이 그에게로 꽂혔다. 왕눈과 팽섭도 단아하고 붉은 그의 입술을 바라보았다. 그는 굵직한 저음으로 말하기 시작했다.

"무에리수에, 그거는 '문수問數에'라는 말에서 나온 깁니더."

"……."

사람들이 자기 말을 잘 알아듣지 못하는 눈치들이자 그는 한 번 더 말해주었다.

"문수에, 문수에, 그런 으밉니더."

"……."

그래도 이제는 알겠다고 하는 사람이 보이지 않았다. 저마다 멍한 표정으로 선 채 입을 여는 이가 없었다.

"문복問卜이라쿠는 말은 압니꺼?"

선비풍의 남자는 이제 자기가 답답하다는 기색이었다. 그에게서는 그만 가버릴까 하는 빛마저 엿보였다. 그때 다행히 그것은 안다고 나서는 평민 차림새의 젊은이가 있었다.

"점을 쳐갖고 길흉을 묻는다쿠는 이약 아입니꺼?"

그 말을 들은 선비풍이 만면에 환한 웃음을 지으며 평민복에게 물었다.

"누 문하門下에서 공부하시었소?"

평민복이 부끄럽다는 얼굴로 대답했다.

"뫼시는 스승님은 안 계시고, 그냥 좀 알고 지내는 글방 훈장한테……."

이윽고 모여들었던 인파는 흩어졌다. 돌팔이장님도 또다시 '무에리수에!' 라는 말을 외치면서 발을 떼놓았다.

"인자 우리도 가자."

"그라자."

왕눈과 팽섭은 읍내장터 쪽으로 달려가기 시작했다. 그럴 돈도 없거니와, 꼭 무슨 물건을 사지 않더라도 그곳에 넘치는 온갖 것들을 구경하는 것만으로도 둘은 좋았다. 놀이패를 만나면 그건 행운이었다.

그런데 쓰나코에게서 듣는 이런 이야기에는 왕눈의 관심도 아주 조금은 그곳 신사 쪽에 쏠리지 않을 수 없었다.

"시월이 되면요, 일본 전국에 있는 신들이 모두 여기에 와서 회의를 연다고 하네요. 참 재밌죠?"

"전국의 신들이 와요?"

일본인들이 모신다는 신들은 어떤 신들일까? 그런 호기심이 솟았다. 그렇지만 아무것도 떠올릴 수 없었다. 그 땅에 살고 있는 사람도 모르겠는 판국에 신을 알려고 한다는 것은 얼빠진 짓이라고 할 것이다.

고국에 있을 때 어른들에게서 조선의 여러 신들에 대한 이야기를 정말 많이 들었던 기억이 있다. 산에는 산신령, 강이나 바다에는 용왕신, 길에는 길거리신, 나무에 딱 들러붙어 있는 목신木神, 부엌에서 살아가고 있는 조왕신, 변소에 붙어 있는 측신廁神…….

"아, 저것 좀 봐요!"

쓰나코 고함소리에, 신과 귀신의 경계도 없이 혼동하고 있던 왕눈은 번쩍 정신이 났다. 그러고는 그녀가 가리키는 곳을 바라보다가 눈이 화등잔이 되었다. 쓰나코를 보면서 저기에 왜 저런 것이 있냐고 묻는 표정이 되었다.

그곳에는 볏짚으로 꼰 거대한 새끼줄이 있었다. 굵게 엮어 처마에 매달아 놓았다.

"시메나와(주련승주聯繩)."

입속으로 그렇게 중얼거리는 쓰나코 머리칼이 햇살을 정면으로 받아 반짝였다. 햇살 때문인지는 몰라도 그녀의 머리칼은 약간 갈색으로 보였다. 그래선지 그녀가 일본 여자가 아니라 다른 먼 이국의 여자 같다는 기분이 들었다.

'옥지이 머리카락 색깔은 우떻더라?'

이번에도 옥진을 머릿속에 그려보면서 그런 생각을 해보던 왕눈은, 어느 순간 자신도 모르게 고개를 갸우뚱했다. 이상했다. 옥진의 머리카락은 어떤 색깔이었는지 도무지 기억이 나질 않는 것이다. 그건 시간 감각 상실과는 전혀 그 성질이 달랐다.

그뿐만이 아니었다. 옥진의 머리카락뿐만 아니라 다른 것도 잘 떠오르지 않았다. 키는 얼마만 했으며, 얼굴 윤곽은 어떠했고, 걸음걸이는 무슨 모양새였는지, 웃을 때에 보조개가 파였는지 아닌지…….

'각중애 내가 와 이라지?'

왕눈은 그만 속으로 엄청난 혼란에 허우적거리기 시작했다. 눈을 뜨고 있어도 눈을 감고 있어도 선연히 다가오던 옥진이였다. 그 자신보다 더 또렷한 형상으로 살아 있는 모습이었다. 강옥진이라는 이름은 세상 모든 것이 없어져 버린다 해도 결코, 사라지지 않을 불멸의 혼이었다.

그런데 아니었다. 마치 연기로 꽉 찬 부엌 안의 그릇이나 안개 자욱한 새벽 들판에 서 있는 나무처럼 흐릿하게만 비쳐드는 얼굴이었다. 이럴 수가? 못된 잡귀가 무슨 조화라도 부리고 있다는 것인가? 아니면 내 눈이, 내 정신이 잘못된 것인가? 아니, 설사 잘못됐다 하더라도 그렇지, 대상은 옥진인 것이다.

"여긴 의식 무용을 하는 곳이라는데요."

쓰나코 음성 또한 천 리나 떨어져 있는 곳에서 들려오고 있는 것처럼 아련한 느낌으로 다가왔다.

"그 의식 무용은……."

왕눈은 더없이 혼미한 상태에서 그 소리를 들었다. 다른 관람객들을 이끌고 저만큼 앞서가는, 눈썹이 짙고 볼이 약간 처진 중년 사내 안내원이 이제 막 거기서 해주었던 이야기, 그것들을 쓰나코가 반복하고 있었다.

"가구라덴."

쓰나코는 거기 건물에 붙어 있는 '신락전神樂殿'이라는 한자를 왕눈이 잘 들으라는 듯이 일본말로 크게 소리 내어 읽었다. 어쨌든 한가지라도 더 많이 가르쳐주려는 의도였다. 하지만 왕눈의 시선은 줄곧 그 거대한 새끼줄에 머물러 있었다.

"대단해 보이죠?"

쓰나코는 겁을 집어먹은 모양으로 어깨를 조금 움츠리며 말을 이어 갔다.

"방금 안내원 말이, 길이가 13미터, 무게가 5톤이나 된대요."

13미터에 5톤이나 나가는 거대한 볏짚 새끼줄.

"저리 큰 새끼줄은 머할라꼬?"

왕눈이 묻자, 쓰나코는 관람객들에게 끊임없이 무어라 들려주고 있는 안내원 쪽을 한번 보고 나서 떨리는 목소리로 말했다.

"잡귀를 막기 위한 게 아닐까 싶어요."

왕눈 눈에 홀연 쓰나코가 다른 여자로 비쳤다. 알 수 없는 여자, 비밀의 여자였다. 어떨 땐 세상에서 가장 활달하고 화끈한 여자 같다가도, 또 어떨 땐 너무너무 나약하면서 생각이 지나치게 많은 성싶은 여자였다.

왕눈은 가슴이 움츠러들었다. 쓰나코가 내 머리 저 안을 훤히 들여다보고 있는 게 아닐까 하는 의구심마저 일었다. 부산포에서 생각했던 그 일본 여우였다.

"액운도 멀리 쫓고요."

그 말을 들은 왕눈 마음이 또다시 고국 땅으로 달려가기 시작했다. 조선에도 그런 게 있었다. 잡귀를 물리치고 액 막음을 하기 위한 여러 주술이며 신물神物이었다.

"전, 여기 오니까 제가 바라는 게 모두 이뤄질 거라는 생각이 드네요."

왕눈은 한층 정신이 흐리멍덩해졌다.

"그러니까 뭐랄까, 기대 같은 거 말예요."

쓰나코 말이 주술로 들리는 왕눈이었다. 거대한 볏짚 새끼줄이 목을 친친 감아오는 기분이었다.

"재팔 씨는 어때요?"

쓰나코가 안내원과 관람객들 쪽으로 급히 발을 옮겨놓으며 물었다.

"그, 글씨예."

왕눈은 대답은 하지 못하고 낯부터 붉혔다. 그가 소망하는 것이 무엇인가를 알게 되면 그녀는 어떤 마음이 될까. 완전히 다른 사람으로 돌변해버릴지 모른다.

아니다. 사람이 아니라 동물, 저 일본 여우로 둔갑하여 내 머리 위를 한 번 두 번 세 번, 그렇게 재주넘듯 훌쩍 뛰어넘을 것이다. 그러면 나는 혼이 다 빠져나가 사람 탈만 둘러쓴 허깨비가 될 것이다.

"저 굵은 새끼줄, 시메나와 말예요."

아마도 그것을 일본말로 '시메나와'라고 하는 모양이었다. 그리고 보니 조금 아까 쓰나코도 혼자서 그렇게 중얼거렸고, 그 안내원에게서도 바로 그 말이 나왔던 게 아닌가 싶었다. 한데 다음 순간 쓰나코 입에서는 왕눈이 미처 예상치 못한 소리가 나왔다.

"조선 부산포 높은 산등성이에 있는 초가집에서도 보았던 기억이 나요."

그녀는 주위 사람들에 대해서는 전혀 아랑곳하지 않는 빛이었다.

"저런 새끼줄 같은 것으로 지붕을 엮었죠, 아마?"

"맞심니더."

왕눈은 고향 비봉산이나 선학산 숲길에서 하늘이 낮다 하고 높이 뛰어오르는 방아깨비처럼 가슴부터 풀쩍 뛰었다. 늘 눈만 감으면, 아니 눈을 뜨고 있어도 아주 선명하게 떠오르는 그리운 고국의 집들 이야기였다. 식구들이 모여 사는 집.

하지만 이제는 그것조차도 자신감이 없어졌다. 옥진에 대한 기억이 그럴진대 그 나머지 것들이야 어떻게 호언장담할 수 있으랴. 아니, 그 때문에 왕눈은 도리어 기운 담은 소리로 들려주기 시작했다.

"우리 고향에도 그런 초가집들이 한거석 있지예."

주변에는 안내원과 많은 관람객이 있었지만 거기 누구도 왕눈과 쓰나코에게 관심을 보이는 이는 없어 보였다.

"한거석?"

쓰나코가 그게 무슨 뜻이냐고 묻는 눈빛으로 왕눈 얼굴을 빤히 올려다보았다. 이미 그녀도 그 의미를 알고 있다는 사실을 왕눈도 알고 있었다.

"그, 그런께네……."

왕눈은 낯이 붉어졌다. 시도 때도 없이 튀어나오는 고향 사투리였다.

안내원이 무슨 말을 했는지 관람객들이 왁자그르르 웃어 젖혔다. 그 웃음소리에 이즈모 타이샤가 폭삭 파묻히는 느낌이 왔다.

"아, 많다는 거죠?"

쓰나코 역시 관람객들과 마찬가지로 소리 내어 웃었다. 왕눈은 이내 깨달았다. 쓰나코는 친근감을 보이기 위해 그러는 것이다.

"참 재미있네요. 좋은 말 같기도 하고요. 한거석, 한거석……."

쓰나코는 '한거석'이라는 말을 정말 '한거석' 해 보일 사람처럼 굴었다. 그녀 변신이 또 한 번 왕눈을 헷갈리게 만들었다. 쓰나코에 대해 거의 아는 것이 없는 그로서는 당연한 반응이었다.

"다른 사람들한테도 들려주고 싶네요. 꼭이요. 한거석."

눈앞에서 종이들이 '한거석' 돌아다니고 있는 것 같았다. 소망을 적은 종이들이었다. 잠시 후 그 종이들은 어딘가를 향해 바쁘게 날아가고 있었다.

"또 뭐라고 했나요?"

그들이 그러고 있는 사이에 안내원과 관람객들은 저만큼 멀어져 가 있었다.

"쌔삣다, 천지삐까리다, 마이……."

왕눈 얼굴이 한층 빨개졌는데 이상한 현상이 벌어지기 시작한 것은 그때부터였다. 그의 고향 방언들을 계속해서 소리 내어 보고 있는 쓰나코가 뜬금없이 그렇게도 친숙한 모습으로 다가올 수가 없는 것이다.

'저 여자.'

그랬다. 일본말을 할 때 쓰나코는 왕눈 눈에 가장 낯설었다. 그러다가 한성 말씨를 쓸 때는 그보다는 좀 적게 낯설었다. 그리고 방금처럼 아주 드물게 경상도 방언을 쓰면 낯설다는 느낌이 정말 거짓말같이 싹 가시었다. 쓰나코가 조선, 그것도 경상도 여자처럼 친근하게 다가왔다. 심지어 그녀가 옥진이나 비화 모습으로 비칠 때도 있었다.

'말이라쿠는 기 에나 요상타 아이가.'

왕눈은 어느 날 홀연 득도하는 고승처럼 깨달아지는 바가 있었다. 저 밀선을 처음 탔을 때의 느낌, 그것과도 흡사한 것이었다. 하지만 그는 까마득 몰랐다. 그 밀선에 얽혀 있는 쓰나코의 비밀, 저 기록 뒤에 숨겨져 있는 개인적인 역사, 그 아픔과 슬픔과 한에 대해서는 알지 못했다.

'사람을 요리도 맹글고 조리도 맨드는 요물인 기라.'

어쨌거나 그가 하는 말에 따라서 사람이 그리도 많이 달라 보일 수 있는 것이다. 내심 고개를 갸우뚱하면서 쓰나코를 따라 걸어가다 보니, 왕눈은 어느새 안내원과 관람객들이 모여 있는 장소에 당도해 있었다.

안내원이 설명하고 있는 말은 여전히 알아듣기 어려웠고, 간간이 관람객들이 안내원에게 무어라고 묻는 소리도 왕눈은 이해할 수 없었다. 그는 이 넓고도 거친 세상에 나 혼자 내던져져 있다는 지독한 외로움과 객창감을 맛보았다.

'이라다가 아모도 모리거로 내 혼자 죽어갈 끼다.'

왕눈 마음속에 지극히 수상하고도 위험천만한 욕망이 움트기 시작했다. 그것은 그 많은 일본의 신들이 한꺼번에 몰려와서 막으려고 해도 막을 수 없을 만큼 엄청난 힘을 싣고 있었다.

─너거들, 내 좀 봐라아! 내는 조선에서 온 울보 왕눈 재팔이다아!

그러면서 갑자기 일본인들 앞에 나서서 아주 더 큰소리를 내어 조선 말로 마구 욕설을 퍼부으며 함부로 떠들어대고 싶어졌다. 그것도 한성 말씨가 아니라 자신의 고향 경상도 말씨로.

# 인편을 보내라

이곳은 이름난 기생집 국월관이다.

맹쭐과 노식 부자 그리고 죽원옹차와 차베즈 경사, 이렇게 네 사람이 모여 술을 마시고 있었다.

그건 썩 잘 어울리는 술자리는 아니었다. 술판에 끼이기는, 세상에서 둘째가라면 화를 낼 맹쭐의 주석酒席에 대한 높은 안목으로 봐도 어김이 없었다.

'우찌 닐로?'

처음에 맹쭐은 노식을 그런 자리에 데리고 나오고 싶지 않았다. 아버지와 아들이 나란히 앉아 기생의 시중을 받는다는 그 사실 자체가 무척 낯간지러운 노릇이 아닐 수 없었다. 죽은 아버지 치목도 아들인 자신을 저 갈봉이 바위라든지 서울 같은 곳에는 대동했어도 기생집에는 동행한 역사가 한 번도 없었다. 그런데 무슨 사달이 날 모양이었다.

"아, 내가 본다고 해서 그 귀한 아드님 얼굴 닳아질 것도 아닌데……."

죽원옹차가 그렇게 말하면서 노식을 꼭 한번 보고 싶다며 강요하는 바람에 어쩔 수 없이 함께 나왔다. 물론 노식도 아버지 맹쭐 못지않게 떨떠름한 얼굴이, 꼭 도살장에 끌려가는 소의 상판이었다. 하지만 그건 아버지 앞의 눈가림이라는 걸 맹쭐은 몰랐다.

'엉큼한 눔. 니가 내를 쪼다로 아는 기가?'

맹쭐도 죽원웅차의 속내를 모르지 않았다. 그자는 어쨌든 신분이나 나이를 따지지 않고 조선인 하나라도 더 사귀어 자기 사업을 하는 데 보탬이 되고자 한다는 것이다. 제 사업을 위해서는 저승까지 달려가서 죽은 할배를 데리고 와서 부려먹을 개차반이 저 인간이었다.

"민 사장님 입장에서 말씀드리겠스무니다."

그러나 명목은 이렇게 번지르르하게 늘어놓았다. 노식이 할아버지 원수를 갚기 위해 차베즈 경사와 안면을 익혀두는 게 큰 도움이 될 것이라는 거였다. 그리고 더 나아가 일본인 경찰을 알아두면 무슨 득이 되어도 되었지 아무 해가 될 게 없지 않겠느냐고 대단한 선심이라도 쓰는 투였다.

'인자 고만큼만 해라, 이 쪽바리 눔아.'

촉새같이 나불거리는 그자의 주둥아리를 콱 쥐어박고 싶은 충동을 억눌렀다.

'좋거마. 모리고 있으모 당할 수도 있것지만도, 싹 다 알고 있으이 뭔 일이 있으까이? 미리 방어만 하고 있으모 니 까짓 기 암만 설치도 낼로 몬 따라잡는다.'

맹쭐은 내심 코웃음 쳤다. 하지만 모든 일은 그가 미처 예상하지 못했던 방향으로 행해지고 있었다. 우선 기생들을 부르지 않고 있다는 사실부터가 범상치 않았으며, 특히 죽원웅차와 차베즈 경사의 표정이 다른 때와는 너무나도 판이해 보였다. 일본인들이어서 그렇다고 보면 별 문제가 없을 테지만, 그간의 관계를 두고 볼 때 그 두 사람은 여느 일본인들과는 다른 것이다.

'이거 첨부텀 조짐이 영 안 좋은데?'

맹쭐은 혹시라도 내가 그들 비위를 상하게 한 적이 있었던 게 아닐까 적잖게 염려되기도 했다. 자칫 아들이 보는 앞에서 아비 체면을 있는 대로 깎이는 게 아닌가 하고 시간이 갈수록 좌불안석이었다.

'어휴, 저 돼지매이로 미련한 새끼를 우째삐리꼬?'

그렇지만 아무 눈치도 채지 못한 노식은, 그저 그 고을에서 가장 유명한 기생집이 매우 신기하고 좋았는지, 처음 그곳에 들어오는 순간부터 계속해서 그 안을 이리저리 둘러보느라 정신이 없어 보였다. 물론 아버지 눈에는 그렇게 보이지 않으려고 시치미를 뚝 따기도 했지만, 끝까지 맹쭐을 속일 수는 없었다.

'저러이 장 쪽바리 눔들한테 당하는 기라.'

맹쭐은 거기 다른 사람이 없으면 당장 노식의 뺨이라도 몇 대 호되게 후려갈기고 싶은 심정이었다. 그런가 하면, 여자 밝히는 것은 우리 집안 내력인가 싶어 자못 씁쓸하고 민망스러운 기분이 들면서, 아버지의 무분별한 여자 편력 때문에 그렇게도 속을 썩이고 힘들어하던 어머니 모습이 되살아나기도 했다. 옥진 어머니 동실 댁과 비교해 가면서 어머니를 괴롭히는 아버지가 죽이고 싶도록 미울 때도 있었다.

그러고 있는 맹쭐의 정신이 번쩍 들 정도로 공기가 급변한 것은, 죽원웅차가 차베즈 경사에게 이런 말을 끄집어내면서부터였다.

"이제 그 중요한 이야기를 해주시지요."

"음."

그러자 차베즈 경사는 깊은 신음과 함께 누구 눈에도 과장으로 보일 정도로 마른침을 꿀꺽 삼켰다. 목울대가 튀어나왔다가 들어갈 정도였다. 그러고 나서는 상머리 반대쪽에 나란히 앉은 맹쭐 부자를 마치 무슨 이상한 동물인 양 한참이나 가만히 건너다보는 것이었다.

'저눔 눈빛이 갈수록 숫돌에다 싹싹 간 거매이로 더 날카롭고, 시궁창에 빠진 쥐새끼맹캐 더러버진다 아이가.'

맹쭐이 속으로 중얼거리는 소리였다. 살다 보니 어쩌다가 너희 같은 왜놈들과 어울리게 되었지만, 나중에 형편만 좀 풀리면 헌 게다짝 팽개치듯이 해버릴 것이라고 작심하기도 했다.

그런데 차베즈 경사 입에서 그런 말이 나올 줄이야. 그건 하느님과 부처님도 그만 뒤로 나자빠질 이야기가 아닐 수 없었다.

"민 사장 아버지를 죽인 범인들 말인데……."

"……."

그때까지만 해도 맹쭐과 노식은 한층 바싹 긴장하는 모습들만 보였는데, 그다음 이어지는 말이었다.

"내가 그자들이 누군지 알아냈스무니다."

그 순간, 맹쭐과 노식 입에서는 거의 동시에 단말마와도 같은 외마디가 튀어나왔다. 꼭 귀신 소리를 들은 형용이었다.

"예에?"

"버, 범인을!"

하지만 죽원웅차는 이미 알고 있었는지 별다른 표정 변화를 나타내지 않았다. 그 대신 맹쭐의 얼굴만 뚫어지게 지켜보고 있는 품이, 아마도 그 정보를 제공해 줌으로써 그가 얻게 될 이득을 계산하고 있는 게 아닌가 싶었다.

"우, 우떤 누, 눔들이……."

맹쭐은 곧장 자리에서 일어나 상을 밟고 저쪽으로 건너가 차베즈 경사의 멱살이라도 틀어쥐고 마구 흔들 기세였다.

"그, 그랬다 쿠, 쿱니꺼?"

그 서슬이 너무나 시퍼렇게 전해져서 노식이 질려버릴 판국이었다. 평소 아비라는 사람이 명색 아들인 그를 꼭 개 치는 사람들이 개 때려잡듯 하는 때도 있었지만 그래도 지금보다는 나았다.

"아아, 민 사장. 진정하시오, 진정!"

죽원웅차가 꽃방석을 깔고 앉았던 엉덩이를 들썩거리며 두 손을 들어 만류했다. 한데도 사방 벽이 따라서 흔들릴 만큼 온몸을 부들부들 떨어 대고 있는 맹쫄이었다. 그의 얼굴은 한마디로 사람의 그것과는 거리가 멀었다. 그러잖아도 험악하게 생긴 상판대기가 악귀를 방불케 했다.

"나는 우리 민 사장을 이해하오."

차베즈 경사가 말했다. 이런 이야기는 더 길게 끌 필요도 없다는 투였다.

"그자들이 누군고 하면……."

경련을 일으키듯 하고 있던 맹쫄의 몸이 한순간 바위처럼 딱 굳었다.

"……."

차베즈 경사는 괘卦를 뽑은 점쟁이가 천천히 입을 열 듯했다.

"점박이……."

맹쫄은 끝까지 듣지도 않았다.

"그, 그라모?"

차베즈 경사가 지금까지 보다는 좀 더 빠른 말로 알려주었다.

"그렇스무니다. 억호와 만호 그들 형제요."

"헉!"

맹쫄과 노식은 치목의 살해 소식을 전해 들었던 때만큼이나 큰 충격을 받은 것 같았다. 맹쫄은 전신이 흐물흐물해지면서 무슨 연체동물처럼 그대로 방바닥에 널브러져 버릴 듯한 모습까지 보였다. 한 다리가 천리라고, 그런 와중에도 노식은 맹쫄보다는 이성의 끈을 덜 놓친 듯했다.

그는 차베즈 경사에게 물었다.

"우뚷게 아싯심니꺼?"

내막을 이미 알고 있었던 죽원웅차도 흥분을 이기지 못하겠는지 자리를 고쳐 앉았다.

"그건, 흠……."

차베즈 경사는 준비운동 하듯 목을 한 번 돌리고 나서 대답했다.

"상촌나루터 조선목재 여주인 운산녀가 데리고 있는 사병私兵 하나가 우리에게 그 정보를 살짝 알려주어 알게 된 것이지."

"우, 운산녀 사뱅."

노식의 눈길이 차베즈 경사를 떠나 맹쭐에게로 옮아갔다. 맹쭐은 여전히 격분을 억누르지 못하고 있고, 차베즈 경사가 경찰 특유의 목소리로 덧붙였다.

"민 사장 선친이 목숨을 잃은 그 날 밤, 점박이 형제 일당과 한바탕 활극을 펼쳤던 그 사병과 우리가 어찌어찌 접선하게 되어 밝혀낸 것이 무니다."

차베즈 경사 옆에 앉은 죽원웅차가 그 보란 듯이 입을 열었다.

"우리 차베즈 경사님의 놀라운 정보망은 귀신도 혀를 내두를 정도이 무니다. 그러니 이런 사건의 진범을 알아내는 일 정도야……."

이번에도 끝까지 듣지 못하고 맹쭐이 고함을 쳤다.

"갱사님! 당장 그눔들을 체포해서 살인죄로 처행을 시키주이소!"

노식도 어서 그렇게 해 달라는 표정으로 차베즈 경사를 바라보았다. 그런데 한쪽 눈을 지그시 감고 있는 차베즈 경사 입에서는 아주 엉뚱한 소리가 흘러나왔다.

"이건 그렇게 단순하게 입맛대로 처리할 수 있는 사안이 아니지."

노식은 아예 입도 열지 못한 채 멀거니 차베즈 경사의 얼굴만 바라보앉고, 맹쭐은 그를 집어삼킬 듯이 노려보며 소리쳤다.

"머요?"

하지만 맹쭐이 그러거나 말거나 차베즈 경사는 목을 한 바퀴 빙 돌리면서 말했다.

"섣불리 행동했다간 역으로 당할 수도 있다, 그 말이오."

"으흐흐."

죽원웅차 입에서 웃는 건지 우는 건지 모를 기묘하고 야릇한 소리가 났다. 그럴 때 보면 그는 철저히 제삼자 위치에 서 있는 사람이었다.

"그거는 또 무신 소립니꺼?"

맹쭐과 노식은 똑같이 바보스러운 낯빛을 지었고, 아직 누구도 손을 대지 않은 채 놓여 있는 상 위의 음식물들도 넋이 빠져 보였다. 벽면에 둘러쳐진, 병풍 또한 곧바로 넘어질 것 같았다.

"두 분 모두 방금 경사님께서 하신 말씀을 잘 명심하셔야 할 것이무니다."

그렇게 서두를 꺼낸 죽원웅차는 제 딴에는 전부 간파했다는 표시로 가만히 고개를 끄덕이고 나서 통역관처럼 행세했다.

"동업직물의 막강한 힘을 경계하지 않으면 안 된다는 뜻이무니다."

"예?"

맹쭐과 노식은 얼굴을 마주 보았다. 무소불위로 노는 일본인들 입에서 저런 소리가 나올 줄은 전혀 몰랐다는 기색이었다.

"그러니까 한 번 더 말하자면……."

죽원웅차는 이쯤에서 서로 교대를 하자는 것인지 뒤로 물러앉았고, 차베즈 경사가 계속 일깨워주는 어투로 말했다.

"동업직물 임배봉이란 자는 결코 만만한 인물이 아니오."

죽원웅차가 양쪽 어깨를 한 번 들었다가 내려놓았다. 그도 함부로 대하지 못하고 있다는 것을 몸짓을 통해 말해 보이려는 의도로 비쳤다.

"그자는 대한제국뿐만 아니라 우리 일본국 고위직과도 손이 닿아 있다는 정보도 내가 가지고 있소."

"……."

입이 벌어진 맹쫄과 노식은 꼭 얼음판에 미끄러진 토끼 꼴이었다. 도저히 차베즈 경사 말을 믿을 수 없는 그들이었다. 두 사람 얼굴은 이렇게 묻고 있었다.

'우찌? 우째서?'

일본 경찰인 그가 조선 장사치를 경계하고 있다는 것이다. 임배봉과 점박이 형제가 그 정도란 말인가. 같은 조선인들에게는 좀 세도를 부릴 줄 알았지 일본인들까지도 함부로 대하지 못할 정도로 막강한 힘을 가지고 있었다.

'어라? 가만 있거라.'

그런데 죽원웅차는 맹쫄 부자와는 또 다른 측면에서 몹시 당황하고 경탄을 금치 못하고 있었다. 그는 차베즈 경사의 옆얼굴을 힐끔힐끔 훔쳐보면서 혼자 생각을 굴려보느라고 머릿속 복잡했다.

'그는 지금 저울질을 하는 거야. 점박이 형제와 맹쫄이 중 누구와 가까이하는 게 더 이득이 될 것인가 하고 말이지.'

마음의 주먹을 들어 제 머리통을 쾅 쥐어박았다.

'내가 왜 미처 그 생각까지는 하지 못했지? 이 바보 멍텅구리야. 그렇다면 나도 절대 방심해서는 안 될 거라고. 어디까지나 같은 민족이라고 철석같이 믿고서 안심하고 있었던 내가 순진했어.'

차베즈 경사가 점점 무서워지기 시작했다. 하긴 저 자리에 오를 정도면 그냥 보통으로 놀아서는 어림도 없지. 경찰 계통의 승진이 결코, 쉽지는 않을 텐데 말이야. 그러자 뒤를 이어 악마의 유혹과 맞닥뜨려지는 한 인간을 보았다.

'차베즈는 제 이익을 위해서는 동업직물 편에 설 인간이다.'

죽원웅차 머릿속은 벌떼가 왱왱거리는 소리로 가득 찼다. 차베즈 경사는 민치목 살인 사건을 덮어주고 그 대신 동업직물로부터 엄청난 대가를 요구하려 들지도 모른다. 아니, 돈뿐만 아니라 승진까지 내다보면서 맹쭐을 헌 게다짝 취급하여 내팽개쳐버릴 공산도 컸다.

'혁! 그렇게 되면?'

그렇다. 죽원웅차 자신도 '팽烹' 당하지 말라는 보장이 있겠는가 말이다. 이마에 싸늘한 칼끝이 와 닿는 기분에 오싹 몸을 떨었다.

"그라모 말입니더."

그때 노식이 차베즈 경사에게 묻는 말에 죽원웅차는 혼자의 생각에서 벗어났다.

"앞으로 우째야 되것심니꺼?"

그 말을 들은 차베즈 경사 얼굴이 약간 펴졌다. 그는 진작 나에게 물었어야 할 질문이라는 것을 상기시켜주는 어조로 말했다.

"바로 그것이지. 따라서 지금은 감정에 사로잡혀 있을 때가 아니라고."

그런 후에 갑자기 목에 무엇이 걸렸거나 가려운 사람 모양으로 나왔다.

"흠, 흠."

그의 헛기침 소리는 비록 낮고 단조로웠지만 듣는 사람에게는 폐부를 찌르는 것과 다를 바 없는 느낌을 주었다.

"차베즈 갱사님."

맹쭐이 곰 같은 상체와 굵은 머리통을 잔뜩 수그려 보였다.

"저희 집 모든 재산을 모돌띠리 털어서라도 보답해 드릴 낀께네……."

원조를 구한다는 눈길로 죽원웅차를 한 번 보고 나서 말을 계속했다.

"반다시 그놈들을 잡아들이서 처행시키주이소."

차베즈 경사가 한쪽 입귀를 살짝 말아 올리며 말했다.

"아, 아, 우리 사이에 보답은 무슨?"

하도 거창하게 차려진 탓에 상다리가 버티기 힘들어 보였다. 혹시나 다리 하나만 부러져도 음식물은 방바닥으로 와르르 쏟아져 내리고 말 것이다.

"아입니더, 아입니더!"

맹쭐은 거의 필사적으로 나왔다.

"오데꺼지나 사私는 사고, 공公은 공……."

하지만 맹쭐이 무슨 말을 하기도 전에 차베즈 경사는 어깨에 잔뜩 힘을 넣고 자못 근엄한 표정으로 말했다.

"단지 내 말은, 저들은 쉬운 상대가 아니라는 것을 알려주려는 것일 뿐……."

죽원웅차가 적시에 끼어들었다.

"차베즈 경사님! 꼭, 꼭 힘 좀 써 주십시오. 만약 보답이 모자라면 제가 더 보태서라도 경사님께서 서운하지 않으시도록 하겠스무니다."

차베즈 경사가 크게 감동한 얼굴을 했다.

"죽원 사장님과 민 사장님 사이가 그 정도로 가까운 줄은 몰랐스무니다. 내가 그 우정을 봐서라도 힘껏 노력할 것을 약속드리무니다."

죽원웅차는 머리로 차베즈 경사를 들이박을 듯했다.

"진정 고맙스무니다. 역시 우리 차베즈 경사님이야말로 대일본국 최고의 경찰로서 조금도 손색이 없는 분이시무니다."

"아니, 나보다도……."

그들이 그런저런 소리를 주고받는 중에도 맹쭐은 점박이 형제를 떠올리며 이빨을 갈고 있었다. 아무리 인간이 아니라 금수에 가까운 것들이라고 치부하더라도 이러면 안 되었다. 그동안 쌓아온 맹쭐 자신과의 유대 관계를 보면 천금을 준대도 그렇게 할 수는 없었다.

'아모리 알 수 없는 기 인간사라꼬 해쌌지만도 우떻게 이랄 수가?'

그 사건 이후 지금까지 용의선상에는 꿈에도 올려놓지 않은 그들 형제였다. 가장 주목한 대상은 상촌나루터 나루터집 천얼이었다. 임술민란 당시 농민군 주모자로 맹활약을 떨쳤다는 천필구 아들이었다. 조선 전통무예인 택견의 고수라는 원채도 빠뜨리지 않았다. 또 그 둘을 싸잡아 의심하기도 했다.

'우짜모 그 두 눔이 심을 합치서 아부지를 그랬는지도 모린다.'

물론 아버지의 살아생전 행적을 감안하면 전혀 또 다른 자의 소행일 수도 있다는 것을 배제하지는 않았지만, 시대의 쌈꾼인 아버지가 당할 정도라면 보통 인간은 아닐 거라는 판단은 갖고 있었다. 그런데 점박이 형제였다.

'애댕기도(맞닥뜨려도) 더럽기 애댕깃다.'

억지로 안정을 되찾으려고 노력하면서 맹쭐은 이번에는 분노와 울분 대신 걱정과 우려가 생겨나기 시작했다. 굳이 차베즈 경사의 말을 끌어오지 않더라도 너무나 버거운 상대가 점박이 형제였다. 하나만 대적해도 승산을 장담할 수 없을진대 하물며 산적 두목 같고 곰 같은 둘을 상대로 복수를 해야 하니 가슴이 답답하고 눈앞이 캄캄할 따름이었다.

'일이 이 지갱(지경)에 이르고 말았는데 저눔은 또 저리하고 있으이.'

그런데 차베즈 경사는 뒤로 발뺌을 하려고 한다. 억장이 무너질 일이다. 대가를 최대한 높이기 위한 위장과 술수일 수도 있겠지만, 사실 그도 쉽게 요리할 수 있는 동업직물이 아니라는 것도 수긍이 갔다.

'우짜지? 우짜지?'

맹쭐은 바싹바싹 애가 타들어 가기 시작했다. 범인만 알아내면 즉시 한걸음에 달려가 복수하리라 했었다. 세상에서 가장 잔인하고 처참한 방법으로 완전히 끝장내버리리라 마음먹었었다. 한데 알고서도 곧바로 행동에 옮기기는커녕 되레 몸을 사리고 있는 것이다.

'아, 돈 없고 심 없고 빽 없는 기 이리 서러블 줄 몰랐는 거는 아이지 만도……'

분하고 슬펐다. 그새 죽원옹차와 차베즈 경사는 한참 주고받던 대화를 끝내고 침묵을 지키고 있었다. 이제 공은 맹쭐 부자에게 넘어갔다는 기색이었다.

맹쭐이 예상 밖의 짓을 한 것은 잠시 후였다. 누구 눈에도 그는 너무 큰 충격을 받은 나머지 그만 정신이상을 일으키고 있는 게 아닌가 여겨질 노릇이었다. 그는 아들을 보고 이렇게 말했던 것이다.

"식아, 나가갖고 기생들 들오라꼬 시키라."

놀란 건 노식만이 아니었다. 죽원옹차와 차베즈 경사 역시 굉장히 의외인지 어리벙벙한 낯빛이 되었다. 그 이야기를 듣고도 기생을 부를 마음이 생길 수 있겠느냐 말이다.

그런데 노식이 계속 망설이고 있자 맹쭐은 버럭 고함을 질러 무섭게 독촉하기 시작했다. 기생질에 목을 매단 사람이 거기 있었다.

"애비 말 몬 들은 기가?"

"……"

상 위에 놓인 그릇을 집어 던질 험악한 태세였다.

"쌔이 그리 몬 하것나?"

"아, 예, 예, 아부지……"

노식은 정교한 꽃무늬 창살이 화려한 방문을 열고 밖으로 나갔다. 방 안에는 또 침묵이 가로놓였다. 죽원옹차와 차베즈 경사는 맹쭐 모르게 서로 눈길을 주고받았다. 여전히 의문을 지우지 못하는 모습들이었다.

맹쭐은 목을 푹 꺾은 채 더는 말이 없었다. 노식이 그림자가 움직이듯 소리 없이 다시 들어와 앉아 아버지와 마찬가지로 고개를 숙였다. 얼마 지나지 않아 발걸음 소리가 조심스럽게 울리면서 짙은 화장 냄새와 함께 기생 몇이 들어왔다.

꼭 나무나 돌로 빚은 사람같이 꼼짝도 하지 않고 있던 맹쭐이 별안간 벌떡 몸을 일으켜 세운 것은 그때였다. 그리고 일어선 자세로 그는 기생들을 향해 말했다.

"너거들, 저 두 분 잘 뫼시라, 알것제?"

그리고 나서 맹쭐은 엉거주춤한 자세로 따라선 노식에게 말했다.

"우리는 나가자."

당황한 건 기생들뿐만 아니었다.

"어, 갑자기 왜?"

"민 사장!"

죽원웅차와 차베즈 경사 또한 눈이 휘둥그레졌다. 그런 일본인들에게 맹쭐이 지극히 사무적인 어투로 말했다.

"술값은 지가 미리 다 계산하고 가것심니더."

앉아 있는 두 사람을 향해 고개를 꾸벅 숙여 보였다.

"그라이 실컷 드시고 천천히들 나오시이소."

맹쭐은 죽원웅차와 차베즈 경사가 무어라 하기도 전에 방을 나서기 시작했다. 노식도 얼떨결에 아버지 뒤를 따랐다.

그들 등 뒤에서 기생 하나가 방문을 닫고 있었다. 곧이어 탈주자들처럼 바삐 그곳을 빠져나가는 부자를 놀리기라도 하듯 간드러진 기생들 웃음소리가 들렸다.

그들 부자가 국월관을 빠져나왔을 때는 점심때를 막 지난 무렵이었다.

밤이 아니라 낮에 기생집을 찾았다. 하긴 그런 이야기를 들려주려고 차베즈 경사가 그 시간대를 택했을 것이다.

그러고 보면 이날의 회동은 술과 기생이 목적이 아니라 '민치목 살해 사건'의 전모를 유족들에게 알려주기 위한 것이었다. 그 이면에는 지금까지와는 비교가 아니게 엄청난 응분의 보수를 기대하고 뽑아내려는 일본인 특유의 간특한 계산속이 도사리고 있지 않았겠는가 싶었다.

노식이 보니 아버지는 무슨 이유에선지 하늘의 해를 유심히 올려다보며 시간을 가늠하고 있는 모습이었다.

"아부지."

노식은 국월관에서의 감정이 아직 사그라지지 않아 기어들어 가는 소리로 불렀지만 맹쭐은 대답은 고사하고 아무런 움직임이 없었다. 그들 주위에는 많은 행인과 우마차, 가마, 인력거 등이 오가고 있었다.

얼핏 무심해 보이는 세상 사람들에게 치목의 죽음 따윈 어떤 의미도 없어 보였다. 그중에는 그 사건에 대해 경악과 흥분을 이기지 못하고 야단인 사람도 있었겠지만, 그새 태반은 벌써 망각의 강을 건너갔을 것이다.

"거 가자."

이윽고 맹쭐 입에서 떨어진 짤막한 말이었다.

"예? 예."

노식은 어디로 가자는 건지 묻고 싶었지만, 지금 아버지 표정이 너무나 심각하고 딱딱하여 무어라고 더 말을 걸어볼 용기가 나지 않았다. 옆에 같이 서 있기도 힘들 만큼 무서운 사람으로 보였다.

'돌아가신 할아부지하고 가리방상하다 아이가.'

할아버지 살해범들이 다시 떠오르면서 세상 사물들이 눈에 잘 보이지도 않고 세상 소리도 귀에 잘 들리지 않았다. 그저 허공을 걸어가는 느낌으로 발을 떼놓고 있을 뿐이었다. 누가 보면 산책이라도 나선 줄로 착각할 만큼 느린 걸음들이었다. 그건 맹쭐이 더해 보였다. 부자는 무언가의 조종에 의해 움직이고 있는 망석중이 같았다.

한 시간은 족히 넘었을까. 한참 동안 묵묵히 아버지 뒤를 따라가던 노식은 어느 순간 주변을 둘러보며 적잖게 놀라고 말았다.

'아, 이거는 상촌나루터 가는 길 아이가?'

아버지는 상촌나루터로 가고 있었다. 길고 푸른 남강이 옆구리를 적실 듯이 붙어 흐르고, 하얀 물새와 잿빛 물새들이 어우러져 날아다니고 있었다.

'거 누가 있노?'

노식은 강에 빠져 물을 흠뻑 들이마신 기분이었다.

'아부지가 장마당 이약해쌌는 나루터집 있는 덴 기라.'

머리털에 불이 활활 붙는 느낌이었다.

'비화라쿠는 여자하고, 또……'

그러자 당장 떠오르는 사람이 비화 아들 준서였다. 마마의 저주를 받아 얼굴에 희미한 곰보 자국이 있었다. 노식은 이빨을 뿌득뿌득 갈았다.

그게 언제였나. 한양에 갔다가 어느 음식점에서 불시에 그와 맞붙은 적이 있었다. 그날 할아버지 치목은 준서 외할아버지 호한에게, 또 노식 자신은 준서에게, 똑같이 지고 말았다.

언제 어느 곳에서 되살려도 정말이지 분하고 창피한 기억이었다. 반드시 갚아야 할 빚이었다. 하지만 이제는 잘해도 절반은 글러 먹었다. 할아버지는 이승에 계시지 못하니 복수는 물 건너간 일이고, 결국 남은 그가 그 일을 해야 하는데 여태까지 유야무야 세월만 죽여 왔다.

그런데 바로 그 준서가 있는 상촌나루터로 가는 것이다. 특히 지금이 어느 때인가? 할아버지 살해범을 알아낸 지 얼마 지나지 않은 지금이 아니냐? 그렇다면 어서 무슨 수를 써서라도 복수를 해야지 나루터집을 찾아갈 때가 아니지 않은가 말이다.

그때 맹쭐이 약간 뒤에서 따라오고 있는 노식을 힐끗 돌아다보았다. 그의 눈빛이 매서우면서도 복잡하기 이를 데 없어 노식은 전신에 찬물을 끼얹힌 기분이었다.

"내가 각중애 상촌나루터로 가는 기 이상하제?"

"예, 아부지. 그래서 함 여쭤보고 싶었고예."

강 가장자리에 자라는 수초가 바람이 부는 대로 속절없이 흔들리고 있었다. 갈색과 녹색이 뒤섞여 있는 물풀이었다. 나룻배는 아직 한 척도 보이지 않았다.

"내 이약 잘 새기듣거라."

맹쭐은 키 큰 플라타너스 아래에 잠시 선 채로 노식이 바로 옆에 와 서기를 기다렸다가 입술을 질끈 깨물며 단호한 어조로 말했다.

"내가 오늘 중대 걜단(결단) 하나를 내릿다."

"예."

노식은 이야기가 나오기 전에 가슴부터 떨렸다. 더 들어보나 마나 할아버지 복수에 관한 것이다. 또다시 머릿속이 하얗게 비어버리는 듯했다. 그렇다면 차베즈 경사와 죽원웅차를 그대로 두고 그들 부자만 기생집에서 불쑥 나올 일이 아니었다. 사건을 해결해 줄 수 있는 사람들과 함께 머리를 맞대고 대책을 강구해야 마땅할 터였다.

'아부지를 에나 알 수 없다 아이가.'

그런데 이어지는 아버지 말을 듣고 있던 노식은 두 눈을 더욱더 있는 대로 크게 뜨면서 귀를 의심하고 말았다.

"나루터집하고 손을 잡을라쿤다."

그건 노식이 들을 때 물과 불이 손을 잡는 것을 보는 것만큼이나 경악과 의아함이 담긴 소리였다.

"누하고예?"

노식은 거기 땅 위에 드리워져 있는 그림자가 나무 그림자인지 그들 그림자인지, 그런 분별조차 되지 않은 흐리멍덩한 정신 상태였다.

"너모 놀래지 마라."

맹쭐은 얼굴을 들고 있을 기운마저 없는지 고개를 숙였다가 다시 들면서 비장감과 침통함이 뒤엉킨 목소리로 말했다.

"하기사 이런 갤정을 내린 내도, 내가 안 믿기지만도……."

조금만 센 물살에도 그대로 휩쓸려 떠내려갈 사람 같아 보였다.

물총새 한 쌍이 순식간에 강 위를 가로질러 건너편 산등성이 쪽으로 사라져갔고, 그 흔적인 양 능선을 따라 조각구름 두 개가 걸려 있었다.

"아부지예."

아들이 자기를 부르는 소리에서 맹쭐은 홀연 이런 말을 떠올렸다.

─어부바.

그랬다. 아부지와 어부바…….

맹쭐은 엄청난 힘에 사정없이 가격당한 후의 격한 감정에 휩싸였다. 아부지라는 말이 어부바로 바뀌어 들리면서 하마터면 맨바닥에 털썩 주저앉을 뻔했다.

어부바. 어린애가 업어 달라고 할 때, 어린애에게 업히라고 부를 때, 그때 하는 그 소리, 어부바였다.

맹쭐은 들었다. 아버지가 그더러 업히라고 부르는 소리였다. 그가 어렸을 때 그런 적이 간혹 있었다. 덩치가 산 같은 아버지가 쪼그리고 앉아 들판보다도 더 넓은 등판을 아들 앞에 들이밀면서 어서 여기에 업히라고 하였다.

맹쭐은 왜 그런 기억이 이제야 나는지 머리통을 찧고 싶었다. 아버지에 대한 그의 모든 기억은 그런 게 아니었다. 그저 점박이 형제 억호와 만호 꽁무니를 쫄쫄 쫓아다니며 도둑질이나 하고 싸움질이나 하는 천하 못된 새끼라고, 항상 욕하고 주먹으로 두들겨 패고 발로 걷어차고 머리로 떠받고 눈앞에 보이는 대로 모두 집어 들어 던지고…….

그런데 그에게 그런 아버지만 있었던 게 아니었다. 비록 자주는 아니지만 그래도 어쩌다 술 한잔 걸치고 나서 기분이 좋아지면, 세상에는 오직 내 아들 하나밖에 없는 사람처럼 그렇게 '어부바'를 해주곤 했던 아버지였다. 그럴 때면 늘 구박 대상인 어머니 몽녀도 그냥 좋아서 어쩔 줄 몰라 했었다.

'아부지! 아부지!'

맹쭐은 어느새 아들 노식이 되어 있다. 아니, 치목 아들 맹쭐이다.

그러다가 어느 찰나 맹쭐은 또 들었다. 아부지! 하고 그를 급하게 부르는 소리였다. 맹쭐이 해 보이는 알 수 없는 모습에 노식이 깜짝 놀라 아버지를 부른 것이다.

"어, 그, 그래."

맹쭐은 얼떨결에 그렇게 대답하며 정신을 차리려고 안간힘을 다했다.

"아부지, 각중애 와 그라심니꺼? 해나 오데 아푸심니꺼?"

맹쭐이 머리를 몇 차례 흔들고 나서 다시 보니, 노식이 매우 걱정스러운 표정으로 그의 얼굴을 들여다보고 있었다.

"아, 아이다."

맹쭐은 억지로 웃어 보였다. 하지만 입귀만 약간 비틀어졌을 뿐 그건 웃음과는 한참이나 거리가 멀었다.

그런 아버지를 빤히 바라보는 노식 얼굴에는 여전히 알 수 없어 하는 빛이 가시지 않았다. 평소에는 볼 수 없었던, 아니 어쩌면 태어나서 아

346

직 한 번도 접해 볼 수 없었던 아버지가 거기 있었다. 아버지를 잃은 아버지, 그 아버지가 있었다.

"자슥인 지가 이런 상황에서 아부지께 아모것도 몬 해 드리고……."

노식이 더 말을 잇기도 전이었다. 또 맹쭐이 다른 사람으로 변했다. 그는 손을 크게 내저으며 노식과 똑같이 울음 섞인 소리로 말했다.

"니는 내한테 하매 해줬다!"

노식은 할아버지를 죽인 살해범을 안 충격으로 말미암아 정말 아버지가 어떻게 돼버린 게 아닌가 하고 한층 놀라는 기색이었다.

"그기 무신 말씀입니꺼?"

맹쭐이 천천히 입을 열었다. 노식의 우려대로 어떻게 돼버린 것은 아닌 성싶었다.

"니가 쪼꼼 전에 낼로 부리는 그 소리 듣고 안 있나."

"그 소리 듣고 우떠신데예?"

"그기 말이다."

자초지종 들려주려던 맹쭐이 또 한 번 바뀌었다. 벌써 몇 번째인지 모르겠다.

"시방 우리한테는 이런 소리나 해쌀 시간이 없제."

무어라 입을 열려고 하는 노식을 막았다.

"그라고 또, 니한테 아모리 이약해줘도 니는 이해가 잘 안 될 끼거마."

성큼 걸음을 옮겨놓으면서 노식에게 어서 뒤따라오라고 재촉했다.

"내가 말했제? 시간이……."

"예, 아부지."

별수 없었다. 아버지 고집을 누구보다 잘 알고 있는 터라 노식은 잠자코 아버지가 하자는 대로 따랐다. 바람에 살랑거리는 플라타너스 잎

사귀가 빨리 가보라고 손짓을 하는 것으로 비쳤다.

그때부터는 또다시 무언의 행진이 시작될 조짐이 보였다. 그런데 불과 너더댓 걸음이나 떼놓았을까, 맹쭐이 문득 서더니 하는 말이었다.

"아까 차베스 갱사한테서 니 할아부지를 쥑인 범인들이 억호하고 만호라쿠는 말을 듣고 나서……."

노식은 또 가슴이 아려왔다.

"예, 아부지."

"아이다, 그 소리를 듣는 그 순간에……."

맹쭐은 여전히 그 자리에 멈춘 자세로 이야기를 계속했다. 한 발짝도 더 옮겨놓을 기력도 여유도 없어 보이는 모습이었다.

"우리한테 심이 너모 없다쿠는 거를 실감한 기라."

그러자 노식은 그만 자존심이 상하는지 얼굴을 잔뜩 찡그리더니 이내 기대 섞인 어투로 입을 열었다.

"차베스 갱사가 우찌해 주것다, 안 글 캤심니꺼?"

그래도 아버지 안색이 어두운 것을 보고는 또 말했다.

"죽원웅차 그 사람도 곁에서 같이 도우것다 캤고예."

맹쭐이 파리한 입술을 보기 흉할 정도로 크게 일그러뜨렸다.

"니 쪽바리들 그 이약을 믿고 있나?"

노식의 머리칼을 흔들며 지나가는 강바람이 웃는 소리를 닮았다.

"텍도 없다 고마. 그것들은 동업직물하고 붙는 기 우리하고 붙는 거보담 몇 배 더 득이 된다꼬 생각하고 있는 기다."

노식이 놀라 물었다.

"그라모 점벡이들을 안 잡아들인다는 깁니꺼?"

맹쭐은 광택이 있고 내수력이 강해서 재목으로 용도가 넓다는 편백나무에서 시선을 거둬들였다.

"도로 우리한테 올가미를 씌워갖고 잡아들일라 쿨 끼다."

노식 낯빛이 하얗게 질렸다.

"그거는 아부지가 너모…….."

맹쭐이 또 아들 말을 끊었다. 원래는 다소 우유부단한 성격이었는데 사업이랍시고 토건업에 뛰어든 후로는 강단도 생기고 결단력도 강해졌다.

"와? 내가 너모 엉터리로 넘기짚어 말한다꼬?"

노식은 강 위를 날고 있는 왜가리 뒤통수에 붙은 두 개의 청홍색 긴털이 오늘따라 좀 낯설어 보인다는 생각이 들었다.

"예, 안 그렇고예."

맹쭐이 고개를 절레절레 흔들었다.

"니는 아즉 에리서 모린다."

노식은 자기보다도 더 나이가 적은 준서가 생각났다.

"인자 지 나이도…….."

맹쭐의 시선은 물에 머물러 있었다. 그에게서는 나도 저런 물이 되어 끝없이 가고 싶다는 빛이 엿보였다.

"시상은 그런 기라, 본디부텀."

공기 속에는 매캐한 물때 냄새가 섞여 있었다. 그래도 사람 몸에서 나는 냄새보다는 더 맡을 만하다고 여겨지는 노식이었다.

"심의 논리 말이다, 심의 논리."

언제부턴가 힘의 논리에 심취된 듯한 아버지가 노식은 든든하기도 하고 부담감을 느끼게도 하였다.

"약자보담도 강자한테 가 붙는 기 인간심리 아인가베."

남강 한복판에서 어른 팔뚝만 한 잉어 한 마리가 수면 위로 풀쩍 튀어올랐다가 다시 내려갔다. 그놈이 일으킨 파문은 금세 가시지 않았다.

"그란데예, 아부지."

"와?"

"나루터집 비화 그 여자가 우리하고 손을 잡을라쿠까예?"

"음."

"시방꺼지 살아옴시로 들었던 아부지 말씀을 새기보모, 우리한테 상구 안 좋은 감정을 갖고 있을 거 겉은데예."

"잘 봤거마. 그거는 니 말이 딱 맞제."

"그라모 아이다 아입니꺼?"

"……."

맹쭐이 입을 다물자 잠시 침묵이 흘렀다. 강물 소리가 그 틈새를 비집고 들어와 좀 더 크게 들렸다. 왜가리가 사라진 강에는 청둥오리와 물닭 무리가 가끔 자맥질도 하면서 물 위에 이랑 비슷한 선을 죽죽 그어놓기도 하였다.

"하지만도 우짜겄노."

잠시 후 맹쭐이 한숨 섞어 말문을 열었다.

"시방 이 시점에 와서는 그 방법밖에는 없는 기라. 무르팍 꿇고 싹싹 빌어서라도 손을 잡자 글 캐야제."

잔모래와 굵은 자갈이 한데 뒤섞여 있는 강변 위로 내리비치는 햇볕이 무심하게 반짝이고 있었다.

"그라고 저짝도 크기 반대는 안 할 끼다."

가만히 있던 노식 입이 떨어졌다.

"우째서예?"

맹쭐은 강 건너 완만한 능선 위로 눈길을 보냈다.

"저거들 하나 심 갖고는 동업직물 대적하기가 버겁은께네."

"예에."

노식은 고개를 끄덕이는가 했더니 이내 부정했다.

"그리만 해주모 에나 다행이것지만도, 지 판단에는 그리 안 해줄 거 겉십니더."

맹쭐이 예전에 읍내장터에서 곧잘 하던 투전판 펼치는 모습으로 말했다.

"우리 내기 걸어보자. 니는 그리 안 해줄 끼라 쿠는 데 걸고, 내는 그리 해줄 끼라 쿠는 데 걸고……."

그렇게 말끝을 얼버무리며 맹쭐은 시간을 많이 지체했다는 듯 얼른 다시 발을 옮겨놓기 시작했고, 노식도 서둘러 뒤를 따랐다.


느닷없이 찾아든 맹쭐 부자를 본 나루터집 사람들은 즉각 경계와 우려의 빛부터 보였다. 한마디로 살벌하고 싸늘했다. 다른 사람들이 돼 있었다.

마침 준서와 얼이가 집에 없었던 게 그나마 다행이었다. 만약 둘 중 한 사람이라도 있었다면 서로 간에 말이 오가기 전에 거친 몸싸움부터 벌어졌을 것이다. 그리고 비화의 태도 또한 여느 식구들과는 좀 달랐다.

"조카, 니 시방 증신이 있는 것가, 없는 것가?"

맹쭐 부자를 살림채로 데리고 가려는 비화 앞을 가로막는 우정 댁이었다.

"도로 집 안에 화적떼를 들이라 고마."

원아도 단호하게 나왔다.

"얼릉 내보내 삐는 기 낫것다."

그러자 비화가 하는 말이었다.

"지 아들 하나만 데꼬 왔다 아입니꺼. 시비 붙을라꼬 왔으모 패거리를 우우 몰고 왔것제, 저거 부자 둘만 왔것십니꺼. 아마 무신 중요한 일이 있어갖고 온 기 틀림없어예. 그러이 우선 간에 머 땜새 왔는지 알고 나서……."

우정 댁은 한층 얼굴을 붉혔다.

"알아갖고 머할 낀데?"

원아가 우정댁 역성을 들었다.

"성님 말씀이 다 맞다 고마."

비화는 안타깝고 실망스럽다는 빛으로 고개를 가로저었다.

"작은이모님꺼정 이리하시모……."

그렇게 나루터집 여자들끼리 속닥거리는 소리로 말을 주고받는 모습을 지켜보면서, 맹쭐과 노식은 시종 걱정스러운 낯빛을 풀지 못하고 있었다.

"좋다 고마. 우리는 모리것다."

"꾸우묵든 삶아묵든 멤대로 해삐라!"

결국, 이번에도 우정 댁과 원아가 졌다. 그렇지만 비화 몸 뒤쪽에 흡사 동냥 얻으러 온 걸인들 모양새로 웅크리고 서 있는 맹쭐 부자를 노려보는 시선들은 거두지 않았다.

"죄송해예, 이모님들."

비화는 맹쭐 부자를 집에 무슨 일이 있을 때 함께 모여 의논하는 제일 큰 방으로 데리고 갔다.

"고맙거마는, 당장 안 내쫓고 받아들이줘서."

방바닥에 엉덩이를 내려놓으면서 맹쭐이 하는 말이었다.

"그런 인사는 안 해도 되고."

비화가 아버지 옆에 딱 붙어 앉는 노식을 한번 보고는 말했다.

"내 멤이 금방 배뀌서 바로 나가라꼬 할 수도 있은께네."

겨울철 추녀 끝에 생기는 고드름이라도 매달린 것처럼 찬 기운이 뚝

352

뚝 묻어나는 어조였다.

"찾아온 용건이 머꼬?"

어디 붙어보고 싶으면 한번 붙어보자고 앉은 자리에서 단단히 자세를 취했다.

"그거부텀 이약해라."

맹쭐이 그 방에 들어온 후부터 계속 고개를 떨군 채 앉아 있는 노식을 잠깐 보고 나서 말했다.

"내 막 바로 이약할 끼거마."

그런 후에 한꺼번에 내쏟듯이 말했다.

"우리 시방꺼지 있었던 일들은 모돌띠리 없었던 거로 하고, 서로 손 잡자꼬 이리 찾아온 기라."

"머라꼬?"

겉으로는 태연한 척해도 속으로는 이것들이 무엇 때문에 나를 찾아왔지? 하고 가지가지 추측을 하고는 있었지만, 그런 소리가 튀어나올 줄은 전혀 예상하지 못하고 있던 비화였다.

"손을 잡아?"

그들 부자 얼굴을 번갈아 바라보았다.

"그기 무신 소리고?"

천장과 벽도 맹쭐을 무연히 바라보고 있었다. 처음에는 선뜻 대답이 없던 맹쭐이 이빨 갈리는 소리로 말했다.

"울 아부지를 누가 쥑잇는고 알아냈는 기라."

그 말을 듣자마자 비화 입에서 짧은 비명에 가까운 소리가 터져 나왔다.

"머?"

더없이 경악했으나 심상한 어투로 응했다.

"와 내한테 와서 그런 이약 해쌌는데?"

그러자 맹쭐은 거기 누가 엿듣고 있는 것을 경계라도 하는지 방문 쪽을 살피면서 말했다.

"억호하고 만호가 그리했다 캐서……."

"어, 억호하고 마, 만호가!"

웬만한 남자들은 기절초풍할 일도 덤덤하게 받아들일 수 있을 정도로 어지간해서는 침착성을 잃지 않는 비화도, 그 순간에는 여간 흔들리는 모습이 아니었다. 음성도 평상시 그녀의 그것과는 한참 거리가 멀었다.

"그, 그것들이 니, 니 아부지를 그랬다 말가?"

"으응."

맹쭐이 신음하는 소리로 대답했다.

"……."

비화는 한동안 아무 말이 없었다. 솔직히 배봉 식구와 치목 식구는 저울에 달아도 한 치 다르지 않을 만큼 똑같은 증오와 분노와 경계의 대상이었다. 그런데 그런 그들끼리 서로 죽이고 죽었다는 것이다.

"아부지 말씀이 맞심니더."

비화의 깊은 침묵이 견디기 힘들었는지 노식이 끼어들었다.

"점벡이들한테 대항할라모 우리 집 혼자 심만으로는 안 되고……."

맹쭐이 명분을 얻은 듯했다.

"준서 옴마도 동업직물이 웬수 아이가."

'준서 옴마.'

비화는 또 머릿속이 텅텅 비어버리는 느낌에 싸였다. 자신을 '비화'라고 하지 않고 '준서 옴마'라고 부르는 맹쭐이 그렇게 생경하게 비칠 수 없었다. 그동안 알게 모르게 세월이 흐르기는 참 많이 흘렀구나 싶었다. 그건 장정이 다 된 맹쭐 아들 노식을 처음 봤을 때부터 품었던 감정이기도 하였다.

"내가 각중애 불쑥 나타나서 마이 놀래기도 했을 끼거마."

맹쭐은 이런 말도 했다.

"시방 당장 이 자리서 확답해 달라쿠는 거는 아이다."

벌써 몇 번째인지도 모르게 또 고개를 숙였다가 들었다.

"내라도 그리는 안 될 끼니께."

"……."

여전히 혼란에서 빠져나오지 못하고 있는 비화였다.

"멤이 정해지모 인팬(인편)을 보내서 알리줘라."

그만 자리를 털고 몸을 일으킬 자세였다.

"그라모 다시 만내갖고……."

"……."

살림채와 가게채를 구분 짓고 있는 나무에서 참새들 지저귀는 소리가
여느 때와는 달리 아주 먼 곳에서처럼 아스라이 들려왔다.

'이기 꿈은 아일 끼고.'

비화는 졸지에 당하고 있는 그 일이 끝까지 현실로 다가오지를 않았
다. 맹쭐이 찾아와 서로 손을 잡자는 제의를 해올 줄이야.

"식아, 고마 가자."

이윽고 맹쭐이 자리에서 일어서며 말했다. 맹쭐보다 몸집은 작아도
키는 더 큰 노식도 일어섰다. 비화도 엉겁결에 몸을 일으켜 세우는데 뒷
골이 날카로운 물건에 찔린 것처럼 찌르르하면서 다리가 비틀거렸다.

"안녕히 계시소."

머리와 허리를 깊이 숙여 꾸뻑 인사를 하는 노식이 치목이나 맹쭐의
핏줄 같지 않다는 생각을 비화는 했다. 아니, 서둘러 맞인사하는 그녀
자신마저도 생소하게 다가오고 있었다.

"잘 가고……."

그들을 돌려보내고 나서 비화는 가게로 나가지 않고 혼자 또 방으로 들어갔다. 한동안 꿈길을 헤매다가 온 기분이었다.

'우찌 그런 일이?'

치목이 억호와 만호에게 죽었다니. 워낙 인간이 못된 치목에게 깊은 원한을 품은 사람들이 아주 많을 거라고 보고, 그중에서 누군가가 살해했을 거라고 믿었다. 한데 그 진범이 점박이 형제라는 것이다.

'참, 치목이 그 인간도…….'

지난날 그곳 후미진 강변에서 그녀를 해하려던 치목이었다. 그때 재영과 얼이 나타나 구해 주지 않았더라면 이미 이승 사람이 아닐 자신이었다. 바로 그 치목이 상촌나루터 나무숲 속에서 비단 이불에 둘둘 말린 변사체로 발견되었다는 놀라운 소식을 접하고 받았던 그 충격만큼이나 큰 충격이 아닐 수 없었다.

그로부터 얼마나 시간이 흘렀을까. 외출했던 준서와 얼이 두 사람이 비화가 있는 방으로 헐레벌떡 들어왔다. 그 큰 방이 그들이 내뿜는 강렬한 숨기운으로 인해 뜨겁게 가열되는 분위기였다.

"누야! 맹쭐이 그눔이 지 새끼하고 둘이서 우리 집에 왔었다꼬예?"

얼이는 대뜸 질타하는 소리로 물었다. 비화가 말없이 고개를 끄덕이는데 준서가 심각한 빛이 서린 얼굴로 하는 말이었다.

"무신 상구 중요한 일이 있었던가베예?"

비화는 그때까지도 충격을 가라앉히지 못한 상태였지만 애써 진정하는 목소리로 일러주었다.

"민치목이 그 사람을 쥑인 범인들이 점벡이 행재들이라데."

"예에?"

"에, 에나라예?"

준서와 얼이 또한 여간 경악하고 흥분하는 기색이 아니었다. 한창 피 끓는 젊은 사내들인지라 좀 더 나이 먹은 여자들보다 더할 것은 당연했다.

"그란데 와 우리 집에 왔다쿠는데예?"

얼이는 그들이 왔을 때 자기가 집에 없었던 것이 시종 너무 아쉽고 억울한지 계속 시비 거는 어조였다.

"실은, 그기 말이다."

지나간 일들은 전부 잊고 서로 손을 잡자고 하더라는 비화 말을 들은 두 사람은 한동안 멍한 표정을 지우지 못했다. 허깨비들이 맹쭐 부자로 둔갑하여 장난을 치지 않고서야? 하는 빛들이었다.

"이거는 함정입니더, 함정. 틀림없심니더, 틀림없어."

잠시 후 얼이가 벌겋게 달아오른 얼굴로 목청을 돋우어가며 하는 말이었다.

"함정."

낮은 소리로 그렇게 되뇌던 비화는 준서에게 고개를 돌리며 물었다.

"니 생각은 우뜨노?"

준서는 얼이를 한번 보고 나서 대답했다.

"지가 볼 적에는 함정은 아인 거 겉고, 우리 심이 필요한 거 겉심니더."

얼이가 쿡 쥐어박는 소리로 말했다.

"그럴 심 있으모 장승하고 씨름이나 하것다."

준서가 얼이 그 말에는 아무 대꾸도 하지 않고 정기가 서린 눈을 빛내며 비화에게 물었다.

"그래서 머라꼬 하싯어예?"

비화는 약간 어지럼증이 와서 이마에 손을 얹었다.

"내는 무신 답을 안 했고······."

가게채에서 손님들 말소리와 웃음소리가 커졌다 작아졌다 하고 있었다. 그에 반해 비화 목소리는 거의 굴곡이 없었다.

"그들은 난주 천천히 말해 달라 글쿠고 돌아갔다."

얼이가 잔뜩 불만 섞인 소리로 퉁명스럽게 말했다.

"우째 아모 답도 안 했심니꺼? 그라모 누야는 손을 잡을 생각인 기라예? 그 도독놈하고 바까갖고 때리쥑일 것들하고예?"

비화는 손을 들어 쪽 찐 머리가 풀어지지 않도록 꽂은 비녀를 매만지며 천천히 말했다.

"함 생각은 해볼 문제다."

"생각예?"

비화 말이 채 끝나기도 전에 얼이는 발악하는 모습이 되었다.

"내사 죽어도 반댑니더!"

잊었다면 상기시켜주겠다는 투로 말했다.

"애비하고 새끼하고가 모도 낼로 쥑일라캔 것들 아입니꺼?"

그 소리는 방문에 막혀 밖으로 빠져나가지는 못하고 넓은 방 안을 왕왕 울렸다. 비명에 간 천필구를 닮아 우렁우렁한 목청이었다.

"와 아이라? 기제."

감정을 주체하지 못하고 있는 얼이를 달래주듯 그러고 나서, 비화는 난감한 기색을 짓고 있는 준서도 들으라는 식으로 말했다.

"그래도 니는 살아 있고, 그들 중 하나는 죽었다 아이가."

얼이가 농민항쟁과 항일의병을 할 때 흔들었던 커다란 주먹을 불끈 쥐며 예언자같이 말했다.

"남은 하나도 오래 몬 살 낍니더."

면벽하는 승려처럼 두 눈을 감은 채 깊은 생각을 하는 준서를 힐끗 보

있다.

"두고 보이소. 그 새끼의 새끼도 그렇고예."

온갖 악담을 퍼붓는 얼이 등 뒤에서 어른거리는 그림자를 비화는 섬
쩍지근한 심정으로 보았다. 천필구였다.

하지만 맹쭐 등 뒤에서 어른거리는 치목의 그림자는 왜 못 보았을까?
비화는 더할 수 없이 복잡한 머리로 혼자 그 수수께끼의 답을 궁리해 보
았다.

# 남만주의 삼원보

"무신 조약?"

"보호조약!"

"보호?"

"눈깔 빠지것다. 아이다, 빠짓다."

"우리매이로 심없는 백성들이사 우짜것노?"

"또, 또 우짜것노?"

"나라에서 하는 일 아인가베."

"그눔의 나라! 나라! 나라!"

"인자 지발 고마해라, 고마."

"나라 있고 백성 있나, 백성 있고 나라 있나?"

"모리것다 안 쿠나!"

"오데 초상났나? 울고 싶으모 더 큰소리로 울든지."

"초상도 그냥 초상인 줄 아나? 줄초상이다."

윤 씨는 술상을 든 채 사랑방 문 앞에 굳어버린 자세로 서 있었다. 오랜만에 만난 친구 두 사람이 조상 무덤 파헤친 원수라도 만났는지 상대를 향해 으르렁거리고 있다. 결국에는 서로의 상처를 덧내는 어리석기 그지없는 짓이다.

더 큰 문제는, 그렇게 되리라는 것을 너무나 잘 알고 있으면서도, 어, 어, 하고 놀라면서 더 깊은 수렁 속으로 자꾸 발을 들여놓고 있다는 사실이었다. 그 정도로 무지몽매한 사람들이 아니었다.

대한제국을 겨냥한 일제의 칼날은 어디까지 파고들지 모르겠다. 그럴싸한 명분을 내세워 야금야금 갉아먹어 들어오는 인간들이었다.

"참말로 재수 씨 보기 남새시러버서 인자는 성님이 동상 집에 더 몬 오것다."

언직이 얼른 일어서서 윤 씨에게 술상을 받아 방바닥에 내려놓으면서 호한더러 들으라고 하는 소리였다. 호한이 '형수님'이라 부르라고 타일러도 꼭 '제수 씨'라고 부르는 언직이, 윤 씨 눈에는 못 보던 그새 폭삭 늙어버린 것 같았다. 어쩌면 마음은 더 많이 노쇠한 게 아닐까 씁쓰레한 기분이 들기도 했다.

'하기사 인자는 그 이약 안 하는 거만 해도 다행이거마.'

이제는 예전처럼 강용삼과 동실댁 부부를 자꾸만 입에 올리지 않아서 괜찮았다. 옥진이 억호 재취로 들어간 날부터 완전히 담을 쌓아버렸는데도 언직은 그들 부부와 다시 잘 지내기를 종용하곤 했다.

"자슥이 그란다꼬 부모하고꺼정 그라모 쓰나?"

호한은 목까지 붉었다.

"몬 써도 우리가 몬 쓴께, 지발하고 오지랖 넓은 사람매이로 안 했으모 좋것다."

언직은 미련을 떨치지 못했다.

"둘이 길거리에 떡 나서모, 천하가 그 발밑에 있는 거 겉앴제."

옆에서 그들의 실랑이 아닌 실랑이를 듣는 것도 고역이었다. 원하지 않는 친절은 부담만 줄 뿐이라는 걸 어찌 모르냐면서, 그보다도 당신의 빠진 이빨이나 빨리 어떻게 해보라고 권하고 싶은 윤 씨였다.

'본판은 쾌안은 사람이 말이다.'

그는 벌써 앞니 하나가 빠져나가 입을 열 때마다 뻥 뚫려 보이는 게 보기 거북했는데, 이를 새로 해 넣을 돈이 없어 그런지 아니면 그냥 지낼 만해서 그런지 그저 그대로 방치해 두는 것이다.

"친구야, 함 들어볼랑가."

한 번은 호한이 그를 보고 이렇게 놀린 적도 있었다.

앞니 빠진 과양이
덧니 빠진 씽냥이
방절 터에 가지 마라
빈대한테 뺨 맞일나

아이들이 이 빠진 동무 보고 놀려먹을 때 부르는 노래였다. 그러면 놀림감이 된 아이는 엉엉 소리 내어 울면서 집으로 마구 달아나고, 그다음 순서로 그 아이의 부모가 소매를 걷어붙이고는 등장하고…….

그런데 그 기억을 되살리며 사랑방을 막 돌아 나오는데 문득 윤 씨 귀에 들리는 소리가 '길촌준이'라는 말이었다. 그녀는 단걸음에 그곳에서 벗어났다.

길촌준이.

그녀가 알기로는, 이 고을에 맨 처음 들어온 일본인의 이름이었다. 몇 해 전 가을이었지 싶다. 그 일본인이 조선국의 땅 한 부분을 떡하니 차지하고 앉았다. 하지만 지역민들 가슴에는 그자가 일부분이 아니라 전체 땅을 점령해버린 것보다도 훨씬 더 큰 상실감이 뿌리를 내리고 있었다.

'아, 알것다.'

그러고 보면 호한과 언직은 그 무슨 보호조약인가 하는 것이 체결됨
으로써 우리가 사는 이 고을에도 장차 더 많은 일본인이 밀려들어 오지
않을까, 우려하고 분노하는 심정에서 서로의 마음을 할퀴는 소리를 해
대고 있었다.

'후우. 내가 아모것도 모리지만도…….'

이날 이때까지 살아오면서 오로지 집 안에만 틀어박혀 가사만 해온
그녀인지라 세상 돌아가는 것에는 완전 먹통이지만, 그래도 관직 살던
남편과 조선팔도 쏘다니는 언직 등을 통해 간접적으로나마 알 것은 알
고 깨칠 것은 깨치고 있었다. 특히 그 심각성에 비춰볼 때 아마도 마음
편하려고 일부러 장난처럼 주고받는 이런 대화를 들을 땐 온몸에 오소
소 소름이 돋기도 했다.

"호한이 자네 함 두고 봐라꼬."

"두고 보자는 눔 안 무섭다쿠는 거도 하매 옛말이고."

"인자 갈수록 왜눔들이 관리로서 요직을 차지할 끼다."

"다 해 처무라쿠지 와?"

"그뿌이모 쾌안커로?"

"상업, 금융업, 운송업 등에도 진출해갖고……."

"또 더 없는 기가? 있으모 갈카주거로."

"우리 지역 갱재권의 중요한 부분을 모돌띠리 장악해삘 거는 우찌하
고?"

"우찌하는 거는 저거가 우찌하는데, 우리가 우째서 우짤꼬 할 끼고?"

"허, 왜눔들 말도 시방 자네 말보담은 더 안 에렵것다."

윤 씨가 얻어듣기에 한층 더 신경 쓰이는 것은, 그자들이 많은 자금

을 투자하여 토지를 매입하고 있다는 사실이었다. 서부 경남 일대의 금 싸라기 같은 많은 토지가 이미 그자들 수중으로 들어가 있다는 거였다.

'그런 각도에서 봐도 우리 비화가 역시나 똑똑한 기라.'

무남독녀 비화가 장사를 하여 돈만 모였다 하면 즉각 땅을 사들인다는 사실이 무척이나 자랑스러운 윤 씨였다.

'넘들은 낼로 보고 욕심이 목구녕꺼지 꽉 차 있다 쿨란가 몰라도……'

그녀 욕심대로 하자면 근동뿐만 아니라 더 멀리 있는 땅, 좀 더 나아가 일본이나 중국 땅까지 사면 좀 좋을까 하는, 다소 허랑한 꿈까지도 살짝 품어 보았다. 일본인들이 그러하니 조선인들도 그렇게 하지 못하리란 법이 어디 있느냐고 혼자 속으로 우겨보기도 하였다.


권학의 옛 서당에 지난날 그 서당에 다니던 학동들이 속속 모여들었다.

일제에 의해 낙육고등학교가 폐쇄되고 나서 가르침에 목마른 제자들이 모여 스승을 찾은 것이다. 인사마을 오죽거리 근처에 있는 그 서당은 예나 이제나 그대로였다.

준서와 얼이, 문대, 철국, 이렇게 네 사람이었다. 소제를 잘하던 남열의 모습은 보이지 않았다. 낙육고등학교 교실에 모여 있던 그날 밤, 부산에 주둔하고 있는 일본군 헌병분견대의 급습을 받고 죽은 사람은 남열한 사람뿐만이 아니었다. 민재, 상철, 태균 등도 비명에 갔던 것이다.

"스승님, 서당 공부하던 그 시절이 너모나 그립심니더."

문하생들 가운데 언제나 첫 포문을 여는 문대가 말했다. 그러자 권학은 묵묵히 재떨이 가장자리에 대고 담뱃대를 톡톡 소리 나게 떨기만 했다. 그걸 보고 있는 준서 머릿속에 그의 가르침이 되살아났다.

─재떨이와 부자는 모일수록 더럽다.

재산이 많으면 많을수록 마음씨는 더 인색해진다는 의미일진대, 과연 이 세상에서 그런 교훈을 제대로 가슴에 새길 수 있는 사람이 몇이나 될까, 혼자 곱씹어보기도 했다.

"다시 그날로 돌아갈 수만 있다모……."

문대가 울먹이는 것을 본 권학이 한양 말씨로 입을 열었다.

"배움의 높이만 몇 단계 올랐을 뿐이다."

서안 위에 팔꿈치를 올려놓고 그 위에 턱을 괴었다.

"교학敎學이란 건 불변이니라."

그가 몇 마디 하지 않았는데도 벌써 글방 분위기가 달라지고 있었다.

"예, 스승님."

제자들은 서로 눈빛을 부딪쳤다. 그는 글방 훈장 시절이나 낙육고등학교 선생 시절이나 전혀 변화가 없는 사람이었다. 교학만 불변이 아니었다. 그렇다고 보면 제자들은 대단히 많이 바뀌어져 있는 셈이었다.

"무릇, 배움이 없으면……."

서권향이 물씬 배어 나는 음색이었다. 꽃밭에 들면 꽃향기가 나고, 강가에 서면 물 냄새가 나듯, 언제나 키를 넘는 높이의 서책들에 둘러싸여 지내는 그는, 걸을 때도 책장 넘길 때 나는 소리를 내는 사람이었다.

"경쟁에서 패배하는 것은 정해진 이치다."

"……."

제자들은 말이 없는 가운데 저마다 자리를 고쳐 앉고 있었다. 그들의 경쟁자들은 이미 행동을 개시하여 그 결과가 여러 곳에서 나타나고 있다는 사실이, 모두의 가슴을 무쇠로 만든 솥의 무게로 덮어 누르고 있었다.

"박 씨 성을 쓰는 선각자가 어느 글에서 밝혔거늘."

이날 그는 일제가 이 나라에 들어온 후 의식 있는 선각자들이나 단체가 해왔던 일들을 들려주고 싶어 하는 눈치였다.

준서는 문득 아버지 생각을 했다. 그 선각자와 아버지는 동성이었다. 그리고 보니 공교롭게도 지금 그곳에는 준서 자신 말고 다른 박 씨는 없고 모두가 타성바지인 셈이었다.

"천지가 있은 이래로 경쟁이 없는 때가 없었도다."

준서 저놈이 내 택견 상대로는 딱 적격이지. 얼이 판단이었다.

'삐, 삐~이.'

서당 뒷마당 개나리 울타리 쪽에서 새가 내는 해맑은 소리가 났다. 상촌나루터에서 항상 듣는 물새 소리와는 또 다른 감상을 던져주고 있었다. 대사지로 날아든 새가 내는 소리와도 달랐다.

"승자는 주인이 되어 존재하고, 패자는 노예가 되어 멸망하였다."

우리 고을 최고 도목수 아버지 일감을 낚아채려는 놈들, 내가 그냥 곱게 내버려 둘 줄 아느냐? 문대 다짐이었다.

"그러한즉……."

나도 우리 형님 뒤를 이어 우체사의 길로 나가면 어떨까? 나쁜 소식 말고 좋은 소식만 전해 주는 꿈의 전령사 말이다. 철국의 소망이었다.

"지각이 있고 움직일 수 있는 사람 가운데……."

거기서 일단 말을 끊고 숨을 돌린 권학은, 자기 앞에 앉아 있는 제자들 얼굴을 하나하나 훑어보았다.

"타인에게 승리할 것을 바라지 않는 자가 어디 있겠는가 하였나니."

제자들 눈길이 또 한 번 마주쳤다. 스승 말씀을 모두 알아들었다는 신호였다. 그들은 이제 예전의 어린 학동들이 아니었다. 경상지방 인재들이 서로 앞다퉈가며 모여들던 명문 낙육고등학교 출신들이었다.

그 선각자의 글은 결국, 개인에 있어서도 그러니 국가의 경우에는 오죽하겠느냐는 뜻일 게다. 과연 권학의 가르침은 대한제국의 질곡을 더듬고 있었다.

– 이른바 우리 개화파들은 문명개화를 이룩하려 했으나 민중들 지지를 얻지 못했고, 그런 민중들을 계몽하고 국권·민권 운동을 펼치려던 독립협회도 보수 세력에 의해 그만 무너지고 말았다.

보안회니 헌정연구회니 하는, 제자들로서는 들도 보도 못했던 애국 단체 이야기도 스승 입에서 흘러나왔다. 특히 보안회 활약상에는 철국이 가장 감탄했다.

"왜눔들이 요구해 온 황무지 개간권을 막아냈다고예!"

여전히 별명이 '범대'인 문대는 독립협회를 계승한 헌정연구회의 활동을 주시했다.

"그랬다 말입니꺼?"

그들은 왕실과 정부도 헌법과 법률에 따라 활동해야 하고, 국민들은 법률이 보장하는 권리를 자유롭게 누릴 수 있어야 한다고 주장했다는 것이다. 법률, 그것이야말로 우리 만백성을 죽는 길에서 사는 길로 이끄는 황금 수레가 아닐는지.

그것은 일찍이 들어보지 못한 이야기로서 지금 세상이 얼마나 빨리 변해가고 있는가를 실감하게 해주는 것이었고, 우리는 정말이지 우물 안 개구리라는 것을 크게 일깨워주고 있었다.

"그런데, 어쩌면 좋으냐."

하지만 그다음에 나오는 스승의 말씀을 듣자 모두는 그만 '아!' 하면서 탈기하고 말았다. 헌정연구회는 일제 탄압으로 해산되고 말았다는 것이다.

"도로 맹글 수는 없는 깁니꺼?"

"아, 우리가 심만 있다모……."

그런가 하면, 얼이에게 크나큰 충격을 안긴 것은, 개화 운동과 독립협회 운동의 전통을 이어받은 진보적 지식인과 시민들의 의식이었다. 대한제국의 자주독립을 위해서는 의병 투쟁보다도 실력을 기르는 게 더 중요하다고 생각한다는 것이다.

'우찌 그런?'

솔직히 얼이로서는 농민과 유생을 중심으로 하여 펼치는 저 항일의병이야말로 최고의 활약이라고 믿어 왔다. 그런데 그보다 중요한 것이 실력을 기르는 일이라는 것이다.

"스승님, 궁금한 기 있심니더."

오랫동안 같은 집에서 친형제와 다름없이 살아왔기에 거기 있는 누구보다도 얼이의 표정을 잘 읽은 준서가 권학에게 물었다.

"독립협회와 헌정연구회도 없어지고 말았다는데, 또 새로 생긴 단체가 있심니꺼?"

금방 덧붙였다.

"우떤 실력의 중요성을 강조하는 단체예."

저마다 궁금하다는 눈빛이었다.

"있지."

권학은 굳었던 표정이 약간 풀리면서 자신 있게 말했다.

"바로 헌정연구회의 후신인 대한자강회가 그것이야."

모두가 한입으로 복창했다.

"대한자강회!"

그런 젊은 제자들을 믿음직스럽다는 눈길로 지켜보는 권학의 목소리는 점점 더 활기를 더해갔다.

"그 단체는 '월보'를 통해 이런 취지문을 실었지."

다달이 내는 보고나 보도, 또는 그 인쇄물을 일컫는 월보였다. 매달 그렇게 한다는 게 쉬운 일은 아니라는 말을 한 후에 또 가르침을 주었다.

"우리나라의 독립은 오직 자강自强의 여하, 말하자면……."

서안 위에 올려놓았던 팔을 내리면서 주먹을 불끈 쥐는 권학이었다.

"스스로 강해지느냐에 달려 있는데, 음."

거기 벽면에 붙어 있는 액자 속 한자며 화분에 자라는 난초도 귀를 기울이는 것 같았다. 뒷마당의 새소리는 언제부턴가 들리지 않았다.

"그 자강의 방법은……."

스승과 제자들 얼굴은 진지하기 이를 데 없었다. 작은 바늘 하나가 툭 떨어져도 들릴 만큼 조용했다.

"교육을 진작하고 산업을 일으키는 데 있다고 했어."

준서 뇌리에 생산을 하는 사업들이 죽 나열되기 시작했다. 농업, 임업, 목축업, 수산업, 공업, 광업, 상업, 무역, 금융업…….

'가마이 생각해 보이, 그 가온데서 안 중요한 기 한 개도 없다 아이가.'

그런 생각을 하는 준서 귀에 계속 들리는 말이었다.

"교육이 없으면 국민의 지식이 열리지 않고, 산업이 없으면 나라의 부가 늘어나지 못하는 바……."

벽면에 붙어 있는 높은 선반 위에는 권학이 외출할 때 간혹 머리에 쓰곤 하는 모자가 단정하게 올려 있었다.

"교육과 산업의 발달이 하나뿐인 자강의 방도이다, 그렇게 설파하였다."

거기서 말을 끊은 권학은 돌연 한숨을 내쉬었다.

"한데, 이 단체 또한 일제의 고종 퇴위 반대 운동을 펼치다가 해산되고 말았으니, 이 일을 어이할꼬."

"아!"

"그놈들이?"

제자들 사이에서 탄식과 분노의 소리가 터져 나왔다. 도대체 일제가 손을 대지 않는 데가 아무 곳에도 없는 것 같았다. 가증스러울 만큼 치밀하고 간교한 자들이 아닐 수 없다는 자각이 또다시 이는 순간이었다.

"저, 여보."

그때다. 권학의 아내 탁 씨 부인이 방문 앞에 와서 조심스러운 목소리로 손님이 왔다고 일러주었다. 권학이 상체를 반쯤 일으키며 말했다.

"어, 누군데?"

그러자 밖에서 주저하는 듯한 웬 남자의 음성이 들렸다.

"안에 손님들이 계시는 모냥인데예?"

곧이어 탁 씨 부인이 하는 소리도 났다.

"자슥 겉은 제자들이 스승님 뵈로 온 긴께 괘안소. 다 한 식구라꼬 생각하고……."

나이가 가장 밑인 준서가 서둘러 일어나 방문을 열었다. 그리고 다음 순간, 모두의 입에서 '아!' 하는 소리가 나왔다.

"상팔이 아재 아이요?"

문대가 자리에서 벌떡 일어서며 말했다. 준서와 얼이도 그를 알아보았다.

상팔, 바로 울보 왕눈이 재팔 아재의 동생이었다. 그도 글방 안의 낯익은 얼굴들을 보자 무척 반가운 모양이었다.

"허, 조카들이!"

비록 피 한 방울 섞이지 않은 남남 사이지만 서로 '아재', '조카' 하고 지내는 사이였다.

'우찌 된 기꼬?'

당장 준서 머릿속으로 온 고을에 파다하게 퍼져 있는 소문들이 떠올랐다. 어느 날 하루아침에 온다 간다 말 한마디 없이 그야말로 연기나 안개처럼 사라져버렸다는 왕눈 재팔이었다. 하지만 어디로 갔느니 언제 누가 봤다느니 하는, 어떤 근거도 확증도 없는 가운데 그저 숱한 억측들만 난무했을 뿐, 손끝에 잡히는 것은 아무것도 없었다.

그러나 그의 행방불명은 많은 시간이 흐른 지금까지도 고을 사람들 사이에 회자되고 있었다. 보통 사람 경우라면 그렇게 오랫동안 잊히지 않고 있지는 않았을 것이다. 그는 좀 특별한 사람이었던 것이다.

고을 아이들도 아는 '울보'였다. 장가들 시기가 다 되었어도 걸핏하면 운다는 그를, 사람들은 아이 적에는 놀려먹었지만, 나이가 좀 들면서부터는 퍽 안됐다는 동정의 눈길을 보내곤 했다. 더욱이 생사를 알 길이 없는 그에 대한 이야기는 영원히 꺼지지 않는 불씨가 되어 살아남을 것이었다.

"나이는 내보담은 두 살이 밑이고, 옥지이하고는 동갑인데……."

어머니가 하던 말도 준서 뇌리에 나란히 자리 잡았다.

"그 재팔이가 옥지이를 그리키나 좋아함시로 쫄쫄 따라댕깃다 아인가베."

입가에 서글픈 웃음을 머금기도 하였다.

"낼로 보고 우찌 좀 해 달라꼬 글쌌기도 했디제."

어머니에게 애걸복걸, 매달리고 있는 재팔 아재 모습이 눈앞에 보이는 것만 같아 준서는 눈알이 쓰리는 느낌이었다.

"지가 다린 거를 다 떠나갖고, 옥지이 생각이 나서라도 이리키나 오랫동안 고향으로 안 돌아오지는 안 할 낀데……."

"……."

준서는 가슴이 찡해 와서 아무 말도 하지 못했다.

"한두 해도 아이고 하매 여러 해가 지내갔는데도 여태꺼정 안 나타나는 거를 보모, 이거는 아모래도…… 아모래도……."

살아 있다면 지금까지 돌아오지 않을 리가 없다고 연방 눈두덩을 닦아내던 어머니였다. 옥진, 아니 지금 이름은 해랑이란 그 잘난 여자가 재팔에게 너무나 매몰찼다고 원망까지 하였다.

'우짜다가 그리 돼삣으꼬.'

그 기억들을 되살리면서 다시 바라본 상팔이 준서 눈에는 새롭게 비쳤다. 그런 재팔의 친동생이라는 이유로 상팔 또한, 일종의 유명세를 타고 있었다. 심지어 재팔은 한 번도 보지 못한 사람도, 재팔의 동생인 상팔은 알았다.

"서로 간에 모리는 사람들도 아이지 않나."

방문 밖에 선 채로 머뭇거리고 있는 상팔더러 권학이 말했다.

"자네도 퍼뜩 여 들와서 앉으라꼬."

말씨가 어느새 그 고을 토박이말로 바뀌어져 있었다. 그러자 긴장감과 썰렁함이 감돌고 있던 그곳 공기가 봄날 실개천마냥 부드럽게 풀어졌다.

"그라모 지는……."

탁 씨 부인은 남편에게 짧은 말을 남기고는 안채로 돌아가고, 상팔은 얼이와 문대 사이에 끼어 앉았다. 모두의 시선이 상팔 손에 들려 있는 것에 쏠렸다.

그것은 뜻밖에도 담뱃대였다. 저마다 다소 의아해하고 있는데, 권학이 제자들 궁금증을 풀어주려는지 상팔에게 물었다.

"담뱃대 맹그는 일 함시로 문산 상문리에 가 있다꼬?"

상팔이 부끄러움 타는 얼굴로 말했다.

"예, 훈장 선상님. 요새는 '댓방골'에 눌러앉아 있심니더."

댓방골.

얼이가 준서를 보고 고개를 조금 까딱해 보였다. 준서도 모르지 않았다. 담뱃대 만드는 사람들이 모여 산다고 하여 그렇게 불렀다.

'하기사 혼자서만 하는 거보담은 상구 더 낫것제.'

그렇지만 재팔의 동생 상팔이 아재가 담뱃대 만드는 장인인 연관장燃
管匠이 돼 있을 줄은 몰랐다. 하긴 먹고살려면 무슨 일이든 해야 한다.
또 그것은 제법 괜찮은 기술로 여겨지기도 하였다. 조금 전에 스승은 산
업에 대한 말씀도 하셨다. 상팔이 아재가 그 이야기를 듣고 있다가 들어
온 게 아닐까 싶기도 했다.

"댓방골에는 담뱃대 맨드는 일을 몇 대째 가업으로 이어오는 사람도
있담서?"

권학이 시선은 상팔 손에 들린 담뱃대에 머문 채 또 물었다. 상팔은
담뱃대를 두 손으로 공손히 권학에게 올렸다.

"훈장 선상님 드릴라꼬 한 개 갖고 왔심더. 지가 맨든 깁니더."

모두는 무척이나 신기하여 상팔과 그 담뱃대를 번갈아 바라보았다.
권학은 그것을 받아들었다.

"고맙거마는. 이리 귀한 거를 선물해 주고."

그것을 이리저리 돌려가며 유심히 살펴보았다.

"어, 에나 멋지다, 멋져. 가마이 있거라, 요 담뱃대로 담배 피우모 담
배 맛이 짜다라 더 나것거마는. 하하."

상팔이 더욱 쑥스러운 표정을 지었다.

"그리 안 비싼 깁니더."

그때까지 그 자리에 있는지 없는지 모를 만큼 기척이 없던 철국이 혼
잣말을 했다.

"꼭 비싸야 좋은 긴가?"

문대가 상팔 눈치를 보아가며 주먹으로 철국의 옆구리를 쥐어박고 나
서 상팔에게 말했다.

"아재요, 담뱃대 이약 좀 해주소."

허락을 바란다는 눈빛으로 스승을 보았다.

"이참에 담뱃대에 관해 좀 압시더."

그는 아버지 서봉우 도목수가 원체 담배를 좋아하는지라 어릴 적부터 완전 담배 연기가 밴 환경 속에서 살아왔다. 어머니 목 씨가 아들에게 사정반 으름장 반 늘어놓기도 하였다.

'지발하고 니는 내중에 커모 담배 좀 안 피우라. 피우모 부모 자슥 의절해 삘 끼다. 알것나?'

그게 약효를 나타냈는지 문대는 담배를 거의 입에 대지 않았다. 어느 날인가 문대는 얼이에게 이런 이야기도 들려준 적이 있었다.

"울 어머이 성 씨는 원래 목睦이라꼬 쓰는 그 목인데, 고마 나모 목木을 쓰는 신세가 돼삣다꼬 안 해싸시나."

"와 우째서?"

"한팽생 나모를 만지는 목수한테 시집갈 팔자다, 그래서 나모 목이 내 성이다, 글 쿰시로 말이제."

그런 문대가 혹시라도 어머니 뜻을 거스르고 담배를 피우지 않을까 우려하고 있는 얼이 귀에 상팔이 목소리가 들렸다.

"하기사 그것도 공부는 공분께. 안 그렇심니꺼, 훈장 선상님?"

권학이 껄껄 웃었다.

"하모, 백분 맞거마는. 자고로 사내라쿠모 술하고 담배하고는 첨부텀 끝꺼지 딱 꿰뚫고 있어야 하는 뱁이라."

상팔의 담뱃대에 관한 일장 연설이 펼쳐지기 시작했다. 내성적이고 소심한 그의 형 재팔에 비하면 넉살이 좋은 편이었다.

"우리 조카들아, 아재 이약 잘 들거라이."

담뱃대는 꼭지 반지름, 몸통, 물치의 크기에 따라 소죽小竹, 중소죽中

小竹, 중죽中竹, 대죽大竹으로 나눈다. 그리고 재료에 따라서 민죽, 회문죽, 양정죽, 오동죽 등등으로 나누고…….

한바탕 그렇게 주저리주저리 늘어놓더니만 공치사라도 하는 투로 끝을 맺었다.

"요런 공부는 다린 데 가갖고는 절대 몬 하제."

권학이 고개를 끄덕끄덕하면서 장단 맞추듯 '하모, 하모' 했다.

"우우, 박사다, 박사!"

문대가 손뼉을 쳐가며 환호했다. 손이 투박하고 커서 소리도 컸다.

"상팔이 아재 이약 듣고 있은께, 담배 생각이 절로 안 나요."

체구는 자기보다 작지만 존경스럽다는 표정이었다. 준서가 스승 눈치를 보며 낮은 소리로 그에게 말했다.

"스승님 앞에서 담배 이약을?"

얼이와 철국도 협공하는 모습이었다.

"난주 나가서 우리한테 몰매 안 맞을라모 주디 닥치라."

권학이 상팔에게 받은 담뱃대를 문대에게 불쑥 내밀었다.

"니가 먼첨 피워 봐라."

문대가 그만 기겁을 하였다.

"아, 아, 아입니더, 스, 스승님."

범대라고 불리는 문대의 그런 꼴이 너무너무 우스워 그곳은 한바탕 웃음바다가 되었다. 상팔 덕분에 오랜만에 즐거운 시간을 맞이하고 있었다. 적어도 그 순간에는 저 섬나라 오랑캐들을 바다 건너 그들 나라로 모조리 추방해버린 것 같았다.

하지만 그게 오래 가지 못했다. 문득 상팔이 이런 말을 꺼내는 바람에 글방 분위기가 곧 이상해지고 말았다.

"내는 생사를 알 수 없는 우리 재팔이 새이 생각이 났다쿠모, 앉은 한 자리서 담배를 열 개도 더 피운다 아인가베."

"……."

그의 두 눈이 짙은 담배 연기에 휩싸인 것처럼 뿌옇게 흐려지고 있는 것을 모두는 보았다.

"그래 우떨 때는 머리가 피잉 돌아갖고, 똑 택견 발길질에 얻어맞은 거매이로 팍 엎어질 뻔한 적도 있거마."

"음."

이번에는 권학도 침묵으로 일관했다. 그 고요가 너무나 무서웠던지 뒷마당에서 닭과 오리가 동시에 울어대기 시작했다. 서당은 풍월 왼다는 개만 아니라 닭이나 오리 등의 다른 동물도 영특한 게 아닌가 싶었다.

상팔 입에서 또 뜻밖의 인물에 대한 이야기가 흘러나온 것은, 가축들 울음소리가 약간 잦아들기 시작한 때였다.

"아, 택견 이약한께네 원채 성님이 생각나네? 택견 하모, 누가 멀싸도 우리 원채 성님 아인가베."

권학을 제외한 모든 사람들 입에서 자신들도 모르게 복창하는 소리가 나왔다.

"원채 사부님!"

그걸 본 상팔은 자신은 원채에게 택견을 연마하는 수련생도 아니면서 따라 했다.

"원채 사부님!"

원채한테서 함께 택견을 배우는 문대와 철국도 그렇지만, 그 자리에서 가장 놀란 사람은 당연히 준서와 얼이가 아닐 수 없었다. 지금 그곳은 원채 아저씨 이야기가 나올 자리가 아니었다.

"어, 그런께네……."

권학이 흥미를 드러내었다.

"읍내장터에서 왜눔 칼잽이를 맨손으로 물리칫다는 그 택견 고수?"

그도 소문을 들어 알고 있는 모양이었다. 하긴 그 고을에서 그 사건을 모른다면 타지에서 몰래 숨어 들어온 첩자였다.

"그란데 그 사람 이약은 각중애 와 꺼내는고?"

권학이 무언가를 캐내려는 눈빛으로 묻자, 상팔은 손바닥으로 뒤통수를 긁적거리며 무슨 변명 늘어놓듯 말했다.

"사실은 그 성님이 아이고예, 그 성님의 둘째 동상……."

그러더니만 그는 얼른 말끝을 얼버무렸다. 괜한 소리를 끄집어냈다고 후회하는 것 같기도 하고, 아니면 무슨 이야기를 하고 싶어 입이 간지러운 것 같기도 했다. 어느 쪽이든 그냥 넘어갈 일은 아닌 성싶었다.

"……."

준서와 얼이 눈이 또 마주쳤다. 원채 아저씨에게 동생들이 여럿 있다는 사실은 익히 알고 있었지만, 어쩐 셈인지 그는 한 번도 자기 동생들 이야기를 입 밖으로 내비친 적이 없었다. 그래서 모두 고향을 떠나 뿔뿔이 흩어져 살고 있으니 말하기가 좀 그런 모양이구나 하고 막연히 생각해 오고 있던 터였다. 한데 난데없이 상팔 아재 입을 통해 그의 동생 이야기가 나온 것이다.

"원채 사부님 둘째 동상이 우떻다는데예?"

문대가 불끈 성질에 궁금증이 확 솟는지 특유의 큰 목소리로 물었다.

"그, 그기 안 있나."

상팔이 말을 더듬거리며 권학의 눈치를 보았다. 권학이 지나가는 투로 말했다.

"하기 좀 그라모 이약 안 해도 되고. 아인 기라. 시방 이 자리에 없는 넘의 이약은 씰데없이 안 하는 기 더 좋을 끼거마는. 그가 있으모 또 몰라도."

준서와 얼이도 스승 말씀이 맞는다고 고개를 세로로 저었다.

"아, 아이고예."

그렇지만 상팔은 그게 아니었다. 이해가 되지 않을 만큼 오히려 좀 더 적극적으로 나오고 있었다.

"마츰 이 자리에 있는 조카들이 우떤 사람들인고 지가 잘 알고예, 또 오……."

오리 소리는 나지 않고 닭 소리만 다시 나고 있었다.

"아재요."

그때 철국이 또 끼어들었다.

"원채 사부님 동상 이약 함 해보이소."

벗들을 둘러보면서 내가 보장하겠다는 듯이 이런 말도 덧붙였다.

"우리가 다린 데 가갖고 소문 낼 사람들은 아입니더. 원채 사부님 집 안 이약이란께 무담시 더 듣고 싶거마예."

상팔이 못 이기는 체 넌지시 입을 열었다.

"우리 조카들이 낙육고등핵조 댕길 적에 왜눔들하고 우떻게 싸왔는 가를 내가 쪼매 알고 있어서……."

준서가 천천히 물었다.

"해나 말입니더. 원채 아자씨 동상 되시는 그분도 왜눔들하고 싸우는 일을 하고 계시는 거는 아입니꺼?"

준서를 바라보는 권학의 눈빛이 자못 흔들려 보였다.

"아, 그 무신?"

벗들은 모두가 그게 웬 뚱딴지같은 소리냐고 하는 빛인데, 상팔은 그만 크게 놀라 어쩔 줄 몰라 하는 기색이 완연하였다.

말없이 그 모습을 지켜보고 있던 얼이가 상팔을 다그쳤다.

"준서 이약이 맞지예? 맞지예? 그분도 우리들맹커로 왜눔들한테 저

항하고 있는 기 안 맞심니꺼?"

잠자코 그 안 분위기를 보아가며 상체를 좌우로 흔들고 있던 권학이 근엄한 얼굴로 얼이를 타일렀다.

"너모 그리 몰아붙이지 마라. 그리싸모 사람이 하고 싶은 이약도 몬 하는 벱인 기다."

문대와 철국은 준서와 얼이 예측이 맞지 않을까 하는 표정들이었다. 상팔이 몹시 당황해하는 태도가 더 그런 확신을 주었다.

"실은……."

잠시 혼자서 갈등하는 모습이던 상팔은, 이왕 말이 나온 김에 모조리 털어놓기로 작정한 모양이었다.

"그 친구 이름이 승채인데예."

감회에 젖는 낯빛이 되었다.

"내하고는 나이가 똑겉고 또 성질도 서로 잘 맞아갖고, 둘이 아조 가 찹거로 지냈던 사인 기라."

거기까지는 조카뻘 되는 아랫사람들에게 하는 말이었는데, 그다음부 터는 권학을 상대로 말을 건네는 식으로 변하기 시작했다.

"저, 해나…… 도산, 그런께네 안창호라쿠는 이름 들어보싯심니꺼?"

그러자 좀처럼 동요하는 모습을 보이지 않는 권학의 안색이 싹 바뀌 면서 음성마저 다른 사람의 그것처럼 크게 떨려 나왔다.

"도산 안창호!"

상팔이 움찔했다. 권학이 닦달하듯 물었다.

"자네, 방금 도산 안창호라고 했는가?"

한양 말씨로 돌아가 있는 권학이었다. 그것은 그곳 공기가 또 한 번 바뀌게 하는 구실을 했다.

"내가 비록 그를 직접 만난 적은 없으나 이야기는 들어 알고 있네."

제자들 귀에는 신화나 전설 속에 등장하는 인물로 다가왔다. 아니, 그 이야기를 하는 스승이 그렇게 보일 만큼 그 내용이 예사롭지 않았다.

"저 신민회 설립에 가장 중요한 역할을 한 선각자이시지."

고개를 갸우뚱하며 물었다.

"그런데 자네가 그분은 어떻게 알고 있는 겐가?"

상팔은 솔직하게 털어놓았다.

"지는 잘 모립니더."

권학은 제자들을 보고 나서 다시 그에게로 시선을 옮겼다.

"모른다고?"

얼이가 준서를 향해 아리송하다는 표정을 지었다.

"예."

상팔이 대답했다.

"그런데?"

권학이 또 물었다.

"승채 그 친구한테서 전해 들은 거 말고는……."

상팔이 말끝을 흐렸다.

"그냥 전해 듣기만 했다?"

약간 공허한 기운이 전해지는 권학의 그 말에, 상팔은 또 짧은 대답만 했다.

"예."

문하생들은 마른침을 삼키고 있었고, 권학의 안색은 비상했다.

"지금 그 말은……."

자신의 판단에 무게를 싣듯 하였다.

"승채라는 사람은 도산을 잘 알고 있다는 그런 뜻이 아닌가?"

모두가 반신반의하고 있는데, 상팔 입에서는 갈수록 놀라운 말들이 흘러나왔다.

"맞심니더. 승채 그 친구, 도산한테서 신민회 신입회원 심사꺼지 봤다 쿤께네예."

준서 등은 물론 권학 또한 더없이 놀라 눈만 멀뚱거리고 있는데, 상팔이 상세하게 들려주기 시작했다.

"도산은 집행원이라쿠는 직함을 갖고 신입회원 심사를 맡고 있다 쿠더마예."

권학이 확인하는 어조로 물었다. 벌써 몇 번째 물음인지 모르겠다.

"집행원?"

상팔은 숨을 고르는 소리로 말했다.

"예, 훈장 선상님."

"흠. 이제 조금은 이해가 되는군."

권학은 귀를 쫑긋 세우고 있는 제자들을 둘러보았다.

"지금 우리가 이야기하고 있는 신민회……."

"예."

옥빛이 감도는 분盆에 올려 있는 난초 이파리가 파르르 떨고 있는 것 같았다. 그보다 더 떨리는 게 그들 모두의 가슴이었다.

"우리 사회 각계각층 애국지사들이 대거 참여하여 조직한 항일 비밀 결사 단체다."

"……."

글방 안은 찬물을 끼얹은 듯이 조용했다. 뒷마당의 닭 소리도 없었다. 그런 속에서 권학의 낮은 음성만 아주 조심스럽게 실내를 감돌았다.

"하지만 철저한 비밀 결사 단체임에도 불구하고……."

준서는 보았다. 스승 말씀을 한마디라도 놓칠세라 무서울 정도의 집중력을 가지고 듣고 있는 얼이 얼굴이었다. 농민군과 항일의병의 얼굴이었다.

"신민회는 공개적인 활동도 펼쳐 나갔던 바……."

권학은 스스로의 감정에 겨운 나머지 말 중간에 쉬기를 자주 하였다.

"민족주의 교육을 실시하기 위해 대성학교와 오산학교를 세우고……."

학교 이름들이 나오자 저마다 얼굴빛이 붉으락푸르락했다. 이번에는 준서도 감정 조절이 쉬 되질 않는 모양이었다. 향학열이 가장 뛰어났기에 어쩌면 벗들 중에서 제일 격해지는 심정인지도 모른다.

그의 모교 낙육고등학교 폐쇄.

그것은 곧 그의 인생 문을 완전히 닫아걸게 해버리는 것과 진배없는 처사가 아닐 수 없었다. 더 이상 배울 수 없다는 절망감과 열패감은 아직 젊은 그를 못 견디게 몰아가고 있었다. 준서에게 자신의 얽은 얼굴을 잊게 해주는 처음이자 마지막 처방이 바로 '책'이었던 것이다.

"민족 사업을 일으키기 위해……."

권학은 여전히 말 중간에 끊기를 되풀이하고 있었다.

"자기 회사와 태극 서관을 세우고……."

권학이 신민회에 관해 아는 것은 아마 그 정도인 모양이었다. 잠시 상념에 잠기는 빛이더니 더는 떠오르는 게 없는지 상팔에게 말했다.

"이제부터는 자네가 이야기해 보게나."

그래놓고는 금방 물었다.

"원채 그 사람 동생, 승채라고 했지?"

상팔이 형 재팔만큼은 아니어도 여느 사람들에 비하면 커 보이는 눈을 끔벅거렸다.

"예, 그렇심니더."

"승채라는 그 사람과 관련된 얘기라면 더 좋겠지."

폐기처분을 해도 아까울 것이 없는 작은 대나무 회초리 하나가 벽에 비스듬히 기댄 채 사람들을 무연히 바라보고 있었다.

"예, 알것심니더."

상팔은 기억을 떠올리기 위해선지 눈을 한 번 감았다가 떴다.

"그거 말고는 지도 더 아는 기 없은께네예."

앞마당에 서 있는 늙은 회화나무에서 까치가 울었다. 권학이 그중 아끼는 그 나무는 8월경 피는 황백색 꽃이 보기 좋았다.

"그 친구한테서 들은 이약을 하것심니더."

상팔 말에 누군가의 입에선가 또 꿀꺽 침을 삼키는 소리가 났다. 자세를 고쳐 앉는 기척도 들렸다.

"승채 그 친구……."

그다음에 나오는 말이 놀라웠다.

"저 남만주에 있는 삼원보로 간다 캤심니더."

남만주 삼원보.

준서는 자신도 모르게 스승을 쳐다보았다. 그 또한 처음 들어보는지 무척 생경한 낯빛을 짓고 있었다. 제자들은 더 그랬다.

"삼원보라쿠는 기 머신고 하모예."

상팔 이야기는 그야말로 기겁을 할 정도였다.

"일제 침략이 갈수록 거세진께 말입니더."

그 순간에는 권학과 상팔이 서로 바뀐 착각이 일 지경이었다.

"신민회가 장기적인 독립운동의 기반을 닦아갖고 독립운동을 수행할 목적으로 나라 밖에 세운 독립운동기지라 쿠는 기라예."

"독립운동기지!"

모두가 선약이라도 있은 듯이 한입으로 구호처럼 외쳤다. 권학도 분명히 그랬던 것 같았다.

"이 이약도 안 있심니꺼."

상팔은 꼭 다른 별에서 온 사람 같아 보였다. 그 고을 뭇 사람들 관심을 받은 왕눈 재팔 동생이라는 정도의 신분만으로서는 성에 차지 아니할 성싶었다. 그리고 화제 중심에 서 있는 승채 역시 그들 택견 사부인 원채 동생이라는 정도의 신분으로서는 도저히 설명이 불가할 것으로 여겨졌다.

"승채 그 친구가예, 잠시 고국에 들릿다가 다시 남만주로 돌아가기 전에 내한테 들리준 이약인데예, 삼원보에는……"

그곳에는 '경학사'라고 하는 항일독립운동단체가 조직되었으며, 민족교육과 군사교육을 함께 실시하는 신흥 강습소가 만들어져 있다는 것이다.

"……."

글방은 남강 속을 연상케 했다. 그것도 가장 깊은 강심이었다. 숨소리도 잘 나지 않았다. 원채 아저씨의 둘째 동생 승채라는 사람이 그런 단체의 일원이라니.

준서와 얼이 눈이 또다시 맞닥뜨려졌다. 둘 사이에 이런 무언의 대화가 오갔다.

―원채 아자씨는 이런 사실을 알고 계싯으까?

―우짜모 모리고 계싯는지도 모리제. 우리한테 이런 이약은 한 분도 하신 적이 없었던 걸로 봐서는.

―아이다. 알고 계심서도 이약 안 하싯을 끼다.

―하기사. 이런 거 말고도 동상들 이약은 하나도 안 하신 걸로 보모, 비밀로 해두고 싶으신 기라.

―누가 알기 되모 목심꺼정 안 위태롭것나.

―우쨌든 원채 아자씨 행재간들 에나 대단타, 대단해.

—오데 자슥들만 그런 기가. 그들 아부지 달보 영감님은 또 우뗳고?

—그들 어머이 째보 할매도 보통 여자는 아이제.

그러나 그곳 누구도 알지 못했다. 나중에 그 신흥 강습소가 신흥 무관학교로 발전하여 가장 대표적인 독립군 사관 양성 기관이 되어, 폐교될 때까지 무려 2천여 명의 독립군을 길러내게 되리라는 것이다.

"그래갖고는예, 또……."

"우짜모!"

"그런 친구를 둔 지는 장마당 자랑시럽고……."

"와 안 그렇것어예."

어느새 서녘으로 떨어지는 해가 지우는 석양빛이 글방 문짝과 기둥을 붉게 물들이고 있었다. 엄청난 이야기를 접하고 더없이 상기된 사람의 얼굴빛 같았다.

—백성 5부 20권으로 계속

# 백성 19

초판 1쇄 인쇄일 • 2023년 10월 25일
초판 1쇄 발행일 • 2023년 10월 30일

지은이 • 김동민
펴낸이 • 임성규
펴낸곳 • 문이당

등록 • 1988. 11. 5. 제 1-832호
주소 • 서울시 성북구 동소문로 65-2 삼송빌딩 5층
전화 • 928-8741~3(영)  927-4990~2(편)
팩스 • 925-5406

ⓒ 김동민, 2023

전자우편 munidang88@naver.com

ISBN 978-89-7456-571-8 03810

값은 뒤표지에 표시되어 있습니다.